소년
소녀

§ 소년 소녀 1 §

2011년 10월 26일 초판 1쇄 인쇄
2011년 10월 31일 초판 1쇄 발행

지은이 § 이경미
발행인 § 곽중열
기획&편집디자인 § 신연제, 이윤아
발행처 § (주)조은세상

등록 § 2002-23호(1998년 01월 20일)
주소 § 경기도 고양시 일산동구 장항동 558번지 6호
Tel § 편집부(02)587-2966
영업부(031)906-0890
e-mail romance@comics21c.co.kr
값 9,000원

ISBN 978-89-6159-694-7 / ISBN 978-89-6159-693-0(set)

이경미 장편소설

GOOD WORLD ROMANCE NOVEL

소년 소녀

1

 ㈜조은세상

contents.1

프롤로그 7

1. 18

2. 37

3. 59

4. 87

5. 108

6. 132

7. 158

8. 180

9. 201

10. 229

11. 265

12. 302

13. 329

14. 356

"나, 키스하는 법 좀 가르쳐 줘."

한가로운 점심시간, 등나무 아래 벤치에 앉아 고전문학을 읽고 있던 메이는 하마터면 들고 있던 책을 바닥에 떨어뜨릴 뻔했다. 방금 전까지 너무도 잘 읽히던 책의 글귀가 지금은 하나도 눈에 들어오지 않았다.

메이는 책을 펼쳐진 그대로 둔 채 고개만 슥 옆으로 돌렸다. 작은 얼굴에 섬세하고 예쁜 이목구비를 가진 새힘이 평소와 똑같은 표정으로 눈만 반짝이고 있었다. 큰 눈을 반짝이고 있지 않았다면, 키스하는 법이 아니라, 수학 문제 하나를 가르쳐 달라는 걸로 착각했을 것이다.

"왜 그런 표정으로 보는데?"

너무도 황당한 제안에 저도 모르게 표정이 변한 모양이었다.

"내 표정이 뭐."

"지금 완전 정신 나간 애 보듯이 하잖아."

"알면 됐다."

무뚝뚝하게 말을 던진 메이는 다시 책으로 시선을 옮겼다. 그러자, 새힘이 어린아이처럼 그의 팔에 매달렸다.

"씨이, 책만 보지 말고 나 좀 봐봐."

메이는 짙은 눈썹을 슬쩍 모으며 새힘을 노려보았다. 하얀 가루가 묻어 날 만큼 희고 고운 메이의 얼굴에 불편한 심기가 고스란히 표출되었다.

"뭐, 어쩌라고."

"말했잖아. 키스하는 법 좀 가르쳐 달라고."

이런 미친.

메이는 치밀어 오르는 욕을 삼키며 뇌리에 참을 인(忍) 자를 새겼다.

"그딴 걸 왜 나한테 가르쳐 달래."

"경험 있잖아, 넌."

"뭐?"

"너, 3년 전에 클라란가 뭔가 하는 미국 애랑 석 달 동안 사귀었었잖아."

"클라우디아야."

"아, 클라우디아. 아무튼, 넌 미국 애랑 교제도 해 봤으니까 당연히 키스 정도는 잘할 거 아냐. 그러니, 그 기술 좀 전수해 달

손소
년녀1

라고."

　메이는 갑자기 두통이 엄습해 옴을 느꼈다. 3년 전, 미국에서 온 클라우디아와 정확히 두 달하고 열흘 동안 친하게 지내긴 했었다. 하지만, 맹세코 키스 같은 걸 나눌 정도로 친밀한 사이는 아니었다.

　클라우디아의 부친은 국제 변호사인데, 한국 여성과 재혼을 하고 한국에 터를 잡는 바람에 그녀까지 함께 오게 된 케이스였다. 인천으로 이사를 가기 전까지 이곳에서 몇 달간 생활했는데 타국에 와서 낯설어 하는 클라우디아가 안돼서 메이는 동네 지리와 한국어를 가르쳐 주었을 뿐이었다. 그러면서 둘이 붙어 다니는 시간이 길어지자, 주위에서 멋대로 사귄다고 떠들어댄 것이었다. 새힘에게 몇 번이나 클라우디아와는 그런 사이가 아니라고 해봤지만, 전혀 믿어 주지 않았다. 주위에서 워낙 확고히 믿고 있었던 탓에 새힘 역시 그렇게 생각하는 듯했다.

　그런데, 되도 않게 키스를 가르쳐 달라니. 지나가던 개미가 비웃을 일이다.

　"헛소리할 거면 그만 교실로 가. 수업 시작할 때 다 됐어."

　"헛소리 아니라니까? 난 정말, 진짜, 구라 안 치고 진심이라니까?"

　메이의 이마에 핏대가 확 섰다.

　"갑자기 그딴 건 왜 배우고 싶은데? 아니, 배워서 뭐하려고?"

　"그, 그게……."

　뻔뻔스럽기가 하늘을 찌를 만큼 요상한 요구를 하던 계집애와 지금 눈앞에서 얼굴을 발그름히 붉히고 있는 여자애가 진정 동일 인물이 맞는지 메이는 헷갈리기까지 했다. 한 번도 자신 앞에서 이렇게 얼굴을 붉힌 적 없던 새힘이 소녀다운 표정을 짓고 있으니, 스멀스멀 불쾌감이 치솟는다.

"그게, 뭐."

"……가 ……싫어한대."

이건 또 무슨 수작이냐.

새힘의 수줍은 중얼거림에 좀처럼 언성을 높이지 않는 메이가 목소리에 힘을 주었다.

"똑바로 말 안 해?"

"은, 은성이가 키스 같은 거 할 줄 모르는 멍청이는 거들떠도 안 본대."

툭.

그때까지도 손에서 놓지 않았던 두꺼운 책이 아래로 사정없이 떨어졌다. 그런데도 메이는 그것마저 모른 채 새힘을 뚫어져라 쳐다보았다. 메이는 잠시 동안 할 말을 잃었다. 아니, 머릿속이 탈색된 듯 아무런 사고도 할 수가 없었다.

"메이야."

새힘이 '동작 그만' 상태가 된 메이의 눈앞에다 손을 흔들어 보였지만, 그는 전혀 반응을 보이지 않았다.

"메이야, 류메이."

아련한 새힘의 목소리가 귓가를 간질인다. 저 4차원 세계에서 들려오는 듯 멀기만 하다.

새힘과는 어릴 적부터 한 동네에서 같이 자랐다. 양가 부모가 아주 막역한 사이라 메이와 새힘은 거의 매일 붙어 지내다시피 했다. 바쁜 부모들 대신 서로에게 의지하며 남매처럼 자라왔다. 그래서 시시콜콜한 집안 사정을 거의 다 안다고 해도 과언이 아니었다.

하지만, 새힘이 모르는 게 있었다. 그녀는 메이를 형제나 다름없이 생각하고 있었지만, 그는 그렇지 않았다. 어렸을 적부터 지금까지 쭉 새힘은 자신에게 있어 여자였다. 지금까지 쌓아 왔던 이 모든 공감대를 잃을까 두려워 결코 내색하지 않았을 뿐이었다. 그런데, 새힘이 다른 녀석 때문에 웃기지도 않는 제안을 한 것이다.

"메이야, 정신 좀 차려 봐."

흐릿하던 메이의 눈동자가 제 색을 찾고 돌아왔다. 그는 눈앞에서 어른거리는 새힘의 손을 탁 쳐내며 무뚝뚝하게 내뱉었다.

"은성? 너희 반 이은성을 말하는 거야?"

"으응."

이은성은 학교 내에서도 질이 안 좋기로 유명한 녀석이었다. 늘 똘마니들을 끌고 다니며 하루도 빠짐없이 사건 사고를 일으키고 다니는, 한마디로 인간쓰레기였다. 부모라는 든든한 뒷배가 없이는 제 스스로 아무것도 못하는 모자란 부류. 한심한 기생충. 이은성에 대한 메이의 견해는 그 이상도 그 이하도 아니었다. 어차피 속한 세계가 다르니, 크게 관심조차 가지지 않던 놈이었다. 한데, 하필이면 이은성이라니.

"너, 요새 그놈 만나고 다녀?"

"아니, 아직은 아냐."

"아직은? 무슨 뜻인데."

메이가 슬쩍 인상을 써 보이자 새힘이 자못 새침하게 눈을 깔더니 천천히 입술을 움직였다.

"그게……요새 이은성이 자꾸만 눈에 들어오잖아. 봄바람이 살랑살랑 불어서 그런지 걔만 보면 마음이 싱숭생숭해."

싱숭생숭 같은 소리 하고 자빠졌다.

"그래서."

"나, 이은성을 좋아하나 봐. 아니, 좋아해. 자꾸만 이은성 쪽으로 시선이 가고 눈이라도 마주치면 심장이 막 두근거려서 미치겠어. 근데, 걔가 순진한 애는 딱 질색한대."

메이의 입술에 픽 비웃음이 걸렸다.

"송새힘. 넌 네가 순진하다고 생각해?"

"내, 내가 어때서?"

"가방에 가득 든 19금 소설이며 야동 보다가 나한테 걸린 게 몇 번이더라?"

새힘의 얼굴이 시뻘겋게 달아올랐다.

"무, 무슨 내 가방에 19금 소설이 가득이니? 그리고 내가 보던 건 야동이 아니라, 예술 작품이었다구. 그 훌륭한 작품들을 어떻게 야동에다 비교할 수가 있니?"

"꼴값한다."

"아우, 야아. 너 그렇게 입술만 살짝 올려서 비웃을 때마다 얼마나 기분이 나쁜 줄 알아?"

"어쩌라고."

"그러니까, 네가 나한테 과외 좀 해줘, 응? 난 진짜 심각해."

정말 심각해 보이는 새힘의 표정에 메이는 더욱더 두통이 일었다. 이 철딱서니를 어떻게 하면 좋단 말인가. 다른 남자에게 잘 보이려 키스를 배우겠다니, 제정신이 아니었다.

"이은성에게 잘 보이려고 내게 그딴 걸 배우고 싶단 거야?"

"응, 뭐, 결론은 그래."

"미친."

"내가 생각해도 좀 미친 것 같긴 해."

".......이은성이 왜 좋은데."

"일단 잘생겼잖아."

너무도 해맑게 흘러나온 대답에 메이는 하마터면 '내가 이은성보다 못하지는 않을 텐데?' 하고 반박할 뻔했다. 턱까지 치민 말을 삼키며 잔뜩 못마땅한 표정을 짓고 있자, 새힘이 수줍게 말을 이었다.

"음, 뭐랄까. 이은성에게는 걔만의 매력이 있어. 우수에 찬 반항아? 아, 나쁜 남자가 대세라더니, 나도 이상하게 그런 거 있지? 그냥 막 멋있고 그래."

"우수에 찬 반항아 같은 소리 하고 자빠졌네. 내가 보기엔 인간쓰레기 그 이상도 그 이하도 아니야. 멋있게 볼 놈이 없어서 그런 놈이 멋있어? 송새힘, 네 수준도 참 알 만하구나. 아무튼 난 못 들은 걸로 할 테니, 그만 좀 가."

"자꾸 신경질만 내지 말고 생각을 좀 해 봐. 내가 누구한테 이런 부탁을 하겠……."

"송새힘."

메이가 그녀의 말을 탁 자르며 심각하게 이름을 불렀다. 새힘이 기다란 속눈썹을 깜빡여 보였다.

"응, 말해."

"너한테 내가 뭐냐."

"그거야, 세상에서 내가 가장 좋아하는 베스트 프렌드지."

"그래, 친구지. 그런데 친구한테 키스를 가르쳐 달래?"

"그럼, 누구한테 이런 부탁을 해?"

"네가 좋아하는 19금 소설이나 실컷 보면서 연구하던지."

"씨, 그럼, 책에다 대고 혀를 날름거리란 말이야? 그러다 이은성이랑 키스하는 도중에 개망신 당하면 키스를 글로 배웠다고 말해? 미쳤니?"

"친구한테 키스하는 법 따위를 가르쳐 달라는 건 제정신인 것 같아? 차라리 책에다 대고 혀를 날름거리는 게 그나마 낫겠다."

너무도 강경한 메이의 태도에 새힘은 잔뜩 볼을 부풀린 채 씩씩 숨만 몰아쉬었다.

"난 네가 내 부탁을 거절할 날이 올 줄은 꿈에도 몰랐어."

섭섭함을 잔뜩 담아 새힘이 목소리를 내리깔았다.

"부탁도 부탁 나름이야."

"정말 안 돼?"

"안 돼."

딱 잘라 말한 메이는 허리를 굽혀 바닥에 떨어진 책으로 손을 뻗었다. 그때였다. 새힘이 폭탄 발언을 던진 것은.

"알았어. 정 네가 싫다면 다른 애한테 부탁할 거야."

뭐?

막 책을 집어 올리던 메이의 동작이 일순 멈추었다. 그는 손끝이 부르르 떨리는 걸 간신히 추스르며 아무렇지도 않게 책을 들어 올렸다. 그는 눈에 힘을 주고 새힘을 바라보았다.

"방금 뭐라고 했어."

"네가 안 가르쳐 주면 다른 애한테 부탁한다고 했어."

"너."

"됐어. 이제 너한테 부탁 안 해. 못 들은 걸로 해."

잔뜩 부어터진 얼굴로 툭 내뱉고는 새힘이 자리에서 일어나자, 메이는 다급히 그녀의 팔목을 낚아챘다.

"미쳤구나."

메이가 경멸을 가득 담아 말했지만, 새힘은 되레 잡힌 팔목을 빼내려 이리저리 팔에 힘을 주었다.

"이거 놔. 내가 알아서 한다니까? 좀 놔줄래?"

메이는 대답 대신 더욱 세게 그녀의 팔목을 옥죄곤 홱 끌어당겼다. 거센 힘에 어찌 해 볼 틈도 없이 잡아당겨진 그녀는 조금 전과 마찬가지로 메이의 옆에 털썩 앉고 말았다.

"왜 이래? 아프잖아!"

새힘의 볼멘 투정에도 메이는 팔목을 놓아줄 수가 없었다. 화가 났다. 머리에 열이 올라 돌아 버릴 것만 같았다.

사춘기가 시작되면서부터 저 붉은 입술을 머금고 싶었던 게 한 두 번이 아니었다. 하루에도 몇 십 번이나 작은 몸을 품에 안아 보고 싶은 걸 참고 또 참아 왔다. 어떻게 참고 눌러왔는데, 그 모든 걸 다른 놈에게 주기 위해 또 다른 놈과 헛짓을 하겠단 말인가.

메이의 갈색 눈이 한없이 가라앉았다. 심장이 난도질당한 것처럼 쓰리다 못해 멈출 것만 같았다. 아파도 너무 아프다.

너를 어떻게 하면 좋을까.

메이는 새힘의 팔목을 잡은 손아귀에 힘을 주었다. 새힘이 한 번 하겠다고 마음먹은 건 막을 재간이 없다. 어릴 적부터 새힘은 무언가에 꽂히면 싫증이 날 때까지 한곳에만 집중하는 성격이었으니까. 지금은 자신이 무슨 말을 해도 먹히지 않을 것임을 잘 알고 있었다. 메이는 작게 한숨을 내쉬었다. 선택의 여지가 없었다.

"……내일 방과 후에 집으로 와."

잔뜩 심통이 나 있던 새힘의 표정이 급격히 밝아졌다.

"정말? 네가 가르쳐 주는 거야?"

"두 번 말하게 하지 마."

"응, 응! 알았어. 고마워, 메이야!"

기쁨에 심취해 막 어깨를 끌어안으려는 새힘을 밀어내며 메이는 책을 펼쳤다.

"끈적거리면 안 한다."

"아우, 넌 정말 너무 무뚝뚝해. 알았어, 알았어."

새힘이 배시시 웃으며 자세를 바로하자, 메이는 눈에 들어오지 않는 글귀들을 억지로 바라보았다.

　진정 미친 게 틀림없다. 이런 말도 안 되는 제안을 수락하다니. 두고두고 후회할지도 몰랐다. 하지만, 다른 놈들과 새힘이 헛짓을 하는 건 죽어도 용서가 되지 않았다. 만약 거절을 했다면 저 계집애는 분명히 다른 놈에게 이런 부탁을 했을 것이다. 망할.

1.

    상쾌한 바람이 대기를 청량하게 적시는 이른 아침, 새힘과 메이는 여느 날과 마찬가지로 함께 등교 중이었다. 양어깨에 메이 자신의 것과 새힘의 가방을 각각 메고 있었지만, 전혀 힘든 기색이 없다. 그도 그럴 것이 초등학교 시절을 거쳐 지금까지 새힘의 가방은 늘 메이가 도맡아 들어왔으니 새삼스레 무거울 것도 없었다.

    방금 막 버스에서 내린 두 사람은 드문드문 등교하는 학생들 틈에 섞여 교문으로 발걸음을 옮겼다. 버스 정류장에서 학교까지 도보로 5분여 거리를 걷는 도중, 등교하는 내내 새힘과 눈길 한 번 제대로 주고받지 않던 메이가 돌연 걸음을 우뚝 멈추었다. 그는 잔뜩 심기가 불편한 얼굴로 새힘에게 휙 눈썹을 치켜세워 보

속속
념녀1

였다.

"송새힘."

"으, 응?"

불시에 메이와 눈이 마주친 새힘이 화들짝 놀라 어깨를 움찔했다.

"눈깔의 먹물을 쫙 뽑아 버리기 전에 눈 절로 안 치워?"

"내, 내가 뭘 어쨌다고?"

"동네서부터 버스 안, 그리고 지금까지 계속 내 얼굴만 흘끔거리고 있잖아."

허를 찔린 새힘이 어색하게 웃었다.

"어, 어머. 내가 그랬니?"

"그래, 그랬어. 그러니까, 지금이라도 좀 그만 쳐다봐. 짜증나."

메이가 정말 짜증 난 얼굴을 하고 긴 다리로 성큼성큼 교문을 향해 앞장섰다. 오랜 시간을 남매처럼 자란 탓에 메이와의 대화는 늘 이런 식이었지만, 새힘은 크게 개의치 않았다. 오랜 시간을 남매처럼 자라다 보니, 겉치레 따위를 하지 않아도 서로의 진심을 알 수 있는 그런 사이였기 때문이다. 때론 피를 나눈 형제보다도 더 끈끈한 유대감과 신뢰감으로 뭉쳐져 있어, 메이의 무뚝뚝한 성정과 매몰찬 말투는 두 사람의 우정에 아무런 장애도 되지 않았다. 말 한마디도 따스하게 하는 법이 없는 녀석이지만, 메이가 그녀를 얼마나 아껴 주는지 누구보다 더 잘 알고 있기 때문이기도 했다.

새힘은 저만치 앞장서서 걷고 있는 메이에게 곱게 눈을 흘기곤이내 쪼르르 따라 붙었다. 사실, 좀 과도하게 메이를 흘끔거리긴했다. 오늘 방과 후에 메이가 키스에 대한 과외를 해주겠다던 게계속 머리에 떠돌아 저도 모르게 자꾸만 그를 훔쳐보게 된 것이다. 아무리 친구 이상의 감정이 생기지 않는 메이와의 키스라도10대 소녀에겐 '첫 키스'라는 단어 자체가 설레는 법이니까. 그래서 간밤에는 잠도 제대로 이루지 못했을 정도였다. 그런데, 메이는 늘 그렇듯 참으로 무덤덤해 놀라울 정도였다. 무뚝뚝한 표정도 여전했고, 독설적으로 내뱉는 말투도 여전했다.

참으로 신기한 놈일세.

속으로 감탄을 하며, 새힘은 다시 메이의 잘생긴 옆모습을 흘끔흘끔 올려다보았다.

"메이야."

"왜, 뭐."

대답 하나도 가시투성이다.

"있지, 오늘 몇 시까지 갈까?"

성큼성큼 거침없던 메이의 발걸음이 아주 잠깐 멈추었다가 다시 움직였다.

"……."

그는 대답 대신 묵묵히 전진할 뿐이었다. 하루 사이에 마음이바뀐 건가 싶어, 새힘은 바짝 조바심이 일었다.

"뭐야, 어제 철석같이 약속해 놓고 그새 마음이 바뀐 거야? 아님, 까먹은 거야?"

"……네가 언제 물어보고 왔었니? 그냥, 하던 대로 오고 싶을 때 아무 때나 와."

"아, 응! 난 또 네가 마음 바꾼 줄 알고 얼마나 마음 졸였다고! 심장이 덜컥 내려앉는 줄 알았어."

새힘이 가슴을 쓸어내리고 메이는 못마땅한 표정을 지으며 걷는 사이, 어느새 교문이 코앞으로 다가왔다.

"새힘아!"

막 교문을 넘으려는데 뒤쪽에서 들려오는 우렁찬 소리에 새힘은 뒤를 돌아보았다. 그녀의 단짝 영경이었다. 짧은 단발머리를 찰랑이며 저만치서 달려오고 있었다.

"먼저 간다."

메이가 들고 있던 새힘의 가방을 가슴에 안겨 주고 앞장서기 시작하자, 그녀는 등 뒤에 대고 외쳤다.

"이따가 학교 마치고 집에서 봐!"

메이와는 반이 다른데다 교실까지 떨어져 있어서 일부러 찾아가거나 하지 않는 이상, 등교 시간 외에는 거의 마주칠 일이 없었다. 게다가, 어릴 적부터 지금까지 쭉 권투와 검도를 해오고 있는 메이 때문에 방과 후에도 함께 하교하는 건 극히 드문 일이었다. 늘 하교 후에 한두 시간 이상은 체육관에서 운동하는 데 시간을 할애하는 메이였으니까.

"헉헉……좋은 아침."

숨이 턱까지 찬 채로 바짝 다가온 영경은 연방 눈으로 메이의 뒷모습을 좇으며 건성으로 인사를 건넸다.

"양갱, 넌 누구한테 인사하냐?"

"당연히 베프인 우리 파워 양이지."

"지랄. 네 눈은 메이 뒤통수에다 하고 있는데?"

영경이 슥 침 닦는 제스처를 취하며 새힘에게 시선을 주었다.

"아우, 메이 쟤는 이슬만 먹고 살 것 같아. 어쩜 저렇게 뒤태도 아름답니? 쟤는 사실, 인간이 아니라 엘프족일 거야. 모공 하나도 안 보이는 저 피부 좀 봐. 쟤는 한여름에도 땀 한 방울 안 흘릴 것 같아."

새힘이 픽 어이없는 웃음을 내뱉었다.

"요즘 엘프들은 김치찌개, 된장찌개에 밥을 두 공기씩 뚝딱하니? 쟤는 이슬만 먹고는 절대로 못 살아. 그리고 한겨울에도 운동할 때 보면 땀을 한 바가지로 흘리더라."

"으으, 그만. 제발 메이에 대한 나의 환상을 깨지 말아 줄래? 난 그냥 메이가 이슬만 먹고 사는 걸로 알고 있을래."

"그러시던지요."

"역시, 혼혈이라 그런지 우리랑은 종자가 다르다니까? 어지간한 머슴애들보다 10센티 이상은 더 큰 것 봐. 게다가 저 완벽한 몸매는 어쩔 거임? 같은 키라도 메이의 다리 길이를 누가 따라오겠어? 순수 토종 국내산에서는 절대 저런 퍼펙트한 기럭지가……."

"양갱."

한창 메이에 대한 찬사를 늘어놓던 영경이 낮게 깔린 새힘의 목소리를 듣고서야 아차 하며 합죽이가 되었다. 이미 새힘의 표정은 살벌하기까지 했다.

　메이가 세상에서 가장 싫어하는 말이 혼혈이 어쩌고저쩌고였고 두 번째로 싫어하는 말이 계집애처럼 생겼네 어쩌고저쩌고 하는 거였다. 메이가 치를 떨어하니 자연스레 새힘 역시 그런 류의 말이 가장 불쾌했다.

　메이에겐 위로 형이 셋이나 있었다. 첫째 형, 류제이. 둘째 형, 류케이. 셋째 형, 류와이. 이 중 제이와 메이는 케이, 와이와는 배다른 형제였다. 첫째 형 제이의 어머니 따로 메이의 영국 어머니 따로. 집안에서는 제이와 메이가 이방인인 셈이었다.

　하지만 큰형 제이는 메이와는 상황이 좀 달랐다. 제이의 어머니는 그 댁 가장의 첫 번째 부인이었으니, 잠시 잠깐 바람의 대가로 태어난 갈색 눈의 메이와는 존재 가치가 달랐다. 집을 나가 따로 살고 있긴 했지만, 큰형 제이의 눈치를 안 보는 이가 없으니, 태어난 환경이 다른 메이와는 확연히 다른 처지긴 했다. 큰형을 제외한 형제들끼리야 서로 허물없이 지내니 그런 것쯤이야 아무 상관없었지만 타인들이 보기에는 어쩔 수 없는 괴리감이 존재하긴 했다.

　영국에서 태어난 메이가 한국으로 온 게 여덟 살이 되던 해였으니, 어쩌면 메이 스스로는 아주 조금일지라도 그런 괴리감을 늘 간직하고 있는지도 모른다. 그래서 새힘은 다른 시선으로 그를 보는 사람들이 메이만큼이나 좋지 않게 보였다. 그것은 아무리 친한 친구인 영경이라도 예외는 아니었다.

　"양갱, 언제 입 조심 할래?"

"아우, 쏘리, 쏘리! 내가 실수했다, 실수했어. 아무튼 요놈의 주댕이는 메이만 보면 급실성을 해 버린다니까?"

영경이 두 손을 모아 비는 시늉까지 해 보이는 데야 더 화를 낼 수가 없어 새힘은 표정을 풀었다.

"조심해, 계집애야. 메이 앞에서 실수했다간, 넌 그날로 찍히는 거야. 아마, 나랑 너랑 절교 시키려고 눈이 시뻘게져서 덤빌걸? 그리고 나도 듣기 싫고."

"알았어, 알았어. 그만큼 메이가 판타스틱하다는 뜻이었어. 아, 참참!"

분위기가 급격히 썰렁해지자, 털털한 영경이 퍼뜩 화제를 전환했다.

"나, 완전 메가톤급 소식 하나 접수했잖아."

"뭔데?"

"궁금해? 궁금하다면 말해 주는 것이 인지상정이지. 이은성에 관한 거다."

언제 목소리를 깔고 친구에게 경고를 날렸냐 싶게 새힘의 표정이 순식간에 확 밝아졌다.

"어머, 진짜? 뭔데, 뭔데?"

"궁금해?"

"어우, 당근이지! 뜸들이지 말고 말 좀 해 봐."

"방과 후 초이스에서 한턱, 콜?"

초이스는 샌드위치와 커피를 취급하는 전문점으로 학생이 이용하기에는 다소 가격이 비싼 곳이었다. 맛이 기가 막혀 용돈을 타는 날이나 특별한 날에만 가는 곳이기도 했다. 도대체 얼마나 대단한 정보를 알려주려고 한턱을 외치는지 모를 일이었다.

돈이 조금 아깝긴 하지만, 며칠 있으면 용돈을 타는 날이 돌아오기도 하고 또한 은성에 관한 정보라 새힘의 고민은 오래가지 않았다.

"콜, 콜! 근데, 오늘은 안 돼. 내일 살게."

"왜? 오호, 별로 안 궁금한 거야, 그런 거야?"

"아, 그, 그게 아니라……오늘은 집에 일찍 가 봐야 돼서 그래. 엄, 엄마랑 같이 마트에 가기로 했거든."

거짓말을 해서인지 괜스레 말이 더듬더듬 흘러나왔다. 아무리 단짝인 영경이라도 오늘 방과 후 메이에게 키스 강의를 받는다는 말을 할 수는 없었다. 조금 민망한 탓도 있었지만, 그 사실을 안 영경이 석 달 열흘은 그녀를 가만두지 않고 괴롭힐 것 같아서였다. 옆에 찰싹 붙어 앉아 별의별 걸 다 캐물을 게 뻔했다. 다행히 영경은 별 의심을 하지 않고 씨익 웃었다.

"오케이. 그럼, 내일을 기약하마."

"자, 이제 본론으로 좀 들어가지?"

"알았어, 알았어. 내가 믿을 만한 소식통한테 주워들은 건데 말이야."

새힘은 눈을 초롱초롱하게 빛내며 들을 준비를 마쳤다.

"이은성, 작년까지 영어랑 사귀었대."

"뭐?"

생각지도 못한 폭탄 발언에 새힘의 눈이 동그랗게 커졌다. 영어라면, 작년에 새힘의 학교로 부임을 받고 온 스물여섯 살의 미혼 여선생이었다. 여덟 살 차라는 나이를 떠나, 선생과 학생이 사귀었다니, 있을 수나 있는 일이던가.

"말도 안 돼."

새힘이 어이없는 얼굴로 도리질을 쳐 보이자 영경은 그런 그녀를 이상하다는 듯 바라보았다.

"왜 말이 안 돼?"

"아무리 연상연하가 유행이라지만, 나이 차이가 너무 나잖아. 그리고 선생이랑 학생 신분인데 사귀는 건 좀……양갱, 넌 그게 가능한 일이라고 생각하니?"

"불가능할 건 또 뭐야? 이은성 멋있겠다, 부잣집 외동아들이겠다, 걔가 작정하고 꼬시면 누군들 안 넘어가겠니?"

새힘의 눈초리가 휙 치켜 올라갔다.

"뭐야, 네 말 뜻은 우리 은성이가 할망구한테 꼬리를 쳤다는 거야?"

"그럼, 생각을 해 봐라. 설마 영어가 은성일 꼬셨겠냐?"

"몰라, 몰라. 영어가 먼저 여시 짓 한 걸로 믿을래."

"그러시던지요. 착각은 자유니까. 어쨌든, 떳떳하지 못해서 몰래 사건 거겠지만, 난 충분히 그랬을 수도 있다고 봐. 사랑에 국경이 어딨냐? 파워, 넌 가끔 너무 순진해서 탈이야."

완전히 믿기지는 않았지만, 은성을 생각하면 또 확실히 아니라고 할 수도 없었다. 그만큼 멋있는 아이니까. 새힘은 갑자기 영어선생이 확 얄미워졌다. 곁을 지날 때마다 풍겨오던 그 향수 냄새를 발산하며 불여시처럼 은성에게 들이댔을 걸 생각하니 기분도 나빠졌다. 망할 영어 같으니라고.

"그런데, 왜 깨졌대?"

"이유야 뭐, 당사자들 말고는 모르니 확실치는 않는데, 이은성이 영어를 질려 해서 차 버렸다는 말도 있어. 뭐, 영어가 임신하는 바람에 수습하느라 애먹었다는 말도 있고."

영경의 설명에 새힘은 입을 쩌억 벌렸다. 선생과 제자가 사귀었다는 것도 기가 막힐 노릇인데, 임신이라는 단어까지 나오니 뇌가 그 모든 걸 한 번에 받아들이질 못해 포화 상태가 돼 버렸다.

역시나 은성은 자신과는 너무도 동떨어진, 어려운 부류였다. 그러니 순진한 애들은 질색할 수밖에. 순진한 애들과 잘못 엮이면 쿨 하지 못한데다, 뒷수습이 귀찮아서 싫어한다는 소문이 이미 교내에는 파다했다. 그래서 늘 은성과 다니는 여자들은 교내에서도 알아주는 문제아거나, 화장을 진하게 한 연상이 대부분이었다. 새힘도 몇 번 하교 시간에 여대생이 교문까지 와서 은성과 함께 가는 걸 본 적이 있었다. 갈수록 은성이 멀게만 느껴졌다.

"아아, 나 그냥 이은성을 쳐다보는 걸로 만족을 해야 하니? 좀 벅차네."

영경이 다소 풀 죽은 새힘의 어깨를 언니처럼 가만히 두드렸다.

"음, 언니 생각에도 그게 나은 것 같아. 만약 어찌어찌 해서 너랑 이은성이 잘 되더라도 너, 걔 감당 못해. 네 앞에서 담배도 뻑

삑 피워댈 테고, 수시로 학교 빠져, 싸움박질에, 술집도 드나들 텐데 그걸 다 어떻게 지켜볼래?"

영경의 말을 들으니 아득하던 은성에 대한 환상이 갑자기 현실로 확 다가왔다. 지금 그런 일을 당하고 있는 것처럼 새힘의 얼굴이 헬쑥해졌다. 은성과 사귀게 되면 수시로 간이 뚝뚝 떨어져서 열 개라도 모자랄 것 같았다. 나오는 건 한숨뿐이었다.

"파워야, 난 가끔 네가 이해 안 돼."

영경의 말에 한숨을 내쉬던 새힘은 눈을 멀뚱히 떴다.

"뭐가?"

"아니, 어떻게 메이를 옆에 두고 이은성 같은 애를 좋아할 수가 있는지 나로선 좀 이해불능이라서 말이야."

"응?"

갑자기 왜 메이를 등장시키는지 알 수가 없어 새힘은 기다란 속눈썹만 깜빡였다.

"갑자기 메이는 왜?"

"주관적으로 보나 객관적으로 보나 메이 쪽이 이은성보다 훨씬훨씬 더 끌리는 조건이잖아. 이은성이 멋있는 건 인정하는데, 솔직히 메이에 비할 바가 못 되지. 메이가 혼혈이라……윽, 취소. 외모만 따져도 이은성은 잘생긴 인간일 뿐이고 메이는 엘프족인데 비교가 돼? 길을 막고 물어봐, 백이면 구십 정도는 메이 쪽이 더 잘생겼다고 할 거야."

다분히 주관적인 메이 찬사에 어이가 없어진 새힘이 픽 웃었지만, 영경은 아랑곳없이 말을 이었다.

"꼭 외모만이 아니더라도 이은성은 메이의 상대가 못 돼. 교내 톱을 달리는 우등생에, 졸업하면 미래까지 창창할 텐데, 거기에 비해 이은성은 뭐니? 뭐, 아버지가 유명한 국회의원인데다가 우리 학교 이사장이 고모라는 든든한 백그라운드가 있으니 아무리 사고를 쳐도 잘리진 않고 어찌어찌 졸업은 하겠지. 그런데, 그런 애가 뭘 하겠니? 잘해 봤자, 돈으로 유학이나 갔다가 어쩌면 마약에 취해 거지같은 인생으로 마감하겠지. 거기에 비하면 메이는 정말 완벽하단 말씀이지. 부모님이 모두 의사시라며? 형님들도 모두 의사고."

"막내 형님은 시인이야. 큰형님도 의사 생활 그만둔 지 좀 됐고."

새힘이 정정해 주자, 영경은 대수롭지 않다는 듯 어깨를 으쓱했다.

"어쨌든. 메이 역시 의대 갈 거라며? 그럼, 당연히 부모님 병원에 근무하게 되겠지. 그 정도면 퍼펙트 하지 않아? 이은성보다 메이 쪽이 훨씬 조건이 좋단 말이지."

"네 말이 다 맞다 해도 그럼, 뭐해? 메이한테는 친구 이상의 감정이 안 드는데."

"그러니까! 그래서 난 가끔 네가 이해 안 된단 거야. 어떻게 엘프 메이를 친구로밖에 보지 않는 건지, 네 뇌를 해부해 보고 잡다."

사실, 영경의 말이 틀린 건 하나도 없었다. 자신이 혼혈이라는 사실 자체를 질색하는 메이 때문에 그녀도 거의 망각하고는 있지만, 그의 외모는 평범한 수준이 아니었다. 시내에 나가면 연예 기획사 관계자들에게 명함을 받아오기가 일쑤였고, 여자는 물론이고 남자들까지 꼭 한 번씩은 돌아보는 외모였다. 게다가, 두뇌까지 명석하니 친구인 그녀가 봐도 완벽하긴 했다.

문제는 너무 오랫동안 남매처럼 자라다 보니 메이가 전혀 남자로 보이지 않는다는 거다. 가족이나 다름없는 그런 존재였다. 메이와 상 하나를 마주하고 앉아서 함께 공부를 할 때도 심장이 두근거린다거나 얼굴이 빨개지는 증상이 전혀 없었다. 그런 그녀를 주위에서 아무리 이상하게 봐도 어쩔 수 없는 일이었다. 메이는 가족이나 진배없는 소중한 친구일 뿐이다.

"그런데, 양갱."

"왜, 파워."

"계집애야, 한턱을 얻어먹으려면 나한테 좀 도움 되는 걸로다가 건져와야지. 이게 뭐야? 완전 기분만 잡쳤잖아."

새힘이 짐짓 심각하게 고개를 푹 숙이며 한숨을 내쉬자 영경은 조금 미안한 표정으로 이마를 긁적였다.

"그러게."

"양갱아."

"응?"

새힘은 가만히 고개를 들어 영경과 눈을 마주쳤다.

"……그런 의미에서 내일 한턱은 없었던 걸로 하자!"

그러고는 영경이 뭐라고 하기도 전에 재빨리 교실 쪽으로 내빼기 시작했다. 그런 새힘을 멍청히 보고 서 있던 영경이 어이없는 웃음을 내뱉고는 곧장 뒤따랐다.

"파워! 그렇게는 안 되지!"

"교실에 도착할 때까지 못 잡으면, 진짜로 한턱 없어!"

"오냐, 젖 먹던 힘까지 다해서 튀어야 될 거야."

곧이라도 뒤를 잡아챌 듯한 무시무시한 영경의 발소리에 새힘
은 정말로 죽을힘을 다해서 달리기를 했다. 정말 핵폭탄과 다름
없는 은성의 이야기에 가슴 한구석이 시큰거렸지만, 그녀는 애써
머리를 털었다. 사실이든 아니든 현재진행형은 아니니까.

"헉헉! 이열, 파워! 달리기 좀 늘었는데?"

"하아……원래 너보다는 좀 잘 뛰었거든?"

"어쭈? 교실에 도착하기 전에 잡으면 두 배로 받아먹을 거야!"

개구쟁이 소년들처럼 쫓고 쫓기는 광경이 한동안 이어졌다. 두
소녀의 깔깔거리는 싱그러운 웃음소리 역시 청량한 대기에, 소음
이 아닌 음악처럼 울려 퍼졌다.

*

"안녕하세요, 아주머니."

새힘은 20년 가까이 메이네에서 집안일을 맡아오고 있는 성주
댁에게 예의 바르게 인사를 건넸다.

"그래, 새힘이 어서 와."

50대 중반의 성주댁은, 바쁜 의사 부모를 대신해 지금껏 메이
를 기르다시피 돌보아온 여인이었다. 메이에겐 어머니나 진배없

는 존재인 셈이다. 새힘 역시 철의 여인으로 불리는 메이의 어머니보다 성주댁이 더 친근하고 정이 들었다.

"메이, 아직 안 왔죠?"

"응. 아직 체육관에 있을 시간이잖아."

혹시나 해서 목욕재계까지 하고 총알같이 왔건만, 그 무덤덤한 놈은 제 볼일을 다 본 다음에 올 것이 뻔했다. 뭐든 계획대로 실천하는 녀석이니 어쩌면 너무도 당연한 거겠지만.

"오늘 같은 날은 대충하고 올 것이지."

못마땅한 표정을 지으며 혼잣말로 중얼거리던 새힘은 성주댁이 '응?' 하며 바라보는 바람에 퍼뜩 웃어 보였다.

"저, 메이 방에 올라가 있을게요."

"그래, 그러렴. 아직 저녁 전이지? 메이 올 동안 우선, 쿠키라도 먹을래? 마침, 새힘이 잘 먹는 버터 쿠키 구워 놓은 게 있거든. 좋아하는 딸기우유도 사둔 거 있는데. 같이 주련?"

아무리 버터 쿠키와 딸기우유에 환장한 새힘이라도 오늘 만큼은 '네' 하고 대답할 수가 없었다. 조금 후에 있을 진한 과외를 위해 샤워 도중 양치질만 족히 다섯 번은 했을 것이다. 3주 전에 한 스케일링을 지금 다시 가서 받고 싶을 만큼 예민해져 있는데, 어떻게 쿠키와 딸기우유로 입을 오염시킨단 말인가.

맛있게 먹히길 기다리고 있을 쿠키와 딸기우유에게 참으로 미안했지만, 그녀는 눈물을 머금은 채 마음을 접었다. 흑, 미안해.

"아니요, 괜찮아요. 지금은 아무 생각도 없어요."

"웬일이야, 새힘이가 먹을 걸 다 마다하고? 그럼, 쿠키는 싸놓을 테니 갈 때 가져가."

"앗, 고맙습니다."

그제야 서운한 마음이 10분의 1만치는 풀려, 새힘은 헤헤 웃으며 메이의 방으로 향했다. 2층 메이의 방으로 온 새힘은 책상 앞에 앉았다. 남자애 방답지 않게 메이의 방은 깔끔하게 정리정돈이 되어 있었다. 책상 위든 책장이든 뭐 하나 허투루 놓인 게 없다. 언제나 항상.

"하긴, 메이 성격에 방을 어질러 놓는 것도 상상이 안 되긴 하네."

그녀는 두껍고 얇은 책들이 가지런히 꽂혀 있는 책장을 살폈다. 메이가 올 동안 책이라도 읽고 있어야 할 것 같아서였다. 그 중에 눈에 띄는 것을 뽑아 펼쳐든 새힘은 피식 웃고 말았다.

"뭐야. 원서잖아. 류메이답네."

이것을 꺼내고 저것을 꺼내 보아도 문학류의 소설들은 모두 영어로 된 원서였다. 평소라면 사전이라도 찾아가며 읽었을지 모르겠지만, 지금은 머리 아픈 건 딱 질색이었기에 그녀는 책을 읽으려던 마음을 접었다.

"하여튼 대단한 인간이라니까."

새힘은 가만히 책상에 엎드리곤 메이가 한국으로 왔던 여덟 살 때를 떠올렸다. 지금도 외모에 관해서는 타의 추종을 불허할 정도로 대단하긴 하지만, 그때는 어린이 마네킹 하나가 서 있는 것처럼 예뻤다. 걸어 다니는 인형인가 싶을 정도로 메이는 신선한 충격이었다. 어설픈 한국어를 더듬더듬 하다가도 다급하면 영어를 줄줄 해대는 게 어찌나 신기했던지.

그때부터 줄곧 영어에 대한 끈은 놓지 않은 모양이었다. 지금은 저 세상 사람이지만, 생모 나라의 언어니까.

그녀는 한쪽 볼을 책상에 대고 눈을 감은 채 메이가 오기만 기다렸다.

책상에 엎드린 채로 깜빡 졸던 새힘은 무언가 차갑고 부드러운 것이 볼을 쓸어내리는 느낌에 아련히 잠에서 깨었다. 서늘하지만 깃털처럼 감촉이 좋아 비몽사몽 중에도 그녀는 작게 '으응' 소리를 냈다.

잠시 후, 완전히 잠이 깬 그녀가 부스스 눈을 떴을 때는 그 꿈결 같은 감촉은 어디에도 남아 있지 않았다. 꿈인가 싶을 정도로 흔적도 없다.

초점이 맞춰지지 않는 눈을 비비며 새힘은 책상에 엎드렸던 상체를 세웠다. 불편하게 졸아서인지 온몸이 삐걱거린다. 시간을 보니 어느새 30여 분이 훌쩍 지나 있었다.

"도대체, 메이는 왜 이렇게……어머!"

막 기지개를 켜며 고개를 돌리던 새힘은 화들짝 놀라 뻣뻣하게 굳고 말았다. 언제 왔는지 메이가 침대에 편안히 등을 대고 앉아 책을 들여다보고 있었다. 운동을 마치고 샤워까지 하고 와서인지 온몸에서 은은한 향기를 내뿜고 있었다.

"언제 왔어? 깜짝 놀랐잖아."

새힘이 의자를 빙글 돌려 메이 쪽을 향하자, 책을 응시하던 그가 고개를 흘끔 들었다.

"잠이 오면 집에 가서 잘 것이지, 왜 그러고 있는데."

"너 기다리다가 지루해서 깜빡 잠든 거야. 왔으면 좀 깨우지."

메이는 대답 대신 다시 책으로 시선을 주었다. 누가 책벌레 아니랄까 봐 운동할 때 외에는 늘 손에서 책을 떼지 않는다. 저런데도 시력이 나빠지지 않는 게 참으로 신기할 따름이었다.

새힘은 그런 메이를 5분이 넘게 물끄러미 응시하다 슬쩍 말을 건넸다.

"메이야."

"왜."

"계속 책만 읽고 있을 거야?"

"읽던 건 마저 읽고. 얼마 안 남았어."

태연한 메이의 말에 새힘은 뒷골을 붙잡았다. 정말 뒷골 당겨서 돌아가실 것 같았다. 뭐 때문에 양치질을 다섯 번이나 했으며, 뭐 때문에 좋아하는 버터 쿠키까지 마다하며 저를 기다렸는데, 고작 와서는 책만 쳐다보고 있단 말인가.

입을 삐죽 내민 채 여전히 책에서 눈을 떼지 않는 메이를 바라보던 새힘은 벌떡 일어나 침대로 올라갔다. 계속 이러고 있다간 날을 새워도 거사를 못 치르게 생겼다. 메이의 곁에 다가앉은 그녀는 손에 들린 있는 책을 사정없이 빼앗아 옆으로 치워 놓았다. 메이가 책을 읽을 때 방해하는 걸 제일 싫어하는 줄 알면서도 어쩔 수 없었다. 그의 눈썹이 휙 위로 향했다.

"뭐 하는 짓이야, 너."

새힘은 자못 심각한 표정으로 덥석 메이의 손을 붙잡았다.

"그래, 나도 네 마음 다 알아."

메이가 무슨 뜻이냐, 하는 표정으로 미간을 모았다.

"아무리 가르치는 입장이지만 친구인 나한테 키스를 한다는 게 그다지 유쾌한 일이 아니란 것쯤은 나도 안다고."

"뭐?"

"그렇다고 이렇게 싫은 티를 팍팍 내고 있으면 난 뭐가 되니? 그래도 너한테 민폐 안 끼치려고 양치질도 다섯 번이나 했단 말이야."

메이의 입술이 슬쩍 위로 올라갔다. 황당하거나 비웃을 때마다 짓는 메이 특유의 표정이었다.

"뭐야, 지금 비웃어?"

"황당해서 그래."

툭 내뱉은 메이는 다시 입술 끝을 내리고 조금은 부루퉁한 얼굴의 새힘을 내려다보았다. 무언가를 갈구하는 듯한 커다란 눈과 예쁘게 뻗은 오뚝한 코, 그리고 작은 입술이 차례로 눈에 들어왔다.

남들보다 조금 더 밝은 갈색 눈동자가 조금씩 짙어졌다. 그리고 점점 위험스럽게 빛을 발했다. 새힘은 메이의 변화를 전혀 알지 못한 채 마냥 입만 삐죽이고 있었다.

2.

　메이는 바짝 다가앉아 있는 새힘을 한동안 물끄러미 바라보았다. 자신이 싫은 티를 팍팍 낸다니, 대단히 잘못 알고 있었다. 오히려 그 반대라 돌아 버릴 지경인데.

　가르친다는 명목으로 저 붉은 입술을 맛보게 되면, 과연 그걸로 끝낼 수 있을까. 아니, 지금까지 뒤집어써 왔던 잘난 '친구'라는 탈을 계속해서 쓰고 살 수 있을까.

　메이는 쓴웃음이 지어지려는 것을 겨우 참았다. 아마도 새힘이 원하지 않는 이상, 그는 결코 이 달콤하고도 씁쓸한 관계를 먼저 청산하지는 않을 것이다.

　지금 새힘이 원하고 있는 '가르침'을 떠나, 스스로의 사리사욕을 채워 저 입술을 탐하고 밤마다 그것을 떠올리며 자위를 하더라도 그녀 앞에서는 늘 그렇듯 열정을 무뚝뚝함으로 가장한 채 친구라는 탈을 뒤집어쓰고 있을 것이다. 언제까지나 항상. 늘 옆에서 볼 수 있는 그런 친구.

메이는 새힘의 얼굴을 쓸고 싶은 걸 억누르며, 항상 그랬던 것처럼 멋대가리라곤 하나도 없는 말투로 툭 내뱉었다.

"그 눈 좀 어떻게 해. 부담스러워 죽겠다."

"응?"

무슨 말인지 퍼뜩 감지하지 못한 새힘이 몇 초 동안 동그란 눈을 깜빡인다. 이내 그 속뜻을 알아차리곤 배시시 웃었다.

"어, 응. 눈 감을게."

평소에는 그렇지도 못한 게 이럴 때만 눈치가 100단이다. 새힘이 곧바로 기다란 속눈썹을 내리깔며 눈을 살포시 감았다. 그 모습이 너무도 유순하고 예뻐 보여 메이는 하마터면 그녀의 작은 몸을 품으로 꽉 끌어당겨서 안아 버릴 뻔했다.

메이는 기다란 손가락을 뻗어 약간 숙인 채 있는 그녀의 턱을 위로 향하게 만들었다. 그녀의 어깨가 작게 움찔하는 게 고스란히 눈에 들어왔다. 그는 보드라운 턱에 머물러 있던 손을 천천히 움직여 그녀의 뒷머리를 감쌌다.

감고 있는 새힘의 풍성한 속눈썹이 미미하게 파르르 떨린다. 평소에는 말괄량이일지라도 지금은 수줍음 많은 열여덟 소녀의 모습이었다.

메이는 살짝 얼굴을 기울여 느릿하게 새힘에게로 다가갔다. 긴장을 하고 있는 연약한 가슴이 오르내릴 때마다, 그녀의 코끝에서 흘러나오는 숨결이 점차로 가까워졌다. 말도 안 되는 상황이라는 건 알지만, 이대로 멈출 수가 없었다. 마음 속 양심 같은 건 저만치 보내 버리고 그는 과일처럼 탐스러운 그녀의 입술에 자신의 것을 가볍게 갖다 대었다.

시큰.

입술만 닿았을 뿐인데, 메이는 짜릿함과 함께 심장이 욱신거리는 걸 느꼈다. 항상 상상으로 머물러야 했던 새힘의 입술은 맞대고 있는 입술이 아닌, 18세 소년의 심장에 각인이 되어 버렸다.

서로의 첫 키스. 그 이유만으로도 메이는 충분한 희열을 느꼈다. 뒷머리를 감싸고 있는 길고 커다란 손아귀에 저도 모르게 힘이 가해져 안으로 파고들었다.

"아."

머리칼 속으로 파고 든 손에 의해 아픔을 느낀 그녀가 낮은 신음과 함께 반사적으로 눈을 번쩍 떴다.

보지 마, 내 얼굴.

"메이야, 잠깐……머리칼이……."

아픔을 호소하던 새힘의 목소리가 끝을 맺지 못하고 사그라졌다. 메이가 나머지 손으로 새힘의 눈을 가려 욕망이 가득한 자신의 표정을 보지 못하게 만든 탓이다.

불시에 눈이 가려진 그녀가 손을 떼어 내려 하며 다시 '잠깐만'을 외쳤지만, 그 외침은 붉은 입술과 함께 이내 메이의 숨결 속으로 삼켜지고 말았다.

"흐읍."

말랑하고 부드러운 입술을 머금은 메이는 그 느낌을 아주 잠깐 음미한 뒤 망설임 없이 새힘의 입 안으로 혀를 밀어 넣었다.

움찔.

눈을 가리고 있는 메이의 손을 치우려던 그녀가 움직임을 멈추었다. 차근차근 가르침 받기를 원했던 그녀가, 메이 자신이 생각해도 노골적인 입맞춤에 놀라는 것도 무리는 아니었다.

사실, 처음부터 다른 놈을 위해 새힘에게 키스 따위를 가르칠 생각 같은 건 눈곱만치도 없었다. 자신도 첫 키스인데 누가 누굴 가르친단 말인가. 그저, 메이로선 이런 상황을 이용할 뿐이었다. 다른 놈에게 잘 보이려 이런 말도 안 되는 요구를 한 새힘에게 나름대로 심술이 솟은 까닭도 있었다.

"잠깐……잠깐만."

새힘이 다급히 고개를 돌리며 메이를 저지했다. 그가 더 따라붙지 않고 잠시 멈추어 주자, 그녀는 얼굴을 반쯤 가리고 있는 메이의 손을 힘주어 밑으로 내렸다. 잠깐 동안의 키스일 뿐인데도 새힘은 시뻘겋게 얼굴을 붉힌 채 가쁜 숨을 몰아쉬었다.

메이는 여전히 한 손으로는 그녀의 뒷머리를 움켜쥔 채 나직이 내뱉었다.

"왜."

"하아……그게 좀……."

"왜 그러는데."

처음인 새힘에게 노골적인 키스가 얼마나 감당이 안 될지 뻔히 알면서도 메이는 심술궂게 물었다.

"그게……내가 뭘 어떻게 해야 할지 몰라서. 숨을 쉬기가 조금 힘들기도 하고……저기 나는 어떻게 해야 돼?"

새힘이 말간 눈으로 시선을 맞춰 오자 메이의 심장이 또다시 시큰거렸다.

젠장. 뭐가 이렇게 예뻐.

좀처럼 볼 수 없었던 새힘의 수줍은 얼굴에 메이는 자꾸만 그녀를 껴안고 싶어 온몸이 근질거렸다. 그러나 속마음과는 반대로 말투는 퉁명스럽기 그지없이 나갔다.

"멍청이. 그냥 느낌 가는 대로 하면 되는 거야. 뭘 묻고 그래."

"그렇긴 한데……."

"그냥 글로 써 줄까? 혼자 연습할래?"

"응? 아니, 아니야! 알았어, 알았다고."

그녀가 퍼뜩 고개를 끄덕이고는 스르륵 눈을 감았다. 새힘의 온순한 모습에 희열을 느끼며 메이는 다시 고개를 기울여 그녀의 입술을 머금었다.

부드럽고 촉촉한 감촉도 좋았지만, 그는 그녀의 속살을 느끼는 게 더 시급했다. 그는 곧장 그녀의 입술과 치아를 가르며 혀를 밀어 넣었다. 그러고는 조금 전에는 제대로 맛보지 못했던 입 안을 탐험하기 시작했다. 고른 치열을 훑고 혀를 뾰족이 세워 천장을 자극한 다음, 어찌할 줄 몰라 자꾸만 뒷걸음질 치는 작은 혀를 휘감았다.

"흐음."

새힘이 안타까울 정도로 작게 한숨을 내쉬는 소리에 자극을 받은 메이는 그녀의 고개를 뒤로 젖히며 더욱 깊숙이 혀를 밀어 넣었다.

반응이라는 것을 엄두도 못 내고 있는 새힘에 대한 배려는 잠시 접어 두고, 메이는 그동안 꾹꾹 눌러왔던 제 욕심을 채웠다. 숨도 제대로 쉬지 못해 힘들어하는 새힘의 걱정 같은 건 날려 버리고 더욱 깊고 진하게 입술을 탐했다.

메이는 새힘의 뒷머리를 움켜쥔 손에 힘을 주어 한 치의 틈도 없이 입술을 밀착시키고, 다른 손 엄지로는 작은 턱을 지그시 눌러 조금 더 입술을 열게 만들었다.

키스하는 소리가 방 안에 울리고 그녀의 작은 입술이 타액으로 흠뻑 젖을 때까지 메이는 키스를 멈추지 않았다. 몇 번이나 고개의 각도를 바꾸며, 그녀에 대한 목마름을 딥 키스로 채웠다.

서툴기 짝이 없는 혀를 잡아채 빨아들이고 달콤한 타액을 모조리 집어삼킨 뒤에야 메이는 움직임을 멈추고 슬쩍 입술을 떼어냈다. 더 이상 했다간 자신을 주체하지 못해 새힘의 온몸에 키스 자국을 남길 것만 같았다. 이성을 잃기 전에 멈추어야 했다.

"하아……하아……."

고문을 당하기라도 한 사람처럼 메이의 입술이 떨어지기가 무섭게 새힘이 공기를 들이마셨다. 메이는 그런 새힘의 얼굴을 쓸어 주고 싶은 걸 가까스로 참았다.

지금까지 노골적으로 드러내고 있던 욕망은 저 멀리 감추어 둔 채 무표정한 가면을 다시 얼굴에 뒤집어썼다.

"힘들어 보인다. 여기까지 해."

"넌 숨 안 차?"

"괜찮아."

호흡이 가쁜 것보다 진한 키스로 인해 아랫도리가 딱딱하게 부풀어 오른 게 메이에겐 더 큰 고문이었다. 새힘이 전혀 눈치 채지 못한 게 다행이라면 다행이었다. 숨을 다 고른 그녀가 조금 전의 키스를 떠올리듯 눈망울을 굴렸다.

"저기, 그런데, 실제로 해보니까 영화나 소설에서 보던 것과는 조금 다른 것 같아."

"뭐가."

"그, 글쎄. 아……심장이 막 벌렁거리고 조금 찌릿한 느낌이 있긴 한데, 뭐랄까? 거기서 봤던 것처럼 제야의 종소리가 막 뎅 뎅뎅 나고 그런 건 아닌 것 같아. 우리가 친구 사이라서 그런 건가?"

"……."

메이는 비소를 흘렸다. 그럴 테지. 너에게 난 그저, 친구일 뿐이니까. 그런 놈이 제 욕심만 채우기에 급급한 키스를 해댔으니, 새힘은 좋았을 리 없을 것이다.

"너, 지금 또 비웃지? 경험이 없어서 그런 거라고 비웃는 거 맞지?"

차라리 그렇게 생각해 주는 게 덜 비참하긴 하다. 메이는 대꾸 없이 미미하게 한숨만 내쉬었다.

"몇 번이나 더 하면 정말 잘할 수 있을까?"

새힘은 모르고 있었다. 키스의 횟수 따위는 전혀 중요하지 않다는 것을. 상대방을 얼마나 사랑하느냐에 따라 단 한 번의 키스에도 심장이 터질 것 같은 황홀경을 느끼게 된다는 것을. 아마도제가 좋아한다는 이은성과의 키스에선 지금과 같은 기분이 아닌짜릿함을 느끼게 될지도 몰랐다. 생각이 거기까지 미치니, 메이는 급격히 기분이 더러워졌다.

어떻게 하면 이은성에게 가 있는 관심을 지워 버릴 수 있을까.어떻게 하면 저 예쁜 눈이 메이 자신만을 향하게 만들 수 있을까.

가슴이 답답했다. 처음으로 메이는 새힘과 함께 자라온 것이원망스러웠다. 지금 당장, 저 가녀린 몸에 올라타고 싶었다. 그래서 딱딱하게 부풀어 오른 분신을 그녀 속으로 밀어 넣어 친구가아닌 남자라는 것을 각인시키고 싶은 충동마저 일었다.

"메이야."

메이의 속내를 전혀 모르는 새힘이 너무도 해맑게 부르는 바람에 그는 겨우 마음을 추슬렀다. 욕망을 숨기며 무심히 쳐다보자그녀가 눈을 반짝였다.

"매일 가르쳐 줄 거지?"

매일 이런 고문을 당하라니, 그건 사절하고 싶었다.

"안 돼."

메이의 거절에 새힘은 잔뜩 실망한 표정을 지었다.

"왜애?"

"우리, 남자 여자로 사귀는 거 아니잖아. 그런데 매일 붙어서 이런 짓이나 하자고? 제정신이야?"

새힘의 얼굴이 급격히 확 붉어졌다.

"그, 그거야 그렇지만, 배우려면 어쩔 수 없잖아."

"안 돼. 안 된다고."

너무도 단호한 메이의 말에 그녀는 삐죽 입술을 내밀었다.

"씨이, 정말 더러워 죽겠네. 알았어. 그럼 언제 또 가르쳐 줄 건데?"

앞으로도 지금처럼 고문을 받을 게 분명했지만, 이미 금단의 열매를 맛본 메이로서는 완전히 거절할 수가 없었다. 잠시 뜸을 들인 메이는 낮게 한숨을 내쉬며 툭 내뱉었다.

"……시간 날 때 말해 줄게."

"어머, 정말? 고마워!"

기쁨에 겨운 그녀가 와락 메이의 목을 끌어안았다. 새힘에겐 아무 의미 없는 행동이겠지만, 메이는 죽을 맛이었다. 그녀의 목 덜미에 얼굴을 묻은 채 향을 듬뿍 마시고 싶은 걸 꽉꽉 눌러야 했다. 늘 그렇듯 가느다란 허리에 손을 올리고 싶은 욕구를 감추며 그는 차렷 자세를 고수했다.

메이는 한없이 굳은 얼굴에 쓴웃음을 지었다.

멍청이, 송새힘.

과외가 아니라, 오로지 메이는 자신의 욕심만 채울 것이다. 달콤한 입술을 샅샅이 핥고 빨아들이면서 들끓어대는 욕망을 조금이나마 채울 것이다. 양심의 가책은 저쪽으로 치워 두고서.

*

　다음 날 어스름이 깔리는 저녁, 예쁘장한 소녀 둘이 교복 차림을 한 채 포만감 가득한 얼굴로 보도 위를 걷고 있었다. 기다란 생머리의 새힘과 짧은 단발머리의 영경이었다.

　새힘은 약속대로 초이스에서 영경에게 한턱을 내고 나오는 길이었다. 죽어라 뛰었는데도 교실에 도착하기 전 영경에게 붙잡힌 것이다. 두 턱을 바라는 영경에게 우기고 우겨 겨우 한 턱으로 합의를 보았다.

　다소 비싸지만 양과 질 면에서 모두 합격인 샌드위치와 생과일 주스까지 남김없이 먹고 나오니 저녁을 걸러도 될 만치 배가 든든했다.

　"아아, 나 졸업하면 꼭 초이스에서 알바 뛸 거야. 어쩜 샌드위치가 그렇게 예술이니? 좀 비싸지만 그만한 값어치를 한다니까?"

　황홀한 표정을 짓는 영경에게 새힘은 피식 웃어 보였다.

　"초이스에서 너 먹성 아니까 절대 안 쓸 거야. 샌드위치가 남아나겠니?"

　"모르시는 말씀. 팔다가 남은 걸 내가 먹어치워 주면 더 고마워할 걸?"

　"양갱, 초이스는 주문을 받고 즉석으로 만드는 곳인데, 팔다 남는 게 있을까?"

　"헉!"

영경의 얼굴이 비련의 여주인공처럼 슬프게 일그러졌다.

"아아, 망할. 그냥 손님으로 남아야겠구나."

영경이 입맛을 다시며 쿨 하게 포기했다. 고집이 있는 새힘과 다르게 영경은 아니다 싶은 건 곧바로 단념하는 쿨 한 성격이었다. 농담 하나에도 그녀의 성격이 뚝뚝 묻어났다.

"파워야."

"어."

"오늘 내 입을 호강시켜 준 값으로 내가 선물을 하나 할까 한다."

어둑한 보도 위를 걸으며 영경이 의미심장한 미소를 지었다. 잠시, 뭘까 생각하던 새힘은 야릇한 영경의 웃음에 이내 선물의 정체를 감지하곤 찰싹 친구의 팔짱을 끼었다.

"혹시, 그거?"

"역시, 그쪽으론 촉이 발달했다니까. 우리 언니야가 무려 다섯 권이나 질렀더라. 언니야, 과 엠티 가서 오늘 내일 안 들어와. 음 하하하!"

"꺄악."

자그맣게 비명을 지른 새힘이 입가를 헤벌쭉 벌렸다. 영경의 언니가 지른 '다섯 권'이란 건 빨간 딱지가 붙은, 수위 높은 소설들이었다. 동안인 새힘과 영경이 아무리 어른인 척 꾸며도 서점에서는 죽어도 살 수 없는 그런 것들이다.

영경의 언니는 농도 짙은 소설의 마니아라, 대여점에서 빌리는데 그치지 않고 항상 사서 재어 놓는 쪽이었다. 몇 번 읽다가 어느 정도 관심에서 사라진 책들을 찬장처럼 커다란 책장에 잘 모셔 두는데, 그러면 영경이 몰래 새힘에게 빌려 주었다가 감쪽같이 다시 가져다 놓곤 했다. 그래서 가끔 가방에 들어 있는 19금소설들을 메이에게 들켜 민망할 때가 한두 번이 아니기도 했다. 다행히 메이가 그녀의 취미에 대해 왈가왈부하지 않아 이제는 그에게 들켜도 그다지 부끄럽다거나 하지 않았다.

"아직 우리 언니야도 안 본 따끈따끈한 거니까 깨끗하게 보고 반납해야 돼, 알았지?"

"당근이지! 고마워, 양갱 알라뷰!"

새힘은 영경에게 양손을 모아 하트 모양을 해 보이곤 다시 팔짱을 꼈다. 그런 그녀에게 영경이 '어이구, 역시 같은 년'이라며 혀끝을 쯧쯧 찼다.

새힘의 취미인 삐리리 하고 거시기한 소설들을 가지러 영경의 집으로 향하는 도중이었다. 영경의 집 근처로 당도하니, 어느새 짙은 어둠이 대기에 내려앉았다.

가로등 불빛을 벗 삼아 컴컴한 골목으로 들어서는 찰나, 영경이 우뚝 걸음을 멈추었다. 그녀의 팔짱을 낀 채 걷고 있던 새힘역시 자동으로 발을 멈추며 친구를 바라보았다. 영경이 잔뜩 이마를 구기며 낮게 속삭였다.

"아씨, 돌아서 가자."

"왜?"

영문을 모른 새힘이 묻자, 영경이 잔뜩 긴장한 얼굴로 어느 한 곳을 턱짓해 보였다. 새힘의 시선이 영경이 가리킨 곳으로 향했다. 그녀의 눈에 컴컴한 골목 저편이 눈에 들어왔다. 새힘은 움찔 몸을 굳히며 더욱 바짝 영경의 팔짱을 꼈다.

새힘의 시선이 향한 곳에는 몇 대의 오토바이가 세워져 있고 그 옆으로 불량 감자들 몇 알들이 서 있었다. 어두워 사물도 제대로 구분되지 않는 골목 한쪽에 너덧 명의 건장한 소년들이 한 소년을 바닥에 깔아뭉개 놓고 린치를 가하는 중이었다. 사복을 입은 아이도 있었고 교복 차림도 더러 보이는 걸로 봐선 학생들이 분명했다.

피해자인 소년은 이미 너무 맞은 듯 신음조차 내지 못한 채 녀석들의 발길질을 고스란히 당한 채 널브러져 있었다. 무자비한 폭행이 가해질 때마다 그저 몸을 웅크린 채 움찔거릴 뿐이었다.

새힘은 자신이 맞고 있는 것도 아닌데 심장이 벌벌 떨려 죽을 것만 같았다. 자신들과는 전혀 다른 세계의 아이들. 어른들조차도 이런 광경을 목격했다면, 치를 떨며 다른 길로 돌아갈 정도로 처참한 상황이었다.

"뭐해, 얼른 가자. 저런 애들 눈에 띄어 봤자, 험한 꼴밖에 안당해."

"신고하자, 영경아."

새힘이 겁에 떨면서 휴대전화를 꺼내들었다. 긴장을 해서인지 그제야 생각난 듯 영경이 고개를 끄덕였다. 막 새힘이 휴대전화를 열고 112를 누르는 순간이었다. 갑자기 영경이 그녀의 팔을 꽉 움켜쥐었다.

"새힘아⋯⋯저기⋯⋯."

"응?"

"이은성이야."

휴대전화의 버튼을 누르던 새힘은 거짓말처럼 움직임을 딱 멈추었다. 새힘은 딱딱하게 굳은 영경의 얼굴을 거쳐 곧장 어두컴컴한 골목으로 시선을 돌렸다.

"아."

새힘의 입에서 탄식이 흘러나왔다. 잔인하게 린치를 가하고 있는 소년들 무리에서 몇 발자국 떨어진 곳에 낯익은 얼굴이 있었다.

폭행의 소리들이 자신과는 아무런 상관도 없는 듯 무표정한 얼굴로 담벼락에 기댄 채 홀로 담배를 피우고 있는 건 바로, 영경이 말한 은성이었다. 고고하고도 무심한 얼굴 이면에는 잔인함이 한껏 서려 있었다.

무섭다.

새힘의 솔직한 심경이었다. 은성이 어떤 부류인지 충분히 알고 있었지만, 이런 광경을 실제로 보니 두려움이 왈칵 밀려왔다. 역시나, 은성은 자신과는 너무 동떨어진 세계의 아이였다.

"⋯⋯이은성이라서 신고 못하겠거든 얼른 가자. 여기서 지켜보는 거 들키면 너나 나나 정말 안 좋은 꼴 당해."

영경이 바짝 얼어 있는 새힘의 팔을 끌었다.

"어, 응."

얼떨결에 대답한 새힘은 영경이 이끄는 대로 따랐다. 가슴이 쿵쾅거리고 얼굴이 화끈거렸다. 뜻밖의 곳에서 은성을 본 이유도 있었지만, 사실은 신고를 하지 못한 자신이 한심해 죽을 것 같았기 때문이다.

단지, 집단 폭행의 한가운데 은성이 있다는 것만으로도 신고를 할 수가 없었다. 혹여, 은성이 잘못될까 봐. 피투성이가 되도록 맞고 있는 얼굴 모를 소년이 훨씬 더 안타깝고 안됐는데도 가해자가 은성이라는 이유만으로 신고를 못한 것이다.

피해자인 아이가 그녀를 본 것도 아닌데, 웅크리고 맞는 모양새가 아무나 자신을 살려 달라고 애원하는 것만 같아 양심이 쿡쿡 찔려왔다.

영경에게 끌려 저만치 걸어가던 새힘은 우뚝 걸음을 멈추었다.

"영경아, 나 그냥 못 가겠어."

"뭐?"

"맞고 있는 애, 크게 다치면 어떡해? 양심에 너무 찔려서 그냥 못 가겠어."

영경의 눈이 동그랗게 떠졌다.

"어쩌려고? 설마, 이은성을 신고라도 하게?"

새힘은 작게 입술을 깨물었다. 신고를 해야 하는 게 마땅한데도 그럴 수가 없었다. 새힘은 가만히 도리질을 쳤다. 영경의 이마가 확 구겨졌다.

"그럼, 어떡하게?"

새힘은 가만히 자신의 휴대전화를 들어 보였다.

"휴대폰으로 뭐 어쩌게?"

새힘의 휴대전화는 멋으로 달아 놓은 고리를 힘껏 당기면, 고리와 연결된 전화기의 일부분이 위로 빠짐과 동시에 온 동네가 떠나갈 듯 요란한 사이렌 소리가 울리게 되어 있었다. 그 일부분 자체에도 'SOS'라는 글자가 새겨져 있는 보디가드 기능의 전화기였다.

의아한 표정을 짓던 영경 역시 새힘의 휴대전화 기능을 기억해 내곤 어이없는 웃음을 내뱉었다.

"너, 설마, 그걸로 쟤들을 쫓을 수 있다고 생각하는 건 아니지?"

"시끄러우니까 동네 사람들이 나와 보지 않을까?"

"동네 사람들보다 쟤들이 먼저 우릴 발견하면?"

"숨어서 한 번 해 보자, 응? 그냥 가면 정말 몇날 며칠을 후회할 것 같아. 영경아, 제발."

간절하기까지 한 새힘의 말에 영경은 한숨을 푹 내쉬었다.

"아, 나도 몰라! 좋아, 계집애야. 저쪽 귀퉁이에 숨어서 한 번 해 보자. 만약 쟤들이 우리 쪽으로 보면 뒤도 보지 말고 우리 집 쪽으로 튀는 거야, 오케이?"

"응, 오케이."

비장하게 대꾸한 새힘은 마른침을 꿀꺽 삼키며 왔던 길을 되돌아갔다. 평소에 털털한 영경도 바짝 긴장해서 새힘의 뒤를 따랐다. 귀퉁이에서 어둠 속을 살피니, 녀석들은 아직도 폭행을 가하는 중이었고, 담배를 다 피운 은성은 팔짱을 낀 채 구경하고 있었다.

"후우."

심호흡을 한 새힘은 휴대전화를 손에 꽉 쥐었다. 작년 즈음 구입한 이 휴대전화가 지겨워지려던 참이었는데 이런 식으로 유용하게 써먹을 줄은 몰랐다.

"빨리, 빨리. 쟤, 죽겠다."

옆에서 영경이 채근하는 바람에 막 고리를 당기려던 새힘은 되레 당황해 움찔 동작을 멈추었다.

"양갱, 심장 떨어질 뻔했잖아."

"아, 쏘리."

다시 한 번 크게 숨을 내뱉은 새힘은 휴대전화의 고리를 움켜쥐고 사정없이 당겼다.

삐익삐익삐익삐익!

100데시벨까지 올라간다는 요란한 소리가 적막한 동네에 울려 퍼진 것은 순식간이었다. 자신이 한 일임에도 새힘은 그 소리에 심장이 뚝 떨어지는 듯했다. 그것은 영경도 마찬가지였다. 새힘의 옆에 딱 달라붙은 채로 같이 숨을 죽이고 있었다.

"아, 씨발, 뭐야?"

"뭐야, 이 소리는?"

소리를 들은 녀석들이 발길질을 멈추며 즉각적인 반응을 보였다. 새힘과 영경은 바짝 얼어붙은 채 동네 사람들이 소리를 듣고 나와 주길 바랐다.

그러나 그것은 두 소녀의 간절한 바람일 뿐 아직은 아무도 나와 보는 이가 없었다. 그사이 녀석들은 소리의 진원지를 찾아 이리저리 고개들을 돌렸다.

"어디서 나는 소리냐?"

"저쪽 같은데? 어떤 병신들이 우리를 보고 헛짓하나 보지."

애당초 도망칠 생각이 없었던 듯 그들은 험악한 인상을 쓰며 시끄러운 소리가 나고 있는 그녀들 쪽으로 눈을 고정시켰다.

"헉! 어, 어떡해, 영경아. 이쪽으로 봤어."

"아우, 내가 미쳐. 튀, 튀자."

말을 그렇게 하곤 있었지만, 두 소녀는 발이 굳기라도 한 듯 꼼짝도 할 수가 없었다. 이미 녀석들 중 둘이 다가오고 있었기에 도망쳐 본들 잡힐 거라는 걸 어렴풋이 짐작하고 있었기 때문이기도 했고 공포심에 발이 떨어지지 않는 탓도 있었다.

"어쭈, 이것들은 뭐냐?"

서서히 거리를 좁히며 다가온 두 녀석이 새힘과 영경을 발견하곤 능글맞은 웃음을 지었다. 새힘과 영경은 화들짝 놀라 서로의 손을 꽉 움켜쥐었다. 아는 얼굴이 아니었다. 같은 학교 학생이 아닌 듯했다. 그래서인지 무서움은 배가 되었다.

"헤이, 이은성. 여기 너네 학교 교복 입은 계집애들 둘이 있는데?"

역시나, 눈앞에 녀석들은 같은 학교 학생이 아니었다. 녀석의 말에 저만치 서 있던 은성이 이마를 구기며 천천히 다가오기 시작했다. 마치, 중요한 일을 방해 받은 듯 언짢은 얼굴로 방해자들이 누구인지 확인하러 오는 모양새였다.

'어떡해!'

새힘과 영경 누구 하나 도망치지 못하고 그저 붙잡은 손에 꽉 힘을 주었다. 은성에게 얼굴을 들키게 되면 아마, 다음 날 학교에서 죽도록 괴롭힘 당할 게 분명했다. 그 와중에도 휴대전화에선 '삐익삐익삐익!' 시끄러운 소리가 울렸다.

"아우, 쌍! 야, 그것 좀 안 꺼?"

바로 앞까지 다가온 한 녀석이 주먹을 휙 치켜들었다. 반사적으로 새힘과 영경이 눈을 감는 찰나였다.

"아우, 뭐가 이렇게 시끄러워? 동네 전세 냈어?"

저만치서 드르륵 창문 열리는 소리와 함께 동네 주민 한 명이 고개를 내밀었다. 비단, 그 집만이 아니었다. 100데시벨을 넘나드는 시끄러운 사이렌 소리에 이 집, 저 집에서 한두 사람씩 창문 밖으로 고개를 내밀고 있었다.

"뭔 난리라도 났나? 이게 도대체 무슨 소리야?"

"아우, 시끄러워서 티브이를 못 보겠네, 진짜!"

상황이 이렇게 되니, 불량 감자들은 더 어찌 해 보지도 못하고 후닥닥 오토바이 쪽으로 향했다. 바깥에서 무슨 일이 벌어지는지 주민들이 사태 파악이라도 하면 신고할 것이 자명했기 때문이다.

"아우, 쌍! 어이, 너희들 운 좋았다."

"재수가 없을라니까."

"야, 얼른 타. 짭새들 뜨기 전에!"

험악한 말들을 한마디씩 뱉으며 불량 감자들은 각자 오토바이에 올라탔다. 그러고는 부아아앙, 요란한 엔진 소리를 내며 동네를 뜨기 시작했다. 은성 역시 못마땅한 기색으로 바이크에 훌쩍 오르곤 헬멧을 머리에 덮어 썼다.

그 순간이었다. 새힘이 은성과 눈을 마주친 것은.

아주 찰나였지만, 헬멧 속 은성의 눈이 똑똑히 그녀를 향하고 있었다. 뒷머리가 쭈뼛 서면서 심장이 아래로 사정없이 뚝 떨어졌다. 그는 이내 시선을 돌리곤 커다란 소리와 함께 곧 멀어져갔다. 새힘은 은성이 멀어져간 쪽을 멍하니 응시했다.

알아봤을까. 설마, 어두워서 제대로 보지 못했을 거야.

애써 그렇게 위로했지만, 한 번 놀란 가슴은 쉽사리 진정되지 않았다. 가쁜 숨만 내뱉는 그녀를 영경이 툭 쳤다.

"파워야, 쟤들 다 갔으면 이제 그 소리 좀 끄면 안 되겠니?"

"어? 아, 응."

그제야 정신을 차린 새힘은 퍼뜩 삐익삐익 소리를 중단시켰다. 시끄러운 사이렌이 없어지니, 여기저기서 흘러나오는 짜증 섞인 원성들이 더욱 잘 들려왔다. 어지간히 소리가 컸던 모양이었다. '하여튼 요즘 것들은…….' 등의 웅성거림을 뒤로하고 새힘과 영경은 누가 뭐라 할 것도 없이 후닥닥 집 쪽으로 내뺐다.

아까는 얼음이라도 된 것처럼 움직이지 않던 발이, 지금은 육상 선수라도 된 것처럼 겁나게 빨랐다. 대문을 열고 안전한 보금자리로 와서야, 그녀들은 가쁜 호흡을 내쉬다 서로를 마주 보고 키들키들 웃었다.

"아, 정말 못살겠어. 우리가 무슨 세일러 문이라도 된다고 거기 숨어서 삑삑거렸을까? 걔네들은 또 얼마나 가소로웠겠냐고."

지금 생각하니, 너무도 어이가 없어 새힘은 고개를 절레절레 흔들었다.

"왜, 교복도 입었겠다, '정의의 이름으로 너희들을 용서치 않겠다!' 까지 한 번 날려 주지 그랬어. 그랬으면 아마 미쳤다고 그냥 갔을 것 같은데? 왜, 미친년 건드리면 3년간 재수 없다는 유명한 말씀이 있잖아."

"그 정도로 미친년 소리 듣겠니? 뻑뻑거리는 휴대폰 들고 문 크리스탈 파워 빛으로 얍! 이 정도는 했어야지."

"푸하하! 오케바리! 다음번엔 우리 같이 그렇게 해 볼까?"

장단을 맞추며 잠시 동안 웃어대던 그녀들은 문득 뭔가 허전한 느낌에 점차로 웃음소리를 낮추었다. 입꼬리가 점점 내려오다 종내에는 웃음기를 뚝 멈추며 표정을 굳혔다.

"양갱, 우리 뭐 잊은 거 없니?"

"그러게. 화장실 갔다가 똥 안 닦고 나온 것 같은 더러운 기분인데. 뭐지?"

서로의 얼굴을 빤히 들여다보며 머리를 굴리던 그녀들은 어느 순간, 눈을 동그랗게 떴다. 그리고 동시다발로 외쳤다.

"얻어맞고 있던 애!"

그랬다. 동네 주민들을 피해 급하게 집으로 온 탓에, 구타에 노출되어 있던 얼굴 모를 그 소년을 그냥 거기다 방치해 두고 온 것이다.

"어머, 어떡해!"

"얼른 가 보자!"

두 사람은 다급히 조금 전 요란했던 장소로 향했다.

한데, 그녀들이 가쁜 숨을 몰아쉬며 도착했을 때는 이미 소년은 흔적도 없이 사라진 상태였다. 새힘과 영경은 잔뜩 허탈한 표정으로 잠시 동안 그 장소를 응시했다.

"아, 많이 다쳤을 텐데. 진작 병원에라도 데려갔어야 했는데, 그걸 까먹니."

잔뜩 미안함이 담긴 새힘의 말에 영경이 고개를 끄덕였다.

"그러게. 나쁜 놈들을 물리쳤으니 마무리까지 확실히 했었어야 하는데, 아쉽네."

그렇게 말한 그녀는 새힘의 어깨를 다독였다.

"그래도 간 걸 보니 생각만큼 많이 다친 건 아닌가 봐. 그렇게 생각하자고."

아쉬움을 뒤로하고 새힘과 영경은 발길을 돌렸다. 조금 전까지 웃어젖혔던 게 거짓말처럼 새힘은 마음이 착잡했다. 피해자인 소년이 걱정되기도 했지만, 그것보다 내일 학교에서 은성을 어떻게 마주쳐야 할지 막막함이 더 몰려왔다.

"에이, 기분 꿀꿀해. 얼른 가서 따끈따끈한 신간이나 보자. 책 소개에 보니까, 젖물과 꿀물이 졸졸 흘러내릴 거래."

새힘이 은성과 시선을 마주쳤다는 걸 알 리 없는 영경은 화제를 19금 소설로 돌리며 발걸음을 재촉했다.

"아우, 양갱, 넘 야하다."

애써 평소처럼 대꾸하곤 있었지만, 그 글귀들이 눈에 들어올지 의문이었다. 헬멧 속에서 자신을 응시하던 은성의 싸늘한 눈동자가 자꾸만 마음에 걸렸다.

3.

새힘의 우려와는 달리, 은성은 다음 날 학교에 나오지 않았다. 늘 결석을 밥 먹듯이 하는 녀석이라 새삼스러울 것도 없지만, 새힘은 신경이 쓰였다. 그가 보이지 않아 다행스러운 한편, 허전하기도 했다. 혹시, 그에게 위해를 당할까 겁이 나면서도 또 그의 모습을 보지 못해 아쉬움이 일었기 때문이다.

그런 아쉬움도 잠시, 새힘은 쉬는 시간이 시작되자마자 서랍 속에 넣어 두었던 책을 꺼냈다. 그녀는 읽다 만 곳을 펼쳐 무시무시한 집중력을 발휘해 글귀들을 눈에 담았다.

"파워, 오늘까지 나머지 다 읽고 내일은 무슨 일이 있어도 반납해야 된다이. 내일 밤에 언니가 올 거란 말이지."

영경이 화장실로 향하며 하는 말에 새힘은 고개조차 들지 않고 대충 손만 휘휘 저어 보였다. 클라이맥스가 극을 달하는 장면인데 어찌 눈을 뗄 수가 있겠느냔 말이다. 삐리리 하고 거시기한 장면들이 마구마구 그녀의 뇌리를 휘젓고 다녔다.

어흑, 없는 젖과 꿀이 정말 나올 것 같아!

아니, 코피가 터질 것만 같았다. 그 정도로 베드신 묘사가 너무 노골적이고 끈적끈적했다. 알몸으로 뒤엉켜 있는 남녀가 눈앞에 그려질 정도였다.

"빌어먹을. 우리나라 성교육은 너무 수박 겉핥기식이라니까. 이 정도, 아니, 이 반의 반만이라도 돼야 무슨 교육이 돼도 될 것 아니냐고."

감탄을 하며 중얼거리던 새힘은 교복 주머니에 넣어 둔 휴대전화가 부르르 진동을 하며 메시지 도착을 알려와 눈썹을 휘었다.

"어르신 독서하는데 누가 방해질이야."

주머니에서 휴대전화를 꺼내 메시지를 확인한 새힘은 눈을 동그랗게 떴다. 메시지를 보낸 사람이 다름 아닌 메이였기 때문이다.

〈오늘 집으로 와.〉

다른 사람이라면 눈살을 찌푸릴 정도의 단문이었지만, 새힘은 단박에 뜻을 이해했다. 그러니까, 시간이 날 때마다 받기로 한 레슨을 오늘 해주겠다는 의미였다. 웬일일까, 솔선수범해서.

얼떨떨하게 '알았어, 이따 봐!'를 답문으로 찍어 보내고 새힘은 눈을 가늘게 떴다.

"호오, 은근히 즐기고 있는 거 아냐?"

잠시 가늠해 보던 새힘은 이내 고개를 저었다. 흑심 가득한 다른 녀석들이라면 몰라도 메이는 절대로 그럴 성정이 못 되었다. 메이는 뭐든 좋고 싫은 건 확연히 겉으로 드러내는 성격이었다. 은근히 즐기면서 아닌 척 할 스타일은 절대로 아니었다. 게다가 오히려 그녀가 제안한 '매일'을 단호히 거절하지 않았던가.

하긴, 좋아하는 여자도 아니고 불알친구나 다름없는 그녀와 키스를 하는 게 뭐가 그리 좋아 은근히 즐기기까지 할까. 먼젓번에도 호흡 하나 흐트러지지 않았는데 말이다. 스스로가 생각해도 어이없어 픽 웃는 사이 다시 수업 시간 종이 울렸다. 혹여, 선생님에게 이 어마어마한 것을 들킬세라, 새힘은 퍼뜩 책상 서랍 속으로 책을 밀어 넣었다.

방과 후, 새힘은 일부러 조금 늦게 메이의 집을 찾았다. 먼저 기별을 해왔어도 그는 틀림없이 운동에, 샤워까지 끝내고 느지막이 집으로 올 게 뻔했기 때문이다. 아마 메이라면 옆집에 폭탄이 투하돼도 제 할 일을 다한 다음에 내다볼 위인일 테니까.

느긋하게 샤워를 하고 양치질도 두어 번이나 한 후에 메이의 집으로 가니, 성주댁 아주머니가 인자하게 웃으며 '올라가 봐. 메이 왔어'라고 말해 주었다. 역시나 아주머니가 준비해주려는 간식거리들을 눈물로 마다하고 그녀는 메이의 방으로 향했다.

"메이야, 나 왔……."

평소처럼 아무 생각 없이 메이의 방문을 벌컥 열고 들어가던 새힘은 방 안의 광경에 저도 모르게 발걸음을 멈추었다. 그녀의 눈에 들어온 것은 하얗지만 근육이 붙어 있는 건강한 메이의 맨 상체였다. 아랫도리에 바지를 걸치고 막 상의를 입으려는데 그녀가 불쑥 들어선 것이다.

새힘은 잠시 문 앞에 서서 동그란 눈만 깜빡였다. 메이와 거의 붙어 지내다시피 했지만, 그의 흐트러진 모습을 한 번도 본 적이 없었기에, 아주 어릴 적을 제외하고는 처음으로 맨몸을 본 것이다. 그녀의 기억 속에 남아 있는 메이의 몸은 그저 하얗고 예쁜 가느다란 소년의 것일 뿐이었다.

한데, 티브이에서나 보았던 식스 팩을 메이가 옷 속에 숨기고 있을 줄이야. 도자기처럼 희고 고운 피부에 언밸런스하게도 남자다움의 상징인 단단한 근육들이 자리 잡고 있으니 참으로 묘한 분위기를 풍겼다.

"뭐해, 안 들어오고."

조금 얼이 빠진 채로 쳐다보는 그녀와 달리, 메이는 아무렇지도 않은 얼굴로 셔츠를 마저 걸쳤다.

"어, 응."

표정을 추스르며 안으로 들어선 새힘은 마른침을 꿀꺽 삼켰다. 대중매체에서나 보았던 식스 팩을 이렇게 실제로 보게 되니 한 번 만져 보고 싶어 손이 근질거렸다.

"저기, 메이야."

새힘이 조금 콧소리를 섞어 부르자, 뭔가 부탁할 것이 있다는 걸을 직감적으로 눈치 챈 메이가 날카롭게 내뱉었다.

"이상한 부탁 따위를 할 거면 내뱉지도 마."

"얘는, 내가 언제 뭘 그렇게 이상한 부탁을 했다고 그러니?"

메이의 얼굴이 싸늘하게 굳어진다. 꼭 그 표정이 '항상, 늘, 입만 열면'이라고 하는 것 같아 새힘은 고음으로 웃어젖힌 다음 다시 말을 이었다.

"그래, 내가 좀 그렇긴 해. 알아, 안다고. 근데 이번엔 엄청 쉬운 거야."

새힘이 안심시켜 주었지만 그는 미심쩍은 표정을 풀지 않은 채슬쩍 고개를 끄덕였다.

"들어는 볼게."

"뭘 그렇게 경계하고 그러니? 엄청 쉬운 거라니까. 저기, 식스 팩 말인데. 한 번만 만져 보면 안 돼? 딱 5초만 만져 볼게."

"식스 팩?"

잠시 잠깐 생각에 잠겼던 메이가 곧 그 의미를 이해하곤 딱 잘라 말했다.

"안 돼."

너무도 단박에 날아온 거절에 새힘은 어리둥절해졌다. 다른 곳도 아니고 그저 복근이 신기해서 달랑 5초만 만져 보겠다는데, 저렇게 정색을 하며 거절할 건 뭐란 말인가. 막말로 거시기를 만져 보겠다는 것도 아니고 겨우 복근일 뿐인데 말이다.

"왜, 왜 안 돼?"

메이의 거절이 믿기지 않아 새힘은 말까지 더듬으며 이유를 물었다. 그는 비웃듯 입가를 비스듬히 올렸다.

"몸을 더듬는다는데 누가 좋아서 오케이 하겠니?"

"누, 누가 더듬는다고 그랬니? 그냥 한 번 만져나 본다는 건데."

"더듬든 만지든 어쨌든 싫어."

"그러지 말고 한 번만 만져 보자, 응? 신기해서 그래. 응응?"

새힘은 초절정 필살기인 '가련한 강아지같이 불쌍한 얼굴'로 커다란 눈을 깜빡여 보였다. 지금껏 이 표정으로 메이가 녹지 않은 적이 없었다. 그러나 돌아온 건 매정한 대답뿐이었다.

"절대 안 돼, 절대. 자꾸만 헛소리할 거면 너, 그냥 가."

좀처럼 보여주지 않는 필살기를 보여줬건만, 메이는 전혀 끄떡도 하지 않는다.

아, 독한 놈. 어지간히 싫은 모양이네.

메이가 이렇게까지 질색을 하니, 더는 매달릴 수도 없었다. 더 졸랐다간 되레 목을 졸린 채 내쫓길 것만 같았다.

"알았어. 알았다고. 정말 더럽고 치사해서. 내가 운동해서 식스 팩 만들고 말지."

아쉬움과 서운함을 애써 삼킨 그녀는 이내 메이의 침대에 털썩 걸터앉았다. 식스 팩을 만져 보는 건 물 건너갔으니, 진도라도 진탕 빼야 그나마 아쉬움이 조금은 사라질 것 같았다. 그녀는 아직도 서 있는 메이에게 제 옆 자리를 탁탁 쳐 보였다.

"앉아. 절대로 네 식스 팩 안 만질게. 맹세해."

그런 그녀를 잔뜩 미심쩍은 얼굴로 바라보던 메이가 얼마 지나지 않아 옆에 자리하고 앉았다.

그의 갈색 눈동자를 가까이서 마주하자, 방금 전까지만 해도 존재하지 않았던 긴장이 스멀스멀 새힘을 감쌌다. 처음만큼은 아니더라도 괜스레 심장이 쿵쿵거렸다. 아무래도 아직은 키스에 익숙해지지지 않아 그런 모양이었다.

메이의 갈색 눈동자가 점점 다가오는 것을 보다가 새힘은 자동으로 눈을 감았다. 그의 숨결이 얼굴에 뿌려지는 걸 느끼는 순간 입술이 와 닿았다. 그 다음 수순으로 메이가 곧바로 혀를 밀어 넣었던 걸 기억해 낸 새힘은 무릎 위에 둔 손을 꽉 맞잡았다. 앙다물고 있던 입술에 힘을 빼며 기다리는 동안 심장은 더욱 요란하게 울려댔다.

그러나 메이는 더 이상 진도를 나가지 않고 느릿하게 입술만 핥았다. 깃털같이 가벼운 움직임으로 그녀의 윗입술과 아랫입술만 번갈아 머금을 뿐이었다. 뭔지 모를 허전함과 또 한편으로는 저릿한 감각이 피어오르는 탓에 새힘은 저도 모르게 한숨을 내쉬었다.

그녀의 한숨 소리가 신호탄이라도 된 듯 살짝 벌어진 입 안으로 혀가 침범해 들어왔다. 촉촉하고 뜨거운 혀는 곧장 미약하게 떨고 있는 그녀의 속살을 잡아채 빨아들였다. 쪽, 하는 소리가 들릴 정도의 강한 흡입에 새힘은 저도 모르게 메이의 셔츠 자락을 꽉 붙잡았다.

메이의 뜨거운 혀가 입 안의 예민한 살들을 자극할 때마다 새힘은 오싹오싹 소름이 돋았다. 발가락 끝이 간질간질하면서 아랫배 쪽이 바짝 조여들었다. 오늘 내내 읽었던 19금 소설의 장면들이 절로 뇌리에 떠돌았다.

"하아……."

입술의 각도를 바꾸느라 메이가 잠시 떨어진 틈을 타 새힘은 거칠어진 숨결을 내뱉었다. 다시금 그가 입술을 부딪쳐 오자, 그녀는 점차로 반응을 하게 되었다. 이렇게, 혹은 저렇게 하라는 그 어떤 가르침도 없었건만 그녀는 입술을 더욱 열고 깊숙이 그를 받아들였다. 책에서 무수히도 많이 보았던 여주인공들처럼.

혀와 혀가 얽히고 입술의 경계선을 넘나들 만큼 필사적으로 메이의 움직임에 맞춰가던 새힘은 점점 무아지경으로 빠져들어 저도 모르게 그의 목에 팔을 감았다.

그 순간이었다. 진하게 그녀의 입술을 탐하고 있던 메이가 키스를 멈추며 양쪽 어깨를 밀어낸 것은.

어린아이가 달콤한 사탕을 맛보다 불시에 빼앗긴 것처럼 억울하고 허전한 기분에 새힘은 가쁜 숨을 내쉬며 눈을 떴다. 얼굴이 잔뜩 붉어진 채로 아직 몽롱한 상태를 하고 있는 새힘과 달리 언제 그렇게 진한 키스를 나누었냐 싶게 그는 차분하고도 냉정한 표정이었다.

"갑자기, 왜?"

"목, 껴안지 마."

흐트러짐 없는 메이의 말에 새힘은 번개라도 맞은 기분이었다.

"내, 내가 그랬니?"

"그랬어."

"아, 그랬구나. 그런데, 그게 뭐? 보통 이렇게 하지 않아?"

그게 뭐 어때서 저렇게 정색을 하는지 모를 일이었다. 평소에는 아무리 껴안거나 해도 목석처럼 가만히 있으면서 갑자기 왜 이렇게 싫은 내색이냔 말이다. 새힘은 조금 부루퉁한 표정으로 메이를 올려다보았다.

메이는 잠시 난감한 얼굴로 가만히 이마를 쓸어 올렸다. 뭐라고 해야 할지 말문이 콱 막혔다. 점점 뜨겁게 반응을 해오는 너 때문에 온몸이 곤두서서 어쩔 수 없었다고 말할 수는 없지 않은가.

아닌 게 아니라, 나무토막처럼 뻣뻣이 굳어 있던 처음과는 다르게 새힘이 어설프게나마 반응을 해오는 바람에 메이는 가슴이 욱신거려 돌아 버릴 지경이었다.

키스를 하는 내내 그녀의 블라우스 속으로 손을 밀어 넣고 봉긋한 가슴을 움켜잡고 싶은 걸 참고 또 참아야 했다. 게다가 발칙하게도 자신의 복근을 만져 보고 싶다던 새힘의 말이 뇌리를 떠돌기까지 해 더욱 흥분되던 참이었다.

그녀로선 그저 호기심에 만져 보고 싶을 뿐이었겠지만, 메이에겐 그 모든 게 도발이고 유혹이었다. 아마, 새힘이 고집을 부려 맨손으로 복근을 훑었다면, 지금쯤 키스에서 끝내지 못하고 더한 스킨십을 했을지도 몰랐다.

한데 키스를 나누면서 반응을 하는 걸로도 모자라 목에 팔까지 두르며 착착 감겨오니, 더 이상은 자신을 제어할 수가 없어 그녀를 밀어낸 것이다.

아무리 이 상황을 이용해 제 욕심을 채우자 다짐했으나, 그 뒤에 아가리를 벌리고 있는 탐욕이란 고문이 너무도 고통스러워 당장이라도 때려치워 버리고 싶은 마음이 굴뚝같았다. 새힘과 키스를 나누면 나눌수록 욕망은 점점 커지는 데다, 허탈함까지 더해져 더욱 그를 괴롭혔다.

이런 상황이 한심스러워, 메이는 눈앞에 '나는 아무것도 몰라요' 하는 얼굴로 앉아 있는 새힘에게 스멀스멀 화가 솟구쳤다.

"송새힘, 착각하지 마."

"응? 내가 뭘?"

"키스하면서 껴안는 건 연인끼리나 하는 거야. 넌 날 상대로 빌어먹을 키스 연습만 하는 거라고. 아직도 무슨 뜻인지 몰라?"

적나라한 메이의 표현에 새힘이 숨을 혹 들이켜며 눈을 새치름하게 떴다.

"류메이, 표현 참 예쁘게 한다."

"사실이니까. 난 네 연습 상대일 뿐이지, 진짜가 아니잖아. 그러니까, 과한 행동은 하지 마."

입술 사이로 내뱉고 있는 말이 너무도 명명백백한 현실이라 메이는 쓴웃음이 나는 걸 억지로 참았다. 자못 어둡기까지 한 메이의 표정에 새힘은 이마를 긁적였다.

"누가 류메이 아니랄까 봐, 정말 징그럽게 까다롭지."

그녀는 낮게 한숨을 내쉬고는 다시 말을 이었다.

"알았어, 알았다고. 다음부터는 손을 뒤로 묶어 놓고 할까? 그럼 되려나?"

순간, 메이는 코피가 터질 정도로 띵한 현기증을 느꼈다. 농담 반, 빈정거림 반으로 던진 새힘의 말이 곧장 뇌리 속에서 상상이 되어 그려졌기 때문이다. 거친 숨결이 자꾸만 입 밖으로 새어 나올 것 같아 메이는 빠르게 내뱉었다.

"오……늘은 이만해. 봐야 할 책이 있어."

"뭐? 벌써? 조금 더 하면 안 돼?"

쌍, 조금 더 하고 덮쳐도 돼? 19금 소설을 그렇게 많이 본 계집애가 다음 수순을 왜 이렇게 몰라, 이 멍청아!

목까지 치민 말을 삼키며 메이는 애써 태연하게 대꾸했다.

"더 하면 입술 붓는다."

"아."

고작 이 정도로 입술이 부을 리는 없었지만, 다행히도 새힘은 별 의심하지 않고 수긍했다. 오히려, 새로운 사실을 안 듯한 표정으로 작게 고개를 주억거렸다.

"저기, 메이야. 근데, 나 먼젓번보다 좀 늘지 않았어?"

메이는 배시시 웃으며 물어오는 새힘을 물끄러미 바라보다 툭 내뱉었다.

"는 것 같긴 해."

"어머, 정말?"

"턱 살이 늘어서 좀 있으면 두 턱 되겠다. 적당히 먹어."

눈동자를 반짝반짝 빛내던 새힘이 순식간에 눈을 세모꼴로 떴다.

"아우, 야아! 내가 얼마나 먹는다고! 그리고 나 살 하나도 안

졌거든?"

새힘이 어깨에 작은 주먹을 마구 휘두르는 걸 고스란히 맞아 주며 메이는 낮게 한숨을 쉬었다.

그냥, 이성 같은 거 좋아하지 말고 이대로 남아 주면 안 될까, 송새힘. 그럼, 나도 끝까지 네 옆에서 친구로 남아 줄 수 있을 것 같은데. 아무도 아프지 않게……우리, 그냥 이대로 남아 있으면 안 될까, 응?

*

"하아."

1교시를 마친 뒤의 쉬는 시간, 새힘은 교실 천장이 뚫어질 정도로 커다랗게 한숨을 내쉬었다. 그녀의 한숨 소리에, 옆에서 거울 보기 삼매경에 빠져 있던 영경이 슥 돌아보았다.

"파워, 뭔 일이라도 있어? 한숨 쉬다가 책상 날아가겠어."

"아."

옆에 앉은 영경에게까지 들릴 정도로 자신의 한숨 소리가 컸음을 자각한 새힘은 작게 도리질을 쳐 보였다.

"아무 일도 아냐, 그냥."

"아무 일도 아닌데, 수업 시간 내내 멍 때리다 쉬는 시간엔 한숨을 한 바가지나 내쉬냐? 그리고 지금 네 얼굴 완전 폐인 같아. 다크서클이 턱까지 내려와 있구만, 아무 일 아니라고?"

"양갱, 묻지 마, 다쳐."

뭔가 있음을 짐작한 영경이 자꾸만 '뭔데, 뭔데?' 하며 캐물었지만, 새힘은 계속해서 침묵만 고수했다.

새힘이 저도 모르게 자꾸만 한숨을 내쉬는 데에는 이유가 있었다. 지난 저녁, 메이와 나눈 키스가 자꾸만 머리를 맴돌고 있었기 때문이다.

처음에는 생소한 혀의 감촉에 무언가를 느낄 정신도 없었는데, 어제는 아랫배가 저릿저릿할 정도로 기분이 묘했었다. 온몸에 오싹 소름이 돋고 머리가 어질어질해질 무렵, 메이의 목에다 팔을 감는 바람에 그가 밀어내긴 했지만, 이미 키스가 주는 그 야릇한 흥분을 느끼고야 만 것이다.

그래서인지 그 뒤로부터 사람들을 보면 자꾸 입술로만 눈이 가니 환장할 노릇이었다. 뉴스를 봐도 앵커의 입술만 커다랗게 눈에 들어왔고, 슈퍼를 가도 주인아저씨의 입술만 보였다. 오늘 등교를 하면서 어찌나 뚫어지게 메이의 입술을 쳐다봤던지, 그가 인상을 쓰며 한소리를 하고서야 퍼뜩 시선을 돌렸다. 게다가, 첫 수업 시간에는 선생님의 입술만 뚫어지게 보면서 50분을 그냥 보내고 말았다.

가뜩이나 야릇한 영상이 자꾸만 머리에 떠돌아 간밤에는 거의 잠도 못 잤는데, 지금까지 이 모양이니, 영경의 말마따나 폐인이 따로 없었다.

정녕, 변태가 되어 가고 있단 말인가!

이런 웃기지도 않은 고민을 영경에게 말하자니, 메이와 키스를 나눈 자초지종을 다 읊어야 했고, 그렇다고 혼자 끙끙거리자니 답답해서 돌아가실 노릇이었다. 그러니, 줄기차게 한숨만이 흘러 나왔다.

잠을 못 자서인지 피곤함은 배로 몰려왔다. 새힘은 책상에 철 퍼덕 엎드려 눈꺼풀을 덮었다.

씨. 차라리 아프다 그러고 조퇴나 해 버릴까.

한 시간만 더 버텨 보자 마음먹으며 수업 시작종이 울리길 기다릴 때였다. 새힘은 갑자기 옆구리를 쿡쿡 찌르는 느낌에 엎드린 그대로 눈동자만 굴렸다. 영경이 미미하게 그녀의 옆구리를 찌르고 있었다.

"왜, 양갱."

"앞문, 앞문."

영경이 다른 곳을 보는 척하며 연방 앞문을 보라는 눈치를 주었다. 교실 앞문에 뭐가 있기에 영경이 이러나 싶어 새힘은 너무 티 나지 않게 슬쩍 고개를 들었다.

교실 앞쪽이 시야에 들어오는 순간, 새힘은 눈을 왕방울만 하게 뜨고 말았다. 새힘의 시선이 닿은 그곳에는 며칠 내내 학교에는 코빼기도 보이지 않던 은성이 떡하니 등장을 하고 있는 것이다.

지금까지 머리를 잠식하고 있던 키스고 나발이고는 금세 새하얗게 지워지고 말았다. 타이를 느슨하게 매긴 했어도 교복 차림을 한 은성과 정면으로 시선이 딱 부딪쳐 버렸기 때문이다.

새힘은 '악!' 하고 비명이 튀어나오려는 것을 꾹 눌러 참았다. 그의 시선이 마치 '그때, 너지?' 하는 듯이 보였기 때문이다. 1교시 시작종이 울릴 때도 은성이 보이지 않아, 오늘도 결석을 하는 줄로만 알았다. 한데, 이렇게 1교시가 끝나고 떡하니 입장을 해 주실 줄이야.

"님이 간만에 오셔서 좋아 죽겠냐? 아주 눈을 못 떼는구나."

영경이 그녀의 귀에다 대고 장난기 가득한 목소리로 속삭였다. 새힘은 그런 영경에게 작게나마 '닥쳐.' 라고 말해 주고 싶었지만, 은성과 시선을 마주친 채라 그럴 수가 없었다. 자신을 향하고 있는 은성의 매서운 눈빛을 보아하니, 좋아한다는 고백을 하기도 전에 밉상으로 찍히게 생겼다.

다행히도 2교시를 알리는 수업 시작종이 울리는 바람에 은성이 슥 시선을 거두며 맨 끝 제자리로 가 버렸지만, 새힘은 쿵쾅쿵쾅 요란하게 뛰는 심장을 가라앉힐 수가 없었다. 꼭 숙제를 하지 않은 날 숙제 검사를 할 때처럼 불안한 심정이랄까.

얼마 지나지 않아 선생님이 교실로 들어서고 소란스럽던 공간이 이내 조용해졌다. 첫 시간은 그놈의 입술 때문에 정신을 못 차리더니, 이제는 온 신경이 은성에게로 향해 또 시간을 허비하게 생겼다. 제발 그날 은성이 자신을 못 알아봤기를 바라며, 새힘은 수업에 열중하려 애썼다.

오전 시간을 내내 긴장하며 보냈지만, 어찌된 영문인지 은성은 새힘에게 전혀 관심을 두지 않았다. 이번 쉬는 시간에는 뭔가 왕 건이를 날리지는 않을까, 다음 쉬는 시간에는 어떻게 될까, 바짝 신경을 쓴 게 무색할 정도로 은성 쪽은 고요하기 그지없었다.

4교시를 마치고 점심시간이 시작될 때까지도 평화가 유지되니 새힘은 그제야 한시름 놓게 되었다. 아무래도 그날 잠시 눈만 마주쳤을 뿐, 어두운 탓에 은성이 자신을 알아보지 못한 모양이었다. 긴장을 풀고 나니 그제야 온몸이 피곤하다 아우성을 쳐댔다.

점심시간이 시작되었지만, 사실은 새힘에겐 밥보다는 잠이 더 고팠다. 그걸 알 리 없는 영경이 여느 날과 마찬가지로 발랄하게 새힘의 팔을 끌었다.

"파워야, 밥 먹으러 가자."

새힘은 힘없는 얼굴로 작게 도리질을 쳐 보였다.

"양갱아, 나 밥보다 잠이 더 고파. 엎드려서 좀 잘게."

"오늘 메뉴에 스파게티 있대."

스파게티라는 말에 새힘은 더 생각할 것도 없이 자동으로 벌떡 일어났다. 학교 급식에 스파게티 메뉴가 날이면 날마다 있는 게 아니지 않는가. 좀비처럼 일어나 따라나서는 새힘을 보며 영경이 어이없는 얼굴로 피식 웃었다.

"파워야, 너 오전 내내 뭘 한 거니? 아까보다 10년은 늙어 보여."

급식소로 나란히 향하며 영경이 건네는 말에, 새힘은 하품을 늘어지게 한 뒤 대꾸했다.

"잠을 못 자서 그래."

"왜? 뭐 하느라 못 잤는데?"

"묻지 마, 다친다니까."

성의 없는 새힘의 대답에 영경이 눈을 세모꼴로 뜨며 샐쭉한 표정을 지었다.

"너, 정말 그러기야? 나한테 비밀을 만든다 이거지?"

대충 넘어가면 좋으련만, 영경이 너무 심각하게 나오니 새힘은 난감해졌다. 그렇다고 잠을 못 잔 이유를 밝히기는 좀 거시기 했고, 계속해서 침묵을 고수하면 영경이 단단히 삐칠 것 같았다.

잠시 어떻게 해야 하나 머리를 굴리던 영경은 이내 키스 사건을 대처할 만한 무언가를 떠올렸다.

"양갱아, 내가 정말 널 위해서 말을 안 하려고 했는데, 네가 그렇게 궁금하다니 말해 줄게."

새힘이 말문을 열자마자 영경이 눈을 빛냈다.

"뭔데, 뭔데?"

"사실은 그저께 너네 동네서 나 은성이랑 눈 마주친 거 있지."

영경이 발을 우뚝 멈추며 눈을 동그랗게 떴다. 영경의 얼굴도 급격히 굳어졌다.

"뭐? 그 얘길 왜 이제 해?"

"걔가 날 알아본 건지 아닌지, 긴가민가했었거든. 괜히 너까지 겁먹을 필요는 없을 것 같아서 말 안 했던 거야."

"어머, 세상에. 그래서 그게 걱정돼서 간밤에 잠도 못 잤단 말이야?"

"으응."

영경에게 거짓말을 하는 게 조금 미안했지만, 새힘은 억지로 말을 이었다.

"근데, 오늘 보니까 아닌가 봐. 지금까지 아무 말도 없는 걸 보면."

새힘의 부연 설명에 영경이 가슴에 한쪽 손을 올리고 안도의 한숨을 내쉬었다.

"하긴. 그때 방해한 게 너나 나인 걸 알았으면, 지금쯤 찾아와서 개지랄 떨었겠지."

"그렇겠지?"

"그럼, 당연하지. 걔 성격에 아마 열두 번은 더 지랄을 했을 거야. 지금까지 조용한 걸 보면 우리를 제대로 못 본 게 확실해."

확신에 찬 어조로 말을 한 영경이 갑자기 뭔가 이상하다는 표정을 지었다.

"근데, 어제는 왜 잠 푹 잔 얼굴로 하루 종일 독서만 했어? 전혀 걱정스러운 얼굴이 아니었잖아? 오늘만 유독 폐인 모드를 달리고 있는 것 같은데. 사실은 어제 잠을 못 잘 정도로 쇼킹한 다른 일이 있었던 건 아니지?"

뜨끔!

영경이 쉽사리 넘어가지 않고 고개를 갸웃거리며 묻는 말에 새힘은 완전히 당황해 버렸다. 그녀는 잠시 멍하니 입을 벌리고 있다가 이내 빠르게 답변을 했다.

"어, 어제는 은성이가 결석을 했잖아. 그래서 그, 그랬지. 그리고 나 그젯밤에도 거, 걱정한다고 잠 못 잤거든? 이틀 동안 제대로 못 자서 오늘만 유독 그렇게 보이는 거겠지."

"그런가?"

여전히 영경이 의심의 눈초리를 거두지 않자 새힘은 미간을 확 찡그려 보였다. 그러고는 있는 대로 목소리를 깔았다.

"양갱, 난 너까지 걱정할까 봐 일부러 혼자 끙끙거렸는데, 너 무한 거 아냐? 나 막 섭섭하려고 그래."

그제야 예민하게 굴던 영경이 퍼뜩 미안한 표정을 지으며 새힘의 어깨를 와락 끌어안았다. 그 바람에 몸이 휘청거리니 어지럼증이 급격히 밀려왔다. 그것을 알 리 없는 영경이 감격에 찬 말들을 쏟아냈다.

"쏘리, 쏘리. 잠시나마 너에게 서운해 했던 날 용서해. 넌 역시나 내 베프였어! 이 언니가 걱정할까 봐 밤새 잠도 못 자고 홀로 끙끙거렸구나. 고마워."

"알면 됐어, 뭐."

새힘은 양심에 털이 난 것처럼 온몸이 따끔따끔했으나, 영경이 속아 주어서 속으로 안도의 한숨을 쉬었다. 다시 급식소를 향해 발걸음을 옮기는 영경에게 이끌려가던 새힘은 몇 발짝 움직이다 그만 걸음을 멈추고 말았다.

"양갱아, 나 오늘 밥 못 먹겠어."

"스파게티인데도?"

"응. 스파게티 아니라 스파게티 오빠가 있어도 안 되겠어. 밥보다 잠이 더 고파서 미치겠어."

핼쑥한 얼굴로 심각하게 말하니, 영경이 알 만하다는 얼굴로 고개를 끄덕였다.

"네가 스파게티도 마다할 정돈 거 보니 잠이 고프긴 했구나. 보건실 가서 잘 거야?"

"아니. 거기서 자다가 다시 교실로 가야 하는 것도 귀찮아. 그냥 책상에 좀 엎어져서 잘래."

"알았어. 난 다른 애들이랑 점심 먹고 갈게. 한숨 자고 있어, 그럼."

"어. 즐밥."

"오냐, 즐잠."

새힘은 영경에게 힘없이 손을 흔들어 보이곤 비척비척 교실로 몸을 돌렸다. 얼른 가서 잠시 동안이라도 눈을 좀 붙였으면 싶었다.

건물 우측에 붙어 있는 계단을 힘겹게 오르며 마지막 고지인 3층으로 향할 때였다. 새힘은 갑자기 자신의 앞을 가로막고 선 남자애들 때문에 우뚝 발걸음을 멈추었다. 계단을 오르내리는 과정에서 마주친 것이 아니라, 그들은 작정하고 새힘의 앞을 가로막고 섰다.

"야, 잠깐 우리 좀 볼까?"

새힘의 얼굴이 하얗게 질렸다. 눈앞에 있는 남학생들은 은성을 그림자처럼 따르는 껌딱지들이었다.

망할. 그때 확실히 봤구나!

오전 내내 잠잠해서 자신을 못 본 걸로 여겼는데, 이렇게 똘마니들을 보낸 걸 보니 분명히 본 모양이었다. 어쩐지 등교하면서 자신을 보는 눈빛이 예사롭지는 않다 했었다. 새힘은 겁에 질린 얼굴을 들키지 않기 위해 억지로 태연한 표정을 지었다.

"난 볼일 없는데."

그렇게 내뱉고는 다시 계단을 내려가기 위해 휙 몸을 돌렸다.

"썅, 볼일 있다고 했잖아. 거기서 한 발만 더 도망치면 뒈질 줄 알아."

뒷덜미를 잡아채는 험악한 목소리에 새힘은 그대로 동작 그만 상태가 되었다. 학교에서 질이 나쁘기로 유명한 족속들이 죽인다는데 어찌 움직일 수가 있겠는가. 새힘이 그래도 제법 남학생들에게 인기 있는 예쁜 외모긴 해도 이놈들에겐 그런 것쯤은 아무런 상관도 없을 터였다. 그녀는 고개만 슬쩍 돌려 녀석들에게 씨익 웃어 보였다.

"무, 무슨 볼일인데?"

"은성이가 좀 보잔다."

짤막하게 대꾸한 녀석들은 성큼 다가와 양쪽에서 그녀의 팔짱을 끼고는 거의 들다시피 해서 계단을 오르기 시작했다.

"자, 잠깐! 왜, 왜들 이래? 이유나 좀 알고 가면 안 돼?"

이유는 충분히 알고 있었으나, 그렇다고 조용히 끌려가는 것도 웃기는 일이었다.

"도대체 내가 무슨 잘못을 했는데, 이렇게 죄인 취급을 하는 건데? 이것 좀 놓고……."

"시끄럽게 종알거리면 아구창을 날려 버릴 거니 좀 닥쳐."

새힘은 저도 모르게 입을 합죽이처럼 닫아 버렸다. 뭐, 이렇게 무식한 새끼들이 다 있어? 아무리 그래도 자신은 같은 학교에 재학 중인 여학생인데 아구창을 날려 버린다니! 괜스레 억울하고 분해 눈물이 글썽거릴 것만 같았다.

새힘이 녀석들에게 끌려온 곳은 침 좀 뱉고 다리도 좀 떨 줄 아는, 불량감자들의 집합소라 할 수 있는 학교 옥상이었다. 퍼질러 잠을 자거나 담배를 피울 때, 혹은 가끔 손봐 줄 녀석이 있을 때 이용하는 곳이 바로 이 옥상이었다. 은성이 옥상에 뜨면 다들 슬금슬금 물러나 준다는 소문이 있긴 해도 옥상은 늘 질이 안 좋은 아이들로 들끓었다.

송새힘, 살다 살다 이제 옥상까지 끌려와 보는구나.

옥상에서 새힘을 처음으로 반긴 건 여기 저기 더럽게 널려 있는 담배꽁초들이었다. 옆 학교처럼 화려하게 조경이 꾸며져 있진 않아도 최소한 깨끗하기라도 해야 텐데, 이곳은 그야말로 무법지대가 따로 없었다. 남아도는 책걸상들이며, 못 쓰는 학교 비품들이 즐비하게 널려 있었다.

다시는 발을 붙이고 싶지 않다는 생각도 잠시, 새힘은 시야에 확 들어오는 인영으로 인해 사고를 멈추었다. 늘어져 있는 책상 중 하나에 걸터앉아 담배 연기를 흩날리고 있는 은성이었다. 새힘은 쿵쿵 뛰는 가슴을 진정시키려 애썼지만, 이미 심장은 제 것이 아닌 듯 마구 날뛰어댔다.

"여기, 대령했어."

그녀를 바짝 앞으로 들이밀며 한 녀석이 말하자, 다른 곳을 바라보고 있던 은성이 담배를 바닥에 비벼 끄곤 천천히 고개를 돌렸다. 그와 시선을 마주친 새힘은 흠칫 어깨를 떨었다. 그는 비릿하고도 날카로운 시선으로 그녀를 매섭게 응시했다.

"무, 무슨 일로 나를 보자고 한 건데."

제법 용기를 내어 말했지만 목소리는 기어들어갈 듯 작아졌다.

은성은 대답 대신 아직도 그녀를 붙잡고 있는 녀석들에게 턱짓을 해보였다. 무언의 언어라도 주고받은 듯 녀석들은 옥죄고 있던 팔을 놓아주었다. 어찌나 세게 붙잡혀 있었던지 잠시 동안이었건만 양팔이 욱신거린다.

"무, 무슨 일로 나를……."

다시 한 번 입술을 열던 새힘은 말끝을 맺지 못한 채 눈을 동그랗게 떴다. 은성의 커다란 손이 자신 쪽으로 뻗쳐진다 싶더니, 순식간에 팔뚝을 낚아채고 확 끌어당긴 것이다. 그 바람에 새힘은 피하고 말 틈도 없이 종잇장처럼 휘청거리며 당겨지고 말았다.

"아."

새힘은 억눌린 신음을 내뱉으며 그대로 얼어붙고야 말았다. 생각지도 못하게 은성과 바짝 붙어 있게 되어 새힘은 숨도 제대로 못 쉴 지경이었다. 은성이 책상에 걸터앉은 상태라고는 하나, 워낙 키가 큰 탓에 위협하듯 그녀를 내려다보고 있었다.

새힘은 눈을 내리깔며 시선을 피했다.

"왜, 왜 이러니?"

은성이 비릿한 웃음을 입가에 걸었다.

"몰라서 물어?"

"모, 몰라."

말이 더듬더듬 흘러나오니, 꼭 '사실은, 안다.'라고 대답한 것만 같아 새힘의 얼굴이 확 달아올랐다. 역시나 은성이 싸늘하게 비소를 머금었다. 그러고는 다소 거칠게 그녀의 턱을 확 추켜올려 눈을 마주하게 만들었다.

마음에 둔 상대방을 이렇게 코앞에서 마주하고 있는 설렘과 두 근거림 그리고 자꾸만 퍼지는 두려움 때문에 새힘의 심장이 미친 듯이 펌프질을 해댔다. 숨이 가쁠 만큼 뜀박질을 했어도 이 정도로 가슴이 쿵쾅거리진 않을 것이다.

잔뜩 흔들리고 있는 새힘의 눈을 빤히 바라보던 은성이 송곳니를 드러내며 무미건조하게 내뱉었다.

"너 때문에 벼르고 벼러 왔던 재미난 놀이를 망쳐 버렸는데, 네가 모른대서야 말이 안 되지."

새힘은 마른침을 삼켰다. 재미난 놀이라니. 여러 명이 한 아이를 둘러싸고 가하는 폭행을 재미난 놀이라고 표현을 하다니, 새힘으로선 생각할 수도 없는 표현에 절로 얼굴이 딱딱하게 굳었다.

은성의 행실이 나쁘다는 것쯤은 새힘뿐 아니라, 같은 학교 학생이라면 모두 다 알고 있는 바였다. 새 학기가 시작된 지 채 3개월여. 그동안 급우로서 보아온 은성의 불량한 행실은 새힘이 혀를 내두르게 만들 정도였으니까.

그런데도 은성에게 자꾸만 눈이 가는 것은, 사람들이 알지 못하는 은성의 참된 모습이 있을 것만 같았기 때문이다. 특유의 오만함으로 둘러싸인 바르지 못한 행실을 그저 같은 또래의 반항심 정도로만 여겼다.

한데, 지금 눈앞에 있는 은성을 마주하고 보니 그런 자신의 생각이 틀렸다는 걸 새힘은 여실히 깨닫고 말았다. '반항심'이라는 표현이 너무나 건전할 정도로 은성의 눈빛은 무심하면서도 잔인하기 그지없었다.

새힘이 유치원생 티를 벗고 처음 학교에 입학하던 해의 가을 날, 같은 반 아이들과 함께 재미난 놀이를 한 적이 있었다. 지금은 기억이 잘 나지 않는 한 아이의 주도 하에 이루어진 놀이였는데, 잠자리를 잡아 날개를 하나씩 뜯은 다음, 꿈틀거리는 그것을 바닥에 놓고 볼록렌즈로 태워 죽이는 방법이었다. 그때 잠자리가 정말 탔었는지는 기억나지 않았지만, 놀이에 동참한 아이들 대부분이 흥미로워 했었다는 거다. 지금 생각하면 그게 얼마나 잔혹한 짓이었는지 몸서리가 쳐질 정도인데 말이다.

지금 은성의 모습이 잠자리의 날개를 떼어내던 어린아이 같았다. 그렇게 무자비한 폭행의 가해자이면서 양심의 가책은커녕, 그것이 몹쓸 짓이라는 자각조차 없는 듯했다.

새힘은 자신의 팔을 움켜쥐고 있는 은성에게서 빠져나올 생각도 못한 채 가쁜 숨만 몰아쉬었다.

"최일우를 밟아 주려고 내가 얼마나 별러왔는지 넌 알 턱이 없지."

눈동자를 빛내며 느릿하게 입술을 움직인 은성이 표정을 싸늘히 굳히곤 다시 말을 이었다.

"그런데, 네가 다 망쳐 놨어."

"하, 하지만 여러 명이서 한 사람에게 그러는 건 좀 비……겁하지 않니? 그리고 폭행은 범죄야. 그걸 보고 그냥 지나치는 건 좀……내가 아니라 다른 사람이었어도 그, 그렇게 했을 거야."

아, 이렇게 말을 하려던 건 아니었다. 속마음이 그대로 입 밖으로 나가 버릴 줄은 그녀 자신도 몰랐다.

은성의 한쪽 입매가 큭, 하는 소리와 함께 묘한 웃음을 담고 올라갔다.

"비겁해 보였을 수도 있으니 그건 패스. 뭐, 폭행이 범죄가 맞으니 그것도 패스. 그런데, 그냥 지나치지 않은 건 패스가 안 되겠어."

"뭐?"

불안감으로 새힘의 동공이 확장되었다. 은성은 새힘의 겁먹은 얼굴을 즐기듯 바라보며 느릿하게 내뱉었다.

"내 눈에 거슬리지만 않으면 범생이 연놈들은 손대지 않았었는데, 그 철칙을 네가 처음으로 깨는 거야."

새힘이 제법 공부를 잘하긴 했어도 범생이란 말을 들을 정도로 고리타분하거나 얌전한 성격은 아니었다. 한데, 은성의 눈에 범생이로 비쳤다니 꽤나 충격이었다.

그러나 그런 것쯤은 등 뒤에 서 있는 똘마니들의 말에 금세 사라지고 말았다.

"간단히 담배빵 어때?"

"피부가 하얘서 표시도 확 나겠는 걸? 킬킬."

뭐? 뭘 한다고?

새힘의 고개가 절로 녀석에게로 휙 돌아갔다. 자신보다 적어도 다섯 살 이상은 연상처럼 겉늙어 보이는 녀석들이 히죽거리고 있는 걸 보니 새힘은 오싹 온몸에 소름이 돋았다.

설마, 같은 반인 자신에게 그런 무시무시한 짓 따위를 할 리가 없다고 자위하며 새힘은 다시 은성에게로 고개를 돌렸다. 은성의 얼굴을 확인한 순간, 새힘은 온몸에 있는 핏기가 삭 가시는 듯했다. 그가 흥미로운 표정으로 고개를 끄덕이고 있었기 때문이다.

"흐음, 그것도 괜찮겠군. 하얀 허벅지에 새겨 주면 볼만하겠는데. 얘, 붙잡아."

그녀의 얼굴이 잿빛이 되었다. 반항이든 그 비슷한 몸부림을 해보기는커녕 얼음처럼 얼어붙어 손가락 하나 까딱할 수가 없었다. 그런 새힘의 양팔을 녀석들이 뒤에서 꽉 붙잡았다. 팔에 느껴지는 거센 압력 때문에 새힘은 그제야 정신을 차리고 은성에게 고개를 저어 보였다.

"마, 말도 안 돼. 거짓말이지? 나, 나, 나 겁주려고 일부러 이러는 거지?"

은성은 대답 대신 이미 담배를 하나 빼어 물고 하얀 연기를 흩날리고 있었다. 그 연기가 시야를 부옇게 흐리자, 새힘은 아찔 어지럼증을 느꼈다. 담배 끝에 매달린 빨간 불꽃이 당장이라도 다가올 것 같아 새힘은 몸서리가 쳐졌다.

"그, 그러지 마. 부탁이야."

마음에 담고 있는 남자애에게 이런 치욕을 당할 바에야 차라리 죽는 게 나을 것 같았다. 늘 소문으로만 들어왔던, 자신과 무관하기만 한 세상을 직접 겪게 되니, 새힘으로선 머릿속이 텅 빈 듯 아무런 사고도 할 수가 없었다. 그 흔한 비명조차 입 안에서만 맴돌 뿐 겉으로 튀어나오지 않았다. 공포와 모멸감으로 인한 충격이 너무 커서 그저, 하얗게 질린 채 벌벌 떨 뿐이었다.

메이야, 메이야……

어릴 적부터 무슨 일이 생기면 나서서 해결해 주던 메이가 뇌리에 떠올랐다. 부모님도 아니고 단짝인 영경도 아니었다. 늘 묵묵히 곁에 있어 주던 메이였다.

　하얀 연기를 휘날리던 은성이 마침내 담배를 입에서 떼어 내곤 다른 손을 천천히 새힘의 교복 스커트로 가져갔다. 은성의 차가운 손이 그녀의 무릎을 스치자 그녀는 꼭 불에 데기라도 한 듯 펄쩍 뛰어올랐다. 당장이라도 스커트가 걷어지고 끔찍한 일을 겪을 것만 같았다.

　두려움이 극대화 되자, 입속으로만 떠돌던 비명이 발작적으로 밖으로 튀어나왔다.

　"하지 마. 하지 마! 그만두라고, 이 나쁜 새끼야! 이, 이……엿이나 처먹어라!"

　그리고 그 순간, 새힘의 시야가 칠흑처럼 캄캄해졌다. 동시에, 온몸에 힘이라곤 하나도 남지 않고 빠져나간 사람처럼 축 늘어졌다.

4.

"어어?"

갑작스레 실이 끊어진 마리오네트 인형처럼 무너지는 작은 몸을 제대로 붙잡지 못하고 녀석들은 새힘을 놓치고 말았다. 너무 찰나에 일어난 일이라 녀석들이 잡을 틈도 없이 새힘은 책상에 걸터앉아 있는 은성에게로 쓰러지고 말았다.

"얘 기절했냐?"

"에이, 설마, 꼴랑 이거 가지고?"

똘마니들이 서로의 얼굴을 쳐다보며 황당한 표정을 지었다. 자신들은 중학교 시절부터 심심하면 서로의 팔에 '담배빵'을 해주기도 했으며, 여자 친구에게 제 것이라는 표시로 이런 낙인을 수시로 찍어 주기도 했다. 한데, 아직 '담배빵'을 놓은 것도 아닌데 기절이라니, 신기할 정도였다.

의외이기는 은성 역시 마찬가지였다. 겨우 담뱃불을 보고 정신을 잃을 줄은 몰랐다. 새힘이 자신과 같은 부류라면 더한 짓거리로 확실히 밟아 주겠지만, 범생이들은 조금만 겁을 주어도 알아서 기니 심하게 대할 필요까지도 없었다. 다시는 자신의 일에 끼어들지 못하게 이정도면 되겠다 싶었는데, 이렇게 정신까지 잃을 줄은 몰랐다. 배짱 좋게 욕까지 내뱉어 놓고 기절이라니.

너무 싱거운 상황에 조금 멍한 상태로 있던 은성은 자신에게 안기다시피 있는 새힘의 몸이 아래로 무너지기 시작하자 저도 모르게 허리를 감싸 안았다. 가느다란 허리가 팔에 들어오고 소녀의 나긋나긋한 몸이 그제야 느껴졌다. 주위의 계집애들이 담배 향을 가리기 위해 늘 뿌려대던 진한 향수 냄새 대신, 은은한 샴푸의 향이 코끝에 감겨왔다. 머리칼에 얼굴을 묻고 싶은 충동이 물씬 밀려왔다.

"어떡하냐? 그냥 두고 가?"

한 녀석의 조심스러운 물음에 은성은 말도 안 되는 충동을 눌렀다. 우선은 기절까지 한 이 물건을 보건실로 옮겨야 할 것 같았다. 맞닿은 가슴이 미약하게 오르락내리락하는 걸로 봐선 호흡이 멎은 채로 기절을 한 건 아닌 듯했다. 혹시나 해서 새힘의 코끝에 얼굴을 가져가니 보드라운 숨결이 고스란히 느껴졌다.

"숨은 쉬는 걸 보니 조금 놀라서 기절한 것 같아. 보건실에 던져 놓고 오면 되겠어."

"아아, 오키오키."

즉각 대담한 녀석이 은성에게 엎어져 있는 새힘을 떼어내기 위해 손을 뻗치자, 은성은 거의 반사적으로 인상을 써 보였다.

"됐어."

허공에 손을 내밀고 있던 녀석이 영문을 몰라 눈만 끔뻑거렸다. 그냥, 괜스레 이 고운 향을 다른 놈이 맡을 거라 생각하니 기분이 언짢았다.

은성은 아직도 한 손에 끼고 있던 담배를 바닥에 비벼 끈 다음 책상에서 몸을 일으켰다. 그리고 새힘의 무릎 뒤쪽에 한 팔을 넣고 그녀를 안아 올렸다. 가냘픈 몸매답게 무게감도 거의 느껴지지 않았다.

새힘을 안은 채 옥상을 내려가는 은성을 보고 뒤에 남아 있던 녀석들이 서로의 얼굴을 마주 보며 입을 쩌억 벌렸다.

"웬일이야, 계집애에게 저런 은총을 다 베풀고?"

"범생이라 그런 건가? 의외긴 의외네."

"예뻐서 그런 건 아니고?"

"까고 있네. 은성이 주위에 저 정도 얼굴은 졸라 널린 거 몰라?"

"하긴."

그들은 고개를 갸웃거리고는 급히 은성의 뒤를 따랐다.

놀란 건 그들뿐만이 아니었다. 옥상에서부터 보건실까지 은성을 본 학생들이 저마다 티 나지 않게 그를 흘끔거렸다. 대놓고 봤다간 무슨 봉변을 당할지 몰랐으므로 연방 곁눈질로 그를 주시했다.

악명이 높기로 유명하면서도 잘생긴 외모 덕에 여학생들에겐 선망의 대상인 은성이 웬 여학생을 떡하니 안고 교내를 휘젓고 다니는데 그 누가 놀라지 않을 수 있겠는가. 그가 저만치 멀리 지나가면 그제야 우르르 모여 뒷담화의 꽃을 피웠다.

"쟤, 이은성 맞지?"

"웬일이야, 세상에. 저 싸가지가 여자애를 다 안고 가고?"

"아우, 씨! 저 가슴에 안긴 년 누구니?"

"혹시, 이은성이랑 사귀는 사이 아냐?"

등등 오만 가지 이야기가 학생들 사이에 오갔다. 늘 여자애들이 은성의 옆에 따르고는 있었지만, 한 번도 저런 모습을 보인 적이 없어 모두 놀라움을 금치 못했다.

그러거나 말거나 보건실까지 온 은성은 비어 있는 침대에 새힘을 눕혀 놓았다. 점심 식사를 마치고 차를 마시던 보건 교사마저 놀란 눈으로 은성을 빤히 바라보다 이내 새힘에게로 시선을 돌렸다.

"어디가 아파서 온 거니?"

은성이 대꾸 없이 팔짱을 낀 채로 서 있자, 머쓱해진 보건 교사는 이리저리 새힘을 살핀 뒤 그에게 시선을 돌렸다.

"잠든 것 같은데?"

보건 교사의 말에 은성은 믿을 수가 없어 이마를 휘었다. 그 상황에서 잠이 들다니, 말이 되질 않았다. 오히려 기절을 했다는 쪽이 훨씬 신빙성이 있을 것 같았다.

"설마요. 기절이라면 몰라도."

보건 교사가 무슨 말이냐는 듯 죽은 듯이 누워 있는 새힘을 가리켰다.

"쌔근쌔근 숨 쉬는 게 완전히 숙면을 취하고 있구만."

은성은 잔뜩 미심쩍은 얼굴로 긴 속눈썹을 드리우고 있는 새힘을 살폈다. 조금 관찰하니 보건 교사의 말이 틀리지 않았다는 걸 금세 알 수 있었다. 아무 근심 걱정도 없는 편안한 얼굴에 쌔근쌔근, 고른 숨까지 내쉬고 있는 게 영락없이 잠든 모양새였다.

"……설마, 저게 기절한 걸로 보이진 않겠지?"

은성은 저도 모르게 픽 웃음을 내뱉었다. 너무 겁을 심하게 집어먹고 기절한 줄 알았는데, 잠이 든 거였다니. 웃기기도 하고 어이없기도 했다. 송새힘이란 물건이 생각 외로 재미있는 존재임은 틀림없었다.

"범생이 계집은 작업하기 귀찮은데……."

그가 혼자 중얼거리는 말에 보건 교사가 고개를 갸웃거리며 '응?' 하고 물었지만, 은성은 예쁘게 잠들어 있는 새힘의 얼굴을 한 번 보고는 곧 보건실을 빠져나왔다. 그의 입가에 사악한 웃음이 설핏 어렸다.

더불어 '언젠간 먹고 말 거야.' 하는 예전의 스낵 광고 문구가 동시에 떠올랐다.

*

"쟤니?"

"어, 쟤 맞을 걸?"

"어머, 웬일이야. 얌전한 척 호박씨 까더니."

"에이, 얌전한 척 내숭 까는 스타일은 아니라더라."

"아니긴 뭐가 아니야? 메이랑 껌처럼 붙어 다닐 때는 언제고 이젠 이은성이야?"

"메이랑은 불알친구라던데?"

"알게 뭐야? 메이 꼬드겨서 실컷 데리고 논 다음에 이제 이은성에게 꼬리치는 걸 수도 있지. 점심시간에도 몰래 이은성이랑 떡치다가 기절한 거라며?"

"그거, 진짜일까? 1학년 때 쟤랑 같은 반이었는데 전혀 그런 쪽은 아니었던 것 같은데. 공부도 잘하고……."

"야, 원래 공부 잘하는 것들이 더 아닌 척 내숭 까는 거야."

화장실에서 볼일을 보고 난 뒤 세면대에 서서 손을 씻던 새힘은 뒤에서 소곤거리는 소리에 입술을 씰룩였다. 혈압이 상승하면서 뒷골이 빳빳이 당기는 현상이 일어났다.

이것들아, 씹으려면 나 없는 데서 조용히 좀 씹으면 안 되겠니?

딴엔 작게 소곤거리고 있었지만, 새힘에게 다 들리니 문제 아니겠는가. 손을 다 씻은 새힘은 수도를 잠그곤 휙 뒤로 돌아보았다. 대놓고 째려보니 움찔 놀란 여학생들이 퍼뜩 딴청을 피워댔다. 새힘은 천천히 그 아이들 앞으로 다가가서 슬쩍 입매를 비틀었다.

"공부 못하고 내숭 까는 거보다는 공부 잘하고 내숭 까는 게 더 낫지 않아?"

새힘의 말에 다들 한마디씩 한 게 찔려 흠, 흠, 헛기침 소리만 내고 있었다. 대놓고 말하라면 하지도 못하는 것들이 꼭 뒤에서 험담만 하는 법이다.

"그리고 최소한 뒷담화를 까려면 당사자가 없는 곳에서 하지 그러니? 이렇게 다 들려서야 뒷담화라고 할 수 있겠어?"

"그, 그게……."

그중 하나가 주절주절 변명이라도 할 태세이자, 새힘은 힘주어 그녀들을 노려본 뒤 화장실을 나섰다. 교실까지 가는 내내 자신을 흘끔거리는 눈들이 뒤따랐다.

새힘은 교내 어딜 가나 자신에게 꽂히는 시선으로 인해 온몸이 따끔거려 죽을 판이었다. 점심시간, 은성과의 무시무시한 혈전을 치르고 난 뒤 보건실에서 깨어 보니 어느새 자신은 악명 높은 여자가 되어 있었다.

깨자마자 허벅지를 살펴보고 아무 일이 없었다는 사실에 제일 먼저 찾아든 건 안도감이었다. 그리고 보건 교사의 말이, 늘어진 그녀를 고이 안고 여기까지 온 게 은성이라기에 깜짝 놀라기도 했었다. 그러나 그녀에 관한 유언비어는 일파만파로 퍼진 상태였다.

학교에서 유명 인사인 메이와 늘 등교를 같이 하는 탓에 이미 송새힘이란 존재 역시 제법 알려져 있긴 했지만, 지금만큼은 아니었다. 전교에서 송새힘 하면 모르는 이들이 없을 정도였으며 거기다 오만 가지 나쁜 소문의 주인공은 새힘이 독차지했다.

알고 보니 일진이었다는 둥, 메이를 꼬드겨 실컷 데리고 놀다가 이젠 이은성이랑 붙어먹었다는 둥, 이은성과 떡치다 기절을 해서 보건실로 실려 왔다는 둥 별의별 소문이 꼬리에 꼬리를 물고 이어졌다.

처음엔 너무나 기가 막히고 억울해 그런 이야기를 들을 때마다 죽자고 변명을 했었다. 오죽했으면 보건실에서 교실로 오는 순간, 아무렇게나 씹어대고 있는 같은 반 계집애의 머리털을 죄다 뜯어 놓았을까. 은성에게 해명을 부탁하고 싶었으나, 그 인간이 일찍 땡땡이를 까는 바람에 그것도 여의치 않았다.

한데, 한두 시간이 지나니 억울해 방방 뛰는 것도 점점 누그러졌다. 새힘이 피를 토하는 심경으로 해명을 할수록 믿어 주기는커녕, 더욱 불신에 가득한 눈으로 볼 뿐이었다.

그렇다고 모든 아이들이 자신을 그렇게 보는 것은 아니었다. 새힘을 알고 있는 주변 아이들은 모두 그녀를 다독여 주었고, 영경은 제가 더 억울해서 방방 뛸 정도였다. 자신을 믿어 주는 친구들이 있으니 그걸로 됐다 싶었다. 그리고 진실은 언젠가 밝혀질 테니까.

교실로 와 자리에 앉은 새힘은 저도 모르게 한숨을 푹 내쉬었다. 지은 죄가 없으니 무덤덤하게 넘기자 싶었으나, 자신도 감정의 동물인지라 기분이 상하는 건 어쩔 수 없었다.

"왜, 또 어떤 년들이 씨불여?"

다소 가라앉은 새힘의 얼굴을 본 영경이 눈에 쌍심지를 켰다.

"그렇지, 뭐."

"아우, 그 미친년들은 할 짓도 참 없나 보다. 그럴 시간에 영어 단어나 하나 더 대가리에 주입할 것이지. 꼭 공부 못하고 못생긴 것들이 그 지랄이라니까? 이게 다 그 망할 이은성 때문이야. 걔는 헛소문만 진탕 나게 만들어 놓고 왜 벌써 퇴근을 하셨다니? 너만 이게 뭐야? 아우, 짜증나!"

확 열이 올라 발갛게 달아오른 얼굴에 손으로 부채질을 한 영경은 말없이 책상만 바라보고 있는 새힘의 옆모습을 물끄러미 바라보았다.

"파워야."

"어, 말해."

"너, 설마, 아직도 이은성한테 마음 있는 건 아니지?"

새힘은 아무런 대꾸도 할 수가 없었다. 점심시간에 있었던 사건 이후 은성에 대한 생각이 많이 바뀐 건 사실이었으나, 아직 그에게 향해 있는 마음이 어떤지는 자신도 확실히 몰랐다. 미운 감정도 있었고 무서운 마음도 있었다. 한데, 그것뿐만이 아니니 문제였다. 그의 빈 자리를 보니 아직도 뭔지 모를 복잡함에 심장이 두근거리니 말이다. 그녀가 대답 없이 시선만 떨어뜨리고 있자, 영경이 입을 쩍 벌렸다.

"너, 미쳤지!"

욕설을 내뱉은 영경이 퍼뜩 목소리를 죽이며 소곤거렸다.

"그 새끼, 너 옥상으로 끌고 가서 담배빵 하려던 놈이야. 네가 기절을 하는 바람에 아무 일 없었던 거라고. 만약 안 그랬음 넌 벌써 골로 갔을 거란 말이야. 근데, 아직도 그 자식이 좋단 말이야?"

"어흑, 양갱아. 나 사이코 기질이 있나 봐. 나도 내 마음을 모르겠어."

힘없이 말한 새힘은 책상에 엎드렸다. 사람 마음이 뇌가 명령한 대로 움직여 준다면 얼마나 좋을까. 뇌가, 이은성은 천하에 둘도 없는 개의 아들이며, 호로 새끼라고 백번 생각하면 뭘 하느냐 말이다. 가슴은 '그래도 좋아하는 것 같아.' 라고 말하고 있는데 말이다. 나오는 건 한숨뿐이었다.

"아무튼 이번 시간이 마지막이니, 집에 가서 푹 좀 쉬어. 아무 생각하지 말고."

영경은 가만히 친구의 작은 등을 토닥여 주었다.

"새힘아, 큰일 났어!"

엎드린 채로 심란함을 달래던 새힘은 같은 반 여학생 하나가 막 교실로 쫓아 들어오면서 하는 말에 무덤덤한 표정으로 부스스 고개를 들었다. 또 헛소문을 들은 거려니 싶어서 별로 궁금증도 일지 않았다.

"왜, 또 누가 나 씹어?"

"아니, 메이 말이야."

뜻밖에 메이의 이름이 나오자 새힘은 언제 무덤덤한 표정을 했냐 싶게 눈을 동그랗게 떴다.

"메이가 왜?"

"지금 메이, 같은 반 정호 패거리랑 싸우다가 다 같이 교무실로 끌려갔대. 학주 오고 난리도 아니었다더라."

"뭐?"

"정호 자식이 너에 대해 얘기하는 걸 듣고 먼저 덤벼들었대."

새힘은 휘청, 어지럼을 느꼈다. 자신에 관한 유언비어가 퍼질 대로 퍼졌으니 메이라고 못 들었을 리 없다. 그 성격에 함부로 입을 놀리는 녀석들을 가만히 둘 리도 없을 테고. 새힘이 걱정되는 건 메이가 자신을 믿어 주느냐 아니냐 따위가 아니었다. 메이는 그녀를 누구보다도 더 잘 아니 그런 것쯤은 아무런 걱정도 되지 않았다. 늘 냉철하던 그가 무력을 동원할 정도로 화가 났다는 게 더 신경이 쓰였다. 한 번 화가 나면 끝장을 보는 스타일이라 물불 가리지 않고 주먹을 휘둘렀을 것이다. 혹시 다친 건 아닌지 왈칵 걱정이 밀려들었다.

"메이, 다쳤대? 응?"

"글쎄, 확실히는 모르겠지만, 메이는 그다지 안 다쳤다는 것 같아. 정호 자식이랑 그 패거리 자식들이 신나게 얻어맞은 것 같더라."

일단은 안도를 하면서도 새힘은 가슴이 아팠다. 당장 메이에게 뛰어가 보고 싶었지만, 교무실로 끌려갔으니 그럴 수도 없었다.

"아무튼 진짜, 쇼킹했어. 다들 그 냉철한 메이가 맞느냐고 깜짝 놀랐다잖아. 무슨 싸움에 정신 나간 사람처럼 정호 패거리들을 쥐어 패더래. 다들 메이가 공부만 하는 줄 알았는데 운동도 하나 보다고 난리 났잖아."

새힘은 이마를 짚으며 가만히 눈을 감았다. 그 뒤로 영경을 비롯해 주위에서 하는 말들이 모두 웅얼웅얼 아득히 들려왔다. 은성과 아주 잠깐 엮였을 뿐인데도 평온하던 일상이 모두 깨져 버렸다. 한없이 가라앉는 마음처럼 몸도 저 심연으로 가라앉아 버리면 좋으련만.

수업을 마치고 종례가 끝나자마자 새힘은 가방을 챙겨 둘러멨다.

"영경아, 나 먼저 간다. 메이한테 가 봐야 할 것 같아."

"아! 어, 응. 그래, 얼른 가."

새힘은 영경에게 손을 흔들어 보인 다음 빠르게 메이의 반으로 향했다. 마지막 수업을 받는 내내 걱정이 돼서 수업 내용도 귀에 들어오지 않았다. 수업을 마치면 메이가 체육관으로 직행할 것을 알기에 그녀는 빠르게 서둘렀다.

메이의 반에 도착하니 이제 막 종례를 끝낸 담임이 앞문을 나오고 있었다. 새힘은 초조하게 메이가 밖으로 모습을 나타내길 기다렸다. 아이들이 우르르 문을 나서기 시작했다. 복도에 서 있는 새힘을 발견한 아이들이 흘끔거리며 자기네들끼리 속닥이며 지나갔다.

떠도는 유언비어 중에 맞는 게 하나도 없으니, 기죽을 것 없다고 스스로를 다독이며 새힘은 빳빳이 고개를 들었다. 그런 자신을 쳐다보는 시선들이 뻔뻔스럽다고 하는 것 같았으나, 그녀는 표정 변화 없이 메이를 기다렸다.

얼마 지나지 않아, 이제는 드문드문 나오는 고만고만한 아이들 틈에 훌쩍 키가 큰 메이가 나오고 있었다. 평소와 같이 무표정한 얼굴이었지만, 새힘은 그의 눈이 더없이 침울한 것을 단박에 알 수 있었다. 더불어, 그의 심기가 얼마나 불편한지도 충분히 짐작이 갔다.

"메이야."

새힘은 조심스레 메이를 불렀다. 그때까지도 새힘을 발견하지 못하고 지나치려던 메이가 우뚝 걸음을 멈추며 시선을 돌렸다.

오후 사이, 부쩍 핼쑥해진 서로의 얼굴을 마주 본 두 사람은 잠시 동안 말없이 그렇게 바라보고만 있었다.

"가자."

무덤덤한 말투로 침묵을 깬 메이는 등교할 때처럼 새힘에게서 가방을 빼앗아 제가 둘러메곤 앞장섰다. 그는 아무것도 묻지 않고 그저, 한 발 한 발 앞서 나갔다. 새힘 역시 메이의 뒤를 따를 뿐이었다.

집으로 가는 버스 정류장에 도착할 무렵, 새힘은 가만히 메이의 소매를 잡아당겼다. 그는 돌아보지 않고 걸음만 잠시 멈춰 주었다.

"메이야, 오늘은 체육관 쉬면 안 돼?"

"……."

"체육관 쉬는 대신 우리, 집까지 걸어갈래? 운동량도 제법 될 것 같은데."

메이 고개를 돌려 새힘을 돌아보았다. 말간 눈으로 올려다보고 있는 새힘에게서 아픔이 느껴져 메이는 보는 눈이 많은 이곳에서 새힘을 끌어당겨 안아 버릴 뻔했다. 자신은 무슨 말을 들어도 상관이 없었지만, 그렇게 되면 또 새힘이 구설수에 오를 것 같아 힘겹게 눌러 참았다. 남의 애기를 좋아하는 것들에게 소문거리를 제공해서 새힘을 더욱 힘들게 하고 싶지는 않았다.

"다리 아프다고 징징대기만 해 봐."

평소처럼 멋대가리 없는 말을 툭 던진 그는 먼저 앞장을 섰다. 자신의 페이스대로 걷는다면 얼마 가지 못해 새힘이 지칠 걸 알기에 메이는 느릿하게 걸음을 뗐다.

"오늘 싸웠다면서……."

소문이 삽시간에 퍼지는 학교니 새힘이 알고 있을 거라 생각은 했다. 정호의 머리통을 날려 놓기 직전 그 새끼가 키들거리며 떠벌렸던 소리가 다시금 떠올라 메이는 새힘이 눈치 채지 않게 어금니를 악다물었다.

'2반에 송새힘 말이야. 그 왜, 류메이랑 붙어 다니는 예쁘장한 계집애 있잖아. 걔가 이은성이 깔이라며? 야야, 말도 마라. 점심시간에 이은성이랑 떡치다가 실신해서 보건실로 실려 갔단다.'

그 말을 듣는 순간 이성 따윈 한순간에 날아가고 없었다. 이성으로 똘똘 뭉친 류메이는 온데간데없고 한 마리의 폭주한 야수밖에 남아 있지 않았다. 달려들어 정호 놈의 얼굴을 만신창이로 만들고, 같이 낄낄거리며 듣고 있던 친구 놈들도 아작을 내주었다.

미친 듯이 날뛰는 메이의 기에 질려 그들은 변변한 대거리도 못 해 보고 나가떨어졌다. 그래도 분이 풀리지 않았다. 누구보다도 순결한 새힘을 더러운 소문에 휩싸이게 만든 이은성 놈도 죽여 버리고 싶었다. 학생주임이 오는 바람에 상황이 종료되었지만, 아직도 분이 풀리지 않았다.

"메이야, 오해할까 봐 하는 말인데, 은, 은성이랑은 아무 일도 없었어."

"알아. 나한테까지 일일이 변명하지 마."

짜증이 치밀어 툭 내뱉고 나니 금세 후회가 밀려들었다. 누구보다 힘든 건 새힘일 텐데, 다독여 주지는 못할망정 짜증이나 내고 있다니.

"내가 어제 잠을 제대로 못 자서 오전 내내 비몽사몽 했거든. 근데 어, 어쩌다가 점심시간에 은성이랑 부딪치게 된 거야. 진짜로, 우연히!"

진짜로, 우연히에 힘을 꽉꽉 주어 말한 그녀는 흘끔 메이의 눈치를 보고는 말을 이었다.

"그게 계단이었거든. 계, 계단서 굴러떨어질 뻔했는데 은성이가 구해 준 거야. 난 그, 그때 정신을 잃었고. 은성이는 쓰러진 날 그냥 보건실까지 데려다 준 죄밖에……없어."

메이는 낮게 한숨을 내쉬었다. 이은성이 새힘을 보건실로 데려다 준 것도 싫고 기분 나빴다. 졸렬하다 해도 어쩔 수 없었다. 새힘이 이은성과 관계되는 것은 그것이 작은 티끌 하나라도 싫었다. 지금 당장 이은성과는 우연이라도 부딪치지 말라 외치고 싶었다.

그러나 그것보다 더 싫고 끔찍한 건 새힘에게 그런 내색조차 할 수 없는 자신이었다.

다시 둘 사이에는 말이 사라졌다. 그저, 걷고 또 걸었다. 해가 지고 새까만 어둠이 세상에 내려질 때까지.

어느덧 한 시간을 넘게 걸었다. 자신의 것과 새힘의 가방까지 두 개를 짊어지고 있는 메이는 처음과 같이 흐트러짐 없는 걸음걸이였지만, 새힘은 조금씩 다리를 절룩이고 있었다. 일부러 그녀에게 보조를 맞추어 느릿하게 발걸음을 떼는데도 갑자기 무리해서 장거리를 걷는 탓에 새힘은 힘겨워 하고 있었다.

"저기에 조금 앉았다 갈까."

메이가 가로등이 켜져 있는 공원 벤치를 가리키자 새힘이 고개를 끄덕여 보였다. 사람들이 드문드문 자리 잡고 있는 곳을 피해 두 사람은 한적한 의자에 나란히 앉았다. 벤치에 엉덩이를 대자마자 새힘은 상체를 숙여 답답한 신발을 벗었다. 그리고 걷느라 고생한 발과 다리를 번갈아 주물렀다.

메이는 너른 벤치 한구석에 두 개의 가방을 놓고 발을 주무르는 새힘을 물끄러미 응시했다. 평소에 그다지 운동을 하지 않는 새힘이 이렇게 몸을 혹사시키고 있는 이유를 잘 알고 있었다.

사근사근하거나 정겨운 성격은 아니더라도 어쨌든 메이는 학교에서 톱을 달리는 모범생이다. 차갑고 무심하긴 하지만 특별히 문제 될 만한 행동을 한 적이 지금껏 없었으니 교사들 사이에서도 신임도가 높았다. 한데, 오늘 일으킨 싸움으로 인해 메이는 성적만 톱인 요주의 인물로 찍혀 버렸다. 그걸 새힘은 자신의 탓이라 자책하고 있는 것이다.

새힘이 사과 따위를 해봤자 메이로서는 전혀 그녀가 미안할 일이 아니니 그저 퉁명스럽게 됐다는 말만 할 게 뻔했다. 새힘 역시 그걸 알기에 이렇게 함께 걷는 걸로 서로에게 위로가 되고자 함이었다. 서로를 너무도 잘 알기에 가능한 일이었다.

"발 이리 내 봐."

메이의 말에 다리를 열심히 두드리던 새힘이 상체를 세우며 흘끔 보았다.

"왜, 지압이라도 해 주게?"

대답 대신 메이가 고개를 끄덕여 보이자 새힘은 잠시 머뭇거리다 곧 상체를 틀며 두 다리를 벤치 위로 올렸다. 메이가 가느다란 양 발목을 잡아채 제 무릎 위에 올려놓는 걸 그녀는 별 거부감 없이 받아들였다.

신발이 여객선만 하다는 놀림을 받을 정도로 발이 큰 자신과 다르게 새힘은 천생 여자의 발이었다. 자신의 손으로 한 뼘에도 훨씬 못 미치는 작은 발을 움켜쥔 그는 그녀가 아프지 않게 조심스레 눌렀다.

"아……."

발바닥 가운데를 조심스레 누르자 그녀가 슬쩍 미간을 모으며 신음을 토해냈다. 메이는 다급히 손을 떼어 냈다.

"아파?"

"아냐, 아냐. 아프다기보다 되게 시원해. 울 아빠가 이 맛에 나한테 안마하라고 하시나 봐."

새힘이 아픈 줄 알고 저도 모르게 움찔했던 메이는 다시 손을 움직였다. 같은 강도로 발바닥을 정성스레 지압할 때마다 새힘이 낮게 신음을 내뱉었다.

그게 점차 반복되니 메이는 조금씩 난감해졌다. 새힘이 얼굴을 찡그리며 내는 소리가 꼭 남녀가 사랑을 나눌 때 나는 음색과 아주 흡사했기 때문이다. 단순히 그녀의 피로를 풀어 주기 위해 시작한 일이 점점 메이의 심장을 요동치게 만들고 있었다.

살짝 벌어진 입술이 키스를 해달라고 유혹을 하는 것만 같았다. 이미 맛본 적 있는 달달한 새힘의 입술이 자꾸만 뇌리를 떠돌아 저도 모르게 아랫도리로 확 피가 몰렸다. 볼 안쪽의 보드라운 살들을 훑고 나비의 날개처럼 팔랑거리던 혀를 머금고 싶어 온몸이 후끈거린다.

"아앗! 메이야, 아파."

날카로운 새힘의 신음 소리에 메이는 퍼뜩 손을 멈추며 정신을 차렸다. 저도 모르게 손아귀에 힘이 들어간 모양이다.

"아, 미안. 괜찮아?"

"그렇게 해서 내 발바닥이 뚫어지겠니? 난 네가 내 발바닥 뚫는 연습하는 줄 알았잖아."

새힘의 너스레에 메이는 낮게 한숨을 내쉬며 손을 거둬들였다.

"그만 가자."

"뭐야, 류메이. 쿡 찔러 놓고 그냥 간단 말이야? 조금만 더 주물러 줘잉. 아픈 건 풀어 줘야지잉."

새힘이 콧소리를 내며 불만을 토해냈다.

"……더 어둡기 전에 가야지."

지압을 할 때마다 찡그려지는 인상이, 살짝 입술을 열고 토해

내는 신음 소리가 자신의 몸을 달아오르게 만들어서 더는 못하겠다고 할 수는 없는 노릇이었다.

메이는 가방 두 개를 들어 올리곤 자리에서 일어났다. 새힘이 마지못해 신발을 신고서도 '에이, 맛만 봤어, 맛만.' 하는 걸 애써 한 귀로 흘리며 메이는 앞장섰다.

큰일이었다. 새힘의 입술을 맛본 이후로 그는 너무 예민해져 버렸다. 예전 같으면 무심히 흘렸을 작은 것 하나도 이제는 그냥 지나쳐지지가 않았다. 새힘의 소소한 몸짓이나 소리 하나에도 온 신경이 쏠려 미칠 지경이었다.

너를……나를 어쩌면 좋을까.

나란히 보조를 맞추어 걷던 새힘이 조금씩 뒤처지기 시작하자 메이는 발을 멈추었다. 돌아보니 또 조금씩 절뚝이고 있었다. 이제 집까지는 반 정거장 거리라, 버스를 타기도 애매하고 황량한 도로 가에서 택시를 잡는 것 또한 무리가 있었다.

메이는 양쪽으로 하나씩 메고 있던 가방 중에 새힘의 것을 그녀에게 내밀었다.

"가방, 메 봐."

가방을 받아드는 그녀의 볼이 오동통하게 부풀었다. 제 가방인지라 군소리 없이 받아들기는 했지만 '조금만 더 들어주지.' 하는 속마음을 얼굴에 고스란히 드러내고 있었다.

메이는 나머지 한쪽 어깨에 걸치고 있던 자신의 가방을 앞쪽으로 고쳐 멨다. 그러곤 자세를 낮춰 새힘에게 등을 내밀어 보였다.

"업혀."

"뭐?"

꽤나 놀란 듯한 새힘의 목소리에 메이는 고개를 돌려 그녀를 바라보았다. 막 제 가방을 등에 멘 그녀가 동그란 눈을 깜빡였다.

"나 업어 주려고 가방을 돌려준 거야? 두 개를 멘 채로는 날 업을 수가 없으니까?"

"어. 그러니까 업히라고."

"그치만 너도 힘들잖아."

"이렇게 쭈그리고 있는 게 더 힘들어. 빨리."

메이는 조금 짜증스럽게 말하고는 더 이상 이걸로 실랑이를 하지 않겠다는 뜻으로 고개를 돌렸다.

"그, 그럼, 힘들면 말해. 내릴 테니까. 알았지?"

"알았어."

새힘은 몇 번이나 '힘들면 바로 내릴게.'를 중얼거린 다음 주뼛거리며 겨우 업혔다. 나긋하고 부드러운 여체가 등에 겹쳐오자 메이는 가뿐히 일어서 전진하기 시작했다.

"나 많이 무겁지?"

"알면 됐어."

"어우, 야! 그래도 몇 초 정도는 생각하는 척이라도 한 다음에 내뱉으면 안 되겠니?"

"새삼스레 뭘."

"하여튼 못됐어!"

새힘이 등을 철썩 때리며 불만을 토하는 소리에 메이는 그만 피식 웃고 말았다. 앞쪽에는 제 가방을, 등에는 가방 하나를 멘 새힘을 업고 걷는 게 홀로 걷는 것보다 편하지 않은 건 사실이었다. 하지만 메이는 하나도 힘들지 않았다. 등에 맞닿아 있는 말랑한 감촉과 목을 껴안고 있는 손길이 너무 좋아 이대로 계속 걸어도 좋을 것 같았다.

5.

    은성과 마찰이 있던 날로부터 사흘이 지났다. 그사이 새힘을 둘러싸고 있던 소문은 조금씩 사그라졌다. 아이들의 관심사는 금세 다른 곳으로 흩어졌고 그에 따라 새힘은 겨우 평소와 같은 컨디션을 되찾아 가고 있었다.

    사흘 전 땡땡이를 친 뒤로 지금까지 코빼기 하나 비추지 않던 은성이 나타나기 전까지는. 은성은 사흘 만에야 다시 학교에 복귀를 했다. 여전히 오만방자한 모습으로.

    "귀신은 뭐하니, 저거 좀 안 잡아가고. 귀신까지도 필요 없으니, 국회의원 나리나, 이사장도 힘 못 쓸 정도로 큰 사고나 쳐서 좀 잘렸으면 좋겠다. 재수 없어 죽겠어, 진짜."

    첫 교시를 시작하기 몇 분여를 남겨 두고 교실에 입성한 은성을 잔뜩 못마땅한 눈으로 흘끔거리던 영경이 새힘에게만 들리게 끔 소곤거렸다.

원래도 은성을 그다지 탐탁지 않게 여기던 영경은 새힘이 옥상에 끌려갔다 온 이후부터는 철천지원수처럼 싫어하기에까지 이르렀다.

"네가 좋아한다고 나까지 좋게 보란 법은 없으니까, 서운해 하지 마."

대놓고 싫은 티를 낸 게 조금 미안했던지 영경은 그렇게 덧붙였다. 그런 친구에게 희미하게 웃어 준 새힘은 책상 서랍 속에서 교과서를 꺼내 곧 시작될 수업 준비를 했다.

새힘은 자꾸만 제일 뒷자리에 앉은 은성에게로 시선이 가는 것을 애써 참았다. 웃기게도, 그 험한 꼴을 당하고서도 은성에 대한 마음이 좀처럼 접어지지 않는다. 자신과 전혀 다른 부류에 대한 무모한 호기심과 열망이랄까. 굳이 은성에 대한 마음을 정의 내리자면 그랬다.

얼마 지나지 않아 첫 번째 수업이 시작되어 새힘은 수업 내용에 집중하고자 노력했다. 교과서와 칠판 그리고 선생님을 번갈아 보며 수업에 열중했다.

한데, 자꾸만 등 뒤가 따끔따끔 따갑다. 꼭 누군가 자신에게 시선을 주고 있기라도 한 듯 등이 서늘했다. 혹시 은성이 자신을 보고 있는 건 아닌가 싶어 괜스레 입술이 바싹 말랐다. 그렇게 뒷자리로 시선을 주지 않도록 노력했건만, 새힘은 선생님이 등을 보이고 판서를 하는 사이 흘끔 뒤로 돌아보고 말았다.

두근.

새힘은 은성과 눈을 딱 마주쳤다. 쭈욱 그녀 쪽을 보고 있었던 듯 시선을 뒤로 하자마자 시선이 얽혔다. 은성이 너무도 당당히 자신을 빤히 보고 있는 바람에 새힘은 퍼뜩 다시 고개를 교과서로 돌렸다.

조금 전보다 심장이 더욱 요란하게 뛰기 시작했다. 며칠 만에야 나타나서는 왜 저렇게 사람을 뚫어져라 쳐다보는지 도무지 알수가 없었다. 아직까지 분풀이를 할 게 남아 있어서 그런 듯한 표정은 아니었다. 뭔가를 관찰하는 듯한 눈빛이랄까.

은성이 자신을 보고 있다는 것을 알게 되니 새힘은 도무지 수업 내용에 집중을 할 수가 없었다. 선생님의 말은 환청처럼 웅웅거리며 들려왔고 필기를 제대로 하는 건지도 알 수 없었다. 선생님의 시선이 칠판으로 향하는 순간, 새힘은 저도 모르게 다시 은성에게로 고개를 돌리고 말았다.

'쉬는……으로……와.'

뭐?

새힘은 잠시 자신의 눈을 의심했다. 은성이 소리를 내지 않고 입 모양으로 무언가를 말하고 있었다. 그녀는 무슨 말인지 몰라 이마를 살짝 찌푸렸다. 그가 다시 느릿하게 입술을 움직였다.

'쉬는 시간에 옥상으로 와.'

이번에는 확실히 그 의미가 새힘에게 전달되었다. 그녀는 동그란 눈을 더욱 크게 뜨고 연방 속눈썹을 깜빡였다. '뭐라고?' 하는 말이 턱까지 치밀었지만 새힘은 이내 정면으로 시선을 돌렸다. 판서를 다한 선생님이 설명을 시작했기 때문이다.

새힘은 선생님의 설명을 듣는 척하며 어찌 해야 하나 고민에 휩싸였다. 심장이 벌렁벌렁거리고 호흡은 거칠게 흘러나왔다. 옥상이 그녀에게 좋지 않은 장소로 찍혔음은 물론이고, 실제로도 그런 곳임이 확실했다. 한데 또 거기서 보자고 하는데 어찌 제정신일 수가 있겠는가.

심장이 뛰다 못해 밖으로 튀어나올 것만 같았다. 갑자기 왜 옥상으로 자신을 부르는 것인지 도무지 감이 오지 않았다. 해코지를 하기 위해서라면 먼젓번처럼 조용히 끌고 갈 수도 있을 텐데, 저렇게 장난치듯 말을 하는 것도 이상하긴 했다. 도대체 왜? 새힘은 작게 한숨을 내쉬곤 작게 입술을 깨물었다.

내가 왜 거길 가야 하는데! 절대 안 가.

속으로 굳게 다짐한 새힘은 다소 신경질적으로 노트에 필기를 하기 시작했다. 영경이 의아한 눈으로 보았지만, 그녀는 헝클어진 머릿속을 정리하느라 그것도 몰랐다.

늘 지루하게만 흘러가던 50분이 오늘은 그야말로 쏜살같이 지나갔다. 평소 같으면 빨리 쉬는 시간이 되길 바랐겠지만 지금은 그 정반대였다. 오늘따라 왜 이렇게 1분이 1초처럼 빨리 흘러가느냔 말이다.

쉬는 시간을 알리는 종소리가 울리는 순간, 새힘의 심장은 나락으로 떨어지는 듯했다. 평상시에는 이삼 분씩 수업을 질질 끌던 선생님마저 오늘은 칼처럼 책을 덮으니 더 미칠 노릇이었다. 새힘은 선생님이 나가기 전에 번쩍 손을 들고 일어났다.

"서, 선생님, 질문 있는데요?"

막 교탁을 떠나려던 선생님이 안경을 고쳐 끼며 새힘을 돌아보았다. 그리고 여기저기서 '쟤, 왜 저래?', '미친 거 아냐?' 등등의 야유를 쏟아냈다. 옆에 있는 영경마저 이마를 찌푸렸지만, 새힘은 개의치 않았다. 선생님만 좀 더 붙들어 둘 수 있다면 이 정도 야유쯤은 사뿐히 흘리고도 남음이었다.

"저, 제가 어제 문제집을 풀다가 이해가 안 되는 부분이 있어서요."

"저기, 선생님이 좀 급해서 그런데 급한 거 아니면 이따가……."

"그게 급해서 그래요! 박인로의 〈누항사〉에서요. 객관적 상관물을 찾으라는데 전 그걸 대승과 농가로 생각했거든요. 그런데, 답이 소뷔[1]와 대승이라고 하더라구요. 간혹 백구도 객관적 상관물로 해석하는 경우도 있다는데, 도대체 왜……."

"으으."

선생님의 얼굴이 샛노랗게 변하는 바람에 새힘은 말끝을 잇지 못했다. 정말 화장실이 급하긴 급한 모양이었다. 선생님은 후욱, 후욱 크게 숨을 몇 번 내쉬고는 이내 다급히 입을 열었다.

"다음 시간 마치고 교무실로 올래? 선생님이 지금 화장실이 너무 급해서 말이다."

더 붙잡아 둘 수가 없어, 새힘이 '예에.'라고 대답을 하자마자 선생님은 허겁지겁 밖으로 내달렸다. 그러니 시간은 시간대로 허

----

1) 밭가는 기구의 하나.

비하지 못하고, 급우들의 비난은 비난대로 받은 셈이다.

아아, 어찌 이리 되는 일이 없냐고요.

"야, 파워. 쥐약 먹고 물 안 마셨냐? 갑자기 왜 안 하던 짓을 하고 그래?"

영경이 기지개를 펴면서 툭 던지는 말에 새힘은 털썩 자리에 앉으며 대꾸했다.

"내년에 수능 잘 보려면 지금부터 열공해야지."

"지랄. 수업 시간 내내 딴 생각에 잠겼던데, 구라 칠래?"

"아니거든? 진짜 열심히 들었거든?"

"그런데, 노트 필기도 하는 둥 마는 둥 하셨어요? 너 한숨 팍팍 쉬면서 헛짓하는 거 다 봤어, 계집애야."

그러고는 새힘에게로 몸을 기울여 귀에 속삭였다.

"너, 이은성이 며칠 만에 학교에 와서 마음이 싱숭생숭한 거지?"

"뭐, 그, 그런 것도 있고……."

말끝을 흐린 새힘은 흘끔 뒤로 고개를 돌렸다. 없다. 은성은 이미 옥상으로 올라갔는지 자리를 비운 상태였다. 그러니, 마음이 더욱 초조해졌다.

"암튼, 이번에 또 너한테 해코지하려고 하면 내가 경찰서에 신고해 버릴 거야. 조금만 이상한 기미를 보이면 바로 나한테 말해, 알았지?"

"어, 그래. 알았어."

조금이 아니라, 은성이 아주 많이 이상한 기미를 보였지만 영경에게 입이 떨어지지 않았다. 어쩐지, 그가 해코지 따위를 하려고 그런 건 아닌 듯해서였다.

쉬는 시간 내내 은성은 자리로 돌아오지 않았다. 정말 옥상에서 자신을 기다리고 있는 건 아닌가 싶어 좌불안석이었다.

다시 수업 시작종이 울리고 다음 과목 선생님이 들어오기 직전 은성이 교실로 들어왔다. 선생님처럼 앞문을 거칠게 열고 들어오는 바람에 짧은 순간 급우들의 시선이 몰렸다. 그것이 은성임을 안 아이들은 늘 그렇듯 퍼뜩 시선들을 다른 곳으로 돌렸다. 괜히 눈이 마주쳤다가 무슨 시비를 걸지 몰랐기 때문이다.

오직, 새힘만 빼고서. 새힘은 앞문을 열고 들어오는 순간부터 자신에게 박혀 있는 은성의 시선 때문에 그와 마주 볼 수밖에 없었다. 날카롭게 치켜떠진 눈매에는 짜증을 고스란히 담고 있었다.

시선을 고정시킨 채 성큼성큼 새힘이 앉은 곳까지 다가온 그는 예고도 없이 확 손을 뻗쳐 그녀의 양어깨를 세게 움켜쥐었다. 그러고는 그녀가 피할 틈도 없이 홱 잡아 일으켰다.

"헉."

억눌린 새힘의 신음 소리와 은성의 돌발 행동에 다시 주위의 시선이 모아졌다.

"왜, 왜 이래?"

머저리처럼 말도 더듬거리며 흘러나왔다. 억센 손아귀에서 새힘이 빠져나오려 바동거리자, 남의 이목 따위는 전혀 신경 쓰지 않는 인간답게 은성은 천천히 고개를 숙여 그녀의 귓가로 입술을 가져갔다.

"……다음 쉬는 시간에도 안 나와 봐. 이 자리서 키스해 버린다."

정신이 혼미해질 정도의 말을 던진 은성은 새힘의 어깨를 놓아주곤 유유히 제자리로 향했다. 충격을 곱씹을 새도 없이, 선생님이 들어서는 바람에 새힘은 서둘러 자리에 주저앉았다.

다급히 교과서를 꺼내 펼쳤지만, 새힘은 뇌가 텅 비어 버린 듯 정신이 몽롱하기만 했다. 은성이 귓가에 오싹 소름이 돋을 정도로 낮게 내뱉은 말이 온통 머릿속을 휘젓고 다녔다.

그런 그녀에게 영경이 노트에다 몇 자를 적어 내밀어 보였다. 수업이 시작되어 떠들 수가 없는 탓이었다.

-쟤, 뭐니? 너한테 뭐라고 해?-

흘끔 옆을 보니 영경이 자신만큼이나 놀란 듯 상기된 표정을 짓고 있었다.

-이따가 옥상으로 좀 오래.-

더 숨길 일도 아니라, 새힘은 짧게 휘갈겨 보여주었다. 글씨를 본 영경이 눈썹을 확 찡그리곤 또 몇 자 써내려갔다.

-미친 거 아냐? 왜 자꾸 널 못 괴롭혀서 안달인데? 왜, 또 담뱃불로 지져 버리겠대? 벌써 지나간 일을 자꾸 걸고넘어지는 건 뭔 심보니? 겁줘서 기절까지 시켰으면 됐지, 왜 또 개지랄인데? 미친놈!-

-해코지하려고 그러는 건 아닌 것 같아. 그런 거면 그때처럼 몰래 끌고 가거나 그랬겠지.-

새힘의 답변에 영경은 다시 볼펜을 들었다.

-그럼, 도대체 왜? 하긴, 너도 알 턱이 없겠지. 그래서 설마, 옥상에 올라가려는 건 아니지?-

새힘은 미미하게 한숨을 내쉬었다. 올라가자니 너무 불안했고, 그렇다고 또 무시하자니 거기에 따른 후환이 너무 컸다. 가뜩이나 은성과 응응응을 하다가 기절했다는 어마어마한 유언비어가 돌고 있는 마당에, 만약 그가 이 자리서 키스까지 해 버린다면 소문이 아닌 진실로 굳어지게 될 것이다. 정말 은성과 응응응 아니라 그 엇비슷한 거라도 해봤으면 억울하지는 않겠다.

-안 올라오면 여기서 키스해 버리겠대.-

그렇게 갈겨 쓴 새힘은 칠판을 응시했다. 선생님이 그녀들 쪽을 흘끔 바라보았기 때문이다. 그 시선을 느낀 영경 역시 퍼뜩 대화 내용이 담긴 노트의 페이지를 휙 넘기며 수업에 열중하는 척했다.

-뭐? 미친 새끼! 아니, 가만, 가만. 키스를 해 버리겠대? 그 새끼 너한테 관심 있니? 아, 선생이 자꾸 보니까, 이따가 얘기해.-

한참 후 영경이 써서 내민 글을 본 새힘은 고개를 끄덕였다.

더 이상의 메모를 주고받진 않았지만, 새힘과 영경은 50분 내내 같은 생각으로 심각하게 표정을 굳히고 있었다.

50분이 지나고 어김없이 쉬는 시간이 돌아왔다. 은성은 묘하게 입꼬리를 올려 새힘을 한번 바라보고는 교실 밖으로 향했다. 꼭 그녀의 고민이 전혀 자신과는 상관없다는 듯이.

은성이 나가는 걸 곁눈질로 지켜보던 영경은 그가 완전히 자취를 감추자 인상을 확 쓰며 물어왔다.

"어떻게 할 건데?"

"올라가 봐야 할 것 같아. 지, 진짜로 그러면 어떡해?"

차마 키스라는 단어가 입에서 떨어지질 않는다.

"하긴, 저 시끼라면 그러고도 남을 놈이지. 도대체 머리에 뭐가 들었는지 해부해 보고 싶다니까? 차라리 지금 학주한테 가서 이를까?"

영경의 제안에 새힘은 퍼뜩 고개를 내저었다.

"아무 일도 일어나지 않았는데 그랬다가, 뒷감당은 어떻게 할 건데? 괜히 긁어 부스럼 만드는 꼴밖에 더 되겠어?"

"아아, 미치겠다."

머리를 버벅버벅 긁으며 난색을 표하는 사이 쉬는 시간이 10분에서 8분으로 줄어들었다. 초조해진 새힘은 자리에서 몸을 일으켰다.

"올라갔다가 올게. 죽이기야 하겠니? 애들 앞에서 개쪽 당하는 것보다 그게 낫겠어."

새힘이 다급히 나가려 하자 영경이 역시 일어나 따라나섰다.

"안 되겠다. 나도 같이 가."

"뭐? 너까지?"

"숨어서 지켜보고 있다가 혹시나 해코지하면 곧바로 학주한테 달려가서 이를게."

아주 잠깐 영경의 말을 곱씹던 새힘은 고개를 끄덕였다. 아무래도 혼자 덜렁 올라가는 것보다 영경이라도 지켜봐 준다면 훨씬 마음이 놓일 것 같았다.

"고마워, 영경아."

새힘은 영경에게 인사를 하고는 빠르게 내달리기 시작했다. 그 뒤를 따라 영경 역시 발걸음을 급하게 옮겼다.

마침내, 계단 끝 옥상 입구에까지 한걸음에 달려온 새힘은 한쪽 구석에 몸을 숨긴 채 있는 영경에게 고개를 끄덕여 보이곤 확 트인 옥상으로 걸어 나갔다.

시원한 바람이 휭 하니 부는 옥상은 은성 외에는 아무도 없었다. 그가 옥상에 떴으니, 다들 자리를 피해 버린 게 분명하긴 해도, 옆에 따르는 똘마니들조차 없는 건 조금 의아했다. 확실히 그녀에게 못된 짓거리를 하려는 의도는 아닌 듯했다.

그래도 완전히 가시지 않은 불안감과 또 다른 두근거림으로 촉촉이 땀이 밴 손을 맞잡은 채 새힘은 은성이 있는 곳으로 다가갔다. 널브러진 책상에 걸터앉아 팔목에 찬 시계를 들여다보고 있던 은성이 인기척을 느끼고 슥 시선을 들었다.

새힘을 확인한 그의 입가가 묘한 웃음을 머금고 올라갔다. 그 미소에 그녀의 심장이 빠른 비트로 뛰기 시작했다.

"이번에도 안 오면 진짜로 교실에서 키스해 버리려고 했는데, 아쉽네."

그래, 그래서 왔잖아!

울컥 치밀어 오른 말을 누른 새힘은 주뼛거리며 입술을 움직였다.

"왜 불러낸 건데? 이, 이렇게 불러낸 거 하나도 달갑지 않아."

사실은 그가 자신에게 해코지를 하려는 게 아니라는 걸 옥상으로 와서 확신한 순간부터 마음 한구석에서 뭔지 모를 설렘이 피어오르고 있었다. 그걸 표시 내지 않기 위해 새힘은 작은 입술을 야무지게 앙다물었다.

"그렇게 겁먹을 필요까진 없는데. 나 그렇게 나쁜 새끼는 아니거든."

"겁먹은 적 없어."

그리고 너 나쁜 새끼 맞거든?

이번에도 새힘은 울컥하는 말을 삼켰다.

"그래?"

갑자기 그가 손을 뻗쳐 그녀의 팔뚝을 움켜쥐곤 휙 끌어당겼다. 놀란 새힘이 반사적으로 뒷걸음질 쳤지만 이미 은성에게로 바짝 당겨진 상태였다.

"그런데, 네 눈은 왜 이렇게 흔들리고 있을까?"

은성이 서늘한 눈매와는 반대로 나른하게 내뱉었다. 새힘은 오르락내리락하는 가슴을 애써 진정시키며 한숨 섞인 말을 쏟아냈다.

"너 때문에 난 며칠 내내 더러운 소문에 휩싸여야 했어."

"아마도 나와 관련된 루머겠군?"

자신과는 전혀 상관없는 듯 재미있어 하는 말투에 새힘은 입술을 질끈 깨물었다.

"그래, 그랬어. 너와 내가 그렇고 그런 사이라고 온 학교가 들썩였어. 넌 그 뒤로 학교에 안 나와서 모르겠지만, 난 그 며칠이 지옥 같았단 말이야. 어딜 가나 날 두고 쑥덕거리는 걸 견뎌야 했

어. 근데, 네가 이번에도 옥상에 오지 않으면……키, 키스를 한다
고 해서 나온 거야. 그렇게 되면 정말 그 더러운 소문이 사실로
굳어지게 될 테니까."

"그거 참 잘됐는걸."

진심으로 잘됐다는 듯한 은성의 말투에 새힘은 눈을 동그랗게
떴다가 이내 세모꼴로 치떴다.

"잘 되다니, 도대체 뭐가!"

참아 왔던 '욱'이 결국 날카로운 고함 소리로 튀어나왔다. 자
신이 생각해도 너무 큰 고함소리에 새힘은 속으로 찔끔했지만 겉
으로 티를 내지는 않았다. 은성이 너무도 느긋하게 미소 짓고 있
었기 때문이다.

"지금부터 정말 그렇게 만들어 버릴 작정이거든."

뭐?

생각지도 못한 은성의 말에 새힘은 치켜뜨고 있던 눈매를 풀고
멍하니 눈을 깜빡였다. 지금부터 그렇게 만들어 버릴 작정이라
니, 도무지 무슨 뜻인지 감이 오지 않았다. 새힘은 은성의 말을
이해하려 곱씹고 또 곱씹었다. 그런 그녀의 표정을 물끄러미 응
시하던 은성이 폭탄과도 같은 말을 던졌다.

"오늘부터 넌 나와 사귀는 거야."

"뭐……라고?"

아닌 밤중에 홍두깨도 아니고, 이 무슨 황당한 발언이란 말인
가. 새힘은 커다란 눈을 더욱 동그랗게 뜨고 은성을 멍하니 바라
보았다. 조금 전까지 입가에 머물러 있던 웃음기를 지우고 은성

은 입매를 굳혔다.

"그날 이후, 며칠 내내 계집애 하나가 머릿속을 휘젓고 다녔
어. 짜증이 날 정도로 말이야."

"그게 무슨……."

은성은 새힘이 채 말끝을 끝맺기도 전에 그녀에게로 고개를 숙
여 부드러운 머리칼에 얼굴을 묻었다.

"그래. 이 냄새. 네게서 나는 냄새가 계속 코끝을 맴도는 바람
에 돌아 버리는 줄 알았지."

냄새라니. 새힘은 얼굴을 확 붉히며 뒷걸음질 치려 바둥거렸
다. 하지만 그의 단단한 손아귀에 양쪽 팔뚝을 붙잡혀 있는 탓에
제자리걸음만 되풀이하고 있었다. 향도 아닌 냄새라니. 꼭 안 씻
어서 불결한 냄새를 풀풀 풍긴다는 것만 같은 뉘앙스에 새힘은
완전히 당황하고 말았다.

"이, 이거 놔."

은성에게 벗어나기 위해 새힘이 발버둥을 치자 그는 놓아주기
는커녕 더욱 바짝 껴안다시피 그녀를 끌어당겼다. 은성의 돌발
행동과 '냄새' 라는 단어가 주는 어감에 충격을 먹은 새힘은 잔뜩
벌게진 얼굴로 시근덕거렸다. 너무 기가 막혀 눈가에는 눈물마저
그렁그렁 맺혔다.

"놔줘, 놔달라고. 냄새난다며!"

새힘은 소리를 지르며 그에게서 벗어나려 안간힘을 썼다. 눈가
에 맺힌 눈물이 금세 볼을 타고 흐른다. 별의별 소문에 휩싸여 손
가락질을 받을 때도 눈물 한 방울 흘리지 않았는데, 갑자기 왜 눈

물이 터지는지 모를 일이었다. 흐르는 눈물을 닦기라도 했으면 좋겠는데 양팔을 모두 은성이 결박하고 있어서 그것도 여의치 않았다.

그 순간이었다. 은성이 입술을 내려 그녀의 얼굴에 흐르고 있는 눈물을 핥은 것은.

새힘은 머리에 번개라도 맞은 사람처럼 빳빳이 굳어 버렸다. 지금 자신에게 무슨 일이 일어나고 있는지 실감이 나지 않았다. 아니, 너무 급박하게 흘러가는 전개에 도무지 정신을 차릴 수가 없었다. 며칠 전만 해도 담뱃불로 지져 버린다니 어쩐다니 하던 놈이 갑자기 정반대의 행동을 하는데 어찌 놀라지 않겠는가.

새힘은 아직 눈물이 그렁그렁 맺힌 눈으로 그에게 시선을 맞추었다. 낯 뜨겁고도 민망한 행동을 했다는 자각이 없는지 은성은 전혀 표정의 변화를 보이지 않았다. 오히려 목까지 시뻘겋게 달아오른 건 새힘이었다.

"지금부터 넌 내 거야."

서늘하기만 하던 은성의 눈동자가 열기를 띠고 점점 짙어졌다. 그 강렬한 시선에 새힘의 심장이 훨씬 더 빨리 뛰어대기 시작했다. 그 시선을 오롯이 받으며 새힘은 가까스로 입을 열었다.

"갑자기 네가 왜 이러는 건지 난 정말 모르겠어."

"말했잖아. 너한테서 나는 냄새가 좋다고."

하! 새힘의 입에서 바람 빠지는 소리가 흘러나왔다. 짐승도 아니고 냄새에 집착을 하다니, 이걸 어떻게 받아들여야 할지 난감하기만 했다.

"사귀는 놈이 있는 건 아니지?"

"그런 거 없어!"

새힘은 저도 모르게 발끈해서 곧바로 대답해 버렸다. 은성은 그런 그녀에게 만족스러운 미소를 지어 보였다.

"뭐, 아무래도 상관없지만. 어차피……."

말끝을 줄이며 은성이 의미심장한 표정을 지었다. 어차피 뭐? 어차피 너한테 넘어갈 거라고? 그렇게 결론을 내린 새힘은 어이 없는 표정이 되고 말았다. 손만 뻗으면 여자들이 무조건 다 본인 에게 자빠지는 줄 아는 모양이었다. 물론, 그녀도 은성에게 마음 을 두고 있는 멍청이 짓을 하고 있는 중이긴 하지만, 그렇다고 이 대로 순순히 그의 페이스에 넘어가는 건 도저히 자존심이 상해서 싫었다.

"난 너랑 사귄다고 한 적 없어."

"너랑 사귀는 동안 다른 계집애들한테는 눈동자도 안 돌릴게."

더없이 진지하게 내뱉어진 말에 새힘은 심장이 쿵하고 떨어지 는 듯했다. 천하의 오만방자 이은성에게도 이런 모습이 있을 줄 은 꿈에도 몰랐다. 이래서 여자애들이 은성이라면 환장을 하는 모양이었다. 잔인하고 못되기만 한 게 아니라 이런 면도 때때로 보이니까.

"지금 그 말이 아니잖아."

"키스도 잘해 주고, 섹스도 잘해 줄게."

"뭐, 뭐라고?"

"아아, 걱정 마. 지금 한다는 건 아니니까."

어깨를 으쓱하며 아무렇지도 않게 내뱉은 은성이 갑자기 고개를 숙여 새힘의 입술을 쪽 소리가 나게 머금었다. 찰나에 벌어진 입맞춤은 말 그대로 입술만 닿았다가 떨어졌다.

가벼운 버드키스라지만, 너무나 자연스러운 은성의 스킨십에 새힘은 쇼크를 먹고 얼음 상태가 되었다.

"종친다. 얼른 교실로 들어가 봐야지 않겠어? 더 있다간 저기 숨어서 지켜보는 저 애까지 늦을 텐데."

은성이 지금까지 옭아매고 있던 팔을 놓아주며 하는 말에, 그제야 커다랗게 울리는 수업 시작 종 소리가 새힘의 귀에 파고들었다. 이대로 멍하니 있다간 은성의 말마따나 영경까지 피해를 입을 수가 있었다. 그러고 보니, 은성은 영경이 숨어서 지켜보는 걸 알고 있었던 모양이었다.

그런 걸 따질 틈이 없었다. 지금부터 달려도 선생님보다 일찍 교실로 들어갈 수 있을지 장담할 수가 없었다. 하필이면 이번 시간이 담임의 과목이라 더더욱 늦으면 안 되었다. 새힘이 허겁지겁 옥상을 내려가려는 데도 은성은 느긋하게 책상에 앉은 채로 움직일 생각을 하지 않아, 그녀는 잠시 걸음을 멈추고 돌아보았다.

"넌……안 가?"

"오늘 학교에서 볼일은 다 봤으니, 굳이 갈 필요가 없거든."

그 볼일이 자신에게 접근하는 것임을 어렵지 않게 알아챈 새힘은 더 말하지 않고 빠르게 옥상을 내려갔다. 그때까지 자리를 지키고 있던 영경이 후다닥 옆으로 따라붙었다.

"다 봤지?"

"오냐. 아주 잘 봤다. 옥상에서 영화 한 편 찍으시더라? 무슨 일이 생길 기미만 보이면 학주한테 달려가려고 긴장하고 있었는데, 황당해 죽는 줄 알았다."

"모, 몰라. 나도 이런 전개가 될 줄은 몰랐어."

"그렇게 이은성, 이은성 하더니……."

갑자기 영경의 한쪽 입술이 사악함을 담고 올라갔다.

"키스도 잘해 주고, 섹스도 잘해 줄게."

나직하게 은성의 목소리를 흉내 내며 영경이 내뱉는 말에 새힘은 뒷머리가 삐죽 서는 듯했다.

"푸하하! 축하한다, 파워!"

"야아!"

대놓고 놀려대는 영경에게 발끈해 보였지만, 이미 그녀는 깔깔거리며 저만치 앞장서 가고 있었다. 새힘은 태양을 집어삼킨 것처럼 빨간 얼굴로 영경을 뒤따랐다. 다행히 그녀들은 담임보다 먼저 교실에 도착할 수가 있었다.

"쯧, 이은성 그 인간은 그렇게 열렬히 대시하더니, 어떻게 그 즉시 땡땡이를 까고 코빼기도 안 보일 수가 있냐?"

학교에서의 모든 일과를 마치고 교실을 나서며 영경이 입을 삐죽거렸다. 아닌 게 아니라, 옥상에서의 생각지도 못한 전개 이후로 새힘은 가슴앓이를 하느라 얼굴이 헬쑥해질 정도였다. 계단을 내려가면서도 무중력 상태에 있는 것처럼 온몸이 둥둥 떠다니는 듯했다.

그동안 은성을 마음에 담아왔던 걸 감안하면, 그의 대시에 입이 째져야 마땅한데 실상은 그렇지가 못했다. 그녀가 좋아서도 아니고, 다짜고짜 냄새가 좋아서 그렇다는데 어찌 황당하지 않을 수가 있겠는가.

그런 걸 다 떠나더라도 자신이 은성을 감당해 낼 수 있을지도 의문이었다. 메이에게 키스를 배울 때만 해도 어렴풋이나마 은성에 대한 희망이 있었다. 은성 역시 심장이 뛰는 인간이니, 진정한 사랑을 만나면 길들여질 거라 믿어 의심치 않았다. 그리고 그 진정한 사랑이 자신이 되었으면, 하는 바람도 있었다.

한데, 며칠 전 옥상에 끌려가 겁박을 당한 이후로 새힘은 현실을 직시할 수가 있었다. 자신은 은성을 견뎌내지 못할 거라는 것과 그가 자신과는 너무도 다른 부류라는 사실을. 그러니, 대놓고 접근을 해온 은성이 예전의 마음처럼 온전히 반갑기만 한 것은 아니었다.

물론, 거리낌 없는 그의 행동에 심장이 미친 듯이 울렁거리긴 했다. 분명, 조금의 거부감이 있긴 하나, 그를 좋아하고는 있었으므로.

"그래서, 이제 어떡할 거야?"

벌써 저 물음만 네 번째다. 새힘 스스로도 답변을 찾을 수가 없어 그저, 모르겠다는 대답만 되풀이했었다.

"양갱아, 나, 그냥 눈 딱 감고 사귀어 버릴까?"

새힘이 이마를 긁적이며 하는 말에 영경은 그런 그녀를 물끄러미 바라보다 어둡게 표정을 굳혔다.

"잘 생각해. 네 마음이 가는 대로 하는 것도 좋은데, 만약 이은성이랑 사귀게 되면 아마 지금까지보다 훨씬 더 무수한 소문에 휘말려야 될지도 모르니까."

새힘은 낮게 한숨을 내쉬었다. 그래, 그럴지도 모른다. 그래서 은성의 제안이 선뜻 반갑지 않은 걸지도. 그의 품에 안겨 보건실로 향했다는 것만으로도 별별 더러운 유언비어에 시달려야 했는데, 정말 사귀기라도 한다면 그것보다 훨씬 더 무수히 아이들의 입에 오르내릴 것이다.

"그리고 또 하나. 상처……받을지도 몰라."

조금은 어렵게 입을 뗀 친구에게 새힘은 아무렇지도 않은 표정으로 피식 웃어 주었다.

"응, 알아."

그래서 겁이 나는 건지도 몰랐다. 그동안 지겨울 정도로 들어 왔던 은성의 여성 편력. 같은 학교 여학생은 물론이고 대학생, 심지어 교사까지 후렸을 정도로 이력이 화려했다. 그러나 소문의 끝은 모두 하나였다. 은성이 지겨움을 느끼는 순간, 그녀들은 가차 없이 버려진다는 것. 그것을 알기에 어쩌면 시작도 하기 전에 겁부터 드는 건지도.

조금은 시무룩하니 영경과 걷다 보니 어느새 교문이 코앞으로 다가갔다. 깔깔거리거나 장난을 치며 교문을 나서는 학생들의 움직임이 갑자기 조심스러워졌다. 싸늘히 식은 분위기에, 무슨 일인가 싶어 영경과 함께 무심코 밖을 살필 때였다.

새힘의 발걸음이 우뚝 멎었다. 그리고 심장도 함께 멎는 듯했다. 둘째 교시 이후 보기 좋게 땡땡이를 쳐 버린 은성이 교문과 몇 미터 떨어진 곳에 자리를 잡고 있었기 때문이다. 시동이 꺼진 오토바이에 앉아 기다란 다리를 늘어뜨린 채 그는 무표정한 얼굴로 교문 안쪽을 유심히 응시하고 있었다. 마치, 누군가를 기다리는 듯이.

"저거 이은성이지?"

영경의 속삼임에 새힘은 고개를 끄덕였다.

"와, 진짜 간 크다. 아무리 고모가 이사장이라도 그렇지, 어쩌면 오늘 하루 종일 땡땡이치고도 저렇게 당당하게 교문 밖에 있을 수가 있냐?"

영경이 잔뜩 어이없는 표정으로 고개를 절레절레 흔들었지만, 새힘은 아무런 맞장구도 칠 수가 없었다. 교문 안쪽을 유심히 살피던 은성의 눈동자가 그녀에게로 와 박혔기 때문이다. 그 강렬한 시선에 새힘은 잠시 동안 꼼짝도 하지 않았다. 은성이 자신을 기다리고 있다는 걸 말하지 않아도 알 수 있었다.

새힘은 이내 고개를 돌려 발걸음을 움직였다. 은성이 자신을 기다리고 있다는 걸 인지하긴 했지만, 그렇다고 무턱대고 그의 앞으로 쪼르르 다가갈 수도 없는 노릇이었다. 은성의 시선을 외면하며 영경과 교문을 나서는 순간이었다.

"송새힘, 스톱."

낮게 가라앉은 은성의 목소리가 그녀의 뒷덜미를 덥석 움켜쥐었다. 저렇게 이름까지 불러대니, 어깨가 움찔하고 절로 발이 멎었다.

"어머, 어떡해. 쟤, 너 기다렸나 봐."

영경이 귀에 대고 속삭이고 있었지만, 새힘에겐 하나도 들리지 않았다. 은성이 부릉부릉, 오토바이의 시동을 걸고는 금세 다가왔기 때문이다. 두두두두, 바로 코앞에서 들려오는 오토바이의 엔진 소리가 새힘의 심장을 더욱 고동치게 만들었다.

"타."

은성은 가타부타 설명 없이 타라는 말과 함께 커다란 헬멧을 새힘에게 내밀어 보였다. 새힘은 눈을 동그랗게 뜨고 헬멧을 바라보았다. 오토바이란 건 태어나서 한 번도 타 본 적이 없었으며, 게다가 다른 사람도 아닌 은성의 뒤라니.

"갑자기 타라니. 어, 어딜 가려고."

새힘이 경계심을 나타냈지만 은성은 대꾸 대신 어깨만 으쓱해 보였다.

"탈 거니?"

영경의 물음에 새힘은 그녀에게로 고개를 돌렸다. 영경의 눈동자는 '네 마음이 가는 대로 해.'라고 말하는 듯했다.

어떻게 해야 하나.

헬멧을 받아들면 돌이킬 수가 없을 것 같았고, 만약 이대로 은성을 뒤로한 채 걸음을 옮기게 되면 그것도 후회스러울 것 같았다.

새힘은 작게 입술을 깨물며 은성에게로 시선을 옮겼다. 그는 전혀 강압적으로 몰아붙이지 않았다. 무심한 표정으로 그저 헬멧만 내밀고 있을 뿐이었다. 오히려 은성의 얼굴에는 여유로움이 넘쳤다. 새힘이 결코 거절하지 않을 거라고 자신하는 듯이.

억겁 같은 수십 초가 흘렀다. 새힘은 주뼛거리며 은성이 내밀고 있는 헬멧을 받아들고 말았다. 그는 만족스러운 표정으로 입가를 슬쩍 올렸다. 새힘은 영경을 돌아보았다.

"미안해, 영경아. 이따가 전화할게."

영경은 그럴 줄 알았다는 듯 무덤덤하니 고개를 끄덕였다.

"그래, 이따 통화해."

그러고는 야무지다 못해 앙칼진 얼굴로 휙 은성을 바라보았다.

"이은성, 새힘이는 지금까지 네가 만났던 애들과는 질적으로 달라. 함부로 대하지 마. 그랬다간 내가 가, 가만있지 않을 거야. 우리 아빠의 친구 분의 형님이 경찰서장이야. 알았어?"

비장하기까지 한 영경의 말에, 새힘은 가슴이 뭉클해졌다. 새힘과 관련된 일이 아니라면, 영경은 결코 은성의 면전에다 대놓고 이런 말을 쏟아내지 못했을 것이다. 영경 역시 다른 학생들처럼 은성에게 해코지를 당할까 두려워 눈을 못 마주치는 평범한 소녀일 뿐이니까. 그런 친구가 자신을 위해 이렇게 용기를 내니, 새힘으로선 고맙고 미안했다.

혹시, 은성이 영경에게 싫은 소리라도 하면 어쩌나 새힘은 마음을 졸였지만, 다행히 그는 아무런 말이 없었다. 새힘이 헬멧을 쓰고 조심스레 은성의 뒷자리에 오르자, 그는 곧장 오토바이를 출발시켰다.

그 바람에 몸을 휘청거린 새힘은 다급히 은성의 허리를 붙잡았다. 처음으로 타 보는 오토바이의 속도감에 새힘은 정신이 하나도 없었다.

건물들이 휙휙 지나갈 때마다 머리가 빙빙 도는 듯했고, 커브를 틀기 위해 오토바이가 한쪽으로 쏠릴 때마다 미끄러질까 봐 심장이 졸아들 대로 졸아들었다. 그럴수록 은성을 붙잡고 있는 손에 힘이 들어가다 결국에는 그의 허리를 꽉 껴안고 말았다.

어디로 가는지도 모른 채 새힘은 눈을 질끈 감아 버렸다.

6.

묵직하게 울려 퍼지는 오토바이의 엔진 소리와 처음으로 느끼는 속도감에 달리는 내내 눈을 감고 있던 새힘은 어느 순간부터 속력이 현저히 주는 걸 느끼고 안도의 숨을 내쉬었다. 슬그머니 눈을 떠 주위를 둘러보니 조용한 주택가였다. 그것도 고급 주택가.

새힘의 집 역시 중산층 이상이 모인 곳에 있는지라 크게 놀랄 것도 없었지만, 어째서 은성이 주택가로 온 건지 의아했다. 저택이라고 해도 손색이 없는 한 집의 차고에 들어서서야 오토바이는 완전히 멈추었다.

"네가 놔줘야 내릴 수 있을 텐데. 나야 뭐 좋지만."

그제야 새힘은 휘어질 듯 은성의 허리를 꽉 껴안은 채라는 사실을 깨닫고 퍼뜩 팔을 풀었다. 그녀는 머리에 뒤집어쓰고 있던 헬멧을 벗어 은성에게로 내밀었다. 헬멧을 받아든 그가 잔뜩 상기되어 있는 새힘의 얼굴을 보곤 피식 웃음을 머금었다.

새힘은 흐트러졌을 법한 머리를 손가락으로 쓸어내린 뒤 바닥으로 내려섰다. 땅에 발이 닿는 순간, 일순 휘청거렸지만 그녀는 억지로 몸을 곧추세웠다. 훅훅, 가쁜 호흡이 그녀의 입에서 흘러나왔다. 도대체, 이딴 오토바이는 왜 타고 다니는지 모를 일이었다.

오토바이를 너른 차고 한쪽에 잘 세워 둔 은성은 어리둥절하게 있는 새힘의 팔목을 낚아챘다.

"가자."

새힘은 주춤거리며 다리에 힘을 주어 버텼다.

"잠깐만, 여기가 어딘데?"

"아지트."

'아지트'라는 단어가 주는 음침한 느낌에 새힘의 몸이 딱딱하게 굳었다. 은성이 아지트라고 말하는 걸 보면, 건전함과는 거리가 먼 곳임이 분명했다. 게다가, 은성뿐이 아닌 낯선 불량감자들도 있을 것이고. 그러니, 자동으로 거부감이 밀려들어 얼굴이 창백해졌다. 그런 그녀를 흘끔 본 은성은 희미하게 비소를 지으며 앞장섰다.

은성은 새힘의 팔목을 붙잡은 채 잘 가꾸어진 정원수와 파릇한 잔디밭을 가로질러 곧장 집 안 지하실로 향했다. 창고로 쓰는 자신의 집 지하실을 떠올리며, 새힘은 더욱 긴장하고 말았다. 음침하고 어두컴컴한 악의 소굴로 끌려가는 것 같아 계단을 내려가는 내내 불안한 눈빛으로 주위를 살폈다.

한데, 은성의 손에 이끌려 내려간 지하실은 상상과는 너무 달라 깜짝 놀라고 말았다. 계단을 다 내려가니 복도처럼 되어 있는 곳에 원목으로 만들어진 벤치가 있었고 그곳에서 커브를 틀면 눈이 휘둥그레질 정도의 넓고 휘황찬란한 공간이 나왔다.

한쪽에는 영화를 관람할 수 있는 프로젝터와 대형 스크린이 설치되어 있었으며 다른 쪽에는 업소를 방불케 할 정도로 잘 꾸며진 와인 바가 자리 잡고 있었다. 거기다 풀 테이블까지 완벽하게 갖춰져 있어 여가 시간을 보내기에는 더없이 좋은 장소였다. 개방되어 있는 홀에만 갖추어진 것이 이 정도인데, 닫혀 있는 몇 개의 문 안쪽에는 뭐가 있을까 하는 궁금증마저 들었다.

"아무 데나 앉아."

은성의 말에 새힘은 정신을 차리고 홀 가운데 놓인 소파로 가 앉았다. 어두컴컴하고 퀴퀴한 냄새까지 나는, 딱 고문하기 좋은 그런 창고와는 완전히 다른 것이다. 아지트란 말에 지레 짐작하고 겁을 먹었던 게 머쓱해 새힘은 속으로 웃고 말았다. 그러니 점차로 긴장도 사그라졌다.

"여기 혹시 국회의원님 댁이니?"

새힘이 화려한 공간을 훑어보며 하는 질문에 은성은 쿡 웃었다.

"우리 집이냐고 묻는 거면, 아니."

"그럼?"

은성은 다시 질문하는 새힘에게 담담히 대꾸했다.

"국회의원 댁은 아니고, 그 양반의 여동생 집이라고 할 수 있지. 나랑 동갑인 사촌 놈이 살고 있는 곳이기도 해."

"아."

그러니까, 고모님 댁이다. 바꿔 말하면 우리 학교 이사장님의 집이라는 거다.

"그런데, 왜 날 여기로……."

"말했잖아. 아지트라고. 우리 집 영감님이 워낙 깔끔해서 집구석에서는 흐트러져 노는 꼬라지를 절대로 용납 못하거든. 그리고 그 차림으로 어디 제대로 출입이나 하겠어?"

은성의 시선이 그녀가 입고 있는 교복을 슥 훑어 내렸다. 그러니까, 그녀가 교복 차림만 아니었어도 평소에 놀던 탈선의 장소로 갔을 거란 뜻이기도 한 것이다. 하긴, 성숙하면서도 세련미가 느껴지는 은성의 옷차림과 교복 차림의 자신이 너무나 상반되긴 했다. 저러고 다니면 누가 봐도 은성을 고등학생으로는 보지 않을 듯싶었다. 새힘은 괜스레 입술을 삐죽 내밀었다.

"나, 교문 앞에서 바로 너 따라온 거거든? 그리고 여기도 만만치 않게 탈선의 장소 같은데, 뭘."

저도 모르게 내뱉은 새힘은 아차, 싶어 퍼뜩 입을 닫고는 은성의 눈치를 살폈다. 화가 난 것 같지는 않지만, 그는 묘한 표정을 짓고 있었다. 비소를 짓고 있는 듯 보이기도 했으며, 또 한편으론 재미있어 하는 듯 보이기도 했다. 조금은 졸아 있는 새힘에게 그는 킥 웃음을 내뱉었다.

"뭐, 제대로 알고 있으니 일일이 설명하지 않아도 되겠네."

흘러가듯 말한 은성은 성큼 새힘의 곁으로 다가와 앉았다. 그가 존재감을 풀풀 풍기며 바짝 붙어 앉는 바람에 새힘은 어깨를 흠칫 굳혔다. 거침없이 스킨십을 하던 옥상에서의 은성이 떠올라 절로 경계태세가 되는 건 어쩔 수 없었다.

새힘은 엉덩이를 들고 옆으로 물러나 앉았다. 너무 바짝 붙어 있으니 숨소리가 너무 크게 들릴까 봐 신경 쓰이는 데다, 메이가 아닌 다른 남자와의 신체 접촉은 아직까지 불편하기도 했다.

그녀가 물러나자, 은성이 슬쩍 눈썹을 휘며 옆으로 따라붙었다. 이번에는 조금 전보다 더욱 그가 가까워져 새힘은 거의 반사적으로 옆으로 비켜 앉았다. 그런 새힘을 가만히 지켜보던 은성이 이내 몸을 움직여 바싹 따라왔다.

"여기 좀 더운 것 같은데 떨어져 앉으면 안 되니?"

잔뜩 민망한 얼굴로 내뱉은 새힘이 다시 옆으로 옮기려는 찰나였다. 억센 손이 휙 날아와 더 이상 옆으로 도망가지 못하게 그녀의 양어깨를 꽉 움켜쥐었다. 그러곤 가슴을 크게 오르락내리락하며 숨을 몰아쉬는 새힘에게로 고개를 숙였다. 서로의 코가 맞닿을 만큼 가까운 거리에서 은성의 고개가 멎었다.

"난 강제로 널 여기로 데려온 기억이 없거든. 근데, 넌 왜 자꾸 물러나는데?"

"더, 덥다고 했잖아."

그녀가 시선을 깔며 고개를 옆으로 돌리자 은성은 어깨를 조이고 있던 한쪽 손을 올려 작은 턱을 움켜쥐었다. 그는 그녀의 얼굴을 제자리로 돌려놓고 다시 시선을 맞추었다.

"이러니까 내가 꼭 고등학생이랑 원조 교제 하고 싶어서 안달 난 변태 늙은이가 된 것 같잖아."

낮게 중얼거린 은성은 턱을 쥐고 있는 엄지를 움직여 천천히 새힘의 입술을 쓸었다. 입술에 와 닿는 조금 까칠한 손가락의 느낌에 새힘은 오소소 소름이 돋는 듯했다. 아무래도 거칠게 노는 타입이라 그런지 보기와 다르게 은성의 손은 굳은살이 박여 있었다. 하긴, 메이 역시 예쁜 외모와 달리 오랫동안 운동을 해서인지 손과 몸만큼은 더없이 단단했다. 그러고 보면 메이의 손과 비교하니, 은성은 많이 거친 것도 아닌 듯했다.

새힘은 문득, 메이가 떠올랐다. 이렇게 은성과 함께 있는 걸 알면 그는 과연 어떤 표정을 지을까. 축하해 줄까? 아니면, 한심하다고 혀끝을 찰까?

"흐음. 날 앞에 두고 다른 생각에 빠진 여자는 너밖에 없을 거다."

귓가를 간질이는 저음과 자그만 입술에 놓인 손가락의 까끌거림이 조금 더 짙어지자 새힘은 상념에서 벗어났다.

은성의 얼굴이 바로 지척에 있음을, 입술을 어루만지던 손가락이 천천히 내려와 작은 턱을 누르는 것을 인지한 순간, 새힘은 눈을 번쩍 떴다. 단단한 손의 완력으로 인해 입술이 벌어지고, 그 다음 수순이 무엇인지 충분히 알아차린 그녀는 당황하고 말았다.

은성과의 키스를 막연히 기대하고 있었으나, 이렇게 빨리 이루어질 줄은 꿈에도 몰랐던 탓에 새힘은 잔뜩 긴장한 채로 굳어 버렸다. 아직 제대로 키스할 줄도 모르는데 은성이 실망하면 어쩌나 걱정도 들었고, 또 한편으로는 그가 먼저 사귀자 접근했으니 조금 미숙해도 괜찮지 않을까 하는 생각도 들었다.

아니, 아니! 지금 이 상황은 말이 안 되잖아!

은성의 고개가 슬쩍 기울어지고 서로의 호흡이 섞일 정도로 입술이 바짝 가까워졌다.

"아, 자, 잠깐만⋯⋯흐읍."

저지의 말들은 고스란히 은성에게로 삼켜지고 말았다. 작은 반항의 움직임도 은성의 힘 앞에서는 그저 무기력할 뿐이었다. 망설임 없이 새힘의 입술을 삼킨 은성은 곧장 열린 입 안으로 혀를 찔러 넣었다.

미약하나마 바르작거리던 새힘은 은성의 혀가 약탈자처럼 입 안으로 밀고 들어오는 바람에 잠시 동안 공황상태에 빠져 버렸다. 그동안 간직하고 있던 은성에 대한 수줍던 갈망이 뻥 터져, 심장이 미칠 듯이 뛰어댔다.

자신이 지금 호흡을 하고 있는지, 눈을 감았는지 떴는지조차 인식하지 못한 채 그저, 은성의 입술을 받아들이기에만 급급했다.

"입술, 더 열어 봐."

낮고 허스키한 은성의 요구에 새힘은 얼굴을 붉힌 채 기다란 속눈썹만 파닥거렸다. 어찌할 줄 몰라 잔뜩 가쁜 숨만 몰아쉬는 그녀를 기다리지 않고 그는 다시 입술을 부딪쳐왔다. 다시 혀를 밀어 넣은 은성이 능숙하게 그녀의 혀를 잡아채 빨아들이고 감아 올리길 반복했다.

은성의 키스가 더욱 짙어지고 농밀해졌다. 더불어 키스를 나누는 소리가 색스럽게 홀 안에 울려 퍼졌다.

새힘은 같은 고등학생이라고 믿어지지 않을 정도로 현란한 은성의 키스를 받아들이며 점차로 정신을 차렸다. 이런 키스라면, 더군다나 상대가 은성이라면 점점 더 정신을 잃어야 마땅한데, 흐릿하던 시야는 밝아졌다.

어째서일까? 메이에게 키스하는 법을 가르쳐 달라 요구할 만큼 은성을 갈망하고 이렇게 그를 따라오기까지 했는데, 그래서 꿈에 그리던 순간을 맞이했는데, 왜 이렇게 고대하던 만큼 황홀함에 빠지지 못하는 것일까.

잠시 잠깐, 지금껏 기대해 왔던 은성과의 키스라는 이유로 심장이 터질 듯 울려댄 것 말고는 그다지 큰 감흥을 얻지 못했다. 지금 새힘이 농밀한 키스를 받아들이며 느낀 건 두 가지였다. 하나는 은성의 키스가 싫지는 않다는 것과 또 하나는 그가 참 키스를 잘하는구나, 하는 것이다.

그럼에도 불구하고, 무수히 읽어 왔던 소설 속의 묘사처럼 아랫배가 팽팽히 조인다거나 온몸이 움찔거릴 정도로 무아지경 속에서 허우적거려지진 않았다.

아무래도 아직은 자신이 미숙한 탓에 은성의 테크닉을 따라가지 못해서 그런 거라 단정 지었다. 고기도 먹어 본 놈이 먹는다고, 키스 역시 해보면 해볼수록 그 참맛을 알 수 있는 모양이다.

새힘이 나름대로 은성과의 키스를 정의 내리는 사이, 어느새 턱을 붙잡고 있던 단단한 손이 아래로 내려가 교복 블라우스 속으로 파고들었다. 갑작스레 맨살 위로 와 닿는 서늘한 손의 느낌에 새힘은 딱딱하게 몸을 굳혔다. 새힘이 어떻게 해 볼 틈도 없이 그 손은 위로 거슬러 올라와 작은 브래지어를 들추어 밀어 올렸다. 그러곤 망설임 없이 봉긋한 가슴을 움켜쥐었다.

"앗!"

한 번도 타인이 침범한 적 없는 순결한 가슴을 움켜쥐는 손길에 새힘은 낮게 신음을 내지르며 몸을 뒤틀었다. 그녀는 아직도 자신의 입술을 점령하고 있는 은성에게서 다급히 고개를 돌려 키스를 멈춘 뒤 양손으로 그의 팔을 붙잡았다.

"은성아, 자, 잠깐만! 이건, 이건 아니잖아."

너무도 갑작스럽게 일어난 상황에 새힘은 가슴을 차지하고 있는 은성의 손을 떼어내려 안간힘을 썼다. 그녀는 곧 눈물이라도 터트릴 듯한 얼굴로 작은 몸을 뒤틀었다. 하지만 은성은 전혀 손을 거둘 생각이 없는 듯 나른한 표정으로 그녀를 내려다보았다.

"쉿. 괜찮아. 나한테 맡겨 봐."

맡기라니? 도대체 뭘?

눈으로 의문의 말을 던지던 새힘은 다음 순간 행해진 은성의 작은 움직임에 오싹 소름이 돋았다. 가슴을 움켜쥐고 있던 그가 손가락을 움직여 아직 채 여물지도 않은 유두를 가볍게 문지른 것이다. 그 생소한 느낌에 새힘은 헉, 숨을 들이켰다.

느릿한 손가락의 움직임에 자신의 정점이 딱딱하게 솟아오르

고 몸이 절로 움찔거려지는 걸 느낀 새힘은 민망해서 딱 죽을 것
만 같았다.

"하, 하지 마. 그만, 그만 해."

그녀의 애원 섞인 말을 가볍게 한 귀로 흘린 은성은 더욱 집요
하게 손가락을 움직였다. 거부의 의사를 밝히면서도 자신의 손길
에 반응하고 있는 예쁜 얼굴을 보는 것도 기분이 꽤 괜찮았다.

잔뜩 시뻘게진 얼굴과 살짝 벌어진 채 가쁜 숨을 토해내는 작
은 입술 그리고 손안에 느껴지는 생생한 가슴의 감촉. 은성은 저
붉은 입에서 거부가 아닌 애원의 목소리가 흘러나오도록 만들고
싶었다.

지금껏 은성은 늘 비슷한 부류의 여자들과 교제를 해왔다. 그
가 원하면 언제든 스스럼없이 옷을 벗어 주고, 별다른 공을 들이
지 않아도 달아오를 줄 아는 그런 여자들. 그런 여자들은 쉽게 넘
어오기도 하지만, 또한 싫증이 나면 언제든 버릴 수가 있어서 좋
았다. 이미 남자란 동물의 습성을 충분히 알 만큼 닳아빠진 여자
들이라 냉정히 잘라내면 크게 달라붙지도 않았다.

그는 귀찮은 작업은 질색이었다. 특히나 순진해 빠진 여자애들
과 뒹구는 건 정말 사양하고 싶었다. 하나에서부터 열까지 다 가
르쳐야 될 뿐 아니라, 상처 받지 않게 세심히 다루어야 하는데,
그것만큼 고역이 없다. 게다가 뒤처리도 피곤했다. 싫증이 나서
매몰차게 내치는데도 정신을 못 차리고 들러붙기까지 하니, 그걸
떼어 내는 것도 짜증나는 일이었다. 그 일련의 과정들이 은성은
다 성가셨다.

그래서 어지간하면 범생이들에게는 손을 뻗치지 않았는데, 눈앞의 송새힘은 완전히 예외인 셈이다. 평소라면 성교육 따위는 딱 질색임에도 기꺼이 새힘에게는 공을 들여도 좋을 것 같았다. 큰 거부 없이 키스를 받아들여주던 새힘의 속살이 감칠맛 나게 감겨 와서 그런지도 몰랐다.

은성의 눈빛이 더욱 짙어졌다. 그는 한 손으로 여전히 정점을 일깨우면서 다른 손으로는 새힘의 교복 블라우스 단추를 하나씩 끌러 내려갔다. 하얀 속살과 소녀다운 작은 유두가 드러나자 그는 낮게 탄성을 내질렀다. 반대로 새힘의 얼굴은 경악으로 물들어져 있었다.

새힘의 동공이 쇼크를 담고 확장되는 것을 무심히 넘긴 은성은 고개를 숙여 손길이 닿지 않은 나머지 가슴을 입 안에 머금었다.

"앗! 이, 이러지 마. 이건 아니잖아!"

새힘이 미친 듯이 몸을 팔딱이며 벗어나려 안간힘을 썼지만, 은성은 단단한 몸으로 그녀를 내리눌렀다. 그 바람에 그때까지 앉은 자세를 지켜오던 새힘은 그대로 소파에 눕혀지고 말았다.

"조금만 느껴 봐. 네가 싫다면 바로 멈출게."

고개를 들어 다정하게 어른 은성이 다시 젖가슴을 삼켰다. 하지만 새힘은 그가 말한 대로 '조금만' 느껴 볼 여유 따위는 한 자락도 없었다. 은성에겐 이런 일이 아무것도 아닌지 몰라도 새힘은 그렇지가 못했다. 몸에 보드라운 털들이 나기 시작했을 때부터 여자들만 우글대는 대중목욕탕에도 가지 않았는데, 이렇게 은성 앞에서 젖가슴을 드러낼 수 있을 리 만무하지 않은가.

여린 몸을 내리누르고 있는 딱딱한 은성의 몸과 가슴에 느껴지는 축축하고도 아릿한 통증에 새힘은 오싹 두려움을 느꼈다. 키스를 나눌 때와는 비교도 할 수 없는 끈적끈적한 행위가 그녀를 얼어붙게 만들었다. 새힘은 다급히 은성의 까만 머리를 붙들었다.

"그만……제발 부탁할게, 그만 해. 더, 더 이상은 죽어도 안 돼."

거칠어진 호흡과 함께 말이 드문드문 나왔으나, 새힘의 의지는 확고했다. 은성이 눈썹을 슬쩍 휘며 믿을 수 없다는 표정을 지었다. 새힘은 아직도 한쪽 가슴을 움켜쥐고 있는 은성의 손을 힘주어 꽉 움켜쥐었다.

"내가 싫다면 멈추어 준다고 했잖아. 제발 여기서 그만 해, 응?"

"왜, 너도 싫은 건 아니잖아?"

은성이 바짝 일어선 유두와 달아오른 그녀의 얼굴을 번갈아보면서 하는 말에 새힘은 힘겹게 속눈썹을 깜빡였다. 물론, 은성이 굉장히 능숙해서 그가 애무를 할 때마다 몸이 흠칫거리긴 했으니, 그의 말마따나 싫은 건 아니었다. 하지만 싫고 좋음을 떠나 이런 행위 자체에 거부감이 느껴지는데 어쩌란 말인가. 숙맥에다 멍청이라고 금세 그가 그녀에 대해 시들해진다 하더라도 어쩔 수 없었다.

새힘은 무심한 듯 보이지만 굳어 있는 은성의 얼굴을 잠시 응시하다 주뼛거리며 입을 열었다.

"이건 좀 그러니까……내가 생각한 것과는 너무 달라. 너랑 나랑 마주 앉아서 밥은커녕 물 한 모금도 안 마셔 봤는데 이, 이런 거부터 하는 건 좀 너무하단 생각 안 드니? 무, 무슨 16미리짜리 야동을 찍으러 온 것도 아닌데……이건, 아닌 것 같아."

그녀가 거부감을 드러내면 은성이 멈추겠다고는 했으나, 만약 그가 힘으로 덮친다면 당할 재간이 없어 초조해진 새힘은 터져 나오는 비명을 겨우 삼키며 차분히 설득하려 애썼다.

다행히 은성은 아주 잠깐 자존심이 상한 듯 입매를 굳혔다가 이내 원래대로 풀었다. 그는 새힘의 가슴에 머물고 있던 손을 거둬들이곤 바위처럼 누르고 있던 몸을 슥 곧추세웠다. 그제야 새힘은 가슴 위까지 올라가 있던 브래지어를 내린 뒤 교복 단추를 하나씩 채웠다. 단추를 채우는 손이 바들바들 떨리고 얼굴은 더욱 달아올랐다.

은성이 아직 소파 위에 반쯤 누운 채로 있는 앉혀 주기 위해 가만히 손을 뻗었다. 그 손길에 조금 움츠러들 뻔했으나 그녀는 거부하지 않고 온순히 그가 일으켜 주는 대로 몸을 맡겼다.

"여어, 이은성."

어색한 침묵 속에서 가쁜 숨만 몰아쉬고 있던 새힘은 난데없이 들려오는 장난기 가득한 음성에 심장이 철렁 내려앉는 듯했다. 거의 반사적으로 소리가 나는 쪽으로 고개를 돌린 새힘의 눈에, 하나도 아닌 두 사람이 포착되었다.

잔뜩 불량스러운 차림의 또래 남학생 하나와 대학생처럼 보이는 웨이브 진 머리칼의 여우처럼 생긴 여자 하나였다. 서로의 어깨와 허리에 팔을 두른 채 웃음을 머금고 있었다.

"안녕?"

은성에게 하는 것인지 새힘에게 하는 것인지 모를 인사를 여자가 건넸다. 아무래도 시선을 새힘 쪽으로 두고 있는 걸로 봐선 은성에게 하는 건 아닌 듯해, 그녀는 어색하게 '안녕하세요.' 하면서 고개를 숙여 보였다.

"언제 왔냐?"

아주 친밀한 사이인 듯한 은성의 물음에 두 사람은 피식 웃음을 터트렸다.

"아아, 조금 전. 우린 아무것도 못 봤어."

남자의 말이다. 그러니까; 모조리 다 봤다는 거다. 새힘이 새파랗게 질린 얼굴로 창피함에 어찌할 줄 몰라 했지만 남자가 짓궂게도 '휘익' 휘파람을 불어 보였다.

"내가 휘파람 소리 듣기 싫댔지? 그렇게 처웃고 서 있지 말고 맥주나 한 캔 꺼내 줘."

이런 일이 비일비재한 듯 은성은 별 다른 반응 없이 그렇게만 말할 뿐이었다. 은밀한 행동을 하다 들켰다는 부끄러움이나, 이런 상황에서 새힘이 얼마나 민망해 할지 따위는 전혀 안중에도 없는 듯했다.

수치심과 함께 하늘이 꺼지는 듯한 굴욕감에 새힘은 온몸에 흐르는 피가 삭 가시는 듯했다. 그녀는 허둥지둥 몸을 일으켰다.

"나, 나 먼저 갈게."

은성을 비롯한 쏟아지는 남녀의 시선을 피하며 새힘은 후닥닥 입구로 달음질을 쳤다. 허겁지겁 도망치는 듯한 자신의 모양새가 꽤나 우스워 보일지 몰랐다.

"기다려, 데려다 줄게."

"왜 좀 더 놀다가 가지? 좀 있으면 멤버들 올 텐데 눈도장이라도 찍고 가지?"

은성과 다른 녀석의 음성이 함께 새힘의 뒷덜미를 붙잡았지만 그녀는 멈출 수가 없었다. 불시에 낯선 두 사람과 마주친 것도 어색해 죽을 판인데, 은성의 또 다른 멤버들을 마주하고 싶은 마음은 눈곱만치도 없었다.

제3자에게 은밀한 광경을 들킨 건 둘째치더라도 은성의 무신경한 행동으로 인해 새힘은 자신이 꼭 그가 늘 끌어들이던 그렇고 그런 계집애들 중 하나가 된 것 같아 비참했다.

들어올 때와 마찬가지로 잔디가 깔린 정원을 곧장 가로지른 새힘은 검은색 대문도 거침없이 열어젖혔다. 오토바이로 오는 내내 눈을 감고 있었기에, 여기가 어딘지 정확히 몰랐지만 큰길로 나가면 버스 정류장이나 지하철역 정도는 있을 테니 집으로 가는 데에는 전혀 문제가 없었다.

새힘은 고급 주택가의 잘 포장된 길을 따라 발걸음을 옮겼다. 하나둘씩 스쳐 가는 사람들이 자꾸만 자신을 쳐다보는 것 같아 다시금 얼굴이 붉어졌다. 꼭 '너 좀 전에 응응응 하다가 말았지?' 하는 것만 같았다. 이래서 사람이 죄짓고는 못 사는 모양이었다.

다행히 얼마 떨어지지 않은 곳에 버스 정류장이 위치하고 있어

안도를 하던 새힘은 뒤쪽에서 들려오는 소음에 훅 숨을 들이켰다. 결코 익숙해질 것 같지 않은, 묵직한 오토바이의 엔진 소리가 점점 가까워지고 있었다.

은성임을 직감적으로 예감한 새힘은 걸음을 멈출까 하다가 이내 그대로 전진을 했다. 기다렸다는 듯이 멈추는 것도 우스울 것 같아서였다. 시끄러울 정도의 오토바이 소리가 바로 지척에서 난다 싶더니 곧장 그녀의 앞을 가로막고 섰다. 역시나 은성이 맞았다.

"바래다줄게. 타."

새힘은 커다란 오토바이를 흘끔 봤다가 은성에게로 시선을 돌렸다. 다시 저걸 타고 갈 생각을 하니 없던 멀미도 생길 것 같았다.

"아냐, 괜찮아. 저 앞에 버스 정류장 있는데 뭘."

새힘의 거절에 은성은 물끄러미 그녀를 응시하다가 이내 툭 내뱉었다.

"그러던가, 그럼."

그러고는 새힘이 채 뭐라고 하기도 전에 오토바이의 방향을 휙 틀더니 가 버리는 게 아닌가?

새힘은 잠시 동안 멍하니 굉음을 남기고 멀어져간 은성의 뒷모습을 응시했다. 정말 자신을 바래다주러 온 게 맞을까 싶을 정도로 저렇게 어이없이 가 버리니 되레 그녀가 무안했다. 혹여, 자신이 뭔가 실수라도 한 건가 싶어 어리둥절하기도 했다.

"그래도 그렇지. 어쩜 저렇게 횅하니 갈 수가 있어? 한두 번 정도만 더 물어봤어도 예의상이라도 타 주려고 했는데."

남녀 사이의 밀고 당기기 같은 건 머리 털 나고 한 번도 해본 적이 없으니, 새힘에게 이런 상황은 어색하기만 했다.

　메이라면, 아무리 거절을 해도 집까지 바래다줬을 텐데. 늘 뚱한 얼굴이지만 친오빠처럼 항상 자신을 챙겨 주는 메이가 절로 떠오르는 건 어쩔 수 없었다. 지금까지, 가깝게 지낸 남자 또래라고는 메이뿐이니 자연히 비교될 수밖에.

　"말만 번지르르하게 사귀자고 해놓고 친구보다 안 챙겨 주는 놈은 뭐니? 에잇, 친구보다 못한 놈."

　새힘은 씁쓸해지는 기분을 애써 달래며 발걸음을 옮겼다. 어쩐지, 앞으로 은성에게 다정함 따위는 기대조차 하지 말아야 할 것 같은 예감이 강하게 들었다.

*

　온갖 유언비어가 떠돌 거라는 새힘의 예상과는 달리 다음 날 학교는 비교적 조용했다. 교문 앞에서 은성의 오토바이에 매달려 가는 걸 지켜본 학생들이 많았으니 당연히 왕건이들이 흘러 다닐 줄 알고 바짝 긴장했던 터였다. 한데, 먼젓번보다 강도가 세지 않아 단단히 마음먹었던 새힘이 되레 김이 빠져 버렸다. 이미 한 번 소문이 떠돌 대로 떠돌았던 탓에 이번엔 '역시나 그럴 줄 알았어.' 하는 정도랄까.

　"이은성 그놈은 또 학교 땡땡이 까려나 보다."

　1교시 시작을 10여 분 정도 남겨 놓고 영경이 하는 말에 새힘은 은성의 빈자리를 흘끔 보았다. 결석을 밥 먹듯이 하는 놈이니 새삼스러울 것도 없었지만, 은성과 사귀게 되어서인지 조금은 신경이 쓰였다.

"그러게, 안 오네."

"기왕 사귀게 된 거 네가 좋은 놈으로 길 좀 들여 봐. 그래도 지가 먼저 사귀자고 했으니 어쩌면 네 말은 들을지도 모르잖아."

"흐음……제 버릇 개 주겠니? 사생활에 별로 간섭은 안 하고파."

전혀 길들여지지 않을 것 같은 은성을 떠올리며 새힘이 하는 말에 영경은 묘한 웃음을 지어 보였다.

"파워야, 보통 이럴 땐 남친 길들이기 계획 같은 걸 세워야 하는 거 아냐? 제 버릇 개 주겠니? 하는 대답이 아니라."

"그, 그런가?"

"하긴, 제대로 된 스킨십도 안 했을 텐데 그 정도로 서로를 구속하는 건 좀 무리긴 하겠다. 설마, 그런 스킨십 따위를 한 건 아니겠지?"

'스킨십'이란 영경의 말에 새힘은 절로 머리카락이 주뼛 서는 듯했다. 어제 넙죽 따라간 곳이 우리 학교 이사장의 집이고, 그곳에서 설왕설래에 그보다 더한 것을 하다 말았다고는 죽어도 말할 수가 없었다.

"미, 미쳤니!"

영경이 잔뜩 안심한 얼굴로 씩 웃었다.

"그럼, 그럼. 19금은 말 그대로 성인이 돼서 정말 정말 좋아하는 사람이랑 하는 거야."

그렇게 말한 영경은 짐짓 진지한 표정을 지었다.

"……이은성을 행주로라도 만들어서 결혼까지 골인할 게 아니라면 너무 깊게는 안 갔으면 싶어."

"으응. 물론이지."

영경의 말에 어제의 일이 뜨끔하긴 했으나, 새힘도 거기에 대해선 동의하는 바였다. 분명, 은성과의 키스까지는 좋았으나 더한 진도는 거부감이 들었으니까. 아무리 성인용 비디오를 보고 빨간 딱지가 붙은 소설을 즐겨 본다 하더라도 해야 될 게 있고 말아야 될 게 있으니까.

"그런데, 양갱아. 네 말은 말이야. 남녀 간에 스킨십이란 게 있으면, 상대방을 길들이거나 길들여지고 싶은 마음이 든다는 거야? 서로를 구속하고 싶기도 하고?"

"당연하지 않아? 왜, 어른들 얘기 들어 보면 속궁합이 맞으면 아무리 지지고 볶고 싸워도 애새끼들 줄줄줄 낳고 잘 산대. 반면에 속궁합이 안 맞으면 아무리 돈이 많아도 각자 바람피우기 바쁘다 그러고. 그러니까, 플라토닉 러브만 하고 말 게 아니면 스킨십은 연인 사이에 필수라고 봐. 물론, 19금은 나중에. 알간?"

영경의 일장 연설에 새힘은 조금 과장 되게 '아아, 그렇구나.' 하고 말았다. 하지만 속에선 쉽사리 납득이 가지 않았다. 스킨십이라면 어제 과할 정도로 했는데, 은성과는 전혀 유대감 같은 게 느껴지지 않았다. 하긴, 유대감을 느낄 만한 시간적 여유도 없었다. 이상한 애들 둘이 들어서는 바람에 도망치듯 나와 버렸으니까.

시끌벅적하던 교실이 일순 조용해졌다. 갑자기 교실 앞문이 드르륵 열리며 누군가가 들어섰기 때문이다. 그 누군가가 은성임을 확인하는 데에는 채 3초도 걸리지 않았다.

"파워야, 네 서방님 오셨다."

영경이 새힘의 귀에다 대고 낮게 깔깔거리며 놀려댔다. 그런 영경에게 밉지 않게 눈을 흘기는데 어느새 은성이 성큼 가까워졌다.

"아, 안녕?"

새힘은 입가를 올려 웃으며 은성에게 인사를 건넸다. 예전 같으면 꿈도 꾸지 않았을 행동이지만, 지금은 상황이 다르니 인사 정도는 건네는 게 덜 어색할 것 같았다. 아무래도 이성교제를 한 적이 없으니, 어떤 행동을 하는 게 자연스러운지 모르는 탓도 있었다.

은성은 그녀의 상큼한 인사에 화답하는 대신 무언가를 슥 책상 위에 올려놓았다. 자동으로 시선을 내린 새힘은 은성이 둔 것이 휴대전화임을 확인하고 다시 고개를 들어 그와 시선을 맞추었다.

"이걸 왜?"

"네 번호를 전혀 몰라서 말이야."

짤막하면서도 담백하기까지 한 그의 대꾸에 새힘은 눈을 동그랗게 떴다.

"에엑? 내 휴대폰 번호를 몰라서 일부러 이걸 샀단 말이야? 나 휴대폰 있는데? 그게 좀 구형이긴 해도 아직 쓸 만한데?"

"선물. 1번에 내 번호 저장해 뒀어."

여기저기서 '와, 장난 아니다', '부럽다' 등등의 말이 탄성처럼 흘러나왔다. 새힘이 눈동자를 굴려 교실 안을 살피니, 아니나 다를까 급우들의 시선이 모두 그녀와 은성에게로 집중되어 있었다.

새힘은 난감한 표정으로 휴대전화와 은성을 번갈아 응시했다. 이미 소문이 날 대로 났으니, 다른 아이들의 이목이 신경 쓰여서 그런 건 아니었다. 이런 고가의 휴대전화를 선물이라고 받아야 할지 말아야 할지 판단을 할 수가 없어서였다.

은성이 선물이라고 내민 휴대전화는 출시된 지 얼마 안 된 최신형 스마트 폰이었다. 고가지만 기능이 상당히 좋아, 출시되자마자 물량이 모자라 현재는 예약 순으로 판매를 한다는 그 휴대전화였다. 그런 걸 턱하니 선물이랍시고 내놓았으니, 내심 기분이 좋으면서도 부담스러운 건 어쩔 수 없었다.

"그냥 휴대폰 번호를 물으면 되는데 뭐 하러 이렇게 비싼 걸……."

새힘이 당황한 얼굴을 숨기지 못하고 말끝을 흐리자 은성은 책상 위에 덩그러니 놓인 휴대전화를 들어 그녀의 손에 쥐어 주었다.

"요금은 내가 내니까 그런 건 신경 쓰지 말고 쓰면 돼."

"요금이 문제가 아니라 이렇게 비싼 선물을 덜컥 받기가 좀 그래. 나한테도 휴대폰이 있는데."

"선물 주는 사람 기분 잡치게 만들래?"

은성은 얼굴에 짜증을 고스란히 담고 툭 내뱉었다. 다른 계집

애들은 데이트 후에 집까지 데려다 달라고 징징거리거나 이것저
것 요구하는 게 많아 피곤할 정도였는데, 새힘은 바래다준대도
싫다 하고, 뭘 줘도 못 받으니 은성으로선 기가 찰 노릇이었다.
그가 표정을 굳혀서야 새힘은 한숨과 함께 고개를 끄덕였다.

"일단 주는 거니 받긴 할게. 고마워."

마지못해 받는 기색이 역력하지만, 새힘이 더 버티지 않고 받
아 주어 은성은 만족스러운 표정과 함께 자리로 향했다. 그런 은
성의 뒷모습을 지켜보던 새힘은 영경이 손에 들린 휴대전화를 휙
뺏어가서야 시선을 거두었다.

"어머, 웬일이야? 이거 최신형 스마트 폰이잖아?"

선물을 받은 새힘보다 들뜬 얼굴로 영경은 휴대전화를 열고 살
펴보기 시작했다.

"오, 장난 아닌 걸? 화면 선명한 것 좀 봐. 통이 큰 놈이라 뭐
가 달라도 다르긴 하다, 그치? 어떻게 이 비싼 휴대폰을 떡하니
선물이라고 내놓니? 저놈 재수 없게만 봤는데, 오늘은 쪼끔 멋있
게 보이긴 한다. 아 씨, 샘 나."

영경뿐 아니라, 주위 대부분 아이들이 부러운 시선으로 새힘을
바라보고 있었다. 특히나 여학생들은 대놓고 입맛을 다시고 있었
다. 그런데도 새힘은 학생이 선물로 받기에 너무 고가라 잔뜩 부
담스럽기만 했다.

잠시 생각에 잠겼던 새힘은 영경에게서 휴대전화를 건네받고
빠르게 문자 한 통을 작성했다. 그리고 1번으로 저장되어 있는
은성에게 메시지를 보냈다.

〔요금은 내가 낼게. 어쨌든 고마워.〕

잠시 후 은성에게서 답변이 왔다.

〔뭐, 그러던가. 그리고 고마우면 어제 못한 거나 계속하던지.〕

은성의 답 문자를 본 새힘은 헉, 숨을 들이켜다 혹시나 영경이 볼까 봐 퍼뜩 표정 관리를 했다.

새힘은 은성과 사귄 지 이틀 만에 하나는 어렴풋이 깨달았다. 그는 상대방이 자신의 호의를 거절하는 걸 별로 좋아하지 않는 듯했다. 어제 바래다준다는 걸 거절했을 때 그가 지었던 표정과, 좀 전 그녀가 휴대전화를 부담스러워 했을 때 찌푸렸던 얼굴이 똑같이 겹쳐졌기 때문이다. 어제 그래서 두 번 묻지 않고 횡하니 가 버렸던 거다. 여학생들의 우상이나 다름없는 은성은 거절당하는 자체에 익숙하지 않은 인간 부류인 것이다.

그는 상대방을 자신의 입맛대로 요리해야 직성이 풀리는 스타일이었다. 바꿔 말하면, 은성의 비위를 거스르지 않으려면 그가 하자는 대로 해야 한다는 뜻이다. 과연 그럴 수 있을까. 벌써부터 뭔가 삐걱거리는 느낌이 든다.

*

점심을 먹고 난 뒤의 나른한 시간, 교실에는 책상에 엎어져 잠을 청하는 아이들도 있었고 모여 앉아 수다를 떠는 아이들도 있었으며 그 소란스러운 가운데서도 꿋꿋이 책에 몰두하는 독한 녀석들도 있었다.

메이는 창가 맨 끝 자리에 앉아 독서를 하는 중이었다. 방금 막, 수다를 떠는 아이들의 입에서 송새힘이라는 이름이 나오기 전까지는.

"그래서, 정말 둘이 사귀는 게 맞다는 거지?"

"그렇다니까? 2반에 내 친구 미영이가 그러더라고. 이은성이 등교를 하자마자 멋있게 송새힘한테 스마트 폰을 선물로 주더라고. 송새힘 개는 입이 째져라 좋아하면서 냉큼 받아 챙기더래. 그걸 미영이만 봤게? 2반 애들 전부 다 봤다더라."

"어쩐지, 단순히 소문인 줄 알았는데 정말 사귀는 게 맞구나."

"내가 그랬잖아. 둘이 그렇고 그런 사이라고. 근데, 이은성이 정말 통이 크긴 큰가 봐. 그 비싼 걸 덜컥 사주는 걸 보면."

그 뒤로 모여 앉은 무리들이 속닥속닥 시끄럽게 뭐라고들 하면서 까르르 웃었지만, 메이의 귀에는 하나도 들어오지 않았다.

정신이 멍했다. 아니, 뇌에 벼락이라도 맞은 것처럼 정신이 혼미했다. 오늘 함께 등교를 할 때도 새힘은 별 다른 말을 하지 않았다. 다른 사람에겐 몰라도 자신에게만큼은 말했을 텐데, 그는 한마디도 듣지 못했다.

'아닐 거야.'

정말 이은성과 사귀고 있다면 자신에게 말하지 않을 리 없지 않은가. 그런데도 메이는 속이 들끓어 올라 돌아 버릴 것만 같았다. 그는 더 생각할 것도 없이 새힘이 있는 2반으로 향했다.

새힘의 반 앞까지 무슨 정신으로 온 건지도 모를 만큼 허겁지겁 도착한 메이는 열어젖혀진 복도 창문을 통해 교실을 훑었다. 그의 눈에 자리에 앉아 단짝인 영경과 열심히 수다를 떨고 있는 새힘이 들어왔다. 한데, 이은성은 교실 내에 보이지 않는다.

혹시나, 주절주절 떠들어대던 참새 떼의 말처럼 둘이 붙어 앉아 있기라도 하면 어쩌나 걱정했는데, 다행히도 새힘은 평소에 보던 것과 별다를 것 없는 얼굴로 영경과 이야기를 나누며 깔깔 웃고 있었다.

한참이나 웃던 그녀가 문득 열린 창문 앞에 우두커니 서 메이를 발견하고는 눈을 번쩍 떴다. 영경에게 '잠깐만.'이라고 말한 그녀가 늘 그렇듯 쪼르르 다가왔다.

"어쩐 일이야?"

평소와 똑같은 얼굴. 똑같이 자연스러운 말투. 뭔가 숨기고 있다는 인상은 느껴지지 않는다.

"송새힘, 너 말이다."

"응? 왜? 말해."

새힘이 커다란 눈을 깜빡이며 말간이 쳐다보니, 메이는 말문이 콱 막혔다. 미친놈처럼 허겁지겁 달려오긴 했지만, 만에 하나 그녀의 입에서 정말 이은성과 사귀고 있다는 말이 나오면 어쩌나 더럭 겁이 났다.

메이는 쓴웃음을 짓고는 머리를 휘젓고 있는 궁금증을 눌렀다. 지금 당장은 그런 말을 들을 만한 준비가 되어 있지 않았다. 아직은 감당이 안 될 것 같았다.

"아냐. 간다."

"너도 참, 싱겁게."

고개를 갸웃거리는 새힘을 두고 메이는 발걸음을 돌렸다. 부디 이번 역시 헛소문이길 바라며 메이는 쓸쓸히 걸음을 떼었다.

7.

　화려한 사이키 조명과 흥겨운 음악이 울려 퍼지고 있는 강남의 고급 클럽 안, 그 공간에서도 제일 안쪽에 위치한 룸에는 다수의 남녀가 짝을 지어 앉아 생일 축하 파티를 벌이고 있었다.

　고급 양주와 맥주 그리고 과일들로 세팅된 테이블에는 촛불이 꺼진 채로 한쪽 귀퉁이를 차지하고 있는 케이크와 빈병들이 즐비하게 굴러다니고 있었다.

　모두들 즐거워 보이는 가운데, 제일 안쪽 자리인 은성의 옆에 앉아 있는 새힘만이 분위기에 어울리지 못하고 좌불안석이었다.

　고등학생 신분으로 이런 데를 드나들게 된 불안감이나 죄의식도 한몫했지만 더 큰 이유는 따로 있었다. 온통 낯선 아이들, 욕설과 음담패설이 난무하는 대화 그리고 남녀 할 것 없이 내뿜어대는 담배 연기, 그 모든 것들이 새힘을 불편하게 만들고 있었다.

이곳은 여기 멤버들 중 한 녀석의 형이라는 사람이 운영하는 클럽이라 언제 책임자가 주민등록증 검사를 하러 올지 전전긍긍할 필요도 없었고 단속 같은 건 알아서 차단한다고 하니, 그런 걱정은 접어 두더라도 마음이 편할 리 없었다.

이런 자리인 줄 알았으면 나오지 않았을 텐데. 더군다나 누군가의 생일파티라니. 잘 알지도 못하는 사람의 생일 자리에 오는 것만큼 불편한 게 또 있을까.

쉬는 토요일이라 간만에 마음잡고 공부 삼매경에 빠져 있던 새힘은 저녁 무렵, 은성에게서 걸려온 전화 한 통을 받고 부랴부랴 그를 만나러 나갔다. 그가 미리 연락도 하지 않고 덜컥 집 근처까지 온 것이다. 정말 오토바이 체질은 아니었지만, 혹여 동네 사람들의 입방아에 오르내릴까 무서워 군소리 없이 은성의 뒤에 매달려 온 게 바로 여기였다.

이 자리가 누군가의 생일파티라는 것도, 모두 비까번쩍하게 차려입었는데 혼자 편안한 차림을 하고 있다는 것도 여기 와서야 깨달았다.

새힘은 꿰다 놓은 보릿자루처럼 멀뚱히 앉아 아이들을 둘러보았다. 대부분이 술과 담배를 들이켜며 욕설이 난무한 대화를 즐기고 있었다. 자욱한 담배 연기 속에서 호흡을 하려니 절로 인상이 써진다. 술이 얼근하게 된 한 커플은 주둥이박치기를 하며 서로를 탐하느라 정신이 없다.

"아, 씨발. 저것들 또 저 지랄한다. 저것들 누가 불렀냐?"

"냅둬라. 여기서 오입질 안 하는 것만으로도 상 줘야지. 낄낄."

다른 이의 이목 따위는 신경 쓰지 않은 채 진한 애정 행각을 하는 게 어제 오늘 일이 아닌 듯했다. 다른 멤버들 역시 크게 관여 않고 농담으로만 몇 마디 할 뿐이었다.

괜스레 혼자 얼굴이 발개진 새힘은 슬그머니 고개를 돌려 흘끔 옆에 앉은 은성을 보았다. 먼젓번 고모네에서 봤던 녀석과 이야기를 하며 낄낄거리느라 정신이 없다. 무슨 얘기를 저렇게 재미나게 할까, 하는 궁금증보다 홀로 덩그러니 한마디도 하지 않고 있으려니 너무 재미없고 지루하고 불편해서 얼른 나가고픈 심정이었다.

은성과의 데이트는 사실 항상 이렇게 불편했다. 단둘이 있을 때는 스스럼없이 입술을 부딪쳐오거나 슬쩍슬쩍 스킨십을 시도해 그녀를 난감하게 만들더니, 이젠 멤버들 모임에 데리고 와 이렇게 내팽개쳐 두기까지 하니 불편함을 느낄 수밖에.

그냥 바쁘다 그러고 돌려보낼걸. 모르는 수학 문제나 좀 더 파고드는 건데.

테이블 끝만 응시하며 어떻게 하면 이 자리를 나갈 수 있을까 고민하고 있는데 갑자기 이 파티의 주인공인 여자애가 말을 걸어왔다.

"넌 이름이 뭐야?"

새힘은 가만히 시선을 들어 여자애를 보았다. 대학생이라고 해도 충분히 믿을 만큼 성숙하고 화려한 얼굴이 새침한 표정으로 새힘을 유심히 응시하고 있었다. 길게 웨이브 진 머리와 진한 화장이며, 몸에 딱 붙는 원피스까지. 누가 저걸 보고 고등학생이라고 할까. 말이 좋아 성숙이지, 저건 노안에 가깝다.

"난 송새힘인데, 넌?"

"난 김유정이라고 해."

그러면서 비스듬히 입가를 올렸다.

"넌 생일 파티에 오면서 생일 선물도 안 가져왔니? 센스 없긴."

새힘은 처음 보는 사이에 선물 타령을 하는 유정이 어이없었지만, 그 부분은 자신이 생각해도 조금 걸렸기에 좋게 넘어가자 애썼다.

"미안해. 생일 파티를 한다고는 전혀 생각도 못하고 따라오는 바람에 선물을 미처 준비 못했어."

유정이 피식 웃으며 어깨를 으쓱했다.

"하긴, 가져왔어도 안 받았겠지만 말이야."

새힘은 유정이 내뱉는 말에 잠시 어버버 대꾸조차 하지 못했다. 유정이 여전히 얄딱구리한 웃음을 입에 걸고 말을 이었다.

"아, 오해는 하지 마. 특별히 네가 싫어서 하는 소리는 아니니까. 선물이라는 게 어차피 받는 사람이 좋아야 그 가치를 하는 거 잖아? 내 마음에도 안 드는 걸 선물이랍시고 내밀면서 생색내는 것들은 정말 재수 없거든. 특히나, 너랑 나랑은 딱 보기에도 취향 차가 엄청 나겠는데 그걸 받아서 어따 써? 처박아 두거나 나중엔 쓰레기통으로 직행하겠지. 차라리 안 받는 게 나아."

아무렇지도 않게 내뱉는 유정의 말에 새힘은 뒷골이 뻣뻣이 당겨왔다. 그러니까, '네가 주는 건 수준 낮아서 안 써. 줘 봤자 쓰레기통행이야.' 이 뜻이었다. 처음 얼굴을 내민 새힘에게 대놓고 무안을 주기로 작정을 한 것 같았다.

아아, 저 노안(老顔)에 개싸가지가 내 피를 들끓게 만드는구나!

새힘은 열이 올라 훅 달아오른 얼굴을 식히며 몇 초간 고민을 때렸다. 저 싸가지의 생일임을 감안해서 그냥 웃고 넘기자니 분해서 밤새도록 잠이 오지 않을 것 같았고, 그렇다고 쥐어뜯어 버리자니 이미지에 손상을 입을 것 같았다.

주위를 슬쩍 보니 계집애들은 새힘이 무안을 당하는 게 고소하다는 얼굴이었고, 머슴애들은 강 건너 불구경하듯 흥미로운 표정을 짓고 있었다. 이럴 땐 적어도 은성 한 놈이라도 말이 심하다고 유정에게 주의를 주어야 마땅한데 이놈도 다른 놈들과 다를 바 없이 구경 중이다. 남자 친구고 뭐고 없이 홀로 동떨어진 듯한 상황에 비위가 확 상해 버렸다. 그래서 그녀의 고민은 오래 가지 않았다.

새힘은 굳었을 법한 표정을 풀며 유정을 빤히 응시했다. 그러곤 한쪽 입가를 슬쩍 올려 미소를 만들었다. 말이 미소지, 그것은 비웃음이나 진배없었다. 메이가 종종 짓던 비소를 따라한 것이다.

"하긴, 받는 사람이 좋아해야 선물이 더 값어치가 있긴 하겠다. 돼지한테 진주를 던져 줘 봤자 거들떠도 안 볼 것이고, 일자무식에게 고려청자를 선물해 봤자 물병으로 쓰거나 그러다 흠집 나면 쓰레기통으로 버릴 테니 말이야."

"뭐?"

유정이 예쁘게 다듬어진 눈썹을 휘며 한 방 먹은 듯한 표정을 지었지만, 대놓고 화를 내지는 못했다. 화를 내는 순간, 유정은 진주를 알아보지 못하는 돼지가 돼 버리거나 일자무식이 되는 셈이니까. 그 정도도 못 알아들을 정도로 돌대가리는 아닌 듯해 다행이라면 다행이었다.

교묘히 유정의 약을 올린 새힘은 태연하게 덧붙였다.

"아, 그리고 너랑 나랑 취향이 상당히 다를 것 같다는 말도 동감이야. 나랑 다르게 넌 좀 나이가 들어 보여서 선물을 고르기가 힘들 것 같긴 해. 솔직히 말해서, 여기 와서 널 처음 봤을 때 대학생인 줄 알았거든. 근데, 지금 다시 보니까……직장 여성 같아 보여."

"뭐? 직장 여성?"

유정이 어이없는 표정으로 새힘의 말을 되짚더니 언짢은 기색과는 달리 입으로는 깔깔 웃어 보였다.

"내가 그만큼 성숙해 보인다는 건 인정해. 대학생 오빠들이 시간 있냐고 대시해 오기도 하거든. 너 같은 애는 죽었다 깨어나도 흉내 못 내겠지만."

유정이 풍만한 자신의 가슴을 흘끔 본 다음 셔츠에 가려진, 딱 소녀의 그것 같은 새힘의 가슴 쪽을 훑으며 자신만만한 표정을 지었다.

같은 여자한테 가슴 자랑을 하고 싶을까.

"저기, 미안한데, 성숙이 아니라, 숙성돼 보인다는 뜻이었어."

천연덕스러울 정도로 노골적인 새힘의 대꾸에 유정의 얼굴이 찡그려졌으나 다른 멤버들은 쿡쿡 웃어대느라 정신이 없었다.

유정은 주위의 반응이 더 짜증나는 듯 앞에 놓인 양주잔을 들어 한 입에 털어 넣더니, 갑자기 입가에 웃음을 만들었다.

"너, 술쯤은 마실 줄 알겠지? 아무리 그렇게 유아틱하게 입고 있어도 여기까지 따라왔으니 마실 줄은 알겠지."

유정의 물음에 새힘은 저게 무슨 수작을 부리려고 그러나 싶어 조금 긴장한 표정으로 고개를 저었다.

"못 마셔. 아니, 안 마셔. 아직 학생 신분이잖아."

유정에게 기죽기 싫어 새힘은 그렇게 대답해 버렸다. 그런 그녀를 가소롭다는 표정으로 응시하던 유정이 아직 개봉되지 않은 맥주를 따며 툭 내뱉었다.

"그럼, 오늘 개시해 보는 것도 나쁘지 않겠네."

유정은 빈 글라스에 맥주와 양주를 섞어 일명 폭탄주를 만들더니, 아니나 다를까 그것을 새힘 앞으로 내밀었다.

"오늘이 내 생일이긴 하지만, 우리끼리 다 모인 자리에 넌 처음이잖니? 송새힘이라고 했지? 자, 환영하는 의미로 주는 거야."

새힘은 순식간에 코앞에 당도해 있는 유리잔을 보고 당황한 표정을 지었다. 태어나서 술이라곤 입에도 대어 본 적이 없었으며, 이런 자리에 있는 것만으로도 불편해 죽을 지경인데, 폭탄주라니!

"환영해 줘서 고맙긴 한데, 못 마신다고 했잖아."

새힘의 말에 유정이 픽 웃었다.

"못 마시는 게 아니라 안 마시는 거라며? 난 아무한테나 폭탄주 안 만들어 주거든? 오늘 처음 마시는 거라니, 특별히 약하게 만들었어. 자, 어서 마셔."

참 고맙구나, 이 싸가지야! 유정이 친절하게 설명까지 해주자 새힘은 입술을 작게 씰룩였다.

"환영의 의미가 내키지 않거든, 오늘 준비하지 못한 생일 선물이라 생각하면 되겠다. 생일 선물을 받은 셈 칠게. 설마, 이런데도 빼지는 않겠지?"

유정이 덧붙이는 말에 새힘은 입이 쩍 벌어지려는 것을 간신히 추슬렀다. 유정의 얼굴에서 꼭 못 마시는 술을 먹이고야 말겠다는 강력한 의지가 느껴졌다.

군 입대를 앞둔 남자가 애인에게 술을 먹여서 어떻게든 응응응을 해보려 수작을 거는 것도 아니고, 왜 저렇게 술을 못 먹여서 안달이란 말인가?

"마셔라!"

"마셔라!"

갑자기 주위에서 연호하기 시작했다. 유정의 얼굴만 뚫어지게 바라보고 있던 새힘은 주위로 시선을 돌렸다. 좀 전까지 쪽쪽 빨아대고 있던 커플까지 가세해, 모두 얌전만 빼고 있는 새힘에게 저 악마의 물을 마시라 종용하고 있었다. 마치, 술을 마신 새힘이 어떤 모습으로 변할지 기대하고 있는 듯한 모습이랄까.

새힘은 난감한 얼굴로 옆에 앉은 은성을 흘끔 보았다. 혹시나 그가 말려 주지 않을까 해서였다.

"마셔 봐. 마실 만하니까."

하지만 곧바로 흘러나온 은성의 말에 새힘은 잠시 정신이 멍해졌다. 가죽 소파에 비스듬히 기대앉아 담배 연기를 흩날리며 저렇게 태연자약하게 마시라니.

새힘은 작게 입술을 깨물었다. 의당 남자 친구라면 그녀가 술을 마시겠다고 우겨도 말려야 하는 게 정상 아닌가. 한데, 이 자리에 있는 낯선 타인들과 같이 한통속이 되어 그녀를 수렁으로 몰고 있었다.

그러니까, 새힘이 아무리 은성과 사귀는 사이라 할지라도 이 자리에서는, 이 놀기 좋아하는 부류 사이에서 그녀는 완벽한 이방인이었다. 언제 은성에게 버려져 튕겨나갈지 모르는 그렇고 그런 여자애일 뿐, 그 이상도 그 이하도 아니었다.

애초부터 오만한 은성에게 자상한 배려 따위를 기대한 건 아니었으니, 크게 실망할 것도 없었다. 이은성이란 남자애는, 자신이 필요로 하면 고가의 휴대전화 정도는 아무렇지 않게 선물할 수는 있어도 이런 곤란한 자리에서 새힘을 감싸 줄 만큼 다정한 성격은 아닌 것이다.

"마셔라! 마셔라!"

새힘은 계속되는 외침의 중심에 있는 유정을 노려보았다. 진한 화장으로 더욱 커 보이는 눈이 '어서 마시고 추태를 부리든가, 못 먹겠다고 울어 보든가!' 하는 것만 같았다. 정말 마음 같아선 멋지게 원 샷으로 들이켜 준 다음에 아주 독한 폭탄주를 만들어서 저년에게 되돌리고 싶은데, 빌어먹을 술을 마셔 봤어야 그럴 게 아닌가! 까딱 잘못 오기를 부리다 폭탄주 한 잔에 인사불성이 될 것 같아 그럴 수가 없었다.

새힘은 양주와 맥주가 섞여 있는 잔을 응시하다, 가만히 한숨을 내쉬었다. 여기 있는 연놈들의 종용에 못 이겨 술을 마시기는 싫었으며, 그렇다고 정말 범생이처럼 울먹이면서 뛰쳐나가는 꼬라지를 보이긴 더 싫었다.

은성은 여전히 기다란 다리를 꼬고 비스듬히 앉은 채 뚫어질 듯 그녀를 응시하고 있었다. 그 모습을 보니 새힘은 더욱 열이 솟구쳤다.

"정말……너무들 한다."

나지막하지만, 힘이 꾹꾹 들어간 새힘의 말에 달아오르던 분위기가 일순 싸해졌다. 그 바람에 그 즉시 움찔 졸아들긴 했지만, 새힘은 그런 티를 내지 않기 위해 애썼다. 그래도 명색이 은성의 여자 친구인데 지들이 잡아 죽이기야 할까 싶어, 자꾸만 치고 올라오는 겁대가리는 저만치 꾹꾹 눌렀다. 새힘은 연놈들을 휙 둘러보며 눈을 치떴다.

"술 못 먹여서 죽은 조상들이 있나, 왜 자꾸 지들이 술을 마시라 마라야? 청소년 음주가 얼마나 안 좋은 줄 알고나 있어? 뉴스나 신문도 안 봐? 뇌 발달 저해는 물론이고 인지 능력까지 감소시켜. 알코올을 섭취하게 되면 고위 중추기관이 억압돼서 감정 조절이나 행동 조절 능력도 약화돼. 한마디로 개차반이 된다는 뜻이야. 그런데, 이런 걸 자꾸만 강요하는 건 뭐니? 성적 떨어져서 원하는 대학에 못 가면 책임져 줄 사람 있니? 가뜩이나 담배 연기 때문에 숨 막혀서 돌아가실 것 같구만. 정 마시고 싶으면 니들이나 실컷 마시던가! 그리고 이은성!"

연놈들에게 일장연설을 늘어놓은 새힘은 그들의 반응을 채 보지도 않고 은성에게로 고개를 돌려 쏴붙였다.

"네가 제일 나빠, 이 새끼야!"

의외의 외침에 그때까지도 별 다른 표정을 짓지 않던 은성이 일순 한쪽 눈썹을 치켜세웠다. '뭐? 이 새끼야?' 라고 하는 듯했다. 그러거나 말거나 새힘은 계속 외쳤다.

"내가 사귀자고 찔렀니? 네가 사귀자고 찔렀잖아. 근데, 고작 이거야? 내가 먼저 술을 들이붓는데도 네가 나서서 말려야 하는 거 아냐? 그런데, 뭐? 마셔? 마시라고? 나 술 먹이려고 여기 데려왔니? 미안한데, 나 술 안 마셔! 얘네들이랑 매일 술이나 빨다가 단속에나 확 걸려 버려라!"

그러고는 냅다 일어나 자리를 박차고 입구로 향했다. 제일 안쪽 자리에 앉았기에, 여러 아이들과 유정을 지나쳐야 하는 껄끄러움이 있었지만, 새힘은 그들은 헤치며 꿋꿋이 걸어 나갔다. 아니, 정확히……내뺐다. 후환이 두려워 미친 듯이 룸 밖으로 내뺐다.

시끄러운 음악과 요란한 사이키 조명을 거쳐 클럽 밖으로 완전히 나와서야 새힘은 크게 호흡을 내뱉었다. 어디서 그런 배포가 생겨 연놈들 앞에서 그렇게 외치고 나왔는지 제 생각에도 기특했다.

시원한 바람이 달아오른 얼굴을 어루만지고 지나가자 새힘은 그제야 개떡 같던 기분이 조금 누그러지는 듯했다.

새힘은 인파 속으로 걸어가며 메고 있는 크로스백 안을 뒤적였다. 안에서 진동 소리가 웅웅 울리고 있었기 때문이다. 거울이며 빗 따위의 잡다한 소지품 외에 두 개의 휴대전화가 눈에 들어왔다. 하나는 원래 가지고 있던 구형 휴대전화였고 또 하나는 은성이 사준 거였다. 그녀는 은성이 준 휴대전화를 꺼내 귀로 가져갔다.

〔너, 지금 당장 들어와.〕

곧장 들려오는 은성의 낮은 목소리에 새힘은 크게 흑 숨을 들이켜고는 똑같이 낮게 대답했다.

"싫어. 그리고 지금은 너랑 통화하고 싶지 않아. 끊어."

새힘은 신경질적으로 휴대전화를 덮고는 던지듯 가방 속으로 넣어 버렸다. 뭘 잘했다고 가만히 앉아서 전화질이야? 새힘의 표정이 한없이 가라앉았다. 도대체 은성이 왜 사귀자고 한 건지 그녀는 아직도 이해 불가능이었다.

분명, 은성을 보면 가슴이 두근거리고 그가 멋있긴 한데, 지금만큼은 그 두근거림이 깡그리 사라져 버렸다. 아니, 화가 나서 더욱 두근거린다고 해야 하나.

새힘은 영경에게 전화를 걸어 수다나 떨까 하다가, 오늘따라 일일이 설명하고 어쩌고 하는 것도 지칠 것 같아 관뒀다. 대신, 메이의 집으로 가는 걸 택했다. 부모님은 주말 모임이 있어 밤늦게 온다고 했으니, 메이네 집에서 아무 생각 없이 웃을 수 있는 DVD나 보고 가면 될 듯싶었다.

지하철을 이용해 동네로 오니 어느덧 날이 저물어 어두컴컴해 지고 있었다. 새힘은 불이 다 꺼져 있는 집을 지나쳐 메이네로 직행했다. 멀찌감치 보이는 메이네 집 근처에 메이로 추정되는 커다란 인영이 눈에 들어와 새힘은 반가움에 환한 미소를 지었다.

아아, 그 흔한 문자 한 통 보내지 않고 왔는데 어쩜 저렇게 딱 맞춰서 집 앞까지 나와 있단 말이냐! 텔레파시가 통했구나, 기특한 녀석!

"메이……!"

반갑게 메이를 부르며 달려가려던 새힘은 채 두 발짝도 떼지 못하고 걸음을 멈춤과 동시에 벌어졌던 입을 꾹 다물었다. 메이 혼자 대문 앞을 서성이는 줄 알았는데, 자세히 보니 한 사람이 더 있었기 때문이다. 그것이 여자임을 금세 인지할 수 있었다. 새힘의 눈이 슥 가늘어졌다.

메이에 비해 턱없이 작긴 했지만, 분명 여자치고는 큰 키에, 멀리서 보기에도 쭉쭉빵빵한 체형 그리고 가로등 불빛을 받아 반짝이는 갈색 머리까지, 구태여 궁금해 하지 않아도 여자가 누구인지 알 수 있었다.

메이의 여자 친구였던 클라우디아 페리.

미국에서 온 그 해, 인천으로 이사를 가고는 코빼기도 볼 수 없었는데 웬일로 여기에 나타난 걸까.

"쟤가 여긴 어쩐 일이야?"

그때도 클라우디아는 서양인 특유의 타고난 신체 조건으로 상당히 성숙해 보였는데, 지금은 섹시미까지 흐르고 있었다. 어두운 저녁이고, 조금 떨어진 거리지만 클라우디아의 육감적인 몸매를 알아보는 데에는 아무런 지장이 없었다.

다가가서 알은척을 해볼까 하다가 새힘은 그만두었다. 클라우디아와는 몇 마디 말을 섞어 본 적이 없는 데다, 지금 불쑥 끼어들기가 어색해서였다. 어쩐지 두 사람을 방해하는 것처럼 느껴지기도 했다.

마주 보고 서서 이야기를 나누고 있는 메이와 클라우디아는 화보를 찍고 있는 중인 것처럼 정말 예쁘고 보기 좋았다. 반짝이는 갈색 머리칼은 물론이고 동양인으로서는 흉내 낼 수 없는 하얀 피부와 시원스러운 마스크 그리고 기다란 기럭지까지, 둘은 외국에서 섭외해온 모델 커플 같았다.

뭐가 그리 재미있는지 클라우디아가 메이의 팔을 치며 커다랗게 웃어젖혔다. 그리고 몇 마디를 더 나누더니 두 사람은 서로를 끌어안고 진한 포옹까지 했다.

두근.

새힘은 갑자기 심장이 미친 듯이 뛰어대기 시작하자 적잖이 당황했다. 메이가 자신이 아닌 다른 여자애와 포옹하는 것을 보니 적응이 되지 않았다. 물론, 예전에 사귀었던 두 사람이니 저 정도쯤이야 아무것도 아닐 것이다. 한데, 눈으로 직접 두 사람이 껴안는 걸 보니 이상하게도 못 볼 것을 봐 버린 기분이 들었다.

몇 초간의 진한 포옹을 마친 클라우디아가 메이에게 손을 흔들고는 저만치에 주차되어 있던 차에 올랐다. 운전석에 누가 있는지 알 바는 아니었지만, 그녀는 조수석 차창을 내리고는 사라질 때까지 메이에게 손을 흔들어 보였다.

클라우디아가 탄 차가 사라질 때까지 그쪽을 향하고 있는 메이의 길쭉한 뒷모습이 낯설었다. 열다섯 살, 거의 매일 클라우디아와 함께이던 그때의 메이와는 또 다른 느낌이었다. 그때는 메이가 아무리 클라우디아와 친하게 지냈어도 이렇게 낯설게 느껴지지 않았는데.

클라우디아가 완전히 사라진 뒤에야 메이가 몸을 돌려 대문으로 걸어왔다. 그때까지 새힘이 보고 있다는 걸 인지하지 못하던 그가 막 대문을 밀다 말고 손을 멈칫했다. 그는 확인이라도 하듯 눈을 가늘게 뜨곤 새힘이 있는 곳으로 시선을 돌렸다. 새힘과 시선이 마주쳐서야 그가 눈을 원래대로 되돌렸다.

"언제 온 거야?"

새힘은 메이에게 천천히 다가가며 머릿속을 점령하는 복잡한 심경을 털어내려 애썼다.

"조금 전에."

"그래? 그럼, 클라우디아 봤겠네."

"……아니, 못 봤어. 걔 왔었니?"

그렇게 대답해 놓고 새힘은 자신이 왜 거짓말을 하고 있는지 스스로도 당황스러워 얼굴을 확 붉혔다. 다행히 메이는 그녀의 상태를 알아차리지 못하고 대꾸했다.

"근처에 볼일이 있어서 왔다가 안부 인사나 할 겸 잠깐 들렀대."

"아."

그렇다는 건 꾸준히 연락을 하고 지낸다는 뜻이다. 연락이 끊어져서 소식도 모르는데 안부 인사나 하겠다고 들를 리는 없으니까.

　"클라우디아랑은 계속 연락하고 지냈던 거야?"

　"응. 가끔 지금처럼 들렀다 가기도 해."

　역시나. 연락뿐 아니라, 이렇게 가끔 만나기도 해온 것이다. 그런데 왜 지금까지 이런 얘기는 한 번도 하지 않은 걸까.

　"클라우디아, 많이 예뻐졌지?"

　궁금한 걸 삼키곤 새힘은 예전보다 확실히 예뻐진 클라우디아를 떠올리며 은근히 물었다.

　"글쎄. 원래 예쁜 편이었으니까."

　메이의 대답에 새힘은 '그럼 난?'이라고 물으려다 어이없는 웃음을 내뱉고 말았다.

　'아, 나 지금 뭐 하는 거냐? 꼭 클라우디아를 질투하는 것 같잖아!'

　아무래도 요새 은성과 사귀다 보니 감정적으로 너무 예민해진 모양이었다. 별거 아닌데도 뾰족하니 심통이 나는 걸 보니.

　"근데, 어디 가는 길 아니었어?"

　메이의 물음에 새힘은 속을 좀먹을 것 같은 못난 생각들을 털어 버리며 평소와 같이 밝은 표정을 지었다.

　"아니, 너랑 같이 DVD 빌려서 영화나 볼까 해서 오는 길이었어."

　"그래? 마침 잘 됐다. 낮에 괜찮은 거 몇 개 빌려 뒀거든."

역시, 메이와는 척하면 삼천리다.

"정말? 어떤 종류인데?"

"공포 영화."

"으, 혼자 봐. 안녕, 잘 있어."

새힘이 말 떨어지기가 무섭게 휙 몸을 돌리자 메이가 쿡쿡 웃으며 그녀의 팔목을 잡아챘다.

"농담, 판타지 영화야."

웬일로 농담까지 하며 웃는 메이를 보니, 새힘은 묘한 느낌이 들었다. 무뚝뚝한 성정의 메이는 어지간히 기분이 좋지 않으면 농담 따위는 잘하지 않기 때문이다. 아마도 클라우디아가 다녀가서 기분이 좋은 걸지도 몰랐다.

늘 엎어지면 코 닿을 거리에 있는 자신보다는 가끔 보는 클라우디아가 더 반가울 수밖에 없는 건 사실일 테니까. 게다가 아직 그녀에게 애틋한 마음이 남아 있을지도 모르니. 새힘은 말로 설명할 수 없는 복잡 미묘한 기분으로 메이와 함께 집 안으로 향했다.

집 안은 아무도 없는 것처럼 썰렁하기 그지없었다. 늘 새힘을 반갑게 맞이하는 성주댁 아주머니도 보이지 않았다. 내부는 최소한의 불만 켜진 채라 으스스하기까지 했다.

"집에 아무도 안 계시니?"

2층으로 연결된 나선형의 계단을 오르며 새힘이 물었다.

"어. 늘 그렇지, 뭐. 아주머니께선 댁에 다녀오신다고 가셨어. 내일 저녁이나 돼야 오신대. 넌 여기 온다고 집에 말씀드리고 온 거야?"

"우리 집도 텅텅 비었어. 엄마 아빠 두 분 같이 모임에 가셔서 늦게나 오신다고 하셨거든. 혼자 있기 싫어서 너랑 영화나 볼까 하고 온 거야. 뭐니 뭐니 해도 너랑 영화 보는 게 제일 즐겁거든."

앞서서 층계를 오르던 메이가 멈칫하며 그녀를 돌아보았다.

"왜?"

새힘은 영문을 몰라 말간 눈으로 메이를 올려다보았다.

"……아냐."

새힘이 보기에는 아닌 게 아닌데, 메이는 어색하게 고개를 젓고는 계단을 올라가 버렸다. '싱거운 놈.'이라고 작게 중얼거린 새힘은 2층으로 올라가 소파에 앉았다.

2층은 영화를 좋아하는 막내 형님, 와이 덕에 고가의 홈시어터가 비치되어 있어 영화를 관람하기에 더없이 좋은 장소였다. 지금은 와이가 홀로 독립해 따로 살고 있어 홈시어터는 거의 메이가 이용하는 편이었다. 반면에 새힘의 집에는 1층 거실에만 홈시어터가 마련되어 있기 때문에 아무래도 여기만큼 편하게 영화를 볼 수가 없었다. 농도 짙은 키스신이 나올 때 부모님이라도 왔다 갔다 하면 여간 곤란한 게 아니기 때문이다.

여기 2층은 부모님이나 성주댁 아주머니도 수시로 드나들거나 하지 않으니, 아늑하게 영화를 보기에는 안성맞춤이었다. 그래서 영화가 당기면 집보다는 이곳을 더 많이 이용하곤 했다.

메이가 조명을 어둡게 하고 DVD를 실행시키자 대형 화면에 다른 영화의 예고편이 먼저 시작되었다. 새힘은 스크린에 눈을 고정시킨 채 소파에 등을 기대며 편안한 자세를 취했다. 곧 그녀 옆으로 메이가 다가와 앉으며 차가우면서도 네모난 팩 하나를 내밀었다.

"다른 거 필요하면 말해."

새힘은 그것을 받아들고 물끄러미 보았다. 어두운 공간에 스크린이 번쩍일 때마다 딸기우유라는 문구가 적힌 네모난 팩이 눈에 들어왔다. 딸기우유는 새힘이 어릴 적부터 즐겨 마셔온 것이다. 메이네에는 이렇게 단 걸 좋아하는 사람이 아무도 없는데도, 종종 딸기우유가 준비되어 있었다. 새힘을 위해 메이가 사 두거나, 성주댁 아주머니가 준비해 놓거나.

그녀의 입에서 피식 웃음이 흘러나왔다.

약 1시간 전쯤, 남자 친구란 놈은 그녀에게 폭탄주를 못 먹여서 안달이 났는데, 그냥 친구란 놈은 그녀의 취향인 딸기우유를 내미니 뭔가 바뀌어도 한참 바뀌지 않았는가.

"메이야."

"어."

"딸기우유 말고 맥주 없니?"

"어. 있을……뭐? 뭐라고?"

화면에 눈을 고정시키고 대답하던 메이가 휙 그녀에게로 시선을 돌렸다. 어두운 조명과 밝은 스크린으로 인해 음영이 드리워진 메이의 얼굴이 섬뜩하게 빛났다.

"너, 방금 맥주라고 했어?"

"응. 그거 마시면 어떤 기분이 들까 해서."

"죽을래? 몰라도 되고, 앞으로도 계속 알 거 없으니까 그거나 마셔."

메이는 재고할 가치도 없다는 투로 내뱉고는 새힘의 손에 들린 우유팩에 빨대를 꽂아 주었다. 새힘은 가만히 메이를 응시하며 속눈썹을 깜빡였다.

"메이야, 만약에 친구들이 네 여자 친구에게……그래, 클라우디아라고 가정하자."

"뭐?"

"그러니까, 클라우디아를 네 여자 친구라고 생각하고 말이야. 만약 친구들이 클라우디아한테 술을 먹이려 한다면 어쩔 거야?"

이번엔 또 무슨 황당한 말이냐는 듯 메이는 숱 많은 눈썹을 찡그렸다.

"무슨 뚱딴지같은 소리야. 헛소리하지 말고 영화나 봐."

"그러지 말고 대답해 봐. 진짜 진짜 궁금해서 그러니까."

새힘이 그의 팔에 매달려 몇 차례나 대답을 종용해서야 메이는 어이없는 표정으로 입을 열었다.

"친구고 나발이고 대갈통을 쪼개 버리지 그걸 그냥 두고 봐? 어떤 병신 새끼가 그걸 그냥 두고 봐? 쯧, 이제 영화나 좀 보자."

메이가 더 말하기 싫다는 뜻으로 다시 정면을 응시하는 바람에 새힘은 입을 쭉 내밀었다.

'으음. 이은성이란 병신 새끼가 더 부추기더라.'

이미 영화가 시작되고 있었지만, 새힘은 제대로 집중이 되지 않아 건성으로 화면만 응시했다. 자신이 정말 은성의 여자 친구가 맞는지, 아니, 그가 도대체 왜 사귀자고 했는지 의문투성이였다.

전화라도 해서 물어보고 싶었지만, 아까 그러고 와 버려서인지 은성과 통화하기가 껄끄러웠다. 게다가 제 친구들과 한통속이 되어 그녀를 곤란하게 만든 것도 괘씸해 지금은 굳이 통화하고 싶지도 않았다.

새힘은 영화에 집중하려 애쓰며 빨대를 입에 가져왔다. 양쪽 볼이 쏙 들어갈 정도로 옴팡지게 빨아대니 얼마 안 가 빈 공기가 딸려오는 소리만 요란하게 울렸다. 이 맛있는 걸 두고 뇌를 갉아먹는 술 따위를 왜 마시는지 모를 일이다.

순식간에 비어 버린 팩을 테이블에 올려놓고 새힘은 흘끔 메이를 보았다. 그는 영화에 빠져 눈조차도 제대로 깜빡이지 않는다. 일부러 깎아 놓은 듯 미려한 그의 옆모습에 그녀는 새삼 감탄이 흘러나왔다. 여자인 자신보다 더 긴 속눈썹에 곧게 잘 뻗은 콧날 그리고 입술……

순간, 예전에 메이와 나누었던 키스가 머릿속에 번쩍 떠올라 새힘은 확 얼굴을 붉혔다. 으으, 송새힘. 도대체 오늘 왜 이러니. 클라우디아와 함께 있는 메이가 낯설게 느껴지질 않나, 그의 입술을 보고 있으니 키스가 떠오르질 않나. 오늘 정말 제정신이 아닌 거다.

새힘은 머리를 휘젓는 잡생각들을 날리려 애쓰며 다시 화면을 응시했다. 한데, 무슨 내용인지 하나도 알 턱이 없다. DVD가 플레이 되는 동안 내내 딴 생각만 했으니 당연한 거겠지만.

눈에 들어오지 않는 화면만 건성으로 응시하고 있으니 점점 피로가 쌓인다. 어두운 조명, 아늑한 공간 그리고 우유를 마신 포만감까지 삼박자가 갖추어지자 어느새 잠이 몰려왔다. 은성과 있으면 긴장의 연속인데, 메이와 있으면 늘 이렇게 포근하고 편하다.

화면을 응시한 채 그런저런 생각을 하며 몇 번 눈꺼풀을 깜빡이던 그녀는 저도 모르게 스르르 잠이 들고 말았다.

8.

　무던히도 영화에 집중하려 애쓰던 메이는 갑자기 어깨에 사락 와 닿는 무언가로 인해 흠칫 몸을 굳혔다. 고개를 돌려보니 풍성한 속눈썹을 내리깐 새힘이 자신의 어깨에 기대에 잠이 들어 있었다.

　눈꺼풀의 떨림도 없고 고른 숨을 일정하게 내뱉는 걸 보니 꽤나 깊게 잠이 든 모양이다. 메이는 가만히 새힘의 작은 얼굴을 들여다보았다.

　길게 드리워진 속눈썹과 어디 한 군데 비뚤어진 곳 없는 작은 코와 발그란 입술이 예쁜 인형을 연상하게 만들었다.

　그녀의 얼굴을 들여다보고 있으니 조금 전, 계단을 오를 때의 일이 뇌리에 떠올랐다. 새힘이 혼자 있기 싫어 이리로 왔다고 하는 순간, 하마터면 작은 얼굴을 감싸고 그대로 키스를 감행할 뻔했다. 그것을 참으려고 얼마나 고생을 했는지 모른다. 겨우 참았는데, 어쩌자고 이렇게 무방비하게 잠이 들었단 말인가.

"미치겠다, 진짜."

잠든 모습이 너무 예뻐 절로 가슴이 뻐근해지고 온몸에 후끈 열이 오른다. 맛본 적 있는 저 작은 입술을 다시 머금고 싶어 바짝 조바심이 일었다.

손이 절로 움직인다. 불가항력의 힘에 이끌리기라도 한 것처럼 메이는 새힘의 얼굴을 살며시 쓸었다. 보드라운 피부가 예민한 손가락에 녹아들 듯 감겨오자 전율이 일었다.

여기서 이 움직임을 멈추어야 하건만 메이는 엄지로 작은 입술까지 문질렀다. 빨간 물이 묻어날 것처럼 새힘의 입술은 뜨겁고 부드러워 쉽사리 손을 뗄 수가 없었다.

사람의 욕심이라는 건 끝이 없다. 얼굴을 만지니 입술도 손대고 싶고, 그러고 나니 이젠 그것을 머금고 싶기까지 했다. 당장 자그만 입술을 삼킨 다음 깊숙이 혀를 밀어 넣고 싶어 온몸이 근질거릴 지경이다.

이성과 본능이 잠시 잠깐 동안 치열하게 싸워댄다. 참자, 참아야 한다. 새힘은 널 친구로밖에 여기지 않는데 무슨 추태야! 깨면 어쩌려고! 알게 뭐야. 가져, 가지고 싶으면 갖는 거야. 입술을 머금어! 당장 혀를 찔러 넣고 휘저어 버려!

메이의 고민은 오래가지 않았다. 아니, 오래갈 수가 없었다. 본능이 훨씬 더 커 아주 쉽게 이성을 눌러 버렸다. 만약 한 번도 새힘의 입술을 맛보지 않았더라면 이성이 본능을 눌렀을지도 몰랐다. 한데, 감질나게 감겨오던 새힘의 입술이 너무도 크게 뇌리를 차지하고 있어 애초에 이성이 이길 가능성은 없었던 거다.

메이는 어깨에 기대고 있는 새힘의 작은 머리를 양손으로 감싸고는 조심스레 소파의 등받이에 얹어 놓았다. 자연스레 고개가 젖혀지니, 붉은 입술이 절로 살짝 벌어진다. 마치 빨리 키스해 달라고 유혹하는 것만 같았다.

젠장, 한계다. 조금만 맛보는 거다, 조금만.

메이는 고개를 숙여 그녀의 입술에 자신의 것을 포갰다. 저릿한 감각이 온몸에 전류처럼 흐른다. 당장 혀를 밀어 넣어 달콤한 속살을 감아올리고 싶었지만 혹여 새힘이 깰까 봐 섣불리 움직일 수가 없었다.

가만히 입술만 맞대고 있던 메이는 그녀가 깰 기미를 보이지 않자 조심스레 입 안으로 혀를 찔러 넣었다.

"흐음."

절로 한숨 같은 신음이 내뱉어졌다. 금단의 열매를 맛보는 게 이런 기분일까? 엄밀히 말하면 새힘이 금단의 열매까지는 아니었지만, 도둑 키스니 꼭 그렇게 느껴졌다.

메이는 혀를 움직여 치열을 쓸고 볼 안쪽 벽을 굴린 다음 맛을 감지하는 연한 속살을 잡아채 빨아 당겼다. 조금 전 그녀가 마신 딸기우유의 달콤함이 고스란히 메이에게도 전해졌다. 새힘이 깨지 않게 조심해야 되는데, 자꾸만 혀와 입술이 성마르게 움직여진다. 그 순간, 작은 혀가 움직이기 시작하는 바람에 메이는 동작 그만 상태가 되었다.

'쌍.'

혹여 새힘이 깬 건 아닌가 싶어 메이의 이마에는 식은땀이 맺혔다. 무슨 변명을 어떻게 해야 할지 몰라 눈앞이 캄캄해지길 수초, 메이는 새힘이 잠결에 반응하는 것임을 깨닫고 안도의 숨을 내쉬었다.

아니, 그것도 잠깐뿐이었다. 그가 놀라서 멈춘 사이 새힘의 혀는 키스를 요구하듯 움직임을 더해갔다. 맞닿아 있는 메이의 혀를 자꾸만 건드리는 바람에 그는 돌아 버릴 지경이었다. 생각지도 못한 그녀의 반응은 그의 이성을 야금야금 갉아먹고 있었다. 아무리 잠결에 무의식적으로 하는 반응일지라도 메이는 터질 듯 흥분하고 있었다.

조금만 맛보겠다던 다짐은 깡그리 날아가 버렸다. 메이는 고개를 기울여 더욱 깊숙이 혀를 찔러 넣고 진하게 새힘의 입술을 탐했다. 착착 감겨오는 혀를 빨아들이고 달큰한 타액도 모조리 흡입했다.

거친 숨소리와 키스를 나누는 소리 그리고 성능 좋은 스피커에서 흘러나오는 영화의 대화까지 섞여 건전하기 그지없는 화면만 아니라면, 지금 재생되고 있는 DVD가 에로 영화라고 해도 손색이 없을 정도였다.

진하고 깊은 키스를 퍼부으며 메이는 한 손을 움직여 새힘의 얇은 셔츠 속으로 밀어 넣었다. 부드러운 배를 거슬러 올라가 브래지어 위를 살며시 움켜쥐었다.

지금의 모습은 분명히 냉정함을 가장하던 그 자신이 아님을 메이도 알고 있었다. 이러면 안 된다는 것도 알고 있었다. 하지만 둘밖에 없는 어두운 공간과 새힘에 대한 갈망이 그의 이성을 점차로 마비시키고 있었다.

　너무 오랫동안 참아오고 눌러왔던 욕망이 조금씩 분출하고 있는 걸 그 스스로는 막을 길이 없었다. 새힘을 가질 것이다, 아니다 하는 그런 생각조차도 머리에 들어 있지 않았다. 오로지 키스를 하고 그녀의 나긋한 몸을 만지고 싶은 본능에 충실하고 있을 뿐이었다.

　브래지어 위를 배회하고 있던 손이 다급히 그 안으로 들어가 부드럽고 봉긋한 가슴을 찾았다.

　억눌린 신음이 목 안 저 깊은 곳에서부터 흘러나왔다. 수천 번, 수만 번의 상상으로만 머물러야 했던 새힘의 여체는 이렇게 만지는 것만으로도 메이를 한계치로 몰고 갔다. 수줍은 듯 느껴지는 작은 유두를 쓸자 형언할 수 없는 욱신거림이 온몸으로 퍼졌다.

　메이는 키스를 멈추고 살짝 입술을 떼어냈다. 키스로 인해 더욱 짙어진 색으로 살짝 벌리고 있는 새힘의 입술을 보는 메이의 눈이 어쩌지 못하는 욕망과 죄책감으로 뒤섞여 잔뜩 탁해졌다.

　이대로 가져 버릴까. 아니, 눈 딱 감고 가지고 싶다. 새힘을 가진 뒤에는 당장 죽어도 좋을 만큼 그녀의 속으로 들어가고 싶었다. 너무나 소중해서 아끼고 또 아끼고 싶으면서도 지금 이 순간은 여린 속살을 뚫고 자신을 밀어 넣고 싶었다.

　……우웅. 우웅. 우웅.

자신을 제어하지 못해 짐승으로 돌변할 것 같은 그때, 후끈 달아오른 공간에 소음이 울려 퍼졌다. 바로 지척에서 나는 휴대전화의 진동 소리다.

메이는 무시하고 싶었다. 저런 소리쯤은 듣지 않은 걸로 치고 이대로 욕망의 노예가 되고 싶었다. 새힘의 여린 살을 핥고 빨아 당기고 깨물어서 온몸에 낙인을 찍은 다음 결합하고 싶었다.

우웅. 우웅. 우웅.

휴대전화의 진동은 꼭 메이에게 정신 차리란 경고를 하는 듯했다. 미쳐 날뛰는 짐승을 다독여 다시 우리 안에 몰아넣으라는 것처럼, 끊어지면 또 울리고 또 울리기를 반복했다.

"하, 제길."

그러는 사이 저만치 멀어졌던 이성이 점차로 돌아온다. 그러자, 소중하게 대해야 할 여자애를 함부로 더럽힐 뻔했다는 미안함과 죄책감 그리고 자기혐오까지 한꺼번에 밀어닥쳤다.

메이는 지금이 아니면 다시는 꺼내지 못할 욕망을 안으로 삼키며 새힘의 옷 속에 머물고 있던 손을 빼냈다. 흐트러진 옷을 다시 여며 주는데 추라도 매달린 것처럼 손끝이 무겁디무겁다.

메이는 한없이 침울한 얼굴로 아직 잠의 세계를 유영하고 있는 새힘을 물끄러미 응시했다. 잠시 미쳤던 게 틀림없다. 저 소중한 아이를 욕망에 못 이겨 짓밟으려 했다니.

류메이, 네가 드디어 개새끼가 되어 가는구나.

우웅. 우웅…….

자괴감에 빠져 어찌할 줄 모르던 메이는 계속해서 울려대는 진동 소리에 정신을 차렸다. 자신의 휴대전화는 방에 둔 채 클라우디아와 만나고 들어왔으니 새힘의 것이 분명했다. 계속해서 끊이지 않고 울리는 게 급한 전화인 듯해 메이는 가만히 새힘의 어깨를 흔들었다.

"새힘아, 일어나 봐. 송새힘."

새힘이 번쩍 눈을 뜬다. 그러곤 잔뜩 당혹스러운 눈동자로 메이를 빤히 바라보았다.

"메이야. 바, 방금 우리 혹시 키, 키스했니?"

비쭉. 뒷머리가 서는 느낌에 메이는 말문이 콱 막혔다. 그가 아무런 대꾸도 하지 않자, 그녀는 얼굴을 발그라니 붉히며 어이없는 웃음을 푹 내뱉었다.

"나도 참, 그랬을 리가 없지."

"갑, 갑자기 무슨 소리야."

그답지 않게 살짝 말이 더듬거린다. 새힘은 조금 쑥스러운 표정으로 팔랑팔랑 손을 저어보였다.

"아냐. 잠깐 졸다가 꿈을 꿨나 봐. 굉장히 사실적이라서 살짝 혼동이 일었어."

"……꿈?"

"으응. 꿈이니까 꿈결처럼 아득한 게 당연한데, 뭐랄까……너무 생생하고 아찔했달까? 암튼 아주 잠깐 꾼 거 같은데 기분 좋았어."

기분이 좋았다는 그 말이 꼭 '너와의 키스가 좋았다.'라고 하는 것 같아 메이의 심장이 속절없이 울려댔다. 묘하게 번들거리는 갈색 눈동자를 새힘에게 고정시키는데, 잠시 잊고 있었던 휴대전화의 진동이 다시금 울려댔다.

메이는 시선을 돌리며 진동의 근원지인 새힘의 가방을 가리켰다.

"휴대폰 좀 어떻게 해 봐. 아까부터 계속 울리고 있어."

"아, 응."

새힘은 붉게 달아오른 얼굴을 손으로 몇 번 쓸고는 이내 가방으로 손을 뻗쳤다.

가방에서 그녀가 꺼내든 휴대전화를 보는 순간, 메이는 눈을 가늘게 떴다. 늘 보아오던 핑크 계열의 휴대전화가 아닌 까만색의 최신 전화기다. 짚이는 데가 있어 메이의 표정이 딱딱하게 굳었다.

"그거 이은성이 사준 모양이군."

전화기의 액정에 뜬 발신지를 심각하게 바라만 볼 뿐 받을 기미를 보이지 않던 새힘이 갑작스런 메이의 말에 화들짝 놀라 그에게로 고개를 돌렸다.

"으, 응?"

"바꿔 말할게. 너, 이은성 그놈과 사귀고 있었니?"

새힘은 아차, 하는 얼굴로 메이의 눈치를 보다 슬그머니 고개를 끄덕였다.

"그게, 응. 그렇게 됐어."

"언제부터."

"그, 그렇게 오래되진 않았어."

메이는 잠시 동안 말없이 호흡만 내뱉었다. 심장이 아래로 뚝 떨어진다는 게 이런 기분일까. 앉은 상태로 사정없이 추락하는 것처럼 정신이 아찔해져 왔다. 당장 저 어깨를 미친 듯이 흔들어 제정신이냐고 묻고 싶었다.

목구멍에서 불덩이 같은 게 치밀어 오른다. 결국, 이런 대답을 듣게 돼 버렸다. 이런 말을 듣게 될까 무서워 이은성과 사귄다는 소문이 진실인지 확인할 엄두도 못 냈는데.

"메이야. 미안해."

"뭐가."

도대체 뭐가! 메이는 속에서 울컥울컥 올라오는 감정을 누르며 싸늘하게 새힘을 응시했다.

"그래도 네가 내 베프인데, 계속 말을 못했잖아. 진작 말하려고 했는데, 네가 은성이를 너무 싫어해서 퍼뜩 입이 안 떨어지더라구. 미리 말 안 해서 화났지?"

하, 그딴 게 미안해? 겨우, 그딴 게! 늘 곁에 알짱거려서 저 하나만 바라보게 만들어 놓은 건 안 미안해? 첫 키스까지 나눠 놓고 다른 놈에게 홀랑 가 버린 건 안 미안해? 그래놓고 그 사실을 늦게 알린 것 따위가 미안하단 말이 나와, 송새힘!

우웅. 우웅.

"쌍, 그것 좀 어떻게 해. 받든지, 끄든지."

목소리 톤은 높아지지 않았지만, 기어코 욕설이 튀어 나갔다. 놀라움이 가득한 눈으로 메이를 응시하던 새힘은 계속해서 울려대는 휴대전화를 결국 귀에 갖다 댔다.

"여보세요. ……집이야. 아냐, 한숨 자느라 못 받았어."

전화를 늦게 받은 이유를 상대방에게 짤막하니 설명한 새힘은 잠시 동안 말없이 듣기만 하다 갑자기 뜰 듯이 펄쩍 일어났다.

"뭐? 우리 집 근처라고? 너, 미쳤니? 일단……알았으니까, 거기 사거리에 보면 공원 있어. 금방 갈 테니 조금만 기다려."

그렇게 전화를 끊은 새힘은 가방을 주섬주섬 챙겨들고는 조금 멋쩍은 표정을 지었다.

"메이야, 나 그만 가 봐야 할 것 같아."

"방금 전화……이은성?"

"어? 응."

그러니까, 이은성이 여기 사거리까지 와 있다는 거다. 울컥. 누르고 또 눌러 왔던 감정들이 다시 머리를 쳐들기 시작한다. 이은성이 여기까지 오고 그런 놈을 만나러 새힘이 달려갈 걸 생각하니 심장에 피멍이 드는 것만 같았다. 너무 아파 돌아 버릴 지경이었다.

그런 그의 심중을 전혀 모르는 새힘은 가방을 주워 들곤 어깨에 걸쳤다.

"갈게."

메이는 금방이라도 나가 버릴 것 같은 새힘에게로 손을 뻗쳐 팔목을 거세게 움켜쥐었다. 그의 심장이 사납게 울려대고 있었다. 이제, 더는 감출 수가 없다. 새힘을 향한 마음을 더는 숨길 수가 없었다.

"메이야?"

"가지 마."

놀라서 돌아보는 그녀의 목소리와 한껏 가라앉은 메이의 말이 동시에 흘러나왔다. 그녀는 굳건히 잡혀 있는 팔과 그녀 쪽으로는 시선도 주지 않은 채 앉아 있는 메이를 번갈아 보았다. 그녀는 한숨을 내쉬었다.

"네가 은성이를 싫어하는 건 알겠는데, 지금은 가 봐야 할 것 같아. 우리 동네 근처까지 와 있대."

새힘은 짤막하게 설명을 하고 잡힌 손을 빼기 위해 힘을 주었다. 하지만 메이는 전혀 손아귀에 힘을 풀지 않은 채 고개를 들어 그녀를 응시했다.

"내가 안 보내주면 어쩔 거야."

나직한 말투. 어둡고 쓸쓸하고 굳은 그의 얼굴에 새힘은 가슴이 철렁 내려앉는 듯했다. 늘 차분하던 밝은 갈색의 눈동자는 공허함을 담은 채 잔뜩 어두워져 있었고 아름다운 입술은 노기인지 슬픔인지 모를 차가움을 담고 있었다. 이런 얼굴의 메이는 처음이다. 이렇게 상처를 입은 듯 낯설게 느껴지는 메이는 처음이었다.

"메, 메이야. 왜 그래, 갑자기."

"부탁할게. 가지 마."

"뭐, 뭘 부탁씩이나 하니? 너, 지금 되게 이상해. 내가 알고 있는 너 같지가 않아."

"……지금 그놈한테 가면 나, 너 안 볼 테니 그리 알아."

"뭐?"

새힘은 메이의 말을 곱씹다가 어이없는 웃음을 내뱉었다. 그녀는 잠시 동안 할 말이 없어 입만 벙긋대다 이내 눈을 세모꼴로 떴다.

"그건 또 무슨 개 풀 뜯어 먹는 소린데? 네가 은성이를 싫어하는 건 내가 백번 이해하겠지만 고작 이런 걸로 날 안 본다는 건……."

"내가 단순히 그놈이 싫어서 이러는 것 같아!"

갑작스런 고함에 새힘은 어깨를 움찔하며 입을 닫았다. 메이가 소리를 질렀다. 그것도 지독히 화가 난 얼굴로.

한 번도 본 적이 없는 메이의 모습에 새힘은 깜짝 놀라 그를 멍하니 응시하다 가까스로 입을 열었다.

"그럼 도대체 왜 이러는 건데?"

"왜 이러는 것 같아?"

메이의 입가가 비틀려 올라갔다. 그리고 어둡게 꺼진 그의 눈에 광채가 돈다고 느끼는 순간이었다. 그가 갑자기 옥죄고 있던 그녀의 팔을 확 끌어당겼다.

"앗!"

새힘은 비명을 지르며 앉아 있는 메이에게로 사정없이 거꾸러졌다. 어찌 해 볼 틈도 없이 그녀는 메이의 무지막지한 힘에 의해 소파에 눕혀지고 말았다.

"너, 너 미쳤니? 왜 이래!"

새힘이 소리를 치며 몸을 일으키려 했지만, 메이는 단단한 몸으로 그녀를 내리눌렀다. 양팔을 마구 휘둘러 봤지만 그마저 간단히 제지되고 말았다. 메이는 그녀의 팔목을 한 손에 그러모아 쥐곤 단단히 머리 위에 고정시켜 놓았다.

"내가 왜 이러는 것 같니?"

서늘하면서도 음산한 말투에 새힘은 가쁜 숨만 몰아쉴 뿐 쉽사리 대꾸를 할 수가 없었다. 꿈에도 생각지 못한 메이의 강압적인 모습에 큰 충격을 받아 입이 떨어지지 않는 탓이었다.

시베리아 벌판같이 차가운 메이의 얼굴과 눈에 흐르는 광기가 무서웠고, 몸을 내리누르고 있는 단단하다 못해 딱딱하기까지 한 몸으로 인해 숨을 쉬는 것도 버거웠다. 무뚝뚝하긴 했지만, 늘 그녀를 배려하던 류메이는 온데간데없이 낯선 이 하나가 자신을 옭아매고 있는 것처럼 두려움이 일었다.

"너를 볼 때마다 끓어대던 내 심장을 넌 알 턱이 없지. 너와 함께 있을 때마다 키스하고 싶고 안고 싶은 내 욕망을 넌 죽어도 알 턱이 없지."

"지, 지금 무슨 소릴 하는 거야? 우린 친구잖아. 그것도 베스트 프렌드!"

"베스트 프렌드? 웃기지 마. 난 한 번도 친구였던 적 없어. 친구? 그 빌어먹을 수식어 때문에 지금껏 너를 향한 모든 걸 누르며 살아왔어. 네가 내 짐승 같은 마음을 눈치 채면 어쩌나, 그래서 멀어지면 어쩌나 전전긍긍! 어렸을 적부터 지금까지 죽 그렇게 살아왔다고. 상상이 가니?"

메이의 외침에 새힘은 도끼로 뒤통수를 가격당한 것처럼 머리가 띵해졌다. 지금 메이가 무슨 말을 하는지 도무지 알 수가 없다. 저 머나면 우주에서 들려오는 얘기처럼 메이의 말과 지금 이 상황이 현실 같지가 않았다. 메이가, 가족이나 다름없던 그가 지금껏 자신을 여자로 보고 있었다니!

"말도 안 돼. 넌 클라우디아랑도 사귀었으면서!"

"그건 주위에서 멋대로 떠들어댄 말이지. 난 단 한 번도 클라우디아를 친구 이상으로 본 적 없어. 너 때문에, 그 누구도 눈에 들어오지 않았는데 내가 클라우디아와 사귀었을 것 같아? 아주 오래전부터 난 너만 보고 있었다고, 너만."

충격이 가시지 않아 멍한 눈만 깜빡거리는 그녀를 똑바로 쏘아보는 메이의 표정이 무섭게 굳어져 있었다. 마치, 가슴속 울부짖음을 표내지 않기 위한 것처럼.

"믿어져? 널 볼 때마다 내 머릿속은 널 탐하고 있었다는 게? 그 잘난 친구인 척하면서 끊임없이 널 갈구했어. 그걸 들키지 않게 죽을 만큼 나 스스로를 억눌렀어. 그런데, 이제 와서 이은성 같은 놈에게 널 보내야 한다고? 그렇게는 못해."

순식간에 메이가 한 손으로 그녀의 턱을 움켜쥔 채 고개를 숙여 입술을 덮쳐왔다.

"흡!"

피하지도 못하고 새힘은 고스란히 성마른 입술에 자신의 것을 내어주고 말았다. 턱을 누르고 있는 메이의 강한 악력에 고개를 돌리려 했으나 여의치 않았다.

숨을 쉴 수 있다는 게 신기할 정도로 메이의 입술은 거칠기 짝이 없었다. 그녀의 것을 먹어 버리기라도 할 것처럼 입 안 깊숙이 혀를 밀어 넣고 폭풍 같은 키스를 퍼부었다. 입술을 잘근거리고 뒷걸음질 치는 그녀의 혀를 잡아 채 뽑아 버릴 듯 빨아들였다.

타액이 섞이고 간혹 이가 부딪쳐 덜그덕거리는 소리도 났다. 거칠고 급박한 키스에 상처가 나 비릿한 피 맛도 돌았다.

입 안이 얼얼해질수록 충격이 너무 커 아득하기만 하던 정신이 점차로 돌아왔다. 입 안을 휘젓고 있는 혀를 깨물어 버리려 했다. 그렇게 해서라도 제정신이 아닌 메이를 원래대로 되돌리려 했다.

하지만, 간헐적으로 떨고 있는 메이의 손이 느껴져 새힘은 그 어떤 행동도 할 수 없었다.

욱씬.

새힘은 가슴이 옥죄어 오는 아픔에 높은 천장을 응시하며 가만히 눈만 깜빡였다. 약한 모습 같은 건 한 번도 보인 적이 없는 메이가 이렇게 떨고 있는 건 그만큼 분노하고 아프다는 뜻이니까.

늘 가족 같은 친구라 여기던 메이가 자신을 여자로 보아온 것에 대한 쇼크가 조금 누그러들었다. 대신, 안타까움과 형언할 수 없는 복잡 미묘한 감정이 쓰나미처럼 덮쳐왔다.

메이가 자신을 이성으로 보고 있다는 사실을 모른 채 그 앞에서 은성이 좋다고 노래를 불렀으니 얼마나 속이 아팠을까. 더 나아가 은성에게 잘 보이려 키스 따위를 가르쳐 달라고 했으니 그 또한 얼마나 기가 막혔을까.

오만 가지의 생각들이 뇌를 휩쓸어 머리가 터질 것 같이 어지러운 가운데 한 가지는 확연했다. 그녀는 메이를 잃을 수가 없었다. 자신도 이렇게 갑작스레 터진 일에 충격을 입긴 했지만 지금껏 힘들어 했을 메이에 비하면 아무것도 아닐 테니 견딜 만했다. 어떻게든 메이를 다독여 우선은 이 상황을 안정시키고 봐야 했다.

새힘은 여전히 자신을 탐하고 있는 메이를 가만히 받아 주었다. 고개를 돌리려 하지도 않았고 몸을 뒤틀지도 않았다. 온전히 그의 입술을 받아들이며 메이가 진정하기를 기다렸다.

그러는 사이, 입 안에 머물러 있던 혀와 입술이 떨어진다 싶더니 그녀의 목으로 옮겨갔다. 뜨거운 혀가 목을 타고 내려가며 축축한 궤적을 남기자 오싹, 소름이 돋는다. 새힘은 크게 숨을 들이쉰 다음 가까스로 입을 열었다.

"……메이야. 팔 좀 놔줘 봐."

그는 대답 없이 턱을 움켜쥐고 있던 손을 내려 셔츠 속으로 밀어 넣었다. 단단한 손이 맨살을 스치니 절로 몸이 움찔 굳는다. 그 다음 수순대로 손은 곧장 브래지어를 덮쳤다. 대담한 그 손길에 새힘은 입에서 비명이 튀어나가지 않기 위해 무던히도 애를 쓰며 다시 간청했다.

"팔이 너무 아파, 메이야. 좀 놔줘. 제발."

"……."

"지금 이 상황이 굉장히 놀랍고 충격적이라서, 그래, 나도 솔직히 어떻게 해야 될지 모르겠는데……우선은 팔부터 풀어 줘. 정말 아파서 죽을 것 같단 말이야. 부탁해, 응?"

덜덜 떨리는 속마음과는 달리 그녀 스스로도 놀랄 만큼 차분한 말투가 흘러나왔다. 너무도 덤덤한 그 말투가 메이의 마음을 돌린 걸까. 목을 더듬던 입술이 움직임을 멈추고 가슴을 배회하던 손길도 멎었다.

곧이어 흘러나오는 기나긴 한숨 소리. 그 한숨 소리가 끊어지는 순간, 목에 머물러 있던 뜨거운 숨결이 거두어졌다. 메이는 그때까지도 세게 옥죄고 있던 양팔을 놓아주고 셔츠 속에 있던 손도 빼냈다. 그리고 그는 옴짝달싹하지 못하게 누르고 있던 몸도 일으켰다.

잠시 동안 어두운 공간에는 성능 좋은 오디오에서 흘러나오는 DVD 소리와 거친 호흡만이 울려 퍼졌다.

새힘은 흐트러진 옷을 가다듬으며 천천히 일어나 앉았다. 소파 구석에 앉아 시선을 떨어뜨리고 있는 메이의 옆모습이 들어왔다.

지독히도 공허하고 외롭게 느껴지는 메이의 옆모습에서 가족 같던 친구가 아닌, 낯선 남자가 보인다. 무력으로 그녀를 옭아매고 탐하던 남자. 무슨 말을 해야 서로가 상처 받지 않을까.

"메이야."

"가."

거의 동시에 두 사람에게서 흘러나온 말이다.

"송새힘, 그만 가."

"하지만, 메이야……."

시선을 깔고 있던 메이가 그녀에게로 휙 고개를 돌렸다. 아직도 위험스럽게 빛나고 있는 갈색 눈동자가 서늘하기만 했다.

"덮쳐 버리기 전에 가."

낮지만 잔뜩 힘이 들어간 그 말에 새힘은 심장이 쿵하고 떨어

196 솔솔
년녀1

지는 듯했다. 조금 전, 그녀를 삼킬 듯이 덤벼들던 메이가 떠올라 절로 얼굴이 확 붉어졌다.

"지금 안 가면 정말로 덮쳐 버린다. 그러니까……제발 좀 가 줘."

메이의 눈썹이 사납게 치켜 올라가 있었으나, 새힘은 그가 다시 그녀를 우악스럽게 다루지 않을 거라는 걸 알고 있었다. 그의 눈동자가 여전히 위험스럽게 발하고 있었지만, 음울한 표정은 그가 이미 진정되었다는 걸 말해 주고 있었기 때문이다.

그런데도 메이가 저렇게 위협을 하는 건 혼자 있고 싶어서일 거다. 그것을 어렴풋이나마 느낀 새힘은 가만히 일어났다. 무슨 말이라도 해 주고 싶은데 지금은 그녀 자신도 얼떨떨하니 머리가 텅 빈 것 같아 그럴 수가 없었다. 겨우 '갈게.' 하는 한마디만 남기고 그녀는 그 공간을 빠져나왔다.

집 밖으로 나와서야 비로소 새힘은 크게 숨을 들이마시며 이마에 송골송골 맺힌 땀방울을 훔쳐냈다. 얼마나 바짝 긴장을 하고 있었는지 이제야 거세게 잡혀 있던 팔목이 욱신거리며 아파왔다.

기분이 아주 이상했다. 뭔가 뭉클거리며 울컥 치받혀 올라올 것 같기도 하고 아무도 없는 곳에서 엉엉 울고 싶을 정도로 우울 하기도 했으며 머리는 터질 듯 지끈거린다.

메이가, 다른 사람도 아닌 류메이가 지금껏 남자의 눈을 하고 선 자신을 봐 왔다는 게 도무지 믿어지지가 않는다. 어두컴컴한 골목길에 홀로 서 있으니 좀 전 메이와의 육탄전이 모두 현실이 아닌 것처럼 아련하기만 했다. 하얀 팔목에 선명하게 남겨진 메이의 손자국이 아니었다면, 거친 키스로 인해 욱신거리는 입술이 아니었다면 아마 꿈을 꿨다고 여겼을지도 몰랐다.

앞으로 어떻게 해야 할지 감조차 오지 않는다. 메이가 곁에 없는 삶은 한 번도 생각해 본 적이 없다. 그렇다고 남자로서의 메이를 생각해 본 적 역시 한 번도 없는데……이제 어떻게 해야 하나.

새힘은 착잡한 심경으로 가방에 든 휴대전화를 꺼내들었다. 이런 기분으로는 은성을 만날 수가 없었다. 은성에게로 가지 못하게 막던 메이의 절규가 뇌를 울리는데 어떻게 쪼르르 가서 그를 만날 수가 있단 말인가.

은성이 사준 휴대전화를 꺼내 든 새힘은 곧장 단축번호를 눌러 그에게로 전화를 걸었다. 통화 연결음이 울리고 얼마 지나지 않아 은성이 전화를 받았다.

〔어디쯤이야. 난 공원에 도착했어.〕

"저기, 미안한데 오늘은 그냥 돌아가 줘."

〔뭐?〕

은성의 목소리에 짜증이 한껏 실려 있었다.

"갑자기 사정이 좀 생겨서 그래. 월요일에 학교서 봐."

〔사정? 그 사정이 뭔데. 납득시켜 봐.〕

목소리가 커지거나 한 건 아니지만, 새힘은 은성이 대단히 화가 났다는 걸 알 수 있었다. 말투에 힘이 꽉꽉 들어간 게 겨우 화를 참고 있는 듯 느껴졌다. 새힘은 잠시 당황해서 말을 잇지 못하다 겨우 아무렇게나 둘러댔다.

"어, 엄마가 늦었다고 나가지 말라셔. 그래서, 그래."

〔5분 준다. 대충 핑계 대고 잠깐 왔다가 가.〕

새힘은 난감함에 이마를 쓸어 올렸다.

"안 돼. 나, 지금 나가면 마, 맞아 죽을지도 몰라. 그리고 아까 나 화난 것도 안 풀렸는데 이렇게 막무가내로……."

〔씨발, 진짜!〕

갑자기 귀를 울리는 욕설에 새힘은 깜짝 놀라 어깨를 흠칫했다. 맞다. 은성이 어떤 부류인지 잠시 잊고 있었다. 사귀는 동안은 한 번도 이런 욕설을 대놓고 내뱉은 적이 없어서 잊고 있었지만, 그는 예전에 자신을 담뱃불로 지져 버리겠다고 협박까지 했던 그런 독종이었다.

놀란 새힘이 아무 말도 하지 못한 채 가쁜 호흡만 내뱉고 있자, 다시 수화기를 통해 은성의 목소리가 흘러나왔다.

〔흐음……정말 못 나와? 일부러 여기까지 왔는데 어지간하면 나와.〕

언제 욕설을 내뱉었냐 싶게 은성의 목소리는 부드러워져 있었다. 회유라도 하는 것처럼. 가뜩이나 하루 종일 기분이 바닥 같은데, 욕까지 먹으니 그녀도 화가 날 수밖에 없었다.

"못 나간다고 했잖아! 왜 이렇게 막무가내니, 넌? 학교서 봐. 끊을게."

새힘은 딱딱하게 내뱉고는 은성의 말도 듣지 않고 전화를 끊어 버렸다. 학교에서 은성이 어떻게 나올지 생각만으로도 머리가 아팠으나, 지금 당장 마음이 상해 죽겠는데 내일 모레가 대수겠는가.

새힘은 휴대전화를 가방에 밀어 넣고 무겁디무거운 발걸음을 움직였다. 지금껏 별다른 고민 없이 살아온 열여덟 해가 최근 사이 온통 뒤죽박죽이 되어 버렸다. 한 번도 성적 문제로 힘들어 한 적이 없었고, 흔히들 겪는다는 사춘기의 반항심도 모르고 살아온 그녀였다. 한데, 오늘은 너무 힘이 들었다. 은성을 좋아하지 말았어야 했나, 아니, 정말 좋아하는 게 맞긴 한 걸까? 조금 더 신중히 생각한 다음 사귀었어야 했나, 하는 후회가 처음으로 밀려들었다.

9.

"메이, 아까 학교 간다고 갔는데, 같이 안 갔니?"

성주댁 아주머니의 말에 새힘은 어리둥절한 표정으로 속눈썹을 깜빡였다.

"메이가……벌써 학교에 갔다구요?"

"응, 그래. 한참 됐어. 당연히 너랑 같이 갔겠거니 했는데, 몰랐던 모양이구나? 너희들 혹시 다퉜니?"

아주머니의 물음에 새힘은 애써 밝은 얼굴을 해 보였다.

"아니에요, 싸우긴요. 아아, 마, 맞다. 오늘 바쁜 일이 있어서 먼저 간다고 했는데 깜빡했어요."

"그랬니?"

"네에. 그럼, 저도 이만 가볼게요. 메이가 먼저 간 줄도 모르고 평소처럼 기다리다가 지각하게 생겼지 뭐예요."

"어이구, 그럼 안 되지. 얼른 가 봐."

"네, 안녕히 계세요."

예의 바르게 인사를 한 새힘은 몸을 돌리자마자 억지로 짓고 있던 웃음기를 얼굴에서 지워 버렸다. 어쩐지 늘 같은 시각, 같은 장소에 먼저 나와 기다리던 메이가 오늘따라 보이지 않는다 했다.

설마, 아무런 말도 없이 혼자 가지는 않았을 것 같아 무작정 기다리다 지각을 하게 생겼다. 전화를 해도 안 받기에 무슨 일이 있는 건 아닌가 싶어 부랴부랴 메이의 집으로 왔더니 아까 갔다는 대답을 들은 것이다.

늑장을 부리면 정말 늦을 것 같아 새힘은 일단 학교로 가는 버스에 올랐다. 버스 손잡이를 잡고 있는데도 온몸이 붕붕 떠다니는 것처럼 정신이 몽롱하다. 그런 와중에도 뭔가 억울하고 분해 속이 뒤집어질 것만 같았다.

갑작스런 메이의 고백과 거친 행동에 당황하고 놀란 건 다름 아닌 그녀였다. 그런데도 그녀는 메이가 상처 받을까 봐 화는커녕, 지금껏 걱정만 했는데, 이렇게 말도 없이 먼저 갈 줄은 몰랐다.

오늘따라 버스가 심하게 흔들리는 느낌에 새힘은 손잡이를 더욱 세게 움켜쥐고 발바닥에 힘을 주었다. 그래도 버스가 정차했다가 출발할 때마다 몸이 심하게 이리저리 움직이는 건 어쩔 수 없었다.

버스에서 내린 새힘은 미친 듯이 교문으로 달리기 시작했다. 평소보다 많이 늦은 탓에 시간이 아슬아슬하다 여겨졌는데, 아니나 다를까 저만치서 보이는 교문이 천천히 닫히고 있었다. 새힘처럼 늦게 온 학생들이 교문이 닫히기 전까지 들어가려 젖 먹던 힘까지 다해서 내달렸다.

점점 좁혀지는 문을 보면서 달리자니, 새힘은 눈이 뒤집힐 것만 같았다. 새힘의 학교 학생주임은 지각에 관해선 그 어떤 변명도 통하지 않는 인간이었다.

남학생들은 화려한 얼차려 신공을 받으며 죽어나고, 여학생들은 모래가 자글자글한 바닥에 무릎을 꿇은 채 양팔을 들고 있어야 했다. 그뿐이 아니었다. 입으로는 '게을러서 죄송합니다. 내일부터는 20분 일찍 일어나서 지각을 안 하겠습니다.'를 끊임없이 외쳐야 했다.

그러니 여학생들은 민망하고 창피해 어지간하면 지각생 대열에 끼지 않으려 일찍들 오는 편이었다. 한데, 자신이 지각을 하게 생겼으니 새힘은 미치고 팔짝 뛸 노릇이었다.

선도부원들과 학생주임이 나란히 서서 '요것들 다 죽었쓰!' 하는 표정으로 시계를 들여다보며 카운트를 했다. 그러는 사이 바로 코앞에서 문이 닫히고 있어 새힘으로선 미치기 일보직전이었다.

'헉! 안 돼!'

새힘은 속으로 비명을 지르며 교문 사이로 미친 듯이 발을 밀어 넣었다. 문을 닫던 선도부원이 화들짝 놀라 멈추었다.

"헉, 헉! 저 세이프죠?"

새힘은 어떻게든 빠끔히 열린 교문 속으로 발을 집어넣으려 안간힘을 쓰며 물었다. 학생주임이 교문에 끼이다시피 한 새힘의 발을 몇 초간 이리저리 살피다 들고 있던 지휘봉을 휙 휘둘렀다.

"아웃!"

"쌤! 왜요!"

"발이 먼저 들어왔잖냐?"

"그러니까요. 발이 들어갔는데 왜 아웃이냐구요? 쇼트트랙에서도 날이 먼저 피니시 라인을 통과하는 걸 인정해 주잖아요!"

새힘이 못내 억울해 항변하자, 선도부원들이 킥킥 웃음과 함께 일리 있다는 듯 '어떻게 할까요?' 하며 학생주임을 쳐다보았다. 하지만, 그는 그런 항의쯤은 아무것도 아니라는 듯 시커먼 얼굴에 씩 웃음을 드리웠다.

"육상 경기에서는 머리, 목, 팔, 다리, 손, 발을 제외한 신체 부위를 인정해 주지? 여긴 빙판이 아닌 육상이므로, 아웃!"

"마, 말도 안 돼! 그렇다고 여기가 트랙도 아니잖아요. 야구도 발이 베이스에 먼저 닿으면 세이픈데, 저, 그냥 세이프라고 해주시면 안 돼요?"

"내 마음이다, 자식아. 아웃!"

결국 새힘은 늦게 온 여학생 두어 명과 함께 울며 겨자 먹기로 바닥에 무릎을 꿇고 앉아 팔을 치켜들었다. 입으로는 게을러서 죄송합니다, 등등을 복창하며.

꿇고 있는 무릎에 자글자글한 모래가 박혀 오고 하늘을 향하고 있는 팔도 아팠지만, 사실은 메이에 대한 배신감에 마음이 더 아팠다. 전화를 해도 받지 않았고, 버스로 오는 동안 몸이 흔들리는 것도 감수해 가며 문자도 몇 통 날렸는데 답장조차 보내오지 않았다.

거기다 덕분에 지각까지 해서 이런 꼴을 당하고 있으니, 그야 말로 기분은 바닥을 쳐댔다. 어차피 학교에서는 그런 이야기를 나눌 만큼 장소나 시간의 제약이 따르니 수업을 마친 뒤에나 허심탄회하게 대화를 시도해 볼 참이었다.

"웬일이야, 파워 네가 지각을 다 하고?"
"아, 그게, 그렇게 됐어."
지각한 벌을 단단히 받고 들어온 새힘은 영경의 물음에 대충 대답하고 말았다. 아무리 영경과 단짝일지라도 메이와의 일은 섣부르게 말할 수가 없었다. 영경이 믿음직한 친구인 건 충분히 알지만, 메이와 관련된 건 함부로 발설하기가 껄끄러웠다.

"헉! 그럼 혹시 메이도 지각한 거 아냐? 악, 제발 아니라고 해 줘. 엘프 메이가 엎드려뻗쳐를 했다는 건 상상이 안 가!"
영경이 처절한 얼굴로 우스갯소리를 하는데도 새힘은 같이 농담할 기분이 나지 않아 억지로 쓰게 웃어 보였다. 차라리, 메이와 같이 지각을 했다면 이런 답답한 기분은 들지 않았을 텐데.

"메이는 지각 안 했어."
"엑? 그럼, 오늘은 따로 등교했단 말이야?"

"으응. 내가 늦잠을 자는 바람에 먼저 가……라고 했거든."

"아, 다행이다. 메이가 거친 운동장 바닥에 그 굴욕적인 자세로 엎드려뻗쳐를 했다면 정말 그걸 시킨 학주에게 몰래 다가가 똥침을 놔 버렸을 거야."

"양갱. 네 친구도 운동장 바닥에 무릎 꿇고 앉아 있었는데, 대신 학주한테 복수 좀 해 주면 안 되겠니?"

"내가 왜? 네 남편한테 해달라고 하던지. 오우, 호랑이도 제 말하면 온다더니 등교하신다야."

영경의 말에 새힘은 퍼뜩 고개를 돌렸다. 은성이 한 손을 주머니에 찔러 넣은 채로 어슬렁어슬렁 교실 안으로 들어서고 있었다. 그와 눈이 마주치고 안광에 어린 짜증을 확인한 순간, 새힘은 흠칫 어깨를 떨었다.

맞다. 메이와의 일로 너무 심경이 복잡해 은성에게 신경 쓸 겨를이 없었다. 아니, 은성에 대해선 까맣게 잊고 있었다. 어제 간간이 걸려오는 그의 전화를 한 통도 받지 않았다. 메이 일만으로도 머리가 터질 것 같은데 은성에게 이리저리 휘둘리기 싫어서였다.

은성의 표정을 보니, 꽤나 화가 많이 솟은 것 같았다. 마지막으로 통화했던 그제 저녁, 그가 내뱉었던 욕설이 다시금 귀에 울리는 듯했다. 새힘에게 시선을 맞춘 은성이 성큼성큼 다가와 그녀의 앞에 섰다.

"따라 나와."

고압적인 그 말에 새힘은 시계를 흘끔 보고는 곤란한 표정을 지었다.

"좀 있으면 수업이 시작될 텐데 이따가 얘기해."

"여기서 하면 네 손해일 텐데?"

짤막하게 말한 은성은 애초에 대답 따위를 기다릴 생각조차 없는 듯 새힘의 팔뚝을 잡고 일으켰다. 잡힌 팔뚝을 빼낼까 잠시 고민하던 새힘은 주위의 시선들을 의식하곤 그냥 군소리 없이 은성이 잡아끄는 대로 따랐다. 은성의 말마따나 반 아이들에게 구경거리를 제공하기는 싫었으므로.

복도를 따라 거침없이 그녀를 끌고 가던 은성은 학생들이 잘 다니지 않는 한적한 곳으로 가서야 벽에 밀치듯 새힘을 놓아주었다. 그의 서늘한 눈이 새힘의 얼굴을 뚫어 버릴 듯 집요하게 살폈다.

"할 말 있으면 해."

새힘이 시선을 깔며 말하자 갑자기 그가 미간을 구기며 그녀의 어깨를 거세게 움켜쥐었다. 갑작스런 은성의 행동에 새힘은 눈을 동그랗게 떠 그를 바라보았다.

"할 말 따위가 있어야만 겨우 교실 밖으로 널 불러낼 수 있는 존재야, 내가?"

낮게 말한 그는 비릿한 웃음을 머금은 채 그녀에게로 슥 고개를 숙였다. 깜짝 놀란 새힘이 반사적으로 고개를 돌리자, 은성이 어깨에 머물고 있던 손으로 턱을 움켜쥐곤 다시 돌려놓았다.

"여, 여기 학교야. 좀 있으면 수업 시작한단 말이야. 지나가는 애들이 볼지도 몰라."

"알게 뭐야?"

다분히 빈정거리는 투로 말한 은성은 곧장 고개를 숙여 그녀의 입술을 덮었다. 새힘은 헉, 숨을 들이켜며 그의 가슴팍을 마구 밀어내려 애썼다. 아무리 은성이 제멋대로에 막무가내일지라도 이럴 수는 없었다.

속수무책으로 입 안을 점령하고 있는 은성에게서 벗어나려 가슴팍을 때리고 꼬집어보았지만, 그는 한참이나 제 욕심을 채운 다음에야 고개를 들었다.

"헉, 헉."

새힘은 가쁜 숨을 몰아쉬며 은성을 쏘아보았다. 멋대로 입 안을 휘젓고 질펀하게 그녀를 탐했으면서도 그는 전혀 만족스러운 표정이 아니었다. 오히려 조금 전보다 더욱 서늘한 눈매로 그녀를 쳐다보며 입술을 비틀었다.

"한 번만 더 내 전화 씹어 봐."

아무리 그래도 그렇지, 내가 제 하녀야, 뭐야? 은성의 난폭한 행동에 모멸감을 느낀 새힘은 대답하지 않고 입술을 앙다물었다.

"아직은 네가 내 눈에 들어와 있어서 그냥 넘어가지만, 조심해. 수틀리면 아무리 너라도 조져 버리는 수가 있으니까."

그렇게 말한 은성은 새힘의 하얀 얼굴을 손가락으로 두어 번 툭툭 가볍게 두드린 후 그녀를 남겨 두고 가 버렸다. 홀로 남겨진 새힘은 기가 막히고 어이가 없어 교실로 돌아갈 생각도 못한 채 가쁜 호흡을 내뱉었다. 새힘은 착잡한 심경으로 얼굴을 감싸 쥐었다.

나……이은성과 괜히 사귀었나 봐.

점심시간, 급식소에서 영경과 대충 점심을 뜬 새힘은 메이네 반으로 향했다. 수업이 끝날 때까지 기다리려 했지만 도저히 참을 수가 없었다. 점심을 먹는 도중에도 혹시 메이가 있지 않을까 해서 주위를 살폈지만, 그는 보이지 않았다. 이대로는 너무 답답해서 숨이 막힐 것만 같았다. 게다가 점심시간이라면 10분씩 주는 쉬는 시간보다 좀 더 여유가 있으니 대화를 시도해 볼만했다.

한데, 교실을 살펴도 그는 코빼기도 보이지 않는다. 새힘은 같은 반 녀석 하나를 붙들고 메이를 봤느냐고 물었다.

"메이? 아까 별관 쪽으로 가는 것 같던데?"

그녀는 고맙다고 말한 뒤 별관 쪽으로 향했다. 새힘의 학교 별관 건물은 독서실과 컴퓨터실 그리고 부서 활동실 등이 마련되어 있는데, 그 주위로 시원스런 등나무와 벤치가 있어 학생들이 휴식을 취하기에 좋은 곳이었다. 메이가 등나무 아래 앉아 종종 책을 읽는 장소이기도 했다.

아치형으로 만들어진 등나무 아래로 간 새힘은 벤치에 앉아서 휴식을 취하는 학생들을 둘러보았다. 그런데 메이는 눈에 띄지 않았다. 멀리서 봐도 한눈에 알아봤을 텐데, 도통 보이지 않았다.

혹시, 별관 안 독서실이나 컴퓨터실에 있는 건 아닌가 해서 살펴보았지만, 역시나 그는 없었다. 휴대전화는 아예 받질 않으니 도무지 찾을 방도가 없다. 수업을 마치고 메이의 집으로 찾아가는 것밖에 방법이 없으려나.

아쉬움에 별관 안팎을 둘러보는 사이, 저도 모르게 체육기구실이 있는 외진 곳까지 와 버렸다. 이 근처는 나무가 많아 낮에도 으슥했으며, 학교 괴담의 근원지이기도 해 인적조차 드물었다.

음침하게 진 그늘과 낡은 체육기구실을 보니 오싹 무서움이 밀려 든 새힘은 그곳에서 벗어나기 위해 서둘러 몸을 돌렸다. 그 순간, 눈에 포착된 광경으로 인해 새힘은 우뚝 발걸음을 멈추었다.

짙은 그늘을 드리우고 있는 오래되고 커다란 나무 안쪽에, 눈에 익숙한 인영이 서 있었던 것이다. 그것이 그토록 찾아 헤매던 메이임을 깨달았지만, 새힘은 섣불리 다가갈 수가 없었다. 그가 나무 안쪽에 기대어 서서 담배 연기를 흩날리고 있었기 때문이다.

새힘은 눈에 들어오는 영상에 충격을 먹고 꼼짝을 할 수가 없었다. 지금껏 누구보다 더 메이에 대해 잘 안다 자부하고 있었는데, 담배라니. 메이가 흡연을 할 줄이야!

물건 하나도 허투루 놓는 법이 없고 옷에 일어난 보풀 한 올도 그냥 보아 넘기는 법이 없을 정도로 깔끔한 성정의 메이가, 담배라니. 하얀 연기를 흩날리는 모습이 능숙하다 못해 골초의 포스를 내뿜고 있었다. 새힘은 제 눈으로 보고 있으면서도 믿을 수가 없었다. 자신이 알지 못했던 메이의 또 다른 면을 보니, 새힘은 배신감마저 느껴졌다.

잠시 동안 입을 쩌억 벌린 채 메이의 흡연 장면을 목격하고 있던 새힘은 이내 입술을 추스르며 그에게로 성큼 다가갔다. 그러곤 그가 채 인식하기도 전에 그녀는 기다란 손에 들려 있던 담배를 홱 뺏었다.

생각지도 못한 새힘의 등장에 적잖이 놀란 듯 메이의 기다란 눈이 커졌다. '네가 여길 어떻게?' 하는 듯한 표정이다. 그것도 잠시, 그는 얼굴을 딱딱하게 굳히며 새힘의 손에 들린 담배를 다시 가로챘다. 그 행동에 어이가 없어진 새힘은 눈을 세모꼴로 떴다.

"류메이, 너 미쳤지? 도대체 언제부터 이딴 걸 피운 거야?"

"……."

그는 새힘의 시선을 피하며 대꾸 없이 담배 연기만 흩날렸다. 마치, 새힘이란 존재 따위는 상관없다는 듯이.

새힘은 담배가 얼마나 몸에 해로운지 일장 연설이라도 하고 싶은 걸 겨우 눌러 참았다. 메이가 담배를 피우고 있는 게 쇼킹하긴 했지만, 지금은 그게 문제가 아니었다. 그녀는 그의 시야를 가로막고 섰다.

"나랑 얘기 좀 해."

"할 얘기 없어, 가."

냉정하게 내뱉어진 대꾸에 새힘은 따지듯 물었다.

"아침엔 왜 말도 없이 먼저 간 건데?"

"너한테 일일이 허락이라도 맡을까?"

새힘은 기가 막혀 잠시 말문이 막혀 멍한 얼굴로 있다 이내 눈을 부릅떴다.

"그걸 지금 말이라고 해? 영문도 모르고 너 기다리다가 아침에 지각했단 말이야. 먼저 갔으면 갔다고 연락이나 좀 해줬으면 좋잖아. 아니, 그리고 전화는 왜 안 받……."

"앞으로 그럴 필요 없으니까, 기다리지도 말고 전화도 하지 마. 배터리 닳아."

"뭐!"

새힘은 머리끝까지 열이 올라 잔뜩 시근덕거렸다. 호흡이 격앙돼 가슴은 크게 오르락내리락했고 코끝에선 뜨거운 김이 훅훅 내뿜어졌다. 이렇게 온몸으로 대화조차 거부하고 있으니 가슴이 답답해 미칠 지경이었다.

"계속 이럴 거니? 메이야, 엊그제 일 말인데. 그거 때문에 이러는 거면, 미안하고 민망해서 이러는 거면……."

돌연 그의 입가에 비소가 머금어졌다.

"미안? 누가 미안하댔지? 미안은커녕 속이 시원해서 죽을 만큼 짜릿한데."

"뭐……라고?"

"예전처럼 너를 돌봐줄 친구가 필요해서 왔다면, 꿈 깨. 다시는 그렇게 돌아가지 않을 참이니까."

"메이야."

"그리고 당분간은 너와 마주치고 싶지 않아. 마주쳐도 모른 척 해 줬으면 좋겠다."

정말 지금껏 가족처럼 지내왔던 메이가 맞을까 싶을 정도로 쌀쌀맞게 말한 그는 담배를 비벼 끄곤 걸음을 옮겼다. 새힘은 휘청어지럼증을 느끼며 다급히 나무에 손을 짚었다.

메이의 차가운 말이 뇌리에 주입 되지 않아 얼떨떨하기까지 했다. 너무 당황해서 뭘 어떻게 해야 할지 도무지 알 수가 없다. 착잡한 심경으로 그의 길쭉한 뒷모습을 응시하다 새힘은 이대로 물러날 수가 없어 퍼뜩 그를 따라갔다.

"메이야, 잠깐만."

새힘은 다급히 그의 팔을 잡으며 메이를 붙들었다.

"그냥 이렇게 가면 어떡해. 네 말대로 지금부터 보지 말자 하면, 우리가 곧바로 모른 척 할 수 사이니? 지금부터 시작, 하면 우리 사이가 아무것도 아닌 걸로 돼?"

"안 될 것도 없지."

너무도 태연하게, 짤막하게, 그리고 시리게 내뱉어진 말에 새힘은 놀라거나 서운할 틈도 없었다. 메이가 힘을 주어 잡힌 팔을 탁 빼내는 바람에 휘청거린 새힘은 다리에 힘이 풀려 넘어지다시피 바닥에 주저앉고 말았다.

불시에 주저앉게 된 새힘은 자신에게 일어난 일이 믿기지 않아, 멍한 눈으로 메이를 올려다보았다. 평소라면 제가 더 팔팔 뛰며 그녀를 일으키고 옷에 묻은 것들을 털어 주었을 메이가 지금은 그저, 모르는 사람을 대하듯 무심히 그녀를 바라볼 뿐이었다. 찰나 동안 새힘을 내려다보던 메이가 이내 몸을 돌려 천천히 멀어져갔다.

새힘은 메이의 뒷모습이 완전히 사라질 때까지 눈을 뗄 수가 없었다. 그저, 바보처럼 우두커니 메이를 보내고야 말았다. 뭔가 잘못돼도 한참 잘못됐다. 다른 사람도 아닌 메이가 이렇게 변하다니.

목구멍 저 깊은 곳에서부터 뜨거운 것이 울컥거리며 올라오는 것처럼 목 안이 심하게 아파왔다. 입술이 파르르 떨리고 콧날도 시큰거린다. 가슴에 불길이 인 것처럼 통증이 생겨 숨조차 제대로 쉴 수가 없다.

*

"파워야, 영어 숙제했으면 좀 보여……어머, 새힘아, 새힘아!"

1교시를 마친 직후, 평소처럼 별 생각 없이 영어 숙제를 빌리려던 영경은 책상 위에 축 늘어지다시피 엎드려 있는 새힘을 보곤 화들짝 놀라 그녀를 흔들었다.

"너, 갑자기 왜 이래? 정신 좀 차려 봐, 새힘아."

"……양갱, 네가 흔들어서 더 아프잖아."

새힘이 부스스 고개를 돌리며 하는 말에 영경은 멋쩍은 표정으로 그녀의 이마에 손을 얹어 보았다. 손바닥에 느껴지는 뜨거운 열기로 인해 영경이 눈을 동그랗게 떴다. 그녀는 새힘의 얼굴이며 목 그리고 드러난 팔에 손을 대 보고는 미간을 찌푸렸다.

"뭐야, 너 이러고 학교에 온 거야? 온몸에 열이 장난 아냐."

"으응……안 그래도 죽을 것 같아. 내가 죽거든 양지 바른 곳에 좀 묻어 줘."

"지랄. 입이 멀쩡한 걸 보니 금방 죽지는 않겠다."

피식 웃으며 그렇게 말은 했지만, 영경이 그냥 보기에도 새힘은 정상 상태 같지 않았다. 입술은 바싹 말라 버석거렸고 힘겹게 깜빡이고 있는 눈꺼풀이 안타까울 정도로 무거워 보였다. 아직 손바닥에 남아 있는 열기까지, 새힘이 얼마나 아픈지 짐작이 가고도 남았다.

아닌 게 아니라, 요새 새힘은 나사가 빠진 로봇처럼 멍하니 있기 일쑤였고, 두 번 세 번 말해야 겨우 '응?' 하며 돌아보기도 했다. 수업 시간 역시 이따금씩 다른 생각에 잠겨 있다 선생님께 눈치를 받기도 했었다. 그것 역시 영경이 쿡쿡 찔러서야 제정신을 차릴 정도였으니, 정신이 반쯤 빠져 있었다 해도 과언이 아니었다.

"파워야, 요새 뭔 일 있냐? 이은성이랑 뭐가 잘 안 돼?"

"⋯⋯."

새힘이 대답 대신 금방이라도 눈물을 터트릴 듯 얼굴을 붉히자, 영경은 가만히 이마를 긁적였다. 뭔가 사달이 나도 단단히 났구만. 영경은 사흘째 텅 비어 있는 맨 끝 은성의 자리를 물끄러미 보다가 다시 새힘에게로 시선을 돌렸다.

"요새, 너 좀 이상하긴 한데, 그건 나중에 말하고 싶을 때, 그때 말해 줘. 우선은 보건실에 가서 좀 누워 있자. 내가 데려다 줄게."

"⋯⋯미안해, 영경아. 지금은 아무 말도 할 수가 없어."

"알았다니까, 계집애야. 그러니까 지금은 보건실에 가서 누워 있으라고요. 샘한테는 내가 대신 말해 줄 테니까."

"이번 시간만 더 있어 보고 정 안 되겠으면 갈게. ⋯⋯고마워, 영경아."

"오냐."

영경은 가만히 눈을 감은 채 뜨거운 숨을 몰아쉬는 친구의 등을 가만히 토닥여 주었다. 원래도 뼈대가 약하긴 했지만, 오늘따라 유난히 새힘의 등이 작게 느껴졌다.

한 시간만 더 버텨 보겠다던 새힘의 결심은 수업을 시작하고 채 10분도 되지 않아 무너졌다. 계속해서 골골거리는 새힘을 보다 못한 선생님이 수업을 잠시 중단하고 그녀를 보건실로 데려가라는 특명을 내렸기 때문이다. 결국, 수업 도중 영경이 새힘을 보건실까지 바래다주었다.

도대체 새힘에게 무슨 일이 있는 건지 궁금해 죽을 것 같았지만, 제 입으로 한 말이 있으니 번복할 수도 없는 노릇이라 영경은 사력을 다해 참았다. 보건 교사가 내민 아스피린 몇 알을 받아먹고 창백한 얼굴로 침대에 누워 있는 새힘을 둔 채 교실로 돌아가는 발걸음이 더없이 무거웠다.

"으으, 궁금해서 돌아가시겠네. 에이 씨. 그냥 이실직고하라고 할 걸. 괜히 나중에 말하라고 했네. 하여튼 나쁜 년."

입을 쭉 내민 채 중얼거리며 교실로 올라가던 영경은 저만치 보이는 아우라에 절로 눈이 번쩍 뜨였다. 오오, 저 기럭지는! 저 섹시한 뒤태는! 엘프 메이가 아니더냐!

조금 전까지 머리를 잠식하고 있던 궁금증이나, 아픈 새힘에 대한 건 깡그리 잊어버린 채 영경은 칼 루이스가 누님, 하고 절할 정도로 빠르게 달려 메이 앞을 가로막고 섰다. 성큼성큼 걷던 메이가 움찔 하며 멈추어 섰다.

"헉, 헉. 안녕?"

이마에 자잘한 땀방울들을 달고 영경이 씨익 웃어 보이자 메이는 무심한 얼굴로 '어, 안녕.' 하고는 다시 전진하기 시작했다. 역시나, 메이는 친한 사이가 아니고서는 쌀쌀맞을 정도로 전혀 곁을 주지 않는 성격이었다. 이미 알고 있었기에 영경은 전혀 실망하지 않고 후닥닥 그에게로 따라붙었다.

"수업 시간인데, 여기서 뭐해?"

"체육 시간이야. 주번이거든."

영경의 학교 주번은 체육 시간에 교실에 남아 있게끔 되어 있었다. 그래서 간혹 선생님들의 눈을 피해 몰래 돌아다니기도 했다. 메이의 간단한 설명에도 무한한 감동을 느낀 영경은 과할 정도로 오버하며 고개를 크게 끄덕였다. 메이와 이렇게 단독으로 얘기를 나눌 수 있는 기회가 날이면 날마다 오는 게 아니었기 때문이다. 메이의 화려한 옆모습을 곁눈질로 흘끔거리던 영경은 그제야 보건실에 두고 온 새힘이 떠올라 제 이마를 꽁 쥐어박았다.

"아, 맞다. 참, 메이야. 새힘이가 너무 아파서 방금 막 보건실에 데려다 주고 오는 길이야."

성큼성큼 걷던 메이의 다리가 아주 잠시 느려졌지만 멈추지는 않았다. 어라? 못 들었나? 새힘에 관한 이야기를, 그것도 아파서 보건실까지 가 있다는 말을 제대로 들었다면 그냥 저렇게 가 버릴 리가 없지 않은가.

"저기, 새힘이가 제대로 아파서 보건실로 실려 가다시피 했다니까?"

"그런데."

그는 여전히 발을 멈추지 않은 채 차갑게 대꾸했다. 그런 메이의 반응에 당황해서 발을 멈춘 건 오히려 영경이었다. 잠시 어버버, 멍하니 있던 영경은 이내 정신을 차리곤 그에게로 따라붙었다.

"아니, 아니. 새힘이가 얼마나 아프냐면, 열이 펄펄 끓어서 제대로 앉아 있지도 못할 정도였어. 오죽했으면 선생님이 보건실로 데려가라고……."

열심히 새힘의 상태를 설명하던 영경은 말끝을 맺지 못하고 그만 입을 다물어 버리고 말았다. 갑자기 걸음을 멈춘 메이가 더없이 냉랭한 얼굴로 그녀를 내려다보고 있었기 때문이다. 마치 그 표정이 'Shut the fuck up!' 이라고 하는 것만 같아 도저히 말을 이을 수가 없었다. 그 기세에 눌린 영경이 입을 꾹 봉하고서야 메이는 휙 몸을 돌려 제 갈 길을 가 버렸다.

발이 바닥에 박히기라도 한 것처럼 영경은 잠시 동안 움직일 수가 없었다. 표정이 요상하게 일그러져 있었지만 그것마저도 자각하지 못한 채 눈만 끔뻑였다. 새힘이 아프다는데도 저렇게 무심히 지나쳐 버린 게 정녕 메이가 맞는지 확인하고 싶었다. 아니, 달려가서 메이의 탈을 뒤집어쓴 넌 누구냐, 묻고 싶었다.

메이가 무뚝뚝하긴 하나, 늘 새힘을 챙기는 스타일이었다. 평소의 메이라면 열두 번도 더 보건실로 달려갔어야 마땅했다. 한데, 어떻게 하면 사람이, 아니, 엘프가 저렇게 180도 바뀔 수 있단 말인가.

두 사람 사이에는 아무도 범접하지 못할 강한 유대감으로 만들어진 바리케이드가 쳐져 있다 해도 과언이 아니었다. 두 사람만이 가지고 있는 묘한 분위기 때문에 영경조차도 함부로 새힘과 메이 사이에 비집고 들어갈 수가 없었는데, 이렇게 둘이 어긋나 있으니, 직접 겪고서도 쉽사리 믿기지가 않았다.

한참이 지나서야 영경은 눈을 가늘게 뜨고선 머리를 굴렸다.

"흐음. 파워가 아픈 이유가 다 있었구만. 인간 이은성이 아니라 엘프 메이와 사달이 난 거였어. 으으, 궁금해. 도대체 무슨 일이야."

당장 보건실로 뛰어가 새힘의 모가지를 붙잡고 마구 흔들고 싶은 욕구를 눌러 참으며 영경은 교실로 발걸음을 옮겼다.

한참이나 보건실의 한 침대에서 수면 삼매경에 빠져 있던 새힘은 목이 타는 듯해 가까스로 눈을 떴다. 가물가물한 시야에 보건실의 하얀 천장이 들어왔다. 침을 삼키니 돌덩이를 삼킨 듯 아프기만 하던 목이 어느 정도 가라앉아 있었다. 펄펄 끓던 열도 조금은 내렸는지 딱 죽겠던 어지럼증이 다소나마 사그라졌다. 아스피린을 몇 알 먹고 잤던 게 어느 정도 효험을 본 모양이었다.

새힘은 기운이 들어가지 않아 늘어진 팔에 억지로 힘을 주어 상체를 일으켰다. 벽에 걸린 시계를 확인하니 어느새 점심시간이 가까워져 가고 있었다. 타는 듯한 목을 적신 뒤에 점심시간 동안 한숨 더 자고 일어나면 나머지 시간에는 그럭저럭 수업을 받을 수 있을 것 같았다.

잠시 잠깐, 조퇴를 하고 집에 갈까 하는 생각도 들었지만, 아무도 없는 집에 홀로 있는 게 더 서글플 것 같았다. 이럴 때 메이가 곁에 있었더라면 한사코 같이 조퇴를 해서 집으로 데려갔을 텐데. 아니, 업고서라도 병원으로 직행했을 것이다.

의지와는 상관없이 메이가 떠오르자, 왈칵 눈물이 북받쳐 올랐다. 새힘은 아직도 메이의 차가움이 못내 서럽고 이해가 되지 않았다. 친남매처럼 이어오던 관계를 하루아침에 그토록 냉담하게 끊어낼 줄은 꿈에도 몰랐다. 자신을 여자로 보아왔다던 갑작스런 그 고백에 그녀가 당황할 틈도 없이 그는 차가움만 남긴 채 그동안 쌓아온 모든 인연을 끊어 버린 것이다.

아무런 준비도 없이 혈육이나 진배없던 존재가 이별을 고하고 멀어져 갔는데, 어찌 아프지 않을 수가 있을까. 처음에는 그런 메이가 야속하고 답답해 화병이 날 것 같았다. 그리고 무던히도 억울했다. 메이가 멀어져 간 이유를 납득할 수가 없었으니까. 말 그대로 그녀에게는 마른하늘에 날벼락이었다.

시간이 점차로 지나자 어떻게든 제대로 된 대화라도 했으면 싶었다. 그것마저 번번이 무시가 되니 이젠 가슴에 응어리가 쌓여 홀로 냉가슴만 앓게 되었다.

자신은 이렇게 죽을 것처럼 아픈데, 동네서나 학교에서 우연히 마주친 메이는 표정 하나 바뀌지 않고 그녀를 무시하고 지나갔다. 그때마다 어떻게든 대화의 물꼬를 터보려 억지로 미소도 지어 보였지만, 그는 눈조차 마주치지 않았다. 그럴 때면 속이 새카맣게 타들어가 미칠 것만 같았다.

어느새 습한 물기가 볼을 타고 흘러내렸다. 요즘은 메이를 떠올리면 유리 조각 하나를 삼킨 것처럼 가슴이 시큰거렸다. 아직도 메이가 멀어져 갔다는 게 실감이 나지 않는다. 언제든 무뚝뚝하니 뚱한 얼굴로 함께 등교하던 그 시각, 그 자리에 다시 기다리고 있을 것 같았다. 그래서 아쉬움과 안타까움은 날로 커져만 갔다. 아파서인지 오늘따라 유독 메이의 빈자리가 크게 느껴졌다.

새힘은 눈물을 손등으로 훔쳐내고 침대 밑으로 내려섰다. 커튼을 걷으니 책상 앞에 앉아 업무를 보고 있던 보건교사가 고개를 들었다.

"일어났구나. 이제 좀 괜찮니?"

"예에."

"곧 점심시간인데, 식사는 해야 하지 않겠니?"

"안 넘어갈 거 같아요. 그냥 점심시간 동안 좀 더 누워 있다가 시간되면 오후 수업이라도 받으려구요. 그래도 되죠?"

보건교사가 얼굴에 피식 웃음을 드리웠다.

"꾀병을 부리는 것도 아니고 정말 아파서 그러는 건데 안 될 게 뭐가 있니? 그럼, 문 안 잠그고 점심 먹으러 갈 테니, 좀 더 쉬고 있어."

"네, 감사합니다."

꾸벅 인사를 한 새힘은 정수기의 물을 한 컵 따라 목을 축였다. 그리고 다시 침대로 돌아가 눈을 붙였다. 얼마 지나지 않아 점심시간을 알리는 종소리가 들려오고 보건교사가 나가는 소리도 어렴풋이 들려왔다. 주위가 고요해지고 새힘은 다시 잠에 빠져들었다.

새힘은 길지 않은 시간 동안 자다 깨기를 수차례 반복했다. 의식이 돌아오면 생각조차 나지 않는 악몽을 계속해서 꾸는 바람에 그때마다 깼다가 더 이상 차도를 보이지 않는 열 때문에 또 꾸역꾸역 잠은 밀려왔다.

현실과 악몽의 경계선이 모호해지고 잠을 자는 건지 눈을 뜨고 있는 건지조차 구분이 안 갈 무렵, 새힘은 시야에 희미하게 잡히는 누군가로 인해 힘겹게 속눈썹을 파닥였다.

"……영경이구나."

"그래, 언니다. 좀 괜찮니?"

"아니. 죽을 것 같아."

"가스나, 곧 죽을 것 같은 얼굴을 하고도 입만 살아서는."

참 우습게도 새힘은 눈앞에 걱정스러운 얼굴로 자신을 보고 있는 게 영경이 아니라 메이였다면 얼마나 좋을까 하는 생각을 하고 말았다. 영경이 이런 속내를 알면 서운해 할 테지만, 지금 새힘의 심경은 그랬다.

지금 정말 마주하고 싶은 건 남자 친구의 이름을 달고 있는 은성도 아니었고 보건실까지 데려다 준 단짝 영경도 아니었다. 10년 세월이 무색할 정도로 인정머리 없게 멀어져 간 메이, 류메이였다.

"조퇴하는 게 낫겠지?"

영경의 물음에 새힘은 가만히 고개를 저었다.

"한숨 잤더니 좀 살 만해. 몸도 가뿐해진 것 같고. 아무도 없는 썰렁한 집에 가서 누워 있으면 없는 병도 생길 것 같아."

"으, 나 같으면 그냥 무조건 집에 가서 뒹굴겠다."

새힘에게 '독한 것'이라며 혀끝을 차던 영경이 제 무릎을 탁 쳤다.

"아, 맞다. 2교시 마치고 이은성 왔더라. 사흘 만에 온 거지?"

"아마도."

"그래도 오자마자, 네 자리 빈 거 보고 너 어디 갔냐고 묻더라? 아파서 보건실에 누워 있다고 했는데, 혹시 안 왔디?"

"글쎄, 모르겠어. 계속 잤거든."

"하긴, 그 성격에 보건실로 문병 오는 것도 상상이 안 되긴 하네."

새힘은 아무런 대꾸 없이 보건실 천장만 응시했다. 솔직히, 지금 은성에 대해서는 딱히 생각하고 싶지 않았다. 아니, 메이 문제만으로도 머리와 가슴이 터질 것처럼 복잡해 은성이란 존재는 뇌리에 들어 있지도 않았다. 그가 며칠 내내 결석을 했어도 걱정은커녕, 그저, 좀 길게 학교에 나오지 않는구나 했을 뿐이었다.

이젠 자신이 정말 은성을 좋아했는지조차 의문이었다. 예전에는 그와 시선만 마주쳐도 심장이 멎을 것만 같았는데……

"영경아, 아무래도 나 은성이랑 헤어져야 할까 봐."

생각보다 담담하게 나온 말에 오히려 목소리 톤을 높인 건 영경이었다.

"에? 갑자기 왜?"

"갑자기가 아냐. 은성이랑 마주할 때마다 불편했던 거 같아. 안 맞는 신발을 억지로 구겨 신고 있는 기분이랄까."

"많이 좋아했잖아?"

영경의 말뜻은 많이 좋아했으니 오히려 마주하고 있는 자체가 불편한 게 아니냐는 거다. 새힘은 여전히 천장을 응시한 채 한숨을 내쉬었다.

"지금은……그것도 모르겠어. 만약 내가 은성이를 정말 좋아한 거라면, 내가 아픈데도 보건실로 찾아오지 않는 은성이에게 화가 나야 하는 거잖아."

"화 안 나니? 서운하지 않아?"

새힘은 천장에서 영경에게로 시선을 옮겼다.

"화가 나거나 서운하기는커녕, 조금 전에 너한테서 은성이 출석했다는 얘기를 듣고 무슨 생각했는지 아니? 제발 여기로 안 찾아왔으면 좋겠다, 이랬어. 여기까지 와서 또 멋대로 휘젓고 가면 어쩌나 걱정도 들더라."

눈을 동그랗게 뜬 채로 놀라움을 표하고 있는 영경에게 새힘은 말을 이었다.

"은성이와는 정리하는 게 맞겠지?"

"네 마음이 그렇다면 그러는 게 맞겠지. 그런 마음으로 계속 걔와 만나는 건 좀 아니긴 하니까. 근데, 이은성이 그러자고 하겠어?"

"내가 보건실에 있는 걸 알면서도 오지 않는 걸 보면, 걔도 나한테 그다지 마음이 있는 건 아닌가 봐. 지금 생각해 보면, 은성이가 나한테 사귀자고 한 것도 일종의 호기심이 아닌가 싶어. 내가 그랬던 것처럼. 서로 너무 다른 존재에 대한 호기심, 열망. 어쩌면, 벌써 나한테 싫증을 느끼고 있어서 내가 먼저 말해 주는 걸 고마워할지도 모르겠네."

그렇게 말하고 나니 괜스레 피식 웃음이 새어 나왔다. 정말 은 성이 고마워해 준다면 그녀가 더 고마울 것 같았기 때문이다. 잠 시 동안 보건실에는 정적이 흘렀다. 말을 많이 한 탓에 어지럼증 을 느낀 새힘이 입을 다물기도 했고, 영경 역시 그런 그녀를 물끄 러미 볼 뿐 아무런 말도 하지 않았기 때문이다.

영경의 눈빛이 흔들리고 있다고 느낀 건 잠시 뒤였다. 무언가 할 말이 있음에도 억지로 참고 있는 것처럼 보였다. 양미간까지 미미하게 모으고 있는 게 꽤나 고민을 하는 눈치였다. 결국 새힘 이 먼저 침묵을 깨트렸다.

"양갱아, 왜 그렇게 심각한데?"

일부러 멍석을 깔아 주었음에도 영경은 쉽사리 말을 떼지 못하 고 잠시 머뭇거린 다음에야 입을 열었다.

"혹시, 메이 때문에 은성이랑 틀어진 거니?"

심장이 쿵쿵, 빠르게 울려대기 시작했다.

"왜, 왜 그렇게 생각하는데? 그렇게 보였어?"

새힘의 되물음에 영경은 혀로 입술을 축였다.

"나 아까 복도서 메이 만났어."

새힘의 입에서 탄식 섞인 한숨이 흘러나왔다. 그녀는 입 안이 바싹 타들어 가는 듯했다. 냉전 상태인 둘의 사이를 눈치 챈 영경 이 거기에 대해 꼬치꼬치 캐물을 거란 걱정보다, 메이가 자신이 아픈 걸 알게 되었는지의 여부가 더 궁금한 건 어쩔 수 없었다.

차갑게 돌아섰던 그 모습을 떠올리면, 그녀가 아픈 것 따위는 전혀 신경 쓸 것 같지 않으면서도 또 한편으로는 와 주지 않을까 하는 기대감도 들었다.

"영경아, 눈치……챘니?"

새힘의 조심스런 물음에 영경은 짐짓 눈을 가늘게 떠 보였다.

"뭘? 너네 사이 틀어졌으면서도 나한테는 한마디도 안 한 거? 너 이렇게 아픈 이유가 메이 때문인 거?"

"미안해. 마음이 진정되지 않아서 말할 수가 없었어."

"계집애야, 메이랑 안 좋은 일이 있었으면 나한테 귀띔이라도 해 줘야 하는 거 아냐? 그래야 내가 실수를 안 하지. 아무리 넉살 좋은 나라도 메이한테 먼저 말 걸기가 얼마나 어려운 줄 아느냔 말이야. 아까도 미친년처럼 말 걸었다가 찬바람이 쌩쌩 불어서 얼마나 무안했는지 알아? 나쁜 년."

"미안, 미안. 정말 미안해."

초췌한 얼굴과 바싹 말라 버린 입술로 미안함을 토해내고 있는 새힘에게 화를 낼 수가 없어 영경은 가늘게 떴던 눈을 원래대로 돌렸다.

"앞으로 또 비밀 만들어 봐. 언니한테 죽는다이."

"응, 응. 미안해."

미안하고 고마워 다시 한 번 사과를 한 새힘은 계속해서 머리를 잠식하고 있는 궁금증을 쏟아냈다.

"그런데, 혹시 말이야. 나, 나, 아파서 보건실에 있다고 말…… 했니?"

그다지 어려운 단어가 섞인 질문도 아닌데 말이 더듬더듬 흘러나온다. 겨우 이 정도의 물음에도 가슴이 콱 막혔다.

"응, 했어."

"그, 그러니까 뭐래?"

영경의 대답을 기다리는 그 찰나 동안 새힘은 심장이 튀어나올 것처럼 울려 미칠 것만 같았다. 티가 나지 않게 무던히도 애쓰며 새힘은 영경의 입이 떨어지길 초조하게 기다렸다.

"그런데."

곧바로 흘러나온 영경의 짤막한 말을 이해할 수 없어 새힘이 속눈썹을 몇 번 깜빡여 보이자, 그녀는 말을 이었다.

"메이가 한 대답이야."

하. 새힘은 착잡한 심경을 감추지 못하고 바싹 말라 버린 입술 사이로 허탈한 웃음만 내보냈다. 그래도 내심 기대했다. 아무리 차갑게 굴어도 지금껏 지내 온 시간이 있으니 와 줄 거라고. 한데, '그런데.'라니.

"메이한테서 그 말을 듣는 순간, 아, 얘네가 정말 심하게 싸웠구나 했지. 아니, 무슨 일이 있었는데, 이 정도로 심하게 틀어진 거야?"

새힘은 한없이 가라앉아 금방이라도 꺼질 것 같은 눈으로 영경을 바라보다 힘없이 고개를 저었다.

"차라리 심하게 싸우기라도 했다면 이렇게 답답하진 않았을 거야."

"뭐?"

"……있지, 영경아. 메이가……메이가 나를……여자로 봐 왔대. 지금까지 계속."

띄엄띄엄 흘러나온 그 말을 들은 영경이 눈과 입을 동시에 크게 열며 '헉' 하는 신음을 흘렸다. 그리고 지금까지 새힘의 곁에 있을 때마다 메이가 짓고 있었던 표정을 떠올렸다. 다른 사람 앞에서는 한 번도 보여준 적 없던 다정하고 포근한 얼굴. 무뚝뚝하긴 했어도 새힘의 앞에서 만큼은 늘 풀어져 있었던 얼굴이었다. 영경은 이제야 비로소 대충이나마 정황을 파악할 수 있었다.

지금, 잔뜩 혼란스러워 하고 있는 친구가 참으로 안됐긴 한데, 도무지 위로의 말이 떠오르지 않아 영경은 어색한 웃음만 흘렸다. 한동안 보건실에는 침묵만이 감돌았다.

10.

"너, 방금, 헤어지자고 했어?"

나직하나 날이 선 은성의 물음에 새힘은 담담한 얼굴로 그를 바라보았다. 인적이 드문 황량한 학교의 옥상에서, 새힘은 방금 막 은성에게 이별을 고했다. 그녀의 말을 들은 은성의 표정은 평소와 별반 달라지지 않았지만, 말투만큼은 짜증을 고스란히 담고 있었다.

"응. 그랬어. 더 이상 사귀는 건 의미가 없을 것 같아. 적어도 내겐 그래."

"갑자기 왜. 이유를 말해 봐."

딱딱 끊어지는 음성.

"갑자기가 아냐. 너와 함께 있을 때마다 뭔가 조금씩 어긋나는 기분이었어. 어쩌면 당연한 건지도 모르겠는데, 너랑 나랑은 전혀 공감대가 형성되지 않는 것 같아. 너랑 있으면 즐겁고 좋은 것보다……불편함이 더 커. 그래서 이쯤에서 그만두는 게 좋다고 결론을 내렸어."

"불편하다고?"

"그랬어. 항상, 늘."

"다른 계집들은 몰라도 너한테 만큼은 최대한 존중을 해준 편이었는데도 불편했다고?"

은성이 미간을 휘며 담배를 꺼내들었다. 전혀 이해할 수가 없다는 듯한 표정으로 그는 담배 연기를 흩날렸다. 메케한 담배 연기가 금세 후각을 자극하자 새힘은 바로 인상을 써 보였다.

"바로 이런 거. 내가 담배를 피우지 않는 걸 뻔히 알면서 넌 내 앞에서 아무렇지도 않게 담배를 피웠어. 친구들 앞에서는 술을 못 마시는 나한테 마시라고 권하기도 했지. 단둘이 있을 때는 어땠는데? 넌 내게 키스하거나 당혹스럽게 스킨십만 요구했어. 그걸 존중해 줬다고 생각해야 하니? 일일이 나열하자면 입 아파. 너와 나 사이에는 처음부터 공통점이 없었어. 내가 아파서 보건실에 있었을 때도 넌 뻔히 그걸 알면서 발걸음도 하지 않았어. 그런데도 난 서운하거나 화도 나지 않았어. 우리가 정말 서로를 좋아하고 있다면 과연 그랬을까? 더 늦지 않게 지금이라도 너랑 나, 여기서 끝내는 게 맞는 것 같아."

그녀의 말을 끊지 않고 끝까지 들어준 은성이 돌연 비소를 머금었다. 그는 태우다 만 담배를 바닥에 비벼 끄곤 눈을 가늘게 떴다.

"송새힘, 네가 이렇게 말이 많을 줄은 생각도 못했는데?"

"언제 나와 제대로 된 대화는 해 봤니? 넌 항상 스킨십만 요구했으니까."

"이래서 범생이 계집은 딱 질색이라니까. 정말 더럽게 피곤하게 굴어."

잔뜩 비꼬는 투로 뇌까린 은성은 새힘이 그 말에 대한 반응을 채 나타내기도 전에 휙 커다란 손을 뻗어 그녀의 작은 어깨를 움켜쥐곤 벽으로 밀어붙였다.

"아."

어깨를 파고드는 거센 악력과 벽에 부딪친 충격으로 새힘은 저도 모르게 아픔을 토해냈다. 그런 그녀를 날카롭게 내려다보며 은성은 입매를 딱딱하게 굳혔다.

"나랑 그만두고 싶단 말이지?"

새힘은 위험스런 기류를 잔뜩 풍기고 있는 은성을 올려다보며 마른침을 삼켰다. 그는 그녀의 대답 따위는 상관없다는 투로 말을 이었다.

"그거야 어렵지 않지. 나도 나 밀어내는 계집은 재수 없거든."

생각 외로 순순히 나오는 은성이 의외면서도 한편으론 다행스러워 새힘은 안도의 숨을 내쉬었다. 그러나 그 다음 순간 흘러나온 은성의 발언에 새힘은 그대로 얼어붙고야 말았다.

"한 계집이랑 오랫동안 만나는 취미 따위는 나도 없어. 하지만, 속궁합도 한 번 맞춰 보지 않았는데, 그냥 보내주는 건 말이 안 되지."

망치로 머리를 한 대 얻어맞은 것처럼 눈앞에 캄캄해져 왔다. 속궁합이란 단어도 모를 만큼 어수룩하진 않았다. 그러니까, 문제아들이 모여 앉아 킬킬거리며 소위 말하는 것처럼 '한 번 따먹고' 놓아주겠다는 뜻이었다.

생각지도 못한 상황에 새하얗게 질려 입술을 바르르 떨고 있는 새힘에게 은성은 음산한 웃음을 지어 보였다. 그는 어깨를 옭아매고 있던 한 손을 내려 새힘의 교복 스커트를 들추고 들어갔다. 불시의 상황에 어찌해 볼 틈도 없이 은성의 손이 작은 엉덩이를 꽉 움켜쥐었다. 그 아픔과 치욕으로 인해 새힘은 비명을 지르는 대신 입술을 피가 나도록 깨물었다.

"여기서 한 판 해도 난 상관없거든."

"미, 미, 미쳤어. 너, 넌 제정신이 아냐! 어떻게 그런 생각을 할 수가!"

은성은 돌연 입가에 머물고 있던 사악한 웃음을 지우며 사나운 개처럼 송곳니를 드러내고 으르렁거렸다.

"씨발. 그게 싫으면 내가 널 싫증낼 때까지 입 닥치고 얌전히 있어. 애석하게도 아직은 너한테 싫증이 안 났거든. 또다시 이런 말들을 쏟아내고 싶거든 다리 벌릴 각오하고 오던가."

악마의 음성이 이러할까. 오싹 소름이 돋을 정도로 끔찍한 말을 아무렇지도 않게 내뱉은 은성은 휙 옆으로 밀치듯 새힘을 놓아주곤 몸을 돌렸다. 몸이 크게 휘청거린 새힘은 다급히 벽을 짚었다.

머리가 아찔한 게 정신이 하나도 없다. 손끝이 부들부들 떨리고 이마에선 식은땀이 줄줄 흘렀다. 폭탄 하나가 몸속에 투하된 듯 온몸이 너덜거리는 기분이다. 새힘은 모래라도 들어간 듯 버석거리는 눈으로 은성이 사라진 곳을 응시했다.

이젠, 어떻게 해야 하지? 나, 어떡하면 좋니? 응? 대답 좀 해봐……메이야.

*

달도 뜨지 않는 캄캄한 밤, 고급 주택가의 잘 포장된 길을 따라 커다란 오토바이 한 대가 커다란 엔진음을 흘리며 아슬아슬하게 유영하고 있었다. 골목의 커브를 틀 때마다 한쪽으로 미끄러질 듯 위태위태한 운전이었다. 속도가 크게 떨어져 있지 않았다면 필시 나가떨어졌을 것이다.

은성은 곡예 같은 운전을 즐겼다. 예전 같았으면 헬멧도 쓰지 않고 스피드를 느꼈을 것이다. 하지만, 2년 전 그는 위태로운 운전을 만끽하다 제대로 미끄러진 적이 있었다. 다행히 속도를 크게 내지 않은데다 운이 따라 줘서 찰과상으로 그쳤다. 그러나 또다시 운이 좋으란 법은 없으니 그 뒤로 항상 헬멧만큼은 착용했다.

게다가 지금 은성은 음주운전 상태니, 헬멧은 더더욱 필수였다. 맥주 두 잔에, 양주 두 잔은 주량에 비해 턱없이 적은 양이긴 해도 음주운전은 음주운전이다. 기분이 개떡 같아 술이 당겼고 스피드를 느끼고픈 광기도 폭발할 것처럼 끓어올랐다. 스피드 쪽에 조금 더 무게가 실려 술은 일부러 조금만 마시고 나와 저녁 내내 오토바이를 몰고 다녔다.

갑자기 소나기가 한바탕 쏟아지는 바람에 굉음을 울리던 질주는 끝이 났다. 비 맞은 개새끼처럼 싸돌아다니는 건 딱 질색이었다. 대신 귀가해서 간만에 드럼 스틱이나 잡아 볼 요량이었다. 드럼이라도 작살 내지 않으면 이 더러운 기분을 털어낼 수가 없을 것 같았다. 이토록 기분을 조져 놓은 원인이 떠오르자 은성의 입가가 절로 비틀어졌다.

송새힘.

지금껏 만났던 계집애들과는 달리 너무 오냐오냐 해줬다. 범생이라, 나름대로 성질도 누그러뜨려 가며 대해 줬더니 되도 않게 헤어지잔다. 누구 마음대로? 어림도 없다. 지금까지 곱게 놔둔 게 억울해서라도 그렇게는 못하지.

처음 새힘을 아지트로 데려갔었던 날 사정 봐주지 말고 그냥 가져 버리는 건데. 후회가 밀려들었다. 아니, 그 뒤라도 어르고 달래 내 걸로 만들었어야 했는데, 너무 사정을 봐줬다.

하긴, 그게 스킨십만 시도하면 이리 빼고 저리 빼니 자존심이 상해 더 진도를 나가지도 않았다. 손만 뻗으면 알아서 옷을 벗고 엎드릴 것들이 널렸는데, 제까짓 게 뭐라고 어르고 달래야 하나 싶어 기분이 확 잡쳤다. 윽박지르는 거라면 몰라도 좋게 구슬리는 제비 짓은 딱 적성에 맞지 않았다.

지금껏 여자란 질릴 때까지 안다가 싫증나면 끊어 버리는 존재 그 이상도 그 이하도 아니었다. 18년 세월 동안 지겹도록 보아온 게 부친의 외도, 외도, 외도였다. 그걸 뻔히 알면서도 싫은 내색 한 번 하지 않고 안방을 지켜온 게 어머니였다. 되레 아버지를 못마땅해 하는 어린 자식들에게, 큰일을 하는 남자에게는 여자들이 따르는 게 당연하다며 호통을 쳤다.

은성이 중학교를 들어가고 나서야, 어머니에게도 젊은 애인이 있다는 걸, 그래서 외도를 일삼는 아버지에게 관대하다는 걸 깨달았다. 더불어 인간에 대한 불신은 어린 가슴에 깊숙이 박혀 버렸다. 은성은 누구도 사랑할 수 없고, 또한 그 누구에게도 사랑받기를 거부했다. 그저 기분이 더럽거나 쓸데없이 외로움이 느껴질 때면 여자의 온기만 필요로 할 뿐이었다. 그마저도 싫증나면 매정하게 끊어 버리면 그만이었다.

한데, 되도 않게 송새힘이 먼저 손을 놓으려 하다니, 기분이 더러워 참을 수가 없다. 배 한 번 맞춰 보지 않고 고이 보내는 건 자존심이 상해 도저히 용납이 안 된다.

집 근처에 다다르자 세상은 더욱 까매진데다 비는 거세게 쏟아지고 있었다. 그 바람에 옷이고 뭐고 할 것 없이 흠뻑 젖어 있어 얼른 씻고 싶은 생각뿐이었다. 속도를 떨어뜨리며 막 커브를 트는 순간이었다. 갑작스레 시커먼 무언가가 튀어나오는 바람에 은성은 본능적으로 브레이크를 잡으며 핸들을 틀었다.

끼익!

빗길에 미끄러지는 바퀴의 마찰음과 함께 쿠당탕, 쾅, 하는 소음을 내며 오토바이가 한쪽 길바닥에 처박혔다. 그리고 바로 옆에 은성 역시 널브러졌다.

"……씨발, 젠장."

생각지도 못하게 물기가 찰박한 바닥에 뒹굴게 된 은성은 낮게 신음을 흘리며 숨을 몰아쉬었다. 그는 땅에 그대로 누운 채 팔, 다리를 조심스레 움직여 보았다. 다행히 속도가 많이 떨어져 있었고 헬멧을 쓰고 있던 덕에 크게 다친 곳은 없는 듯했다.

잠시 놀란 가슴을 쓸어내리던 은성은 무거운 헬멧을 벗어 아무렇게나 던져 놓았다. 금세 얼굴 위로 비가 후두둑 떨어졌다. 몸을 일으키자, 미끄러지면서 찰과상을 입었는지 여기저기가 잔뜩 쓰라렸다.

"씨발, 재수가 없으려니까."

완전히 몸을 일으킨 은성은 얼굴을 적신 물기를 훔치며 가로등이 켜진 길을 살폈다. 도대체 뭐가 튀어나와 이 지경이 되었는지 확인해야 했다. 쓰라림으로 인해 조금 절뚝거리며 캄캄한 모퉁이로 걸어가던 은성은 반사적으로 걸음을 뚝 멈추었다. 억수처럼 쏟아지는 빗속에, 남자로 추정되는 사람 하나가 서 있었기 때문이다. 갑자기 튀어나온 건 다름 아닌 사람인 것이다.

은성은 이마를 휘며 다시 성큼성큼 걸음을 옮겼다. 갑자기 튀어나와 자신을 이 지경으로 만든 놈을 안 죽을 만큼 밟아 줘야 조금은 속이 풀릴 듯싶었다. 거침없이 다가가니 동상처럼 멈추어 서 있는 놈의 물골이 들어왔다.

놈은 키가 아주 컸으며 단단한 체격을 가지고 있었다. 어딜 가도 키나 체격으로는 거의 밀린 적이 없는데, 놈은 범상치 않은 체구의 소유자였다. 생김새가 궁금했지만, 놈이 모자를 푹 눌러쓴

데다 시커먼 고글까지 끼고 있어 잘 보이지 않는다. 게다가 가로
등이 켜져 있다고는 하나 비가 쏟아지고 있어 놈의 얼굴을 제대
로 알아보는 게 힘들었다.

아무래도 상관없었다. 안 그래도 기분이 엿 같아 누구든 걸리
기만 하면 아작을 내주려 했는데, 이렇게 빌미를 제공해 주니 고
맙기까지 했다. 놈은 방금 전의 사고로 얼어 버린 듯 다가가는데
도 움직일 생각조차 못한 채 굳어 있었다.

"개새끼야, 눈깔 좀 똑바로 뜨고 다녀라."

송곳니를 드러내며 뇌까린 은성이 놈에게로 바짝 다가가 고글
을 끼고 있는 얼굴을 향해 인정사정없이 주먹을 날렸다. 곧 고글
이 벗겨져 드러날 얼굴에 다시 주먹을 내리꽂는 상상을 하며 입
가에 비릿한 웃음을 걸 때였다. 그 순간까지도 언 듯이 굳어 있다
생각했던 놈이 돌연 자신의 주먹을 피했다.

그것은 반사적으로 운이 좋아 피한 게 아니었다. 주먹을 끝까
지 보고 있다가 딱 주먹 하나만큼 조금 고개를 뒤로 움직인 거였
다. 보통 사람이라면 눈을 감거나 움찔 뒤로 물러나기 마련인데,
놈은 몸의 움직임 따위는 전혀 없이 고개만 슬쩍 젖힌 거다.

보통 놈이 아니다. 놈은 우연히 여기서 튀어나온 게 아니라, 자
신을 기다리고 있던 게 틀림없다. 기다렸다는 듯이 대거리를 해
오고 있는 걸 보니 확실했다. 우리 학교 놈인가? 그럴 리는 없다.
어떤 놈이 간 크게 덤벼 오겠는가. 씨발, 그럼, 어느 학교 누가 보
냈다는 거야. 워낙 원수지간인 놈들이 많아 분간도 안 간다.

감탄이나 생각 따위를 하고 있을 때가 아니었다. 공격을 피한

놈이 거기에 그치지 않고 곧장 주먹을 뻗쳐 왔기 때문이다. 휙, 공기 중에 뿌려지던 비를 가르며 놈의 주먹이 얼굴로 날아들었다. 그 번개 같은 공격에 은성은 거의 반사적으로 허리를 틀었다. 그 덕에 꼴사납게 맞고 바닥에 뒹구는 꼴은 면했지만, 이미 질척한 소리를 만들며 놈의 단단한 주먹은 얼굴을 스친 상태였다. 조금만 반사 신경이 무뎠어도 정통으로 저 주먹에 맞았을 것이다.

하, 씨발. 뭐야?

은성은 얼얼한 얼굴을 손등으로 훔쳤다. 스쳤을 뿐인데도 주먹이 묵직했다. 묻어 있는 물기가 마치 놈의 주먹처럼 느껴져 기분이 확 나빠졌다. 노기로 타오르는 은성의 눈에 놈의 입가가 슬쩍 비틀려 올라가는 게 포착되었다. 그 입술이 마치 '제법이네?' 하는 것만 같아 약이 바짝 올랐다.

지금껏 일 대 일로 붙어서는 져 본 적이 없었으며, 어지간한 쪽수로도 시시하게 깨진 역사가 없었다. 요즘 같은 입시지옥의 시대라도 각 학교에 꼴통들은 있기 마련이다. 예전처럼 단체로 패싸움 따위나 하는 족속들은 거의 없지만, 그래도 오다가다 시비가 붙는 경우가 제법 있다. 특히나 은성이 노는 물 자체가 그런 위험에 항상 노출되어 있다 보니 피 터지게 싸우는 경우가 허다했다. 그런 논다니 바닥에서도 이은성이라면 독한 놈이라고 명성이 자자해 어지간하면 엉기지 않는데 이 듣도 보도 못한 놈에게 조롱을 당하고 있으니 제대로 열이 뻗쳤다.

은성의 주먹이 다시 놈에게로 향했다. 이번 역시 놈이 가볍게 옆으로 피하자, 은성은 회심의 미소와 함께 재빨리 반대편 주먹을 날렸다. 페이크에 속아 놈이 턱을 맞고 나가떨어지면 그대로 밟아 버릴 작정이었다.

그러나 놈은 그런 그를 비웃듯 그보다 더 빨리 주먹을 뻗쳤다. 예상과는 달리 눈앞이 캄캄해질 정도로 얼굴을 맞은 건 바로 자신이었다. 뻑! 하는 파열음이 빗소리에 섞여 울려 퍼졌다.

"크윽."

잇새로 신음이 흘러나가고 은성은 그대로 뒤로 뒹굴었다. 망치로 제대로 가격 당한 것처럼 크나큰 충격이 전류처럼 흘렀다. 그리고 정신을 차릴 겨를도 없이 가차 없는 발길질이 날아들었다.

퍽, 퍽, 퍽!

복부, 배, 얼굴 할 것 없이 쏟아지는 발길질에 은성은 속수무책일 수밖에 없었다. 이다지도 허무한 싸움은 한 번도 겪어 본 적이 없었으며, 이렇게 떡이 되도록 일방적으로 맞은 적 역시 전무했다. 아무리 술을 마셨다 해도, 또 아무리 오토바이에서 미끄러져 부상을 조금 입었다고는 하나, 한 대 쳐 보지도 못하고 깨지다니, 직접 당하고 있으면서도 믿기지 않는 현실이었다.

"이……개새끼가……."

마구잡이로 날아오는 발길질에 이를 악물며 은성은 놈의 다리를 낚아챘다. 잠시 발이 멎었다. 은성은 입 안으로 넘어오는 피를 퉤, 뱉고는 놈을 향해 이를 갈았다. 눈두덩이 부어 놈의 형체도 가물가물했지만, 눈빛만큼은 독기가 가득 피어올랐다.

"씨발, 너……누군지 알아내서 꼭……죽여 버린다. 네 부모, 형, 동생……특히 여자 형제가 있으면 필히 조심해. 걸레로 만들어 버릴 거니까. 쿡쿡. 애인은 더 심하게 조져 줄 테니……컥!"

놈의 발이 그대로 얼굴을 걷어차는 바람에 은성은 말을 다 뱉어내지 못하고 왈칵 피를 토해냈다. 그리고 다시 발길이 이어졌다. 숨을 쉬지 못할 정도로 거센 발길질이었다. 한참이나 질펀하게 걷어차던 놈이 동작을 멈추고 가만히 은성을 내려다보았다.

숨을 쉴 때마다 빗물과 피가 목으로 넘어 와 온 입 안이 비릿했다. 아마, 다른 녀석들 같았으면 벌써 기절을 했을 테지만, 독기로 가득한 은성은 피범벅이 되고 잔뜩 부은 눈으로 놈을 노려보았다.

"개새끼야……쿨럭……너, 누가 보냈냐."

"입, 다리 어느 쪽으로 해줄까."

대답 대신 놈이 처음으로 내뱉은 말이었다.

"입에 돌 물려서 밟아 줄까, 아님, 다리 한쪽 나가는 걸로 해줄까."

"씨발……까고 있네."

"대답 안 하면 입에 돌 물린다."

"좆……까, 개새끼야."

악 받친 은성의 욕설에 놈은 찰나 동안 물끄러미 내려다보다, 길을 따라 주욱 늘어져 있는 가로수로 저벅저벅 다가갔다. 저 미친 새끼가 뭘 하려고 저러나 인상을 쓰던 은성은 놈이 곧 가까워지자 표정을 딱딱하게 굳혔다. 놈은 가로수 주위에 깔아 둔 자갈 하나를 들고 성큼성큼 걸음을 옮기고 있었다. 그것도 제법 큼직했다.

놈은 곧장 다가와 한쪽 무릎을 꿇고 자세를 낮추었다. 그리고 단단한 손을 뻗어 옴짝달싹 못하게 은성의 양 볼을 꽉 눌렀다. 놈의 다음 행동이 무엇인지 어렵지 않게 알아차린 은성의 얼굴이 경악으로 딱딱하게 굳어졌다. 놈은 들고 온 자갈을 입에다 쑤셔 넣으려 하고 있는 것이다.

"크윽, 씨발……저리 안 치워!"

온갖 욕설에 협박을 다 내뱉어 보았지만, 놈은 전혀 흔들림이 없었다. 어디서 이런 개독종이 나타났는지 모를 일이었다. 자신 역시 독종이란 말은 많이 들었지만, 이 새끼만큼은 아니었다. 이렇게 겁 없고 센 놈은 난생처음이었다.

놈이 큼지막한 자갈을 입에 쑤셔 넣기 위해 치켜들자, 은성은 오싹 소름이 돋았다. 정말 쑤셔 넣을 태세다. 그저, 겁박을 하기 위해 하는 척만 하는 게 아니라, 놈은 진심으로 이 미친 짓을 하려는 것이다.

씨발, 좆같이 걸렸다.

바로 눈앞에 자갈이 커다랗게 들어오자, 은성은 생전 처음으로 온몸에 핏기가 가시는 듯했다. 입술을 짓이길 듯 자갈이 곧장 아래로 향하자, 어지간한 일에는 눈 하나 깜짝 않던 은성도 그만 외치고 말았다.

"개새끼야, 다리, 다리로 해!"

아슬아슬하게 입술까지 내려왔던 자갈이 거짓말처럼 뚝 멈추었다. 헉, 헉, 은성의 입에서 가쁜 숨이 내뱉어졌다. 시커먼 고글 속의 눈이 보이지 않는데도 꼭 비웃는 것처럼 느껴져 은성은 어금니를 악다물었다. 태어나서 이런 치욕은 처음이었다.

그리고 다음 순간, 오른쪽 다리에 끔찍할 정도의 고통이 가해졌다.

"으윽!"

신음을 내뱉지 않으려 했으나, 머릿속이 하얗게 탈색 될 정도의 통증에 절로 비명이 흘러나왔다. 정말 다리를 부러뜨린 모양이다. 정신이 아찔한 게 손가락 하나도 까딱하지 못할 만치 온몸으로 통증이 번졌다. 이마에서 흘러내리는 게 땀인지 피인지 분간도 안 된다.

"후욱……후욱……너, 이름이 뭐냐. 대답해……개새끼야."

놈은 대답 대신 들고 있던 자갈을 휙 멀리 던져 버리곤 가만히 뇌까렸다.

"이은성이 어떤 놈과 일 대 일로 떠서 개작살이 났다는 소문은 학교에 내지 않을 테니 안심해. 그래도 학우끼리 의리는 있거든. 너 역시 죽고 싶을 정도로 치욕스럽거든 오토바이 사고라고 둘러대던지."

인심 쓰듯 하는 놈의 말에 은성은 화가 나서 미칠 것만 같았다. 가쁜 숨을 몰아쉬며, 피가 나도록 입술을 깨물던 은성은 정신이 번쩍 들었다.

'……그래도 학우끼리 의리는 있거든.'

"우리……학교 놈이란 거지?"

은성의 물음에 놈은 희미하게 입술을 올렸다.

"한 번 찾아보든가."

놈은 그렇게 툭 던지고는 유유히 빗속으로 사라졌다. 찾아 봤자 네까짓 게 어쩔 건데, 하는 거와 뭐가 다르단 말인가. 완벽한 조롱과 패배에 은성은 눈이 뒤집히는 듯했다.

"으으, 씨발!"

장대처럼 쏟아지는 빗속에 뒹굴고 있는 은성의 몰골은 처참했으나, 눈빛만큼은 살기를 품은 채 빛나고 있었다.

전날 내린 비로 청량함이 물씬 풍기는 아침, 메이는 등교를 하기 위해 버스 정류장으로 향하는 중이었다. 버스 정류장에 다다른 메이의 미간이 살짝 좁혀졌다. 버스를 기다리는 사람들 틈에 너무나 익숙한, 보는 것만으로도 안타까움이 밀려드는 작은 소녀의 뒷모습이 눈에 들어왔기 때문이다.

늘 자신의 차지였던 가방을 멘 새힘이 귀에는 이어폰을 꽂은 채 홀로 버스를 기다리고 있었다. 일부러 마주치지 않으려 항상 일찍 나왔는데, 오늘은 새힘이 더 빨랐던 모양이다.

으음, 젠장. 메이는 낮게 신음을 삼키며 정류장과 몇 미터 떨어진 곳에서 발걸음을 멈추었다. 덕분에 새힘은 전혀 그가 뒤에 있다는 사실을 몰랐지만, 메이는 그녀의 작은 행동 하나하나가 너무도 잘 보였다.

아직 덜 말라 습기를 머금고 있는 매끄러운 머리칼을 계속해서 손으로 쓸어내리는 모습, 가끔씩 손목에 찬 시계를 확인하는 모습 그리고 귀에 꽂힌 이어폰이 불편했던지 자꾸만 고쳐 꽂는 모습 등등 소소한 행동이 시리도록 아프게 메이의 눈에 박혀 들어오고 있었다.

눈에 넣어도 아프지 않을 아이인데, 이렇게 보는 것만으로도 아플 날이 올 줄은 꿈에도 몰랐다.

다른 놈에게로 향하고 있는 그 눈을 견딜 수가 없어서, 다른 놈의 이름을 말하고 있는 그 입술을 참을 수가 없어서 지금껏 눌러 참아 온 모든 것들이 한꺼번에 폭발해 버렸다. 동시에, 이제까지 그래 왔던 것처럼 배려 가득한 가족 같은 친구의 역할로는 아무것도 할 수 없음을 깨달았다. 이 빌어먹을 친구라는 굴레에서부터 벗어나야 뭘 해도 할 수 있을 것 같았다.

새힘과 멀어지고 나니, 안타까움이나 그리움은 배가 되었지만, 그나마 숨통은 트였다. 늘 빠져나올 수 없는 늪 속에 갇혀 홀로 허우적거리는 기분을 떨칠 수가 없었는데, 모든 걸 터트리고 나니 이제야 세상의 빛을 보고 있는 듯 개운해졌다.

쓸쓸히 새힘의 뒷모습을 지켜보고 있다 보니 어느새 학교로 향하는 버스가 도착했다. 새힘이 버스에 오르는 걸 물끄러미 바라보던 메이는 버스가 출발하기 직전 재빨리 따라 올라탔다.

덜컹. 요란한 출렁임과 함께 버스가 출발하자 메이는 저만치 앞쪽에서 버스 손잡이를 잡고 서 있는 새힘에게로 시선을 주었다. 북적거리는 버스 안이지만 어지간한 남자들보다 훌쩍 큰 탓에 새힘을 보는 건 그다지 어려운 일이 아니었다. 역시나 그녀는 버스가 출렁일 때마다 몸을 휘청거리고 있었다.

예전 같으면 옆에 떡하니 버티고 서서 흔들리는 것을 막아 주었을 텐데. 메이는 지금 당장이라도 옆으로 가서 든든한 나무가 되어 주고 싶은 욕구를 억지로 눌렀다.

그렇게 두어 정거장을 지났을 무렵이었다. 조금 떨어진 곳에 버티고 서서 새힘을 바라보고 있던 메이의 한쪽 눈썹이 휙 치켜 올라갔다. 방금 지나온 정류장에서 막 버스에 오른 한 남자가 사람들 틈을 비집고 들어오더니 새힘의 뒤에 바짝 붙어 서는 게 아닌가. 그것만으로도 혹 열기가 솟구치는데, 태연히 다른 곳을 보는 척하면서 슬금슬금 손장난을 시도하고 있었다. 다른 사람도 아닌 새힘에게 말이다.

메이는 속에서 부글부글 끓어오르는 욕설을 참으며 빠르게 남자에게로 다가갔다. 이리저리 흔들리는 버스와 북적거리는 사람들쯤은 아무런 장애도 되지 않았다. 빠른 몸놀림으로 남자의 뒤로 바짝 다가간 메이는 그가 막 새힘의 힙 쪽으로 손을 뻗치는 찰나, 그 두툼한 팔목을 꽉 움켜쥐었다.

"헉."

지은 죄가 있어, 남자는 신음 소리조차 크게 내지 못한 채 로봇처럼 느릿느릿 뒤를 돌아보았다. 으레 이런 변태들이 꼭 현장에서 걸리면 되레 큰소리를 치며 발뺌을 하듯, 남자는 당장이라도 교복을 입고 있는 메이에게 호통을 칠 듯 볼을 부풀렸다.

'쉿, 닥쳐.'

메이는 남자의 팔목을 움켜쥔 손에 힘을 꽉 주곤 반대편 손 검지를 자신의 입술에 대어 보이며 낮게 뇌까렸다. 금방이라도 고함을 칠 것 같던 남자의 얼굴에서 공기가 빠져 핼쑥해지고 입은 꾹 다물어졌다. 동시에 팔목에 느껴지는 아픔으로 얼굴이 잔뜩 일그러졌다.

'한 번만 더 손장난 치다가 걸리면 그냥 안 넘어가요, 아저씨.'

남자의 귀로 고개를 숙여 작게 말한 메이는 손아귀에 힘을 한 번 꽉 준 다음에야 팔목을 놓아주었다. 죽을 듯 신음을 삼키던 남자는 귀까지 시뻘게져서는 다음 정거장에 버스가 서자마자 냅다 줄행랑을 쳐 버렸다.

변태가 사라지는 걸 쯧쯧, 혀를 차며 바라보던 메이는 비로소 자신이 너무 새힘과 가깝게 서 있다는 걸 깨달았다. 작은 체구가 아니라 사람들을 비집고 빠져나가는 게 상당히 힘들다는 걸 알지만, 새힘과 붙어 서 있을 수가 없어 메이는 퍼뜩 몸을 돌렸다.

그 순간이었다. 그때까지도 이어폰을 꽂은 채 창밖 쪽으로만 시선을 주고 있던 새힘이 휙 몸을 돌린 것은. 그리고 정확히 눈이 마주쳐 버렸다. 그것은 얼떨결에 고개를 돌리다 눈이 마주친 게 아니었다. 새힘은 뒤에 메이가 있음을 알고 몸을 돌린 것이다.

그제야 버스의 유리창을 통해 자신의 모습이 비치고 있다는 걸 깨달은 메이는 가만히 미간을 구겼다. 이어폰을 꽂고 있는 새힘이 작은 소란을 전혀 모를 거라 여긴 건 큰 착각이었다. 새힘은 창밖을 바라보고 있었던 게 아니라, 그 창을 통해 자신의 행동을 고스란히 지켜보고 있었던 거다.

새힘의 커다란 눈이 말가니 그를 올려다보고 있었다. 요동치는 버스 손잡이 꽉 붙잡은 채 잔뜩 흔들리는 눈으로 그를 응시하고 있었다. 마치, '다시 예전으로 돌아갈 수 있는 거니?' 하는 질문을 던지는 것만 같았다.

잠시 잠깐 어렵사리 결심한 모든 것들은 무너뜨리고 싶은 충동에 휩싸였지만, 메이는 마음을 다잡았다. 예전처럼은 안 된다. 새힘이 힘들 걸 잘 알고 있지만, 예전처럼은 절대로 돌아갈 수가 없다. 자신이 원하는 건 남자 류메이지, 친구 류메이는 아니니까.

메이는 이내 새힘의 눈을 피하며 뒤쪽으로 몸을 옮겼다. 보지 않아도 절망감 가득한 그녀의 시선이 따갑도록 따라오는 걸 느낄 수 있었다. 새힘을 외면하며 돌아서는 메이의 심장이 아픔을 호소하며 아우성을 쳐댔다. 반대로 머리는 이렇게 말하고 있었다.

잘했다. 잘했어, 류메이.

그런 머리의 속삭임이 마음에 들지 않는 듯 가슴은 더욱 심하게 욱신거리고 있었다. 메이는 당장이라도 새힘에게로 고개를 돌리고 싶은 걸 참으며 억지로 창밖을 응시했다.

젠장. 정말, 너무 아프다.

*

학교에는 은성이 오토바이 사고를 일으켜 병원에 입원해 있다는 소문이 파다했다. 빗길에 미끄러져 온몸에 타박상을 입은 데다, 다리까지 골절돼 한동안은 학교에도 나오지 못할 정도라고 했다. 모두 반신반의하던 차에 종례 시간, 담임이 확인 사살까지 시켜 줘 그 소문은 기정사실화되었다.

은성이 병원에 입원해 있다는 걸 사실로 확인하는 순간, 제일 먼저 새힘에게 찾아온 감정은 '안도'였다. 부상의 심각성이라든지, 은성에 대한 염려보다 다행이라는 생각이 먼저였다. 같은 반 남자애가, 그것도 잠시 동안이지만 좋아했던 남자애가 다쳐서 병원에 입원했다는데 안도감부터 드니 스스로도 놀라움을 금치 못할 일이었다.

혹시 예전이라면 입장이 달랐을지도 몰랐다. 동경 섞인 시선으로 은성을 바라보았을 때였다면 그에 대한 걱정으로 속이 시커멓게 타들어 갔을 것이다. 하지만, 지금 새힘에겐 은성을 걱정할 만한 한 자락의 여유조차 남아 있지 않았다.

은성이 사고를 내지 않아 지금 멀쩡히 교실에 앉아 있었다면, 아마도 불안감에 하루 종일 숨조차 제대로 쉬지 못하고 있었을 것이다. 헤어지자는 말을 쏟아내고 싶다면 다리를 벌릴 각오로 오라던 은성의 말이 아직도 사라지지 않고 귓전을 맴돌고 있었다.

처음에는 부모님한테 고민을 털어놓을까도 생각해 봤지만, 걸리는 게 한두 가지가 아니라 쉽사리 입이 떨어지지 않았다. 하나씩 이실직고하는 과정에서 클럽에 갔던 거며 은성과 스킨십을 한 것까지 모조리 밝혀야 되는 상황이 올지도 모르는데, 어떻게 쉽게 입이 떨어지겠는가.

같은 이유로 학교 선생님들에게도 상담을 하기가 힘들었다. 만약 그랬다가 은성이 더 큰 보복을 하겠다고 덤비면 어쩌나 걱정이 되는 것도 사실이다. 선생님이나 부모님이 24시간 따라다니며 그녀를 보호해 줄 수 있는 건 아니니까. 이런 상황에서 은성이 사고를 당해 병원에 입원해 있다고 단박에 그를 걱정할 만큼 새힘은 천사표가 아니었다. 어쨌든 한동안은 은성의 막무가내에서 벗어날 수 있는 것만으로도 살 것 같았다.

어쩌다 이 지경까지 되었는지 돌이켜 보면 답답할 지경이었다. 그저 마음이 가는 대로 했을 뿐이고 감정에 솔직했을 뿐인데……

점심시간, 새힘은 영경과 함께 별관 쪽에 있는 등나무 아래 벤치에 앉아 휴식을 맛보고 있었다. 새힘은 입맛이 없을 정도로 심경이 복잡해 점심도 뜨는 둥 마는 둥 했지만, 싱그러운 초록 잎사귀들을 보고 있으니, 마음이 안정되어 다소나마 여유를 되찾았다.

"메이랑은 아직 그 상태야? 전혀 틈을 안 줘?"

조금 전 매점에 들러 사 온 주스를 빨대로 쪽쪽 빨며 영경이 딴엔 조심스레 물었다. 새힘은 등굣길, 버스에서의 메이를 떠올리며 딱딱하게 표정을 굳혔다. 그 얼굴을 본 영경이 알만하다는 듯 쯧쯧, 혀끝을 찼다.

"흐음, 여전한 모양이네."

새힘은 들고 있던 우유팩을 가만히 벤치 한쪽으로 내려놓으며 작게 입술을 깨물었다.

"난 메이가 무슨 마음을 먹었는지, 어떤 생각을 하고 있는지 전혀 모르겠어. 지금까지는 누구보다 더 메이를 잘 안다고 여겼는데, 내 착각이었나 봐. 요새 이따금씩 마주치는 메이는 내가 알

고 있는 메이가 아닌 것 같아. 완전히 다른 사람 같아. 오늘 아침
에는 메이랑 같은 버스를 타고 학교로 온 거 있지."

"어, 정말? 근데도 전혀 알은척 안 해?"

새힘의 반듯한 미간이 살짝 찡그려졌다.

"알은척이 뭐야, 처음엔 같은 버스에 타고 있는 줄도 몰랐어.
창밖을 보다가 유리에 메이가 비쳐서 같은 버스에 탔다는 걸 겨
우 알았는데."

"그 정도야?"

"그런데, 그게 좀 이상해. 정말 나랑 인연을 끊으려고 작정을
한 건가 싶었는데."

"왜? 무슨 일 있었어?"

"버스에 빈자리가 없어서 서서 가고 있는데, 어떤 변태 아저씨
가 내 뒤로 바짝 다가서는 게 유리에 비치지 뭐야. 너무 당황하고
기분이 나빠서 어떻게 해야 하나 잠시 고민을 하는데, 갑자기 메
이가 나타나서 그 변태를 쫓아 주더라. 그게 유리창에 다 비쳤거
든. 그래서 메이가 같이 탔다는 걸 알았어. 만약 유리창에 비치지
않았다면 전혀 몰랐을 거야."

영경이 눈을 동그랗게 뜨곤 속눈썹을 파닥거렸다.

"뭐야. 마주쳐도 그냥 쌩까고 지나가던 메이가 정작 너한테 접
근한 변태는 너 모르게 조용히 쫓아 보냈다는 거 아냐?"

"모르겠어. 내가 이어폰을 꽂고 있어서 나 모르게 쫓으려 한
건지 어떤 건지는 나도 몰라."

"아니, 중요한 건 메이가 널 도왔다는 거잖아."

"어, 그래. 내가 하고 싶은 말이 그 말이야. 몰래든 어쨌든 메이가 날 도왔다는 거."

"그래서 헷갈린다는 거지? 메이가 진짜 너와 모든 인연을 끊으려고 하는 건지, 아닌지?"

"어."

고개를 끄덕이는 새힘에게 영경이 눈을 반짝 반짝 빛내며 대안이랍시고 내놓았다.

"그럼, 이러고 있지 말고 가서 물어봐! 그게 제일 좋은 방법 아냐?"

영경의 단순한 방법에 새힘은 힘없이 고개를 저었다.

"그래 봤자 소용없어. 상대도 안 해줘. 말도 제대로 섞지 않으려 하는데, 물어봤자 대답이나 해 주겠니? 제대로 마주 보고 서 있지도 않으려고 해."

눈을 빛내던 영경이 이내 김빠진 콜라처럼 식어선 이마만 긁적였다. 그러다, 다시 무릎을 탁 쳤다.

"아, 맞다! 너, 이은성이랑 깨졌다고 메이한테 얘기했니? 이은성이랑 사귀는 걸 알게 되면서부터 메이가 싹 돌변했다고 했잖아. 그러니까, 우선은 메이한테 이은성이랑 깨졌다고 말하고……."

"아직 이은성이랑 완전히 깨지지 않았어."

새힘은 침울하게 가라앉은 목소리로 영경의 말을 잘랐다. 영경이 벌레라도 씹은 얼굴로 입술을 비틀었다.

"그건 또 무슨 귀신 씨나락 까먹는 소린데? 혹시, 이은성이 못 헤어지겠대?"

"어. 아직 싫증이 안 나서 놔줄 수가 없대. 정 그만두고 싶으면, 자기랑 한 번 자면 놔주겠대."

영경의 입이 떡 벌어졌다.

"이은성이⋯⋯그 자식이 그랬다고?"

"어."

"이런 발정난 개새끼가! 뭐, 그런 또라이가 다 있니? 어디서 쿨 하지 못하게 협박질이야? 아아, 사고 난 이유가 딱 있었구만? 개지랄 떨다가 제대로 벌 받은 거야. 다리 한 짝이 아니라, 양다리가 몽땅 다 분질러졌어야 하는데!"

한참이나 식식거리며 줄기차게 욕설을 내뱉은 영경이 잠시 후 숨을 고르며 열 오른 얼굴에 손부채질을 했다.

"넌 전생에 나라 팔아먹은 매국노였을 거야."

뜬금없는 영경의 말에 새힘은 눈을 세모꼴로 떴다.

"내가 어때서?"

"눈이 발목에 붙었잖아. 그러니, 메이가 아니라 이은성 같은 놈을 멋있게 봤지."

"그렇게 말하지 마, 좀. 메이와는 친구였을 뿐이라는 걸 너도 뻔히 알잖아. 정말 메이는 내게 혈육이나 다름없었단 말이야."

"근데, 메이는 널 여자로 본다며? 지금껏 쭉 그래 왔다며?"

"⋯⋯그래. 그래서 이렇게 틀어져 버렸잖아."

"그럼, 넌 어떻게 하고 싶은데? 네 마음은 어때?"

내 마음이라⋯⋯. 사실, 할 수만 있다면 예전으로 시간을 되돌리고 싶었다. 메이의 마음을 몰랐던 예전으로. 은성이란 남자 애를 눈에 담지 않았던 그때로.

복잡한 심경을 얼굴에 고스란히 드러낸 채 말을 아끼고 있는 새힘에게 영경은 질문을 달리 했다.

"넌 전혀 메이가 이성으로는 안 보여? 지금도?"

"그렇게 쉽게 이성이다, 아니다로 대답할 수 있다면 나도 편하고 좋겠어. 메이가 쭉 나를 이성으로 봐 왔다고는 하지만, 나한테는 모든 게 갑작스럽고 혼란스러워. 갑작스럽게 고백해 놓고 곧바로 멀어져 갔는데, 도대체 내가 뭘 어떻게 할 수가 있겠어. 너라면 어떨 것 같아?"

"나라면 곧바로 엘프 메이에게 올인이지."

1초의 고민도 없이 곧바로 대답한 영경은 새힘이 '장난하지 말고.' 라며 노려보자 키들키들 웃음과 함께 손을 내저어 보였다.

"으, 난 솔직히 메이 같은 애와는 부담스러워서 못 사귈 것 같아. 그냥 연예인을 보는 거랑 같은 느낌이랄까? 그래도 만약 메이 같은 애가 나를 좋아해 준다면 완전 땡큐 베리 감사지! 메이가 좋아해 준다는데 감히 다른 생각을……."

메이 예찬론을 펼치던 영경이 말을 멈추며 흑 숨을 들이켰다. 그러곤 다급히 새힘에게 고갯짓을 해보였다.

"야야, 파워. 저기, 저기 메이 지나간다."

영경의 고갯짓을 따라 자동으로 새힘의 고개가 돌아갔다. 멀리서도 알아볼 수 있을 만큼 눈에 확 띄는 메이가 별관 건물 쪽으로 성큼성큼 걸음을 옮기고 있었다.

"별관으로 가는 중인 거 같은데."

영경이 혼잣말처럼 내뱉었지만, 새힘은 뇌리를 스치는 생각에 메이가 별관 건물 안으로 향하는 게 아님을 직감적으로 알았다. 별관 건물을 지나치면 나오는 체육기구실 근처의 외진 곳으로 가려는 게 분명했다. 커다란 고목들이 우거져 있어 낮에도 으슥한 그곳. 거기서 담배를 피우던 메이의 낯선 모습이 생생히 떠올랐다.

"양갱아, 먼저 교실로 가 있어."

"메이한테 가보게?"

"어."

"어지간하면 메이 다독여서 그냥 사귀어 버려. 혹시 알아? 정말 남자로 보일지."

농담과 진담이 섞인 발언에 새힘은 가볍게 째려보곤 곧장 별관 건물 쪽으로 향했다. 별관 건물을 지나쳐 체육기구실 쪽으로 가니, 짐작대로 나무가 우거져 음침하기 짝이 없는 그곳에 메이가 있었다. 자세히 보지 않고는 무심코 지나쳐 버릴 정도로 먼젓번보다 커다란 나무 뒤에 몸을 숨긴 채 담배 연기를 흩날리고 있었다.

도대체 저 담배는 언제부터 피워 왔단 말인가! 메이가 담배를 피우고 있다는 게 아직도 적응이 안 되긴 했지만, 그 연기 때문에 메이를 쉽게 찾았으니, 웃어야 할지 울어야 할지 모를 일이다.

바스락.

조심스레 다가간다고 했는데도 나뭇가지를 밟는 바람에 소리가 나 버렸다. 가만히 연기를 피워대고 있던 메이가 흠칫 어깨를 굳히며 휙 고개를 돌렸다. 불청객이 선도부나, 학생주임이 아님을 확인한 메이의 얼굴에 일순 안도감이 서렸다가 금세 사라졌다.

"나쁜 짓을 하고 있다는 건 아는 모양이네."

새힘이 천천히 다가가며 하는 말에 메이는 미미하게 미간을 좁혔다.

"여긴 또 뭐 하러 온 건데. 다가오지 마."

또 밀어낸다. 더 이상 새삼스레 서운할 것도 없는데, 가까이 다가가는 것조차 허락하지 않는 메이가 오늘 따라 더 밉다.

"내 발로 내가 걷는 것까지 허락 맡아야 되는 건 아니잖아."

뾰족하게 내뱉은 새힘은 보란 듯이 메이의 곁으로 발걸음을 옮겼다. 가까이 가자 메케한 담배 연기가 코끝을 확 자극하는 바람에 새힘의 이마가 절로 찡그려졌다. 기침이 나려는 걸 억지로 참는데, 돌연 메이가 성큼 뒤로 물러나며 다소 험악하게 뇌까렸다.

"담배 연기 맡지 말고 저리로 뚝 떨어져. 그냥 가주던가."

새힘의 발걸음이 뚝 멎었다. 그녀는 눈을 치떠 몇 발짝 뒤로 물러난 메이를 응시했다. 그는 그녀의 시선을 외면하며 무작정 담배만 태워대고 있었지만, 새힘은 노려보다시피 그를 응시했다.

"기막혀서 정말. 너, 지금 내 걱정을 해주는 거야?"

메이가 대꾸 없이 연기만 날리고 있자 새힘은 입술을 앙다물며 바짝 그에게로 다가갔다.

"네가 나를 이렇게 걱정하고 있는 줄은 정말 몰랐는데. 말을 걸어도 무시하고, 눈만 마주쳐도 모른 척 가 버리지 않았어? 내가 보건실에 있었다는 걸 영경이 통해서 뻔히 들어 놓고 한 번도 오지 않았던 너야. 근데, 이깟 담배 연기 마시고 내가 질식사라도 할까 봐, 내 걱정해 주는 거야? 이런 걱정 따위 필요 없으니까, 제발 제대로 된 얘기 좀 하잔 말이야!"

그동안 무던히도 참아왔던 감정이 봇물 터지듯 고스란히 토해졌다. 호흡이 격앙되어 가슴이 크게 오르내린다. 숨을 들이쉴 때마다 흩날리는 담배 연기가 콧속으로 고스란히 들어왔다. 그것을 본 메이가 낮게 욕설을 흘리곤 이내 담배를 바닥에 비벼 껐다.

은성과는 확연히 비교되는 메이의 행동에 새힘은 쓰게 웃었다. 매몰차게 굴고 있긴 하지만, 메이는 변한 게 없었다. 그녀를 배려하는 마음도 나이답지 않은 치밀함도. 그 사실이 위로가 되기는커녕 더욱 그녀를 서글프게 만들었다. 메이를 이렇게 만든 게 그녀 자신이라는 걸 확연히 깨달아 버렸으니까.

"네 빈자리를 만들어서 네가 내게 얼마나 소중한 존재인지 알리고 싶었니? 그래서 독하게 날 피한 거니?"

건조한 새힘의 물음에 허공을 응시하고 있던 메이가 천천히 그녀 쪽으로 고개를 돌렸다. 밝은 갈색의 눈동자가 곧장 그녀의 까만 눈동자를 옭아맸다. 그의 눈동자는 속을 알 수 없을 만큼 차가웠지만 탐색하듯 빛나고 있었다.

"언제까지 날 밀어낼 참이었는데? 지금까지 네게 의지해온 내가 외로움에 지쳐 쓰러질 즈음 돌아오려고 했니? 다시 돌아와 준 것만으로도 고마워서 남자 류메이든 뭐든 무조건 받아들일 만큼 절박해지면, 그때 손을 내밀려고 했니?"

말없이 그녀를 내려다보고만 있던 메이의 눈이 가늘어졌다. 입술도 살짝 삐딱하니 올라갔다.

"……틀렸어. 남자 류메이든, 뭐든이 아니라, 내가 원하는 건 오로지 하나야."

남자 류메이. 거기까지 내뱉지는 않았지만 새힘은 충분히 그 의미를 알 수 있었다. 메이는 작정을 한 것이다. 그는 결코 예전과 같이 허울뿐인 친구라는 탈은 뒤집어쓰지 않을 참인 거다. 모든 걸 원래대로 되돌리려 아무리 메이를 찾아와도 아무런 소용이 없게 돼 버렸다.

그 사실을 인정하고 나니, 서글픔이 물밀듯이 밀어닥쳤다. 영혼의 반쪽이나 다름없던 친구를 잃는 슬픔 그리고 어린 날의 아름다운 우정을 벌써 추억 속으로 밀어 넣어야 하는 아쉬움.

더 미치겠는 건 이런데도 메이를 놓을 수 없는 자신이었다. 다시 예전으로 돌아갈 수 없다는 걸 뻔히 알면서도 새힘은 메이를 포기할 수가 없었다. 메이가 곁에 없는 동안 뼈저리게 느낀 사실이었다. 메이 역시 알고 있는 것이다. 그래서 이렇게 차갑고 모질게 대하고 있는 거다. 새힘은 작게 입술을 잘근거렸다.

"류메이, 내가 어떻게 하길 바라니?"

"내가 묻고 싶은 말이야. 내가 원하는 건 하나밖에 없다고 말했어."

이성으로서의 류메이를 받아들이든 완전히 인연을 끊든 결국은 선택마저도 그녀에게로 떠넘겨졌다. 옴짝달싹할 수 없는 류메이라는 덫에 걸려 버린 것 같아 새힘은 울컥 억울한 감정도 솟구쳤다.

"나쁜 놈. 몰랐는데, 류메이, 너 정말 나쁜 놈이야."

"알아."

"아니, 넌 몰라. 네가 얼마나 나쁜 놈인지. 오랜 시간 동안 한 번도 날 좋아했던 걸 표현한 적 없었으면서, 갑자기 고백하고 또 갑자기 멀어져 갔어. 하루아침에 가족 같은 친구를 잃고 멍하니 혼자 남겨진 내 심정이 어땠을 것 같아? 적어도 그런 낌새라도 보였으면 덜 억울하기라도 하지. 내가 어떻게 해야 될지 조금의 시간이라도 줬으면 차분히 생각이라도 했겠어. 근데, 이렇게, 이런 식으로 날 몰아붙이니까 속이 시원하니?"

"시원해. 진작 이랬어야 했는데, 후회 중이야."

너무도 뻔뻔스러운 대답에 새힘이 눈을 치뜨며 그를 노려보았다. 하지만, 마음속에선 전혀 미운 감정이 일지 않았다. 아니, 되레 가슴이 시큰거려 미칠 것만 같았다. 씁쓰레한 그 말투가, 잔뜩 가라앉아 있는 그의 눈동자가 그동안의 아픔을 담고 있는 것처럼 느껴져서다. 그런데도 새힘은 딱딱하게 굳은 표정을 원래대로 만들지 않았다. 그동안 쌓인 게 한순간에 풀어질 리 만무했다.

"난 아직 얼떨떨해서 널 이성으로 받아들일 수가 없어."

새힘은 도전적으로 메이를 올려다보며 딱딱 끊어지게 내뱉었다. 메이의 눈동자가 찰나 동안 충격을 담고 멍해졌다가 원상태로 돌아왔다. 아니, 무섭도록 차갑게 내려앉았다. 그의 입가가 시니컬한 웃음을 담고 비틀어졌다.

"네 선택이 그렇다면."

짤막한 말과 함께 메이가 곧장 몸을 돌리자 새힘은 속에서 천불이 나는 듯했다. 힘든 건 자신만이 아니란 걸 아는데도 분해서 눈가에 눈물이 그렁그렁 맺힌다. 새힘은 눈물을 한가득 담은 채 다급히 뛰어 메이의 앞을 가로막고 섰다. 그러곤 그의 소맷자락을 꽉 붙잡았다.

"이 나쁜 놈아, 시간을 좀 달란 말이야!"

앞을 가로막고 선 새힘의 기세에 메이는 걸음을 멈출 수밖에 없었다. 힘으로 하자면 새힘을 쉽사리 밀칠 수 있겠지만, 그는 소매를 붙잡고 있는 작은 손조차 뿌리치지 못했다. 눈물을 한가득 담고 있는 새힘의 눈과 속을 알 수 없는 메이의 시선이 허공에서 맞부딪쳤다.

"예전처럼……친구 하자고 안 할 테니까, 나한테 널 적응할 수 있는 시간을 줘. 그러니까 자꾸만 등 보이고 가지 좀 마. 정말, 정말……쿨 한 거 너무 싫어!"

물방울이 더해져 결국 무게를 이기지 못하고 아래로 추락하기 시작했다. 자신이 어색함을 무릅쓰고 이만큼 다가가기 위해 노력했으니, 이제는 알아서 냉정한 장막을 녹여 줬으면 좋겠는데, 이 독한 놈은 여전히 표정을 굳힌 채 냉기만 풀풀 날리고 섰다. 그런 메이가 야속하고 서운해서 한 번 터지기 시작한 눈물은 좀처럼 그칠 줄 몰랐다.

별안간 메이의 입에서 기다란 한숨이 흘러나왔다. 안타까울 정도로 낮고 깊은 한숨이다. 그리고 그 순간이었다. 그때까지도 목석처럼 서 있던 메이가 팔을 뻗어 그녀를 당겨 안은 것은. 갑작스러운 메이의 행동에 새힘은 심장이 멎는 듯했다. 눈물범벅인 얼굴이 메이의 교복을 흠뻑 적시고 있었지만, 미처 그것까지 헤아릴 이성이 남아 있지 않았다.

쿵쿵쿵. 가슴이 아플 정도로 커다란 심장 소리가 뇌까지 울린다. 아니, 아니다. 지금 뇌를 울리고 있는 건 다름 아닌 메이의 심장 소리였다. 찬바람이 쌩쌩 불고 있는 얼굴과는 너무도 상반되는 격한 소리. 새힘은 아무런 사고도 할 수가 없어, 그저, 엉거주춤 메이에게 안긴 채 밭은 숨만 내뱉고 있었다.

늘어선 고목들의 그늘이 짙게 드리워진 이곳엔 한동안 정적이 감돌았다. 이따금씩 불어대는 바람만이 두 사람의 옷깃과 머리칼을 흔들어댈 뿐, 주위는 더없는 적막에 휩싸였다.

한참이 지난 뒤 메이는 가만히 그녀의 어깨를 밀어내고 스스로도 어색한 듯 교복 바지 주머니에 손을 찔러 넣었다. 그러곤 스산하고도 무표정한 얼굴로 먼저 침묵을 깼다.

"껴안고 싶을 때 껴안고, 키스하고 싶을 때 키스할 거야."

너무도 직설적인 표현에 멀미가 날 정도로 정신이 혼미해졌지만 새힘은 잔뜩 볼멘소리를 냈다.

"너무 다그치지 마. 성급하게도 굴지 말고."

그런 그녀에게 시선을 고정시킨 채 메이는 슬쩍 미간을 구겼다. 뭔가 입에 담기 싫은 말이라도 하려는 듯이.

"이은성, 그놈부터 정리해."

마치, 부정한 짓을 저지른 와이프를 보는 것처럼 메이의 안광이 사납게 번뜩였다. 더 기막힌 건 그녀 자신이 바람을 피우다 들킨 와이프가 된 기분이라는 거다. 새힘은 잠시 머뭇거리다 이내 대답했다.

"이미……끝났어."

메이가 의외라는 표정으로 한쪽 눈썹을 치켜세웠다.

"진짜니?"

"응."

그때까지도 냉기 가득하던 메이의 표정이 스륵 풀렸다. 새힘은 은성과의 뒷이야기는 하지 않았다. 괜히 메이를 자극해 긁어 부스럼을 만들고 싶지는 않았고 은성이 병원에 있으니 그 사이 방도를 세워 해결을 하면 될 것 같아서였다.

다시 침묵. 이미 서로를 너무 잘 아는 두 사람이기에 새삼스레 많은 말이 필요하진 않았다. 한없이 깊은 눈으로 새힘을 내려다보고 있는 메이와 그녀는 그 시선을 온전히 받으며 서 있을 뿐이었다.

"밥은 안 먹고 담배만 피우고 다녔니? 얼굴이 그게 뭐야?"

이번에 먼저 침묵을 깬 것은 새힘이었다. 괜스레 속상해져 새힘은 내쏘았다. 메이는 대답 대신 여전히 양손을 주머니에 찔러 넣은 채로 기다란 속눈썹만 내리깔았다.

"말이 난 김에 담배부터 끊어. 담배랑 라이터 이리 내."

새힘이 손을 내밀었지만 그는 아무런 움직임 없이 그녀만 응시하고 있었다. 새힘은 그런 메이를 째려보며 담배가 들어 있는 교복 주머니로 손을 뻗쳤다.

"너, 담배 피우는 거 보고 내가 얼마나 충격 먹었는지 알아? 도대체 언제부터……."

그녀는 담배와 라이터를 찾지 못했다. 그리고 말끝도 채 맺지 못하고 모든 동작을 멈추었다. 메이가 고개를 숙여 그녀의 입술을 머금었기 때문이다.

나비의 날갯짓처럼 경쾌한 키스. 혹은 설익은 풋사과 같은 싱그러운 키스. 친구가 아닌 다른 의미로서의 메이와의 키스는 감질날 정도로 부드럽고 조심스럽다. 선불리 혀를 밀어 넣지도, 맹렬히 서로의 것을 탐하지 않았음에도 오싹 소름이 돋고 화끈 열이 오른다. 메이는 진득하지 않은, 딱 감미로울 정도로 가벼운 키스를 선사한 다음 고개를 들었다.

메이는 아직 얼떨떨한 표정을 짓고 있는 새힘의 손을 들어 올려 손바닥을 펴게 만들었다. 그러곤 주머니 속에 있던 담배와 라이터를 꺼내 펼쳐진 그녀의 손바닥 위에 올려놓았다.

"2년 정도 피웠어. 지금부터 끊을 거야. ……너도 오래 걸리지 마."

조금은 서글픈 음성으로 말한 메이가 학교 건물 쪽으로 몸을 돌렸다. 새힘은 손바닥에 놓인 담배와 라이터를 물끄러미 응시했다. 2년. 결코 짧지 않은 시간 동안 메이가 담배를 피워 왔을 줄은 꿈에도 몰랐다. 어쩐지 자신 때문인 것 같아 새힘은 착잡해졌다.

너도 오래 걸리지 마.

남자로서의 자신을 빨리 받아들여 달라는 애원이었다.

다음 날, 새힘은 늘 메이와 함께 등교하던 그 시각에 맞춰, 그 장소로 향했다. 메이와 약속을 한 것도 아니고 그 흔한 문자 하나 주고받지 않았음에도 마음이 그리로 움직였다. 어쩐지 메이가 기다리고 있을 것 같다는 확신이 드는 건 왜일까. 만약, 메이가 없다면 틀림없이 실망감은 배가 될 텐데도 그녀는 기대감을 감출 수가 없었다.

그런데도 발걸음이 가볍고 가슴은 떨린다. 저 모퉁이만 돌면 커다란 메이의 인영이 보일 것만 같다. 마음이 급해졌다. 뛰다시피 걸음을 빨리 하니 호흡도 흐트러진다. 마침내, 모퉁이가 코앞으로 다가오자 심장이 요란하게 두근거린다. 심호흡을 하며 일부러 걸음을 늦추었다.

하나, 둘, 셋.

발자국을 세며 '셋'에 휙 커브를 틀었다.

아!

새힘의 동그란 눈이 더욱 동그래지고 입가는 절로 환한 미소를 걸고 옆으로 찢어졌다.

있다, 메이가.

항상 있던 그 자리에서 약속이나 한 듯 기다리고 있었다. 새삼스러울 것도 없는데 가슴이 설렌다. 입에선 자꾸만 웃음이 피식피식 새어 나온다. 그녀는 겨우 웃음기를 지우며 성큼 메이에게로 다가갔다.

"오래 기다렸니?"

"방금 막 왔어."

늘 그렇듯 짤막하게 대답한 그는 새힘이 메고 있는 가방을 벗겨 제가 들었다. 어쩐지 예전처럼 순순히 가방을 주는 게 어색하고 미안하게 느껴졌다.

"괜찮아. 내가 메고 가면 되는데."

"새삼스레 뭘."

역시 짧게 말한 메이는 척하니 두 개의 가방을 양어깨에 걸쳐 메곤 성큼 앞장섰다. 새힘은 그 뒷모습을 가만히 응시했다. 익숙하면서도 낯설게 느껴지는 모습. 저벅저벅 걷던 메이가 뒤를 돌아보며 '뭐해?' 라고 무뚝뚝하게 내뱉어서야 새힘은 '어, 응.' 이라고 대꾸하며 따라붙었다. 겉보기에는 예전과 하나도 달라진 게 없는 등굣길 같았지만, 이제는 확연히 변했다는 걸 새힘은 여실히 깨닫고 있었다.

예전에는 매일 날 기다려 주는 게 당연한 줄 알았어.

이렇게 양쪽 어깨에 가방 두 개를 메고 가는 모습이 너무도 익숙해서 그 또한 당연한 건 줄 알았어.

그런데 있잖아. 그 당연한 게, 사실은 당연한 게 아니라는 걸 이제야 깨달아 버렸어.

그래서 미안해. 그걸 너무 늦게 알아 버려서.

11.

서울의 한 종합병원의 병실. 조용한 병실 침대에 은성이 미동 없이 잠들어 있었다. 퉁퉁 부어올라 있던 눈두덩과 얼굴은 시간 이 지남에 따라 많이 가라앉아 있었지만, 아직 남아 있는 멍 자국 은 폭행의 흔적을 여실히 남기고 있었다. 은성과 누군지 모를 놈 만이 알고 있는 폭행의 흔적이다.

짙게 드리워진 속눈썹이 불안정하게 경련을 일으키기 시작했 다. 악몽을 꾸듯 조금 더 뒤에는 미간까지 찌푸려지고 바싹 마른 입술도 달싹여졌다. 그 일련의 과정을 수십 초 간 반복하던 은성 이 번쩍 눈을 떴다. 병원 천장과 형광등이 눈에 들어오자 은성은 훅 깊은 숨을 내쉬었다.

제길. 또 그 꿈이다. 장대비가 쏟아지던 그날, 정체 모를 놈에게 지독히도 얻어맞았던 그 일이 계속 꿈속에서 반복되고 있었다. 기억마저도 도려내고 싶은 그 일이 빌어먹게도 너무도 생생히 뇌를 지배하고 있었다.

은성은 이마에 송골송골 맺힌 땀을 슥 손등으로 훔쳐 내곤 저도 모르게 몸을 일으키려다 '으윽' 신음 소리를 냈다. 그놈에게 맞아 온몸에 타박상은 물론이고 갈비뼈까지 골절을 입고 말았다. 단순 골절이지만, 늑골이 나갔는데 어찌 몸이 편할 수 있겠느냔 말이다.

그놈이 의도한 다리 골절쯤은 늑골 골절에 비하면 아무것도 아니었다. 다리 골절이야 반깁스를 하고 있다가 부기가 빠진 후 통깁스로 바꾼 상태라 좀 답답하고 불편한 것 외에는 크게 힘든 부상은 아니었다. 한데, 단순 늑골 골절은 깁스를 할 수 있다거나, 특별한 치료 방법이 있는 게 아니기 때문에 치유가 되기까지 절대 안정이 필수였다. 통증 완화를 위해 진통제를 맞고는 있지만, 통증이 완전히 없어지는 것도 아닌데다, 하루의 대부분을 거의 누워 지내야 해서 은성은 딱 죽을 맛이었다.

문병객으로 바글거리던 병실은 사나흘이 지나고부터 점차로 조용해졌다. 다녀갈 사람들은 대부분 다녀간 탓에 그 수가 준 이유도 있었지만, 그들을 맞을 때마다 얻어맞아 잔뜩 부어 있는 얼굴을 가리기 위해 커다란 선글라스를 끼고 있는 게 귀찮아 은성이 출입을 금한 탓도 있었다.

으드득. 은성은 어금니가 부서질 정도로 이를 악다물었다. 자신을 이렇게 만든 그놈만 생각하면 자다가도 벌떡 일어날 정도로 약이 오르고 분이 안 풀려 돌아 버릴 지경이었다.

똘마니들을 시켜 그놈을 찾아 눈앞에 대령시키고 싶은 마음이 굴뚝같았지만 몸이 다 나을 때까지는 참는 수밖에 없었다. 이런 상태로는 찾아낸 본들 제대로 놈을 밟을 수가 없다. 게다가 지금 당장 그놈을 찾다가 괜히 오토바이 사고가 아닌, 그놈한테 맞아 병원 신세를 지고 있는 게 아닌가 하는 의혹을 받을 수도 있다. 그런저런 이유로 몸이 회복될 때까지는 기다릴 참이었다.

시계를 보니 어느덧 밤 11시를 넘기고 있었다. 다시 잠이 올 것 같지 않아 텔레비전의 리모컨을 찾아 손을 더듬거리는데 똑똑, 노크 소리가 병실에 울려 퍼졌다. 당분간 필요할 때 외에는 아무도 오지 못하게 일러 둔 상태라, 불청객의 출입에 은성은 미간을 구겼다. 그는 다급히 베개 옆으로 손을 뻗어 얼굴을 반쯤 가리는 시커먼 선글라스를 꼈다.

똑똑똑.

다시 들려온 노크 소리에 은성은 조금 짜증을 담아 대꾸했다.

"들어와요. 이 시간에 누구야."

문이 열리고 모습을 나타낸 사람으로 인해 은성은 너무 뜻밖이라 잠시 아무런 말도 할 수가 없었다.

"안녕."

병실 안으로 들어서며 맑은 음성으로 인사를 건넨 것은 다름 아닌 영어 선생이었다. 기다란 생머리를 단정하게 포니테일로 묶은, 겉보기만큼은 단정하고 청아한 영어 선생, 정해리였다. 작년에 두어 달 정도 질척거리는 관계를 유지했던 여자. 늘 향수를 달고 살던 여자. 병실 문이 탁, 닫히는 소리에 은성은 정신을 차렸다.

"여긴 어쩐 일이에요."

"이은성이 오토바이 사고를 당했다고 해서 뒈진 건 아닌가 확인하러 왔지."

늘 그렇듯 거침없는 말투다. 해리는 제집처럼 병실 한쪽에 놓인 의자를 당겨 침대 옆으로 놓고 앉았다.

"누가 보면 어쩌려고 여기까지 납시셨나? 나야 뭐, 상관없지만."

"제자가 다쳐서 병원에 입원해 있다는데, 학교 선생이 병문안 오는 게 이상한 건 아니잖아? 게다가 난 작년에 네 담임이기도 했어."

아무렇지도 않은 그녀의 말에 은성은 어깨를 으쓱해 보였다.

"거기다 속궁합까지 맞춘 사이기도 하지."

"귀염성이라곤 눈곱만치도 없는 자식. 그래, 그래서 한 번 들여다보기는 해야 할 것 같아 온 거야. 네 담임이기만 했었더라면 절대로 네놈 자식 문병 따위는 안 왔을지도 몰라."

"여전히 솔직해."

은성이 쿡쿡 웃음을 흘리는 걸 빤히 바라보며 해리는 입을 열었다.

"의외네. 네 추종자들 중 한 명 정도는 있을 줄 알았는데. 하다못해 지금 사귀는 여친이라도 애잔한 얼굴로 여기 있어야 하는 거 아니니? 너, 그사이 인기 좀 떨어졌나 보다."

"계집애들이 찾아와서 쩍쩍거리는 거 딱 질색이야. 실없는 소리 말고 담배나 있음 내놓고 가요. 꼬불쳐 둔 걸 다 피워 버렸거든."

"그래도 한때는 담임이라는 사람이 왔는데 인사는커녕 선글라스까지 낀 채로 떡하니 누워서, 담배를 달라는 건 좀 심하지 않니?"

"아아, 갈비가 몇 대 나가서 못 앉아. 조금만 움직여도 아파서 뒈져 버리겠거든."

해리는 눈을 동그랗게 뜨곤 기다란 속눈썹을 깜빡였다.

"어머, 너 다리만 부러진 게 아니었구나."

"그러니까, 이렇게 누워 있는 거 아냐."

"풉!"

해리가 웃음을 터트리며 깔깔 웃어대는 바람에 은성은 쓰고 있던 선글라스를 그녀에게로 확 던져 버리고 싶은 충동을 억눌러 참았다.

"씨발. 당신 웃음 더럽게 기분 나빠."

은성이 투덜대자 그녀는 가까스로 웃음을 멈추고는 야릇한 표정을 지었다.

"하루도 여자 없이는 못 사는 놈이 그러고 있으니 웃겨서 말이야. 앞으로 나을 때까지는 꼼짝없이 벽 보고 자기 위안해야 될 게 눈에 보여서 나도 모르게 웃음이 튀어나와 버렸지 뭐야."

"씨발, 안 그래도 스트레스 쌓이는데 보태지 마쇼."

"내가 좀 풀어 줄까?"

해리가 색스럽게 싱긋이 웃으며 하는 도발에 은성은 픽 비소를 머금었다.

"됐어요. 당신한테 흥미 떨어진 게 언젠데 이제 와서."

"나도 농담이야, 이 자식아."

노골적인 말투에도 해리는 전혀 표정 변화 없이 웃기만 했다. 그러나 다음 순간 흘러나온 은성의 말에 그녀는 눈을 동그랗게 떴다.

"송새힘이라면 몰라도, 쯧."

저도 모르게 송새힘이란 이름 세 글자를 내뱉고 난 은성은 급격히 심기가 불편해져, 해리가 놀란 표정으로 보고 있다는 것도 인지하지 못했다. 자신을 이렇게 만든 놈 때문에 그동안 헤어지자 말했던 새힘을 잊고 지냈다고 해도 과언이 아니었다. 한데, 그 괘씸한 계집애의 이름이 이렇게 불쑥 튀어나와 버리다니.

"송새힘? 그 공부 잘하는 범생이? 너 걔랑 사귀니? 아니, 개 찍었니?"

"찍었든 따먹든 무슨 상관이실까? 담배나 내놓으라니까."

"아아, 넌 그런 스타일 안 좋아했잖아. 좀 의외라서 놀랐어. 그리고 말이야, 이 자식아. 나 담배 끊었어."

"장난 까지 말고."

"진짜야, 이 자식아."

은성은 문득 여자에게서 향수 냄새가 나지 않는 걸 깨달았다. 담배 냄새를 가리기 위해 늘 진한 향수를 뿌리고 다니던 여자에게서 오늘은 아무런 향도 나지 않는다. 여자에게 담배가 없다는 게 사실임을 인지한 은성은 아쉬움에 입맛을 다셨다.

"쌍, 끊긴 왜 끊어. 끊으려면 좀 이따 끊던가."

"나도 지금부터 슬슬 몸 관리해서 결혼해야지. 나이가 몇 갠데 담배 냄새나 풀풀 풍기고 다닐 순 없잖니."

그렇게 말한 해리는 이내 의자에서 몸을 일으켰다.

"이만 가야겠다. 뒈졌으면 좋았겠지만, 살아 있으니 나으란 말은 하고 가야겠지. 얼른 낫길 바란다."

또각또각 구두 소리를 내며 병실을 나서려던 그녀가 문고리를 잡은 채 고개를 휙 돌렸다.

"그리고 말이야. 너, 아무리 개자식이라도 송새힘 같은 순진한 애들은 건드리지 마. 원래 놀던 물에서 놀아. 늘 그랬던 것처럼 네 수준인 그런 애들이랑 연애를 하든 뭘 하든 하라고. 괜히 순진한 애들 인생 망쳐 놓지 말고. 알겠니? 내가 누굴 선도할 주제는 못되지만, 그래도 학교 선생으로서 하는 말이니 새겨들어."

바른생활 선생처럼 말한 해리가 이내 문을 열고 병실을 나서자 은성은 그 뒷모습을 물끄러미 응시하다 선글라스를 벗었다. 다시 병실은 고요함을 되찾았다.

"씨발, 기분 더럽네."

망할 여자. 담배가 절실했다. 병문안을 온 거면 곱게 앉았다 갈 것이지, 괜히 쓸데없는 소리를 지껄여서 속을 이렇게 뒤집어 놓고 가는 건지 모를 일이다. 덕분에 새힘이 떠올라 한동안 분노로 잠잠했던 아랫도리가 스멀스멀 반응을 보이기 시작했다.

은성은 모멸감과 함께 짜증이 치솟아 사이드 테이블에 놓인 머그잔을 낚아채 있는 힘껏 바닥에 던져 버렸다. 퍽! 컵이 산산조각 나는 요란한 소리가 고요한 병실에 시끄럽게 울려 퍼졌다.

컵을 던지며 몸에 힘이 들어갔는지 늑골 쪽이 심하게 욱신거렸지만 은성은 아픈 것도 잊고 씩씩 숨을 몰아쉬었다. 약이 오른다. 담담하게 이별을 고해 놓고, 한 번도 찾아오지 않는 계집애 때문에 몸이 동하다니. 눈앞에 있지도 않은 계집애 때문에 발정난 개새끼 상태가 되다니, 스스로 생각해도 기막히고 불쾌하기 짝이 없다. 그 계집애를 목 졸라 버리면 이 끔찍한 기분이 조금은 나아질 것 같았다. 그럼에도 불구하고 아랫도리는 더욱 빳빳해지고 있었다. 은성은 머리맡에 놓인 전화기를 집어 들고 단축 번호를 꾹 눌렀다.

김유정.

액정에 저장되어 있는 이름과 함께 곧장 신호가 가기 시작했다.

*

4교시, 영어 시간. 새힘은 교과서를 읽어내려 가는 영어 선생님, 해리를 빤히 바라보다 이내 책으로 시선을 내렸다. 벌써 그녀와 몇 번째 눈이 마주쳤는지 모른다. 판서를 하고 몸을 돌릴 때, 교과서를 읽을 때, 그리고 문법을 설명할 때 등등 계속해서 해리의 눈이 새힘을 향하고 있었다.

'씨, 왜 자꾸 쳐다보는데?'

처음에는 그저 우연이겠거니 했는데, 그게 몇 번이나 반복되니 새힘으로선 해리가 일부러 자신을 보는 걸로밖에는 해석되지 않았다.

또다. 또 눈이 마주쳤다. 이번에는 조금 더 길게.

예전에는 은성과 영어 선생이 사귀었다는 말을 듣고 그녀를 무척이나 싫어했었다. 그때는 해리가 등을 돌리고 판서를 시작하면 일부러 혀를 내밀고 '메롱'을 하거나 마구 째려보기도 했었다. 지금은 그런 감정 따위는 거의 사라져 착실히 수업을 들었다. 한데, 이젠 그녀가 자신을 빤히 바라보니, 기분이 참 묘했다.

그러고 보니, 해리와 은성이 헤어진 계기가 임신이라고 했었다. 해리가 임신을 하는 바람에 은성이 그녀를 밀어냈다고 했다. 극소수만 알고 있는 진실인지, 단순한 소문인지 당사자들만 알고 있는 사실이긴 하지만.

"송새힘, 수업 중에 멍 때릴래?"

아주 잠깐 딴생각을 했을 뿐인데, 갑작스레 날아온 날카로운 목소리에 새힘은 입술을 삐죽이며 교과서로 시선을 묻었다. 다른 애들은 꾸벅꾸벅 졸기도 하는데 잠깐 멍 때렸다고 단박에 자신에게만 뭐라고 하다니, 뭔가 이상하긴 했다. 꼭 해리가 자신에게 할 말이 있는 듯 느껴진달까.

"송새힘, 방금 내가 읽은 문장 해석해 봐."

이건 또 무슨 날벼락? 새힘은 퍼뜩 옆에 앉은 영경을 보았다. 영경이 펼쳐진 교과서의 중간쯤을 손가락으로 슬쩍 가리켰다.

To find some clues about why the drawing were made,

we can turn to history and anthropology.

그림이 왜 그려졌는지 실마리를 찾기 위해서, 우리는 역사와 인류학의 도움을 받을 수 있다.

크게 어려운 단어가 없어서인지 해석을 하는데 별다른 곤란은 없었다. 수업 과목 중 영어가 조금 취약하긴 했으나, 주입식 교육의 산물인 독해는 그나마 곧잘 하는 편이었다. 새힘은 슥 고개를 들어 해리와 눈을 맞추었다.

"뭐해? 해석해 보라니까."

"......."

새힘은 대답 대신 침묵을 지켰다.

"이 정도도 못하면서 수업 시간에 딴청을 피워? 너, 요새 수업 태도도 안 좋고 굉장히 산만해. 수업 마치고 선생님 따라와."

역시나. 수업 내내 해리가 계속해서 시선을 준 이유가 있었다. 뭔가 할 말이 있어서 그랬던 게 틀림없다. 새힘은 유순하게 '네에.'라고 말하곤 다시 교과서로 고개를 숙였다. 10여 분 남짓한 수업은 다시 진행되었고, 새힘은 해리가 뭐라고 할지 궁금해 한 글자도 제대로 귀에 들어오지 않았다.

잠시 후, 4교시를 마치는 종이 울리자 해리는 새힘에게 따라오라는 듯 진하게 눈을 한 번 마주치고는 교실 밖으로 향했다. 해리가 사라지자마자 영경이 잔뜩 의아한 표정을 지었다.

"야, 파워. 그 문장은 나도 해석 가능한데, 네가 몰라? 무슨 생각으로 정신을 빼놓고 있었냐?"

"아냐. 일부러 그랬어."

"잉? 왜?"

"이따가 얘기해 줄게. 영어랑 면회 좀 하고."

영경에게 대충 둘러댄 새힘은 어리둥절해 하는 그녀를 뒤로하고 교무실로 향했다. 교무실 근처까지 가자, 저만치서 느릿하게 걷고 있는 해리의 뒷모습이 눈에 들어왔다. 느릿한 걸음이 자신을 기다리고 있는 듯해, 새힘은 빠르게 그녀 옆으로 따라 붙었다.

"쌤."

옆으로 붙은 새힘을 흘끔 본 해리는 이내 정면으로 시선을 옮겨 앞으로 나아갔다. 따라오라는 무언의 신호로 받아들인 새힘은 묵묵히 해리를 뒤따랐다. 해리를 따라 도착한 곳은 여러 석고상이 진열되어 있는 미술실이었다. 해리는 미술실을 슥 훑어보곤 소형 이젤이 놓여 있지 않은 맨 구석 테이블로 가서 앉았다.

"너도 와서 앉아."

새힘은 해리의 맞은편 의자를 빼서 그녀와 테이블 하나를 사이에 둔 채 마주 보고 앉았다. 해리는 짐짓 엄한 선생님의 얼굴로 새힘을 유심히 바라보았다.

"너 말이야. 요새 수업 시간에 집중 못하고 겉돌래?"

"네? 제가요?"

"으음. 그래. 그러니까 그런 문장 하나도 해석 못해서 쩔쩔매는 거 아냐. 그러니까, 내 말은 고민 같은 게 있어서 수업에 제대로 집중을 못하고 있는 건 아닌가 해서 말이야. 가령, 남자 친구 문제라든가 뭐 그런 쪽으로 고민 있는 거 아니니?"

딱히 수업에 집중을 못하고 겉돈 적도 없을 뿐 아니라, 해리에게 고민을 털어놓을 만큼 그녀를 믿고 따랐던 적도 없었다. 평소 복도에서 마주치면 으레 그렇듯 인사만 하고 지나갈 정도였지, 해리와 이런 이야기를 나눌 만큼 특별한 유대감이 있는 것도 아니었다. 한데, 딱 하나 두 사람에게 공통점이 있다면 그건 바로 이은성과 사귀었다는 거다. 그것도 해리가 정말 사귀었는지는 알수 없으니, 따지고 보면 이렇게 마주 앉아 진지한 얘기를 할 만한 사이도 못 된다는 거다. 그런데도 이 여자가 이러는 걸 보면 분명 뭔가가 있다는 건데.

"그림이 왜 그려졌는지 실마리를 찾기 위해서, 우리는 역사와 인류학의 도움을 받을 수 있다. 이런 뜻 아닌가요?"

새힘이 해리를 빤히 바라보며 말하자, 그녀가 놀란 듯 눈을 동그랗게 뜨더니 이내 원래대로 되돌렸다.

"보기보다는 눈치가 빠르네? 일부러 대답을 안 한 거였구나."

해리의 말에 새힘은 어깨를 으쓱해 보였다.

"저 눈치 젬병인데요? 쌤이 너무 빤히 저를 보셔서 눈치를 안채려야 안 챌 수가 없었다는 뜻이에요."

"아아, 그랬니? 으흠. 작전 미스네."

이마를 긁적이며 영문 모를 소리를 한 해리는 새힘이 영문을 몰라 눈만 멀뚱거리자 부연설명을 덧붙였다.

"그것도 해석 못하냐고 마구 야단을 치면, 네가 울먹이면서 고민 상담쯤은 할 줄 알았거든. 그러면 자연스레 내가 듣고 싶은 말을 들을 수 있을 거라 여겼는데 말이야."

"좀 더 어려운 문장을 시키시지 그러셨어요."

"안 그래도 그거 제대로 해석했으면 대빵 어려운 걸로 내려고 했어."

"저한테서 무슨 말을 듣고 싶으셨는데요? 미리 말씀드리지만, 제가 아무리 선생님께 훈계를 들었어도 고민 같은 건 털어놓지 않았을 거예요. 선생님이 우리 담임선생님도 아니고, 학생주임 선생님도 아닌데 그럴 리 없잖아요."

새힘의 솔직한 말에 해리가 픽 웃음을 터트렸다.

"너, 보기보다 되게 솔직하구나."

"……."

새힘은 빨리 본론으로 들어가라는 뜻으로 말없이 해리만 빤히 응시했다. 그 시선에 그제야 그녀는 가만히 말문을 열었다.

"어제, 이은성 그놈 병문안을 다녀왔어."

해리의 한마디에, 새힘은 그녀에 대한 이야기들이 꼭 소문만은 아닐 거라는 확신이 들었다. 더불어 아직 해결하지 못한 은성과의 문제가 떠올라 가슴에 답답증이 일었다.

"그런데요?"

"그놈이 네 이름을 입에 담더라. 너, 걔랑 사귀니?"

새힘은 이렇게 묻는 해리의 의중을 알 수가 없어 잠시 뜸을 들인 다음 대답을 했다.

"지금은 아니에요."

해리의 한쪽 눈썹이 휙 치켜 올라갔다.

"지금은 아니라니? 그럼, 전에는 사귀었단 거니?"

"사귀다 제가 헤어지자고 했어요. 근데, 왜 이런 얘기를 쌤한테 시시콜콜 다 이야기해야 되는데요? 뭐가 궁금하신데요?"

"응? 그러니까, 그게……."

"쌤, 혹시 질투하세요?"

"뭐, 뭐?"

해리는 입을 쩌억 벌리곤 한동안 말을 잇지 못했다. 말을 잃어 버리기라도 한 사람처럼 입만 벙긋댔다.

"질투하시는 거면, 그러실 필요 없어요. 저 이은성한테 아무 감정도 없거든요. 저한테서 이 말이 듣고 싶으신 거죠?"

"얘! 아니거든! 그리고 너 왜 내가 널 질투한다고 생각하니?"

해리가 조금 식식대며 가까스로 말을 쏟아냈다.

"그렇게 보여서요."

"뭐? 내가 뭐 어떻게 보이기에……너, 혹시."

잠깐 말을 끊은 해리가 미간을 살짝 구기며 다시 말을 이었다.

"너, 알고 있구나. 그렇지?"

"뭘요? 쌤이 은성이랑 사귀었던 거요?"

다시 해리는 쩍 입을 벌리다 가까스로 추슬렀다. 그녀는 허탈하고도 어이없는 웃음을 내뱉었다.

"아아, 그냥 곧바로 말할 걸. 괜히 꼴만 우습게 됐네. 미리 말하는데, 난 절대로 질투 따위는 하지 않거든? 그놈 자식이랑 끝난 게 언젠데 질투 따위를 하니? 오히려 네가 걱정이 돼서 이러는 거야. 아무튼 뭐, 빙빙 돌려 말할 필요도 없겠다. 네가 그놈한테 헤어지자고 했을지는 모르겠는데, 그놈은 아닌 것 같으니까 조심하라고. 네 이름을 들먹일 때 눈빛이 굉장히 사나웠어."

"뭐, 뭐라고 하던가요?"

"그 말은 내가 물어야 할 것 같은데? 네가 헤어지겠다고 했을 때 그놈이 뭐라고 했는데?"

새힘은 작게 입술을 깨물었다. 해리와 이런 대화를 나누게 될 줄은 꿈에도 몰랐다. 수치스러워 메이에게도 하지 못한 이야기를 해리에게 털어놓는 날이 올 줄 역시 몰랐다.

"……자기랑 한 번 자 주면 헤어져 주겠대요."

"뭐야, 그럼, 아직 속궁합도 안 맞춰 봤단 말이니?"

"쌤!"

"그놈 자식이 참았다는 게 너무 의외라서 말이야. 으음, 넌 굉장히 힘들었겠구나."

"어떻게 해야 할지 몰라서 막막하긴 해요."

"그냥 눈 딱 감고 한 번 자지 그러니? 그러기 전엔 안 놔줄 건데."

태연한 해리의 말에 새힘은 얼굴을 확 붉히며 눈을 세모꼴로 떴다.

"쌤, 그게 선생님으로서 하실 말씀이세요?"

"그 자식, 테크닉은 끝내주거든."

그러면서 해리가 싱긋이 웃기까지 하자, 새힘은 뒤로 넘어가기 일보 직전이었다.

"저 그만 가 볼게요."

괜히 해리에게 고민을 털어놨다는 후회가 물밀듯 밀려들어 새힘은 잔뜩 볼멘 얼굴로 자리에서 일어났다. 하지만, 다음 순간 해리에게서 흘러나오는 말에 새힘은 동작을 멈추었다.

"난 그 자식의 아이를 임신하는 바람에 헤어질 수 있었어."

이미 영경에게 전해 들은 이야기지만, 해리가 스스로 말해 줄 거라곤 상상도 하지 못했다. 새힘은 홀리듯 스르르 자리에 앉아 이어지는 그녀의 말을 들었다.

"아니, 임신을 했다고 거짓말을 하는 바람에 헤어질 수 있었던 거지."

"네? 아니, 그럼……."

"그래. 임신은 하지 않았어. 지금에 와서 이런 소릴 하는 게 우습긴 하지만, 그 자식과 만나는 횟수가 거듭될수록 힘이 들었어. 내가 가르치는 어린 제자와 몰래 만난다는 거, 그거, 정말 할 짓이 못 되더라구. 그 자식은 스스로 그 관계가 싫증 날 때까지 날 놓아주지 않을 작정인 것 같아서 거짓말을 한 거지. 임신했다고 하니까 그놈이 뭐랬는줄 아니?"

"뭐……라고 했는데요?"

"'씨발, 재수 없게. 피임약 안 먹었어요?' 였어."

"이런 나쁜 새……."

새힘은 꼭 제가 겪기라도 한 것처럼 끔찍한 기분이 들어 욕설을 내뱉으려다 퍼뜩 입을 다물었다. 해리는 그런 새힘이 재미있다는 듯 픽 웃고는 말을 이었다.

"돈이 필요하면 말하래. 알아서 구해 줄 테니까. 대신, 그만 관계를 끝내자더라. 들러붙지 말라고 덧붙이면서. 있지, 보통이라면 정말 기분이 더러워야 하잖아? 근데, 난 속으로 만세를 불렀어. 이제 저 자식에게서 해방되겠구나, 싶어서 말이야."

해리는 그 말을 끝으로 잠시 침묵을 지켰다. 새힘 역시 딱히 할 말이 떠오르지 않아 테이블만 응시했다. 해리의 말을 듣고 나니, 착잡해서 견딜 수가 없었다. 학교 선생이란 사람도 은성에게 벗어나기 위해 어마어마한 거짓말을 했는데, 힘없는 자신은 어떡해야 하나 막막하기만 했다.

"근데, 저한테 이런 이야기를 시시콜콜 다 해주시는 이유가 뭐예요?"

"동병상련이라고 해 두자. 내가 그랬듯이 너 혼자 이은성이란 놈을 감당하기는 굉장히 힘들 것 같아서 말이야. 나야, 그럴 듯한 거짓말로 해방됐지만, 넌 그럴 수도 없잖니? 그러니까, 혼자 끙끙대지 말고 정 힘들면 학생주임 선생님과 상담이라도 해 봐. 입이 안 떨어지거든 내가 도와줄게."

"……."

새힘은 선뜻 내키지 않아 아무런 대꾸도 하지 않았다. 학생주임에게까지 털어놓으면 일이 점점 더 커지게 되고 그 뒷감당도 아직은 자신이 없었다. 그런 새힘의 심정을 읽은 듯 해리는 가만히 작은 어깨를 툭툭 두드려 주었다.

"뭐, 시간은 많으니 잘 생각해 봐."

"시간이 많다뇨?"

"그 자식, 꽤 많이 다쳤더라고. 갈비뼈가 나가서 당장 퇴원은 힘들 걸? 갈비뼈가 다 낫더라도 다리 깁스도 풀어야 할 텐데, 그 자식 성격에 목발 짚고 절룩이면서 학교에 나오겠니? 기말 고사는커녕 여름 방학이 끝나면 그때나 등교하지 않을까?"

해리가 가져다준 뜻밖의 소식에 새힘은 잔뜩 얼빠진 표정을 지었다. 당분간은 은성을 마주하지 않아도 된다고 생각하니, 뇌리 한쪽에서 끊임없이 자신을 괴롭히던 긴장이 스륵 풀어진 탓이다.

"그러니, 잘 생각해 봐. 뭐, 그사이에 그 자식이 널 포기해 주면 다행인 거고."

아아, 제발 그래 줬으면 소원이 없을 것 같다.

*

더위가 점점 짙어지는 가운데, 6월 말부터 7월 초까지 치르는 1학기 기말고사가 3일 앞으로 다가왔다.

새힘은 영경과의 수다를 줄이고 기말고사에 대비해 어지간하면 책상에서 일어나지 않았다. 방과 후 집으로 와서도 죽어라 공부에만 매달렸다. 영경이 제 언니가 지른 빨간 딱지의 책을 보러 가자고 유혹하는 것도 눈물을 머금고 딱 잘랐다. 그만그만한 중위권 성적을 달리고 있는 영경이 그런 그녀에게 '독한 것'이라며 고개를 절레절레 흔들었지만 새힘으로선 그럴 수밖에 없었다.

모의고사든 내신이든, 시험 성적표만 나오면 메이와 비교해대는 어머니 때문에 그 소리가 듣기 싫어서라도 시험 기간이 다가오면 기를 쓰고 공부를 해야 했다. 그럴 때는 메이가 조금 알미워지기도 했다. 따라가지 못할 상대에 대한 질투심이랄까. 하긴, 그 독한 놈은 평소에도 책에서 손을 놓지 않으니, 따라간다는 자체가 불가능했다. 벌써부터 성적표가 나온 뒤의 상황이 그려지자 머리가 지끈거렸다.

학교를 파한 뒤 곧장 집으로 와서 샤워부터 마친 새힘은 덜 마른 머리카락을 대충 늘어뜨린 채 책상 앞에 앉았다.

우웅. 우웅.

막 수학 교과서를 펼치던 새힘은 휴대전화의 진동 소리에 이리저리 시선을 돌렸다. 그녀의 고개가 침대 위에 아무렇게나 놓인 휴대전화를 발견하고서야 멈추었다. 그녀는 쪼르르 침대로 가 휴대전화를 집어 들었다. 액정에 '류메이'라는 이름이 선명히 찍혀 있자 새힘은 저도 모르게 헛기침으로 목소리를 가다듬고 전화를 받았다.

"응, 메이야."

〔뭐해.〕

"수학 책 막 펼치던 중이야."

〔시험공부?〕

"응. 며칠 안 남았잖아. 넌 뭐해?"

〔체육관이야. 잠시 쉬는 중.〕

평범하기 그지없는 대화가 오갔지만, 이상하게도 새힘은 이런 메이와의 통화가 지루하거나 싫지 않았다.

"아아. 시험 기간에도 안 빠지고 다닐 거니?"

〔그래야지.〕

지극히 류메이다운 대답에 새힘은 피식 웃었다. 뭐든 계획한 건 그대로 실천해야 하는 성격이라, 제 할 일은 어지간하면 빼먹지 않았다. 시험 기간에도 예외는 아닌 모양이었다.

아, 예외가 있었지! 새힘은 단 한 번의 예외가 있었다는 걸 떠올렸다. 은성과의 유언비어가 떠돌아 힘겨워 하던 그날, 메이는 자신을 위해 한 번도 거르지 않던 체육관을 쉬고 함께 도보로 귀가를 했었다. 그때 메이가 업어 주었던 걸 생각하니, 절로 입가에 짠한 미소가 감돌았다.

"좋겠다. 그렇게 할 일 다 하고도 전교 1등을 안 놓쳐서. 난 죽어라 해도 널 못 따라가는데. 으, 우리 엄마, 너랑 비교하면서 뭐라고 할 걸 생각하니 벌써부터 토 나올 것 같아. 그냥 네가 성적을 좀 떨어뜨리면 안 되겠니?"

쿡쿡, 메이의 웃음소리가 귓가에 기분 좋게 감겨왔다. 어지간해선 잘 웃지 않는 녀석이라 그녀까지 유쾌해졌다. 메이의 웃음 하나에도 이렇게 유쾌해지는 자신이 어색해, 새힘은 짐짓 뾰로통하게 내뱉었다.

"어어? 너, 지금 비웃지?"

[당연하지. 무리하지는 마. 어차피 넌 나 못 따라와.]

"뭐야, 너무 얄밉잖아. 더 이상 통화 불가. 이만 전화 끊어."

[안 돼. 아직 끊지 마.]

"싫어."

[송새힘, 전화 끊기만 해 봐.]

느긋하고 무뚝뚝한 메이의 목소리가 절박하게 바뀌자, 자신이 생각해도 얄미울 정도로 새힘의 입에는 웃음이 걸렸다. 아니, 사악한 미소가 짙게 감돌았다.

"안 끊으면 뭘 해줄 건데? 노래라도 불러 줄 거야?"

〔뭐?〕

"노래 불러 주면 안 끊을게."

〔……〕

잠시 수화기에서는 아무런 말도 흘러나오지 않았다. 새힘은 수화기 저편에서 벌레 씹은 얼굴을 하고 있을 메이를 떠올리며 박차를 가했다.

"노래 안 불러 주면 전화 끊는다?"

후욱. 낮은 숨소리가 들리더니, 곧이어 메이의 목소리가 흘러나왔다.

〔미쳤구나, 송새힘. 끊는다.〕

에? 이게 아닌데?

"아니, 메이야, 잠깐……"

놀란 새힘이 다급히 내뱉었지만, 이미 통화는 끊어지고 만 상태였다. 새힘은 황당한 얼굴로 휴대전화를 바라보다 이마를 주먹으로 꽁 쥐어박았다.

으으, 대충 할 걸 너무 나갔다. 류메이가 어떤 인간인지 잠시 잊었다. 애교 따위는 전혀 떨 줄 모르는 담백함 그 자체인 인간 아니던가. 그래도 그렇지, 곧바로 끊어 버릴 건 또 뭐니.

잠시, 전화를 해볼까 심각하게 고민을 때리던 새힘은 문득, 자신이 상당히 들떠 있음을 깨닫고 당황스러워졌다. 예전 같으면 메이와는 이런 실없는 통화 자체를 하지 않았을 것이고, 설령 통화 중에 전화가 끊어졌다 한들 이렇게 아쉬운 마음이 들지도 않았을 것이다. 한데, 끊어진 전화에 진한 허전함을 느끼다니.

새힘은 메이와의 통화를 포기하고 다시 수학책을 펼쳐들었다. 전화를 걸어 왜 끊었냐고 따지기도 우스웠으며, 노래 따위는 불러 주지 않아도 되니 전화통에 불나도록 통화하잘 수도 없는 노릇 아닌가. 그녀는 교과서에 집중을 하려 무던히도 애썼다.

교과서를 씹어 먹을 기세로 죽어라 수학에만 파고든 지 1시간. 억지로 흐트러진 마음을 가다듬고 한창 문제 풀이를 하고 있을 때였다. 책상 한쪽으로 치워 둔 휴대전화가 다시 진동을 해대기 시작했다.

이제 겨우 공부에 집중하고 있는데 전화가 걸려오니, 새힘의 이마가 절로 찡그려졌다. 그러다 손을 뻗어 휴대전화의 액정을 확인한 새힘은 언제 그랬냐는 듯 미간을 확 폈다. 이번에도 메이다.

"치, 매정하게 끊을 때는 언제고 다시 전화질이야?"

입을 삐죽이면서도 그녀는 전화가 끊어질세라 퍼뜩 통화 버튼을 눌러 귀에 대었다. 괜스레 심장이 벌렁벌렁 울려댄다. 그것을 들킬까 목소리는 새침하기 그지없게 흘러나갔다.

"왜? 나 지금 집중해서 공부 중인데."

〔동해물과 백두산이 마르고 닳도록…….〕

갑자기 수화기를 통해 흘러나오는 애국가에 새힘은 잠시 멍한 얼굴로 동작 그만 상태가 되었다. 이 무슨 모나리자 눈썹에 발모제 바르는 시추에이션이란 말인가. 게다가 이 저질스런 음정과

박자는 어쩔 거임? 안익태 선생님이 지하에서 통곡을 할 노릇이었다.

[하느님이 보우하사 우리 나라만세. 무우궁화 사암천리…….]

으윽! 이 고음 불가! 그렇게 불러서 하느님이 퍽이나 보살펴 주시것다. 애국가가 이렇게나 힘겹게 부를 정도로 어려운 노래였던가. 이렇게 애국스럽지 않은 애국가는 생전 처음이었다.

더불어, 새힘은 메이가 지독한 음치라는 것도 처음 알았다. 가만 생각하니, 사춘기를 지나면서부터 메이가 노래를 부르는 걸 한 번도 본 적이 없는 것 같긴 했다. 워낙 완벽한 놈이라 음치라는 의심은 한 번도 한 적 없는데, 이렇게 완벽한 음치일 줄이야.

황당함이 가시자, 이제는 키득키득 웃음이 새어 나와 새힘은 퍼뜩 한 손으로 입술을 가렸다. 그러거나 말거나 메이는 꿋꿋하게 애국가 1절을 끝까지 불렀다. '길이 보전하세.' 를 끝마치자마자 후욱후욱, 숨 고르는 소리가 들리더니 이내 쥐어짜듯 뚝뚝 끊어지는 음성이 튀어나왔다.

[쌍. 하, 한 번만 더 노래시키면 죽을 줄 알아.]

그러고는 곧바로 뚝 전화가 끊어져 버린다. 잠시, 끊어진 전화를 바라보던 새힘은 이내 입술을 가리고 있던 손을 치웠다.

"푸, 푸하하하하! 류메이, 왜 이렇게 까리한 거니!"

참고 있었던 웃음이 한꺼번에 터져 나왔다. 눈물이 그렁그렁 맺히고 배와 턱이 아플 때까지 그녀는 웃어젖혔다. 욕까지 더듬는 걸 보니, 메이도 딴엔 무진장 긴장하고 있었던 게 틀림없다. 그래놓고 서둘러 뚝 끊어 버리는 메이가 귀엽기까지 했다.

조금 뒤 웃음이 잦아들자, 새힘은 눈가에 맺힌 눈물을 닦아내며 옅은 미소를 지었다. 심장이 간질거리고 뭔가 형언할 수 없는 뭉클거림이 자꾸만 속에서 넘실댄다.

새힘은 메이에게로 전화를 걸었다. 엄청난 노래 실력에도 불구하고, 자신을 위해 고군분투해 준 메이가 정말 고맙고 짠해 그냥 있을 수가 없었다. 만약 메이가 곁에 있었더라면 두 말 않고 안아주었을지도 모르겠다. 컬러링조차 없는 담백한 신호음이 몇 번 울리고 메이가 전화를 받았다.

〔왜.〕

무뚝뚝하기 그지없는 목소리에도 새힘은 가슴이 뿌듯했다.

"있잖아, 메이야."

〔이상한 말 할 거면 그냥 끊자.〕

심하게 어색해 하고 있을 메이가 눈에 선해 새힘은 씨익 웃었다.

"지금까지 들어 본 애국가 중에서 제일 대박이었어. 이렇게 애국심이 안 생기는 애국가는 처음이야. 다굴 당하기 딱 좋겠더라. 앞으로 다른 데서는 부르지 마, 알았지?"

〔야, 너.〕

"특히, 다른 여자애들 앞에서는. 나……할지도 몰라."

〔뭐?〕

제대로 듣지 못한 메이가 되물음에 새힘은 후욱 숨을 들이켜곤 이내 내쏘듯 내뱉었다.

"다른 여자애들 앞에서도 노래하면 내가 질투할지도 모른다고!"

〔송새힘, 잠깐…….〕

메이의 목소리를 한 귀로 흘리며 후다닥 전화를 끊어 버린 새힘은 스스로가 민망해 미친 듯이 머리를 버벅버벅 긁어댔다. 그러곤 배터리를 분리시켜 징그러운 물건 대하듯 전화기를 저만치 획 던져 놓았다. 그것만으로는 오글거리는 손발을 수습할 수가 없어 후다닥 침대로 뛰어들었다. 이불을 온몸에 칭칭 감은 그녀는 미친년처럼 발작을 하며 온 침대를 굴러다녔다.

으으, 민망해서 내일 메이 얼굴을 어떻게 보지?

자정 무렵까지 책상 앞에 앉았던 새힘은 시계가 12시를 가리키자 고개를 들었다. 2시간 이상을 꼼짝 않고 있었더니, 온몸이 뻐근해져 왔다. 이쯤하고 그만 잠자리에 들어야 학교에서 꾸벅꾸벅 조는 사태를 면할 수 있을 것이다. 어지러이 널려 있는 책상을 정리하는데, 저녁나절에 배터리를 빼놓고 그대로 방치해 둔 휴대전화가 눈에 들어왔다.

으으.

입에서 절로 신음 소리가 흘러나왔다. 낯간지러운 소리를 잘도 지껄였던 게 생생히 뇌리에 떠오르자 벽에다 헤딩하고픈 욕구가 일었다. 분리되어 있던 배터리를 꽂고 전원을 켜니, 역시나 메이에게서 전화가 걸려와 있었다.

담백하게 딱 두 통이었다. 한 통은 그녀가 전화를 끊어 버린 직후에 했었고, 두 번째는 30분 정도 전쯤에 걸려온 것이었다. 아직 메이도 잠자리에 들지 않은 듯해 전화를 해볼까 하다 새힘은 관두었다.

"세 통이었으면 전화를 해볼까 했는데, 패애수."

새힘 역시 담백하게 전화를 내려놓고 기지개를 쭉 켰다. 하품을 늘어지게 하며 침대로 올라갈 때였다.

툭. 툭.

커튼이 드리워진 창문에 뭔가 날아와서 부딪치는 소리가 새힘의 귀를 잡아당겼다. 창밖에 커다란 살구나무가 있어, 여름에는 곧잘 벌레들이 날아다니다 창에 부딪치곤 했다. 이번에도 벌레가 날다가 부딪쳐서 나는 소리이겠거니 무시하는데 또 툭, 하는 소음이 울렸다.

조금 이상한 기분이 들어 새힘은 후다닥 창가로 향했다. 조심스레 커튼을 젖히고 창문을 열어 주위를 둘러보던 새힘은 쿵, 하고 심장이 떨어지는 듯했다. 생각지도 못하게 메이가 2층, 그녀의 방 창문을 향해 작은 돌을 던지고 있었다. 도대체 이 시간에 여기까지 어쩐 일이란 말인가!

밤인데다, 혹여 부모님이 들을까 염려되어 새힘이 뭐라 말도 못하고 눈만 동그랗게 뜨고 있자, 그녀와 눈이 마주친 메이가 자신의 휴대전화를 들어 보였다. 통화를 하자는 뜻이다. 새힘은 고개를 끄덕여 보이곤 휴대전화기를 가지러 재빨리 책상 위로 갔다. 그사이 전화기는 진동을 해대고 있었다. 새힘은 전화를 귀에 갖다 대며 다시 창가로 가, 창문 밑에서 올려다보고 있는 메이를 내려다보았다.

"이 시간에 어쩐 일이니? 심장마비 올 뻔했잖아. 얼마나 놀랐는지 알아? 전화를 하지 그랬어?"

[계속 전화기를 꺼 놓은 게 누구더라?]

"아, 배터리 빼놓은 걸 깜빡했어. 그럼, 집 전화라도 하지 그랬
어."

[어른들 다 깨우라고?]

"그게, 또 그러네."

[잠깐 나올래.]

"어? 지금?"

[시간 많이 안 뺏어. 10분이면 돼.]

"어, 응. 알았어. 조금만 기다려."

전화를 끊은 새힘은 다시 창문을 닫고는 허둥지둥 거울 앞에
섰다. 얼굴에 묻은 게 없나 확인을 한 다음 머리칼도 빗어 내렸
다. 그 상태로 내려가려다 잔뜩 늘어난 트레이닝 바지를 보고 후
딱 반바지로 바꿔 입었다. 마치, 귀신에라도 홀린 듯한 기분으로
새힘은 아래층으로 향했다.

"새힘이, 아직 안 잤니?"

어두컴컴한 아래층 거실에 당도하자마자 어머니의 목소리가
그녀의 뒷덜미를 잡았다. 꼭 나쁜 짓을 하다 들킨 것처럼 심장이
철렁 내려앉고 온몸에는 소름이 끼쳐 올랐다. 어머니는 최소한의
불만 켜놓은 채 거실 소파에 길게 누워 있었다.

"어, 엄마. 여기서 뭐해? 아직 안 주무셨어요?"

"네 아빠가 코를 너무 골아서 잠이 깨 버렸지 뭐니."

밖에서 기다리고 있을 메이 때문에 공연히 마음이 다급해진다.

"그, 그래도 얼른 주무셔야 내일 출근하는 데 지장이 없지. 들어가서 주무세요."

"귀찮아. 그냥 여기서 잘까 싶어. 여기가 잠이 더 잘 올 것 같아."

"방을 두고 왜 여기서 주무세요? 아님, 다른 방이라도……."

자꾸만 방으로 들여보내려는 딸이 이상했던지 어머니가 슥 상체를 세워 새힘을 똑바로 바라보았다.

"얘가, 귀찮다는데 왜 자꾸 방으로 가래? 근데, 넌 왜 안 자고 내려왔니?"

어머니의 눈초리가 꼭 '너 밖에 나가려고 그러지?' 하는 것처럼 보여 일순 말문이 확 막혔다. 새힘은 등 뒤로 식은땀이 흐르는 걸 느끼며 억지로 대꾸했다.

"아, 그게, 물 한 잔 마시고 자려고."

"그럼, 얼른 마시고 올라가서 자. 아침에 깨우기 힘들게 만들지 말고."

결국 새힘은 어머니의 따가운 시선을 받으며 주방으로 직행할 수밖에 없었다. 별로 갈증도 안 나건만 억지로 물을 한 컵 따라 마시곤 다시 2층 방으로 향했다. 새힘이 다시 창문을 열고 앞에 서자 그녀를 발견한 메이가 곧바로 전화를 걸어왔다.

〔어른들 안 주무시니?〕

눈치 빠른 메이의 말에 새힘은 한숨을 푹 내쉬었다.

"응. 엄마가 거실 소파에 누워 계셔서 도저히 못 나가겠어."

〔……할 수 없지, 뭐. 간다.〕

"으응. 잘 가."

이상하게도 아쉬움에 목소리가 떨리고 창가에서 떨어지기가 싫었다. 매일 보는 얼굴인데도 밤이 가져다주는 어둠은 묘한 설렘을 느끼게 만들었다. 메이 역시 전화를 끊고도 쉽사리 발을 떼지 않았다. 그저, 창가에 얼굴을 내밀고 서 있는 새힘을 물끄러미 올려다보고 있었다. 그런 메이가 어쩐지 안쓰러워 새힘은 얼른 가라는 뜻으로 손을 흔들어 보였다.

그때였다. 조금 떨어진 곳에서 올려다보던 메이가 성큼성큼 다가온 것은. 그리고 다음 순간, 메이가 창가에 있는 살구나무를 타고 오르기 시작하자, 새힘은 심장이 멎는 듯했다.

"지금 뭐하는 거야?"

"쉿, 조용히 해. 부모님 다 깨울 참이야?"

저도 모르게 톤을 높인 새힘은 메이가 검지를 입술에 갖다 대는 바람에 합, 하며 입을 닫았다. 그녀는 그저, 얼빠진 얼굴로 메이를 지켜볼 수밖에 없었다. 맨손으로 나무를 오르는 게 쉽지 않을 텐데, 그는 능숙하게 튼튼한 가지를 잡고 위로 향했다.

새힘은 잠시 숨을 죽인 채 멍하니 메이를 바라보았다. 달빛을 받으며 나무를 오르는 메이가 정말 엘프처럼 신비하게 보여 눈을 뗄 수가 없었다. 금발에 가까운 연한 갈색 머리칼, 동서양인의 장점만을 조합해 놓은 아름다운 이목구비 그리고 늘씬한 팔다리. 아름다운 얼굴과 달리, 나무를 잡고 오를 때마다 반팔 소매 아래로 물결치는 근육들이 소년과 남자의 경계에 있는 메이를 더욱 돋보이게 만들었다.

마침내 메이가 나무를 타고 2층 창 높이까지 올라오자, 이제야 눈높이가 같아졌다. 그 상태로 메이가 팔을 뻗어도 새힘을 어루만질 수 있을 만큼 가까운 거리다.

"침 흐른다."

넋 놓고 메이를 감상하던 새힘은 그의 말이 귀에 닿아서야 확 얼굴을 붉히며 정신을 차렸다.

"내, 내가 언제 침을 흘렸다고. 들어올래?"

혹시나, 메이가 미끄러져 떨어지면 어쩌나 걱정이 된 새힘은 창가에서 조금 물러나며 물었다. 하지만, 메이는 튼튼한 나뭇가지에 의존한 채 고개를 저어 보였다.

"신발 신었잖아. 안 들어가."

"그러고 있다가 떨어지면 어쩌려고? 방이야 청소하면 되니까 들어와."

"……들어가면 그냥 못 나와."

낮고도 고요한 말에 깃든 속뜻을 얼핏 알 수가 없어 눈동자를 굴리던 새힘은 감정을 억누르듯 차갑기까지 한 메이의 얼굴을 보고서야 심장이 쿵쾅쿵쾅 뛰기 시작했다.

다급하고 성급히 굴지 말아 달라는 새힘의 부탁을 들어주듯 메이는 성마르게 다가오지 않았다. 무뚝뚝한 것도 예전과 다를 바 없었고 멋대가리 없이 툭툭 내뱉는 말들도 여전했다. 예전과 달라진 게 있다면, 별 다른 주제가 없어도 통화를 자주한다는 것과 또 하나는 바로 이런 점이었다. 이따금씩 그녀가 당황스러울 정도로 남자의 눈을 하고서 바라보고 있다는 것이다. 아직은 남자로서의 메이가 완전히 적응되지 않아 이럴 때면 조금 겁이 나는 것도 사실이다.

그런데, 이상했다. 지금은 단순히 이런 메이가 적응되지 않아서 가슴이 울리는 게 아니었다. 두려움이 섞인 묘한 흥분과 뭔지 모를 열기가 심장의 펌프질을 더욱 부추기고 있었다. 달빛을 받으며 나무에 올라서 있는 메이가 눈물이 날 정도로 아름다워서일까. 아니면, 자정을 넘긴 시각에 부모님 몰래 창 하나를 사이에 두고 이렇게 마주 보고 있어서일까. 정확한 이유는 그녀도 알 수 없었지만, 지금만큼은 가슴이 터질 것만 같았다.

"얼굴이 빨개. 열 있는 거 아냐?"

가만히 새힘을 응시하고 있던 메이가 손을 뻗쳐 왔다. 움찔. 절로 그녀의 몸이 흠칫거렸으나 뒤로 물러나진 않았다. 기다랗고 단단한 손은 열기를 가늠하듯 곧장 이마에 와 닿았다. 후끈한 이마에 닿은 그의 손이 더없이 시원하게 느껴진다.

"열 있다. 감기 기운 있니?"

"아, 그게, 심장이 빨리 뛰어서……아니, 아니, 그게 아니라 조금 흥분……아니! 아냐, 아냐! 그렇게 흥분한 게 아니라……아우, 정말. 미치겠네."

말을 할수록 점점 수렁에 빠져드는 것 같아 새힘은 식은땀을 흘렸다. 수습불가. 회복불능. 메이의 입술 끝이 살짝 올라가며 모호한 표정을 만들고 있자, 새힘은 딱 죽고 싶은 심정이었다. 조금 전과는 비교도 할 수 없을 정도로 시뻘겋게 달아오른 그녀는 급기야 커튼을 확 쳐 버렸다.

"너, 너. 그만 가."

쥐어짜듯 내뱉은 그녀는 이마에 송골송골 맺힌 식은땀을 훔쳐 내며 숨을 들이마셨다 내쉬길 반복했다. 메이 앞에서 이렇게 당황하고 긴장해 말이 꼬이기는 처음이었다. 대화를 하다 보면 항상 메이가 그녀의 페이스에 말려드는 편이었는데, 오늘따라 멍청이가 된 듯한 느낌이다.

잠시 뒤 몸에 오른 열기가 조금 가시자 새힘은 새하얀 커튼을 살짝 응시했다. 살짝 열린 틈으로 꼼짝 않고 그녀 쪽에다 시선을 고정시킨 채 있는 메이가 보인다. 문득, 방의 환한 불빛으로 인해 커튼에 드리워진 자신의 그림자도 눈에 들어왔다. 메이가 뚫어질 듯 보고 있는 건 다름 아닌 커튼에 비친 그녀의 그림자였다.

그림자를 바라보던 새힘은 아주 어릴 적 메이와 자주 하고 놀았던 그림자놀이를 떠올렸다. 손으로 여러 동물 모양을 만들어 그 흉내도 곧잘 내고 그랬었다.

"메이야, 오랜만에 그림자놀이 한 번 해볼까?"

조금 들뜬 목소리로 말한 그녀는 메이가 볼 수 있게끔 양손을 올려 독수리 모양을 만들었다. 교차시켜 펼쳐진 양손을 날개처럼 펄럭이며 커튼 위를 날아다녔다.

"정말, 독수리 같지 않아? 어릴 때는 되게 신기해서 막 우와, 우와 했었는데. 그치? 난 독수리를 좋아했고, 넌 뭘 좋아했더라? 아, 그래. 넌 여우를 되게 좋아했었지?"

메이에게서는 아무런 대꾸도 없었지만, 새힘은 여우를 탄생시키기 위해 어렴풋한 기억을 끄집어냈다. 검지와 약지를 쭉 펴고 나머지 손가락은 집게처럼 모으니 금세 여우의 머리 모양이 커튼 위에 그려졌다. 만족스러워 그녀는 입가에 싱긋이 미소를 그렸다. 그리고 생동감을 주기 위해 손을 움직일 때였다. 차르륵, 하는 소리와 함께 커튼이 한쪽으로 홱 젖혔다.

새힘은 여우의 손을 한 그 상태로 커튼을 걷은 메이를 바라보았다. 언제부터 불기 시작했는지 모를 실바람이 살구나무의 잎사귀들을 흔들고 메이의 머리칼도 더불어 흔들고 있었다. 짙어진 갈색 눈동자와 굳게 다물린 입술을 눈에 담는 동안 그녀의 입가에 머물던 미소는 점차로 사라져갔고 여우의 모양을 하고 있던 손 역시도 풀어졌다.

메이의 손이 가만히 다가와 그녀의 볼을 어루만진다. 한없이 부드럽고 다정하게.

찌르르. 처음 경험하는 전율이 머리에서 발끝까지 타고 흐른다. 새힘의 입에서 저도 모르게 작은 한숨이 새어 나왔다. 어느새 볼을 어루만지던 메이의 단단한 손은 그녀의 입술까지 내려왔다. 엄지가 살짝 벌어진 붉은 입술을 느릿하게 쓸 때마다 점점 호흡이 가빠졌다.

입술에 머물러 있던 커다란 손이 움직여 그녀의 뒷머리를 감싼다. 그리고 조금 힘을 가해 천천히 앞으로 끌어당기기 시작했다. 메이가 의도하는 게 무엇인지 지금 이 순간만큼은 말하지 않아도 충분히 알 수 있었다.

새힘은 저항하지 않고 메이가 이끄는 대로 가만히 창문 밖으로 고개를 내밀어 주었다. 메이의 얼굴도 조금씩 숙여지며 그녀를 마중 나오고 있었다. 그는 떨어지지 않게 한 손으로는 나뭇가지를 붙잡은 채 그녀에게 고개를 숙여왔다.

창밖에 부는 바람이 열 오른 그녀의 얼굴을 어루만지고 머리칼도 살짝 흔들며 지나간다. 마침내 두 사람의 입술이 맞닿는 순간, 새힘은 눈을 꼭 감았다. 찰나동안 닿았던 입술이 살짝 떨어졌다가 다시 서로의 것을 찾았다. 이번엔 좀 더 길게 입술을 마주한 채 서로의 호흡을 느꼈다. 새힘은 이런 가벼운 행위만으로도 가슴이 벅차올라 허공 위를 둥둥 떠다니는 것만 같았다.

하지만, 그런 기분도 잠시였다. 뒷머리를 감싸 쥐고 있는 메이의 손아귀에 힘이 들어간다는 걸 느끼는 순간, 새힘은 정신이 혼미해졌다. 메이가 그녀의 입술을 가르며 혀를 밀어 넣었기 때문이다.

"흐읍."

새힘은 가쁜 호흡을 내뱉으며 메이를 받아들였다. 뜨겁고도 말랑한 혀가 곧장 그녀의 속살을 잡아 채 부드럽게 빨아들였다. 오싹, 가슴이 싸해지는 느낌에 새힘은 손마디가 하얘지도록 창틀을 꽉 붙잡았다.

한 번, 두 번 맛을 보듯 느릿하게 혀를 움직이던 메이가 어느 순간부터 더없이 노골적으로 그녀의 입술을 탐했다. 고개를 더욱 비스듬히 기울인 채 혀와 입술 그리고 치아를 이용해 그녀의 말랑한 속살을 흡입하고 핥고 깨물기를 반복했다. 폭풍처럼 거친 호흡이 섞이고 달큰한 타액도 섞였다. 귓가를 울리는 진한 키스의 소리에 도취되어 새힘은 점점 무아지경으로 빠져들었다.

"하아."

끊어질 듯 애틋한 한숨 소리가 흘러나왔지만, 새힘은 그게 제 것인지도 몰랐다. 마치, 최면에라도 걸린 것처럼 머릿속이 몽롱하고 온몸에는 기운이 빠져나갔다. 그녀는 메이가 선사하는 집요하고도 거친 키스에 호흡하기가 힘들었지만, 필사적으로 할딱이며 그를 받아들이고 또 받아들였다. 지금이 자정을 넘긴 시각이고, 제 방 창밖으로 고개를 내민 채 어른 흉내를 내고 있다는 것쯤은 이미 뇌리에 들어 있지도 않았다. 그저, 아찔하고도 애틋한, 메이의 진심이 느껴지는 키스에 속절없이 빠져들 뿐이었다.

밤새도록 이어질 것 같던 입맞춤은 한참 후 메이가 입술을 떼어내면서 끝이 났다. 새힘은 가쁜 숨을 몰아쉬며 천천히 눈꺼풀을 들어 올렸다. 바로 몇 센티 앞에 있는 메이의 붉은 입술이 시야에 들어오자, 그녀는 다시 눈을 감았다. 어지럽고 정신이 없는 데다, 너무 민망하고 부끄러워 메이의 눈을 마주할 수가 없었다.

후딱 상체를 뒤로 빼서 다시 커튼을 확 치고 싶은 마음이 가득했으나, 아직 메이의 한 손이 그녀의 뒷머리를 옭아매고 있었기에 그럴 수가 없었다. 예전엔 그 어떤 민망한 짓을 했어도 메이 앞에서만은 부끄러운 줄 몰랐는데…….

"눈 떠 봐."

아득한 저편에서 들려오는 듯한 착각이 들 만치 아련한 저음이다. 세상에서 가장 무거운 눈꺼풀을 들어 올리는 게 쉽지 않다. 새힘은 풍성한 속눈썹을 느릿하게 들어 메이를 응시했다. 그녀를 바라보는 메이의 눈동자에 따스함과 애정이 물씬 담겨 있다.

새힘의 뒷머리를 옥죄고 있던 커다란 손이 스륵 풀리며 다시 앞으로 움직였다. 발갛게 열이 오른 보드라운 볼을 감싸고 조심스레 쓰다듬는다. 그리고 메이의 아름다운 입술이 그녀의 눈앞에서 천천히 열린다.

"사랑해. 어릴 적부터 지금까지. 그리고 앞으로 쭉."

두근.

메이의 고백에 새힘은 호흡이 멎는 듯했다. 퉁명스러운 말밖에 할 줄 모르는 류메이가, 사랑해라니. 끈적거리고 낯간지러운 말을 경멸하는 류메이가 더없이 다정스레 사랑을 고백하다니.

아, 어떻게 해. 심장이 터질 것 같아.

"나, 난……메이야, 나는……."

어찌할 줄 몰라 잔뜩 시뻘게진 얼굴로 새힘이 속눈썹만 깜빡이고 있자, 메이는 고개를 저어 보였다.

"듣기만 해, 지금은."

그는 조금 쓰게 웃으며 말을 이었다.

"나중에, 나와 똑같은 말을 할 수 있을 때, 그때 말해 주면 돼."

메이의 쓴웃음이 새힘의 가슴에 가시처럼 아프게 박혀 들어왔다. 쓸쓸하게 느껴지는 메이의 웃음은 참으로 보기가 싫다. 차라리 특유의 비웃음을 보는 쪽이 훨씬 더 마음은 편하다.

"그만, 가야겠다. 늦었으니 얼른 자."

잠시 동안 새힘의 볼을 쓰다듬던 그가 이윽고 손을 거둬들였다.

"으응. 조심해서 가."

이 말밖에 떠오르는 말이 없어 가슴이 시큰거린다. 메이는 대답하지 않고 이내 나무를 타고 내려가 중간쯤에서 훌쩍 바닥으로 뛰어 내렸다. 그러곤 성큼성큼 전진하기 시작했다. 새힘은 창가에 서서 꼼짝 않고 멀어져가는 메이의 뒷모습을 응시했다.

좀 돌아봐, 메이야.

한 번쯤은 돌아서서 손을 흔들어 줄 줄 알았는데, 그는 끝까지 뒤돌아보지 않았다. 새힘은 메이가 완전히 사라질 때까지 눈을 떼지 않고 눈으로 그를 배웅했다. 홀로 어둠 속을 걷고 있는 메이의 뒷모습이 오늘따라 더없이 고독해 보였다.

12.

　"야, 파워. 넌 시험이 내일인데 뭐가 그렇게 좋아서 콧노래질이냐?"

　자신이 콧노래를 흥얼거리고 있다는 걸 자각하지 못하고 있던 새힘은 영경이 옆에서 소곤거리는 말에 책에서 눈을 떼며 속눈썹을 깜빡였다.

　"내가 언제?"

　목소리가 조금 높아지는 바람에, 중간고사에 대비해 자습 중이던 반 아이들이 확 인상을 쓰며 따가운 시선을 보냈다. 지금은 체육 시간이었지만, 체육 선생의 배려 하에 다들 교실에서 자율학습을 하는 중이었다. 새힘은 잔뜩 미안한 얼굴을 해보이곤 영경에게로 시선을 주었다.

"내가 콧노래를 불렀니?"

"어. 흥얼흥얼. 뭐 좋은 일이라도 있냐?"

"어, 응?"

새힘은 지난 밤 메이와의 키스를 떠올리며 얼굴을 발갛게 붉혔다. 온몸이 저릿저릿 달아오르고 정신이 혼미해질 만큼 진한 키스. 지금 생각하면 어떻게 창밖으로 고개를 내밀고 그럴 수가 있었는지 신기하기만 했다. 누가 지나가다 봤으면 어쩌나 뒤늦은 걱정도 들었지만, 그런 것보다는 뿌듯한 마음이 더 컸다. 영경에게 마구 자랑하고 싶을 정도다.

"정말 좋은 일 있어? 완전 입이 귀에 걸렸잖아. 같이 좀 좋자고."

영경이 옆구리를 쿡 찌르는 바람에 움찔 한 새힘은 이내 배시시 웃었다.

"양갱아, 귀 좀 줘 봐."

"오옷, 뭔가 좋은 일이 있긴 있구나?"

영경이 눈을 반짝이며 새힘에게로 귀를 가져갔다. 귀를 쫑긋 세운 채 잔뜩 기대하고 있는 영경을 보니, 괜스레 장난도 치고 싶어졌다.

"양갱, 귀지 좀 파고 댕겨. 얘기하고 싶은 마음이 확 사라지잖아."

화들짝 놀라 민망해 할 거라는 새힘의 예상과는 달리 양갱은 그 자세 고대로 피식, 같잖다는 웃음만 흘렸다.

"지랄하지 마시고요, 언능 부세요. 내가 어제만 팠어도 놀랐겠

303

는데, 마침, 오늘 아침에 딱 귀지를 파고 왔잖니."

"아아, 예에. 재미없는 계집애. 좀 놀란 척 해 주면 좋잖아."

"뭔데, 이렇게 뜸을 들이실까나? 별로 안 놀라운 거면 목 졸라 버린다이."

그러면서 영경은 더욱 귀를 들이밀었다. 새힘은 후욱 숨을 들이켜고는 가만히 영경의 귀로 입을 가져갔다.

"나, 어젯밤에 메이와……키스했어."

간략하게 말한 새힘은 귀에서 입을 떼고 멋쩍게 웃었다. 영경은 수줍게 미소 짓는 새힘을 보며 입을 쩌억 벌렸다.

"뭐, 뭘 했다고? 메……키……했다고!"

"야, 야. 목소리 좀 줄여."

새힘이 퍼뜩 영경을 저지시켰지만, 반 아이들은 다시금 따가운 시선을 보냈다.

"야, 너네 떠들려면 나가서 떠들어."

반장의 엄명과 함께 새힘과 영경은 쫓기듯 화장실로 왔다. 그리고는 화장실에 사람이 있나 없나 일일이 칸마다 다 확인하는 작업까지 했다. 화장실 내에 아무도 없다는 확신이 들어서야 영경이 입을 열었다.

"그러니까, 메이랑 뭐, 뭘 했다고? 키, 키, 키스?"

새힘은 발가니 달아오른 얼굴로 고개를 끄덕여 보였다.

"오 마이 갓! 그럼, 드디어 메이랑 사귀기로 한 거야?"

새힘은 영경의 질문에 답하지 않고 물끄러미 응시하기만 했다. 왠지 메이와 사귄다는 표현이 낯설었기 때문이다.

"양갱아, 나, 메이랑 사귀는 거니?"

"뭐? 입술 맞대고 메롱메롱까지 했으면 사귀는 거지, 사귀는 게 뭐 따로 있어?"

"아니. 그게, 메이와 나는 사귄다, 사귀지 않는다로 정의 내릴 수 있는 사이가 아닌 것 같아서."

그러나 쉽사리 이해하지 못한 영경은 고개를 갸웃거렸다.

"그럼, 뭐라고 그래?"

"음, 그게 그러니까……나도 몰라. 나도 모르겠는데, 사귄다는 말은 너무 가벼운 것 같아. 메이와 나는 좀 더 복잡 미묘하고 끈끈해. 말로는 표현하기 힘든 뭐, 그런 거."

영경이 어이없는 얼굴로 고개를 절레절레 흔들었다.

"얼마 전까지 류메이는 친구일 뿐이라더니, 말은 잘해. 뭐, 암튼 그렇다 치고. 키스까지 했으면 이제 정말 친구란 타이틀은 떼어 버린 거야?"

글쎄. 그걸 억지로 떼어낼 수 있을까. 친구라는 수식어는 아마도, 평생 동안 두 사람 사이를 따라 다닐 것이다. 키스를 나누면서 전율을 느끼고 심장이 터져 버릴 것 같았어도, 메이와는 친구니까. 다른 게 있다면 그 친구라는 색깔에 좀 더 진한 '연인'이라는 색이 입혀졌다는 것. 메이는 그동안 맺힌 게 많아서인지 한 번도 친구인 적이 없었다지만, 새힘은 지금까지도 친구였고 앞으로도 쭉 친구로 여길 것이다. 연인이 덧칠 된 친구.

새힘이 대답 대신 빙긋이 웃기만 하자 영경은 알만 하다는 듯한 표정으로 고개를 끄덕였다.

"하긴, 친구로 지낸 게 몇 년인데, 그게 말처럼 쉽게 될 리 없지. 으으, 그럼, 이제 엘프 메이도 품절남이 되는 거잖아. 아이씨, 복 받은 년. 좋겠다, 키스도 하고. 좋디? 좋아?"

영경이 쿡쿡 찌르며 장난을 걸자, 새힘은 깔깔거리며 이리저리 손을 피했다. 그러다 문득, 영경이 손을 뚝 멈추며 서서히 표정을 굳혔다.

"근데, 그거, 메이도 아니?"

새힘은 웃음이 덜 가신 얼굴로 눈을 깜빡여 보였다.

"뭘?"

"이은성이 한 번 자 주면 널 놓아주겠다고 했던 거."

쿵. 새힘은 얼굴에 어려 있던 웃음기를 단번에 날렸다. 들뜨던 마음이 순식간에 바닥으로 곤두박질 쳐졌다. 잠시, 굳은 표정으로 침울하게 있던 새힘은 이내 늘어뜨린 주먹을 꽉 쥐었다.

"메이에게 어떻게 그런 말을 할 수가 있겠어. 메이에겐 말 못해. 혹시나 하는 말이지만, 너도 메이 앞에서는 입 조심해."

"야, 그럼, 너 어쩌려고 그래? 지금이야 그 새끼가 입원해 있어서 네가 이렇게 자유스러운 거지만, 다시 등교하기 시작하면, 장난 아니게 널 괴롭힐 텐데."

"알아. 그러니까 그 전에 해결을 해야지."

"엑? 네가 무슨 수로?"

"무슨 수를 써서든."

단호하게 말한 새힘은 낮게 한숨을 내쉬었다.

"이은성을 만났던 건 분명히 실수지만, 그건, 오로지 내 선택이었어. 잘못된 선택으로 인한 결과는 내가 책임져야지. 메이는 절대로 끌어들일 수 없어."

"뭐? 너, 설마?"

영경이 경악스러운 얼굴로 눈을 크게 떴다. 지금 영경이 머릿속에 그리는 게 뭔지 새힘은 알고 있었다. 사실, 그녀도 잠시 그래 버릴까 생각한 적도 있었다. 어차피 죽으면 썩어 문드러질 몸인데, 이깟 껍데기가 무슨 대수냐 싶은 마음이 들기도 했었다.

새힘은 잔뜩 걱정스러워 하는 친구에게 가만히 고개를 저어 보였다.

"걱정 마. 절대로 이은성이 원하는 대로는 안 할 거야. 있잖아, 나, 아직 메이한테 좋아한단 말도 못해 줬어."

조금은 서글프게 말한 새힘은 다시 말을 이었다.

"영경아, 난 나를 아낄 거야. 메이를 생각해서라도 나를 아껴야 돼. 그래서 그렇게는 못 해. 정말 그렇게 되면……내가 아니라 메이가……죽을지도 몰라. 그래서 그렇게는 안 돼. 그렇게는."

단호하게 말은 했지만, 새힘의 눈동자는 두려움과 회한으로 한없이 흔들리고 있었다.

*

"류메이, 내일부터 너네 학교 기말 고사라고 했지 않냐?"

라커룸에서 교복을 벗고 하얀 티셔츠와 트레이닝 바지로 갈아입던 메이는 함께 권투를 해오고 있는 동갑내기 친구 찬희의 물음에 고개를 끄덕여 보였다.

"맞아."

찬희가 입을 쩌억 벌리며 고개를 절레절레 흔들었다.

"흐미, 징한 자식. 1학년 때까지만 해도 아직 1학년이라서 조금 여유가 있나 보다. 2학년이 되면 운동에 조금 소홀해지겠지 했는데, 시험기간이 돼도 어김없이 도장은 안 거르는구나. 그런데도 전교 1등을 놓친 적이 없는 걸 보면 참 신기하다니까? 우월한 유전인자를 타고난 복 받은 자식."

찬희의 너스레에 픽 웃으며 메이는 가방을 옷 보관함 안쪽으로 밀어 넣었다. 그리고 교복을 넣으려는데 주머니에 넣어 두었던 휴대전화가 진동을 해대고 있었다. 혹시 새힘이 전화를 건 건 아닌가 싶어 메이는 퍼뜩 휴대전화기를 끄집어냈다. 액정을 확인한 메이는 낯선 번호에 김빠진 사이다처럼 식은 표정으로 전화기를 귀에 대었다.

"여보세요."

〔저기, 메이 휴대폰 아닌가요?〕

어디선가 들은 듯한 목소리에 메이는 눈썹을 모았다.

"맞습니다만, 누구십니까."

〔아, 메이 맞구나! 나 영경이야, 정영경.〕

"아."

목소리가 낯설지 않다 했더니, 새힘과 단짝인 영경이었다. 한데, 영경이 무슨 일로 전화를 했을까. 게다가 아무리 기억을 더듬어도 영경에게는 전화번호를 알려준 적이 없는데, 번호는 또 어떻게 알았을까. 메이의 궁금증을 읽기라도 한 듯 영경이 빠르게 덧붙였다.

〔까, 깜짝 놀랐지? 네 번호를 아는 애들이 거의 없어서 너네 반 반장한테 물어본 거 있지? 아, 너네 반 반장이 안 가르쳐 주려고 하는 걸 내가 엄청 급한 일이 있어서 그렇다 그러고 겨우겨우 번호 알아낸 거야. 반장한테 뭐라고 하는 거 아니지?〕

"아무 말 안 할게."

〔아, 고마워. 난 또 네가 기분 나빠하면 어쩌나…….〕

"나, 시간이 별로 없는데."

그대로 두면 전화를 한 이유도 듣기 전에 진이 빠질 것 같아, 메이는 영경의 말을 잘랐다.

〔어, 응! 미, 미안. 통화로 말하기에는 좀 그렇긴 한데, 너한테 꼭 말해 줘야 할 것 같아서 말이야. 새힘이 말인데…….〕

"새힘이?"

자동으로 메이의 목소리에 힘이 들어갔다.

〔응. 새힘이가 좀 전에 이은성이 입원해 있는 병원으로 간다고 갔어.〕

"뭐?"

메이는 저도 모르게 쥐고 있는 휴대전화를 부서질 듯 꽉 움켜쥐었다. 분명히 이은성과는 끝이 났다고 들었는데, 이 무슨 말 같지는 않은 소리인가. 목구멍까지 욕설이 튀어나오는 걸 간신히 참으며 메이는 냉정함을 유지했다.

"무슨 말이야. 새힘이 이은성 입원해 있는 병원에 가다니."

〔저어, 그게 새힘이가 이은성이랑 좀 해결해야 될 문제가 있거든. 그걸 해결한답시고 갔어.〕

"도대체 뭘."

〔그, 그게……새힘이가 너한테 말하지 말랬는데…….〕

메이는 다시 인내심을 발휘하기 위해 숨을 들이쉰 뒤 입을 열었다.

"괜찮으니까 말해."

〔내, 내가 너한테 말했다는 걸 알면 새힘이가 아마 날 죽일 거야.〕

"너한테 들었다고 안 할게."

그러니까, 빨리 말하라고!

〔뭐냐면, 후우. 아우, 미치겠다. 내 입으로 말하려니…….〕

"쌍! 빨리 말 못해!"

새힘이 이은성을 만나러 갔다는 사실만으로도 온몸에 흐르는 파란 피가 모두 뇌로 모인 것처럼 머리가 폭발할 것만 같은데, 영경이 자꾸만 꾸물대고 있으니 결국 욕설과 함께 고함이 터져 나왔다. 곁에서 옷을 갈아입던 찬희가 깜짝 놀라 '왜 그래? 무슨 일이야?' 하며 쳐다보았지만, 메이에겐 아무것도 들리지 않았다. 수화기 저편에서 놀란 듯 가쁜 숨결 소리만 들려왔다.

메이는 냉정을 찾기 위해 후욱, 숨을 내쉬었다.

"미안. 사과할게. 너한테 그 어떤 피해도 가지 않게 할 테니까, 제대로 말해 줘."

〔으, 응.〕

조금 주눅이 든 목소리로 대답한 영경이 곧 이야기를 하기 시작했다.

　[새힘이가 이은성한테 헤어지자고는 했는데, 사실은 둘이 확실히 헤어진 게 아냐.]

　이건 또 무슨 개떡 같은 소리야. 메이는 솟구치는 불쾌한 감정을 표출하지 않으려 애쓰며 영경의 말이 이어지기를 기다렸다.

　[새힘이는 헤어지자고 했는데, 이은성이 못 놔주겠다고 했어. 그 개자식이 하, 한 번 자……주면 헤어져 준다고……그랬나 봐.]

　쿵. 심장이 한없이 아래로 추락함과 동시에 뇌가 텅 비워진 듯 메이는 수 초 간 아무런 사고도 할 수 없었다. 가뜩이나 하얀 그의 얼굴은 핏기가 싹 가셔 백짓장처럼 창백해졌다. 그런 그의 상태를 알 리 없는 영경은 계속 말을 이었다.

　[그래서 새힘이가 너 알기 전에, 이은성이 다시 등교하기 전에 해결해야 된다고……아까 이은성이 입원해 있는 병원으로 직접 찾아 간댔어. 말려도 보고 같이 가자고도 해 봤는데, 계집애가 말을 안 듣잖아. 나한테 피해 입히기 싫다고 결국 혼자 갔어. 이은성 개, 질 나쁘기로는 둘째가라면 서러운 앤데, 혹시 새힘이한테 해코지라도 할까 봐 겁나서 너한테 부랴부랴 전화를 한 거야.]

　충격으로 새하얗게 되었던 뇌가 제자리로 돌아오고 있었다. 대신 터질 듯한 분노가 메이의 전신을 감쌌다. 노기로 인해 어금니가 악다물려지고 안광은 날카롭게 번뜩였다. 그러나 말투는 더없이 차분하게 흘러나갔다.

　"이은성이 입원해 있는 병원, 알고 있어?"

〔어, 응! 저번에 담임이 병문안 갈 사람은 가보라고 알려주셨어. 세한 병원이고 1402호실이래.〕

"그래, 알았어."

〔저기, 메이야. 새힘이한테 너무 뭐라고 하지 마. 계집애가, 너한테 말하면 너 힘들어 한다고 극구 스스로 해결해야 한다고 그랬거든. 그러니까……〕

"무슨 말인지 알아. 알려줘서 고마워."

짤막하게 말한 메이는 이내 영경과의 전화를 끊었다.

쾅!

커다란 파열음이 라커룸 내부에 울려 퍼졌다. 화기를 참지 못한 메이가 인정사정없이 라커에 주먹을 내리꽂은 것이다.

"야, 야. 도대체 무슨 일이냐?"

깜짝 놀란 찬희가 곁에서 물었지만, 메이는 죽어라 어금니를 악다물고 있었다. 지독히도 화가 났다. 제깟 게 뭐라고, 이은성 그놈이 새힘을 함부로 취급하는 것에 화가 나 눈이 뒤집힐 것만 같았다. 더불어 그런 어마어마한 이야기를 숨긴 새힘에게도 괘씸함이 밀려들었다.

"다녀올 데가 있어서 오늘 운동은 못할 것 같다."

찬희에게 그렇게만 말한 메이는 대답도 듣지 않고 그대로 라커룸을 나섰다. 도장을 나서니 언제부터 내리는지 모를 비가 우수수 쏟아지고 있었다.

예고 없이 갑자기 내리는 비로 인해 사람들의 발걸음이 바빠졌다. 후텁지근하던 열기가 다소나마 누그러졌으나, 우산이 없는 사람들은 거기에 아랑곳없이 비를 피하기에 급급했다. 새힘 역시 버스에서 내리자마자 병원 건물로 내달렸지만, 이미 머리칼이며 교복이 젖고 말았다. 화장실에 들러 젖은 곳을 대충 닦고 치렁치렁한 머리칼을 한 갈래로 묶어도 축축한 느낌은 가시지 않았다.

새힘은 머릿속에 들어 있는 병실의 호수를 작게 입으로 내뱉으며 화장실 밖으로 나섰다. 바삐 움직이는 의사와 간호사들을 지나치며 그녀는 복도의 끝에 있는 한 병실 앞에 섰다. 병실의 호수가 새겨진 번호 밑에 환자의 이름이 똑똑히 적혀 있다.

이은성.

하아. 절로 신음에 가까운 호흡이 흘러나왔다. 새힘은 가만히 눈을 감고 긴장을 누그러뜨리려 애썼다. 아직 은성을 대면하지도 않았는데 벌써부터 마음이 초조해져 그냥 돌아가고픈 마음이 스멀스멀 생긴다. 비에 젖은 옷이 뜨끈한 살결에 감겨 꿉꿉한 느낌이 더 심해져서 그런지도 몰랐다. 그래도 이대로 돌아갈 순 없었다.

새힘은 마음을 진정시키는 동안 이리저리 바쁘게 움직이는 병원 관계자들을 물끄러미 응시했다. 저 사람들의 나이가 되면 이런 고민쯤은 아무것도 아니겠지? 저 사람들이 만약 그녀의 머릿속을 들여다볼 줄 알면 과연 어떤 생각들을 할까. 그저, 어린 학생들의 유치한 줄다리기쯤으로 여기려나? 아님, 철없는 것들이라고 혀를 쯧쯧 차려나.

몇 년만 지나면 아마 그녀 스스로가 이렇게 심각하게 고민하는 자신을 더없이 유치했노라 피식 웃을지도 모른다. 또한 세상 살기에 바쁜 어른들의 눈에는 이런 그녀가 한심해 보일 수도 있다. 하지만, 미래의 자신도 지금 상황을 겪은 후에나 있는 것이고, 어른들 역시 그녀의 나이 때는 현명하지 못했을 수도 있다. 그만큼 지금 새힘에게는 은성과의 문제가 가장 시급했다. 영어 선생의 말을 듣고부터는 더욱 마음이 초조하고 불안했다. 그래서 내일부터 기말고사가 시작되는데도 이렇게 온 것이다. 은성과의 문제부터 해결해야 시험도 잘 치를 수 있을 것 같았기에.

잠시 동안 심호흡을 내쉬던 새힘은 이내 작은 주먹을 들어 '똑똑' 노크를 했다. 일부러 눈에 힘을 주고 기다렸으나 안에선 아무런 대꾸가 없었다. 늑골이 나갔다는 영어 선생의 말이 사실이라면 아직은 병실 밖을 돌아다니기가 힘들 텐데, 혹시 잠이 든 건 아닌가 싶어 새힘은 조금 망설이다가 다시 노크를 했다.

다시 똑똑똑, 하는 소리가 울렸다. 그런데도 안에선 아무런 기척이 나지 않는다. 정말 잠이 들었거나 자리를 비웠거나 둘 중 하나인 듯했다. 어떻게 하나. 조금 기다려 볼까. 그냥 갈까. 고민을 하던 새힘은 기다리는 쪽으로 마음을 굳혔다. 이렇게 결심을 하고 왔는데, 그냥 가 버린다면 다시는 이런 용기를 못 낼지도 몰랐다.

새힘은 로비의 휴게실에서라도 잠시 앉아 있자 싶어 몸을 돌렸다. 그리고 저만치 걸어갈 때였다. '벌컥' 하는 소리와 함께 병실 문이 열리는 소리가 뒤에서 들려왔다. 곧이어 잔뜩 짜증스럽게 내쏘는 목소리도 흘러나왔다.

"뭐야, 아무도 없잖아. 누가 장난질이야? 한창 좋았는데……."

    뒷말은 혼잣말처럼 작게 중얼거리고는 안으로 들어가 버렸는지 여자의 목소리는 들려오지 않았다. 새힘은 빙글 몸을 돌렸다. 뭐야, 아무도 없는 게 아니잖아. 여자가 했던 말을 곱씹어 보면, 한창 좋을 정도로 뭘 하고 있었는데 자신이 방해를 한 모양이었다. 어쨌든 병실에 사람이 있는 걸 알았으니 휴게실이 아니라 후진을 해야 했다.

    다시 병실 앞에 선 새힘은 노크를 할까 하다 문득, 병실 문이 빠끔히 열려 있는 것을 보곤 손을 멈칫했다. 아무래도 좀 전에 여자가 문을 덜 닫고 들어간 모양이었다. 새힘은 노크 대신 슬쩍 열린 문을 조금 더 열고 조심스레 안을 살폈다.

    결코 엿보는 취미가 있다거나, 타인의 사생활에 관심이 있는 건 아니었다. 그런데도 상대가 이은성이다 보니 절로 경계심이 생기는 건 어쩔 수 없었다. 안을 들여다보는 새힘의 동공이 크게 확장되었다.

    어, 어?

    널찍한 병실 안에는 단둘만 있었다. 창가에 놓인 침대 위에 환자복을 입은 채 누워 있는 은성과 방금 막 밖을 살폈다가 들어간 여자였다. 둘만 있는 걸로 보아, 그 여자가 이 여자임이 분명했다. 그런데 둘은 그냥 있는 게 아니었다. 여자가 누워 있는 은성에게로 상체를 숙여 키스를 퍼붓고 있었다.

    생각지도 못한 은밀한 장면에 놀란 새힘은 잡고 있던 문고리를 놓은 채 멍하니 안을 들여다보았다. 그사이 은성이 귀찮다는 듯 여자의 어깨를 밀어냈다.

"그만. 흥 다 깨졌어."

"씨이. 뭐야, 정말. 좋았는데. 어떤 미친 새끼가 장난질 한 거야? 걸리기만 해 봐."

여자가 계속해서 투덜대고는 숙였던 상체를 일으켰다. 늘어져 있던 웨이브 진 머리칼을 슥 귀 뒤로 넘기자 여자의 옆모습이 자세히 눈에 들어왔다. 그 순간, 새힘은 또 한 번 놀랄 수밖에 없었다. 여자는 다름 아닌, 김유정이었다. 예전, 클럽에서 생일 파티를 했을 때 보았던 그 얼굴이 틀림없었다.

새힘은 어이가 없어 저도 모르게 피식 웃고 말았다. 그때 클럽에서 김유정이 왜 그렇게 자신을 적대시했는지 이제야 알 것 같았다. 김유정은 은성의 추종자 중 한 명이었던 것이다. 그래서 그녀가 못마땅했던 것이리라.

유정이 문 쪽으로 몸을 돌리다 열린 문틈으로 새힘을 발견하고선 우뚝 멈추었다. 새힘은 유정과 정통으로 눈이 마주치고 말았다.

"어? 누구……어? 넌?"

유정이 금세 새힘을 알아보곤 눈을 커다랗게 떴다. 진한 메이크업이며, 도무지 고등학생으로는 보이지 않는 외모며, 유정은 예전과 전혀 달라진 것이 없었다. 은성과의 키스로 인해 붉은색 계통의 립글로스가 입가에 번진 걸 제외하면.

유정은 조금 난처한 얼굴로 은성을 돌아보았다. 은성의 시선이 문 앞에서 인형처럼 미동 없이 서 있는 새힘에게로 향했다가 다시 유정에게로 박혔다.

"자리 좀 비켜."

은성의 말에 유정은 입술을 살짝 깨물며 고개를 끄덕였다.

"알았어. 담배 사러 간 애들 금방 돌아올 텐데, 그것까진 나도 몰라."

유정은 사이드 테이블에 놓인 클러치 백을 휙 낚아채더니 이내 문으로 향했다. 막 유정이 스쳐 지나가는 찰나, 새힘은 무미건조하게 툭 던졌다.

"립글로스 번졌어."

유정의 발걸음이 바로 옆에서 뚝 멎었다. 그녀는 번진 입술을 손등으로 닦으며 특유의 새침한 표정을 지었다. 유정이 슬쩍 고개를 숙여 새힘의 귓가에 소곤거렸다.

"네가 봤대도 굳이 변명 안 해. 네가 본 게 진실이고, 내 마음이니까."

"상관없어."

새힘의 대꾸에 유정이 무슨 뜻이냐는 듯 고개를 제자리로 돌리며 미간을 모았다. 새힘은 설명을 덧붙였다.

"나, 이은성이랑 그만뒀으니까, 둘이 뭘 하든 상관없다고."

유정의 눈이 커졌지만, 새힘은 이내 그녀를 지나쳐 병실 안으로 발을 디뎠다. 등 뒤로 문이 닫히는 소리에 새힘은 침대에 누워 자신을 바라보고 있는 은성에게로 시선을 주었다. 그와 눈이 마주치니 절로 입술이 바싹 마른다.

새힘은 입술을 축이며 교복 주머니로 손을 넣었다. 연필만 한 사이즈의 물체가 손에 잡히자, 그녀는 그 끝으로 더듬더듬 거슬

러 올라가 단추를 꾹 눌렀다. 그러곤 다시 손을 빼서 은성과 눈을
마주쳤다.

"네가 여기까지 친히 납실 줄은 몰랐는데."

불편한 심기가 말투에 고스란히 녹아 있다. 그동안 은성과 어
떻게 결판을 봐야 하나 무던히도 속을 끓였는데, 유정의 등장으
로 생각보다 쉽게 일이 풀릴 수도 있을 것 같아 새힘은 조금 안도
하고 있었다. 게다가 환자복을 입은 채로 누워 있는 은성을 보니
긴장감도 많이 누그러졌다. 저렇게 날카로운 표정으로 인상을 쓰
고 있어도 지금 눈앞에 있는 은성은 제대로 거동을 하지 못하는
환자일 뿐이니까. 그래서인지 그녀는 훨씬 더 차분해졌다.

"내가 올 줄 몰랐으니까, 헤어지자는 날 놓아주지도 않으면서
이렇게 다른 여자애랑 쪽쪽대고 있었던 거겠지."

"별거 아니니, 신경 안 써도 돼."

정말 별 게 아니라는 듯이 툭 내뱉는 은성에게선 미안함이라든
지 죄책감 같은 건 찾아보려야 볼 수가 없었다. 오히려 이러는 게
어쭙잖은 미안함을 표하는 것보다 훨씬 낫긴 했지만, 뻔뻔함에
기도 차지 않았다.

새힘은 말없이 가방 속에 있는 까만 휴대전화를 꺼냈다. 여전
히 새것처럼 작은 홈집 하나 없이 깨끗한 휴대전화를 사이드 테
이블 위에 올려놓았다. 예전에 은성이 사준 것이다. 휴대전화를
눈에 담은 은성의 한쪽 눈썹이 슬쩍 위로 향했다.

"뭐하는 짓이야."

"진작 돌려 줘야 했는데, 네가 갑자기 병원 신세를 지는 바람

에 못 줬어. 퀵으로 보낼까 하다가, 너와 내가 확실히 끝났다는 걸 직접 말해야 할 것 같아 온 거야."

생각보다 훨씬 더 말이 담담히 흘러나와 새힘은 놀랄 지경이었다. 지금처럼 술술 말이 흘러나올 줄 알았으면, 진작 이랬을 텐데. 은성의 몸이 성하지 않으니 그 앞에서 이렇게 대담한 언행을 할 수 있는 것이긴 했지만, 속은 후련했다.

은성의 입가가 노기를 담고 비틀려 올라갔다.

"송새힘. 너, 내가 병원 침대에 뒹굴고 있다 해서 간이 배 밖으로 나온 모양인데, 까불지 마."

새힘은 일순 움찔 하며 마른침을 삼켰다. 은성의 표정이 곧이라도 폭발할 듯 딱딱하게 굳어 있는데다, 당장이라도 침대에서 벌떡 일어나 그녀를 옭아맬 것처럼 느껴졌기 때문이다. 하지만, 그녀는 도전적으로 턱을 치켜들었다.

"그럼, 내가 어떻게 해야 하는데? 네가 다른 여자애와 스킨십 하는 걸 봤는데도, 네가 나를 싫증낼 때까지 멍청이처럼 네 옆에 있어야 하는 거니? 내 쪽에서 너한테 매달리는 것도 아닌데, 그러는 거 너무 우습잖아. 난 이미 너한테 헤어지자고 했어. 쿨 하게 그냥 놓아주면 고맙겠어."

자존심이 퍽이나 많이 상한 듯 은성의 눈썹이 치켜 올라갔으며, 입매는 굳게 다물린 채 굳어 있었다.

"이렇게 부탁할게. 나 좀 놔줘. 제발, 응?"

간절함을 담은 새힘의 말에 굳었던 은성의 입매가 스륵 풀리며 한쪽으로 비틀려 올라갔다. 곧이어 쿡쿡 웃음을 내뱉으며 비소까지 걸었다.

"누가 보면 내가 널 죽도록 사랑해서 매달리는 줄 알겠다?"

"그래, 그게 아니니까. 아닌 거 아니까, 여기서 그만 하자는 거야."

"내가 말했지, 너 따위는 언제든 놔줄 수 있으니까, 다리만 한번 벌리라고. 그러면 당장이라도 놔주겠다는데, 왜 이렇게 잔말이 많아?"

"그건, 너 혼자만의 일방통행이지 난 그러겠다고 동의한 적 없어. 내 의지와는 상관없이 네가 멋대로 정한 일에 내가 따라야 할 이유는 없잖아. 더더군다나 너와 나는 아무런 사이도 아니고. 부모님도 나한테 강요 같은 걸 한 적이 없으신데, 네가 뭔데 왜 날 옭아매려 들고 협박하는……악!"

새힘의 비명 소리와 함께, 무언가 사정없이 병실 문에 부딪치는 파열음이 울려 퍼졌다. 그것은 찰나였고, 반 뼘만 옆으로 빗나가지 않았더라면 정통으로 얼굴을 강타했을 것이다. 너무도 갑작스러운 상황에 저도 모르게 얼굴을 감싸 쥔 채 경직되었던 새힘은 가까스로 손을 떼고 뒤를 돌아보았다.

맙소사!

사이드 테이블 위에 놓여 있던 작은 꽃병이 산산조각 나 바닥에 뒹굴고 있었다. 빗나가지 않았더라면, 영락없이 저 꽃병에 맞아 골로 갔을 거라 생각하니 오싹, 소름이 돋았다. 역시 이은성은 이런 인간이다. 거동을 제대로 할 수가 없으니 이런 식으로라도 성질을 뿜어내고 있었다. 몸이 온전하지 못하다고 해서 그와의 일이 쉽게 해결될 거라 여긴 게 잘못이었다. 새힘은 눈을 치뜨고 입술을 깨물며 은성에게로 고개를 돌렸다.

늑골이 나갔다더니, 방금 전 행동에 무리가 왔는지 은성이 인상을 일그러뜨리고 있었다. 하지만, 그의 눈에 어린 노기는 늑골이 다시 부서지는 한이 있어도 더한 행동을 할 수 있음을 말해주고 있었다.

"다른 놈이 생겼군."

은성의 한마디에 새힘은 정신이 아뜩해지는 듯했다. 너무도 날카로운 은성의 시선이 그녀를 해부할 듯 응시하고 있었다.

"아니야, 그런 거."

속절없이 떨려대는 심장으로 인해 겨우 부정의 말을 내뱉은 새힘은 다시 빠르게 덧붙였다.

"서로를 좋아하는 것도 아니고 너랑 나랑은 너무 안 맞는 것도 사실이잖아. 만날 때마다 불편하니까, 그래서 그만두자고 한 거지, 다른 이유는 없었어."

메이가 좋아지기 시작한 건 은성에게 이별을 고한 뒤였으니, 틀린 말이 아니었다. 하지만, 만에 하나 은성이 메이에게 관심을 갖기 시작한다면 둘이 예전처럼 단순한 친구 사이가 아닌 걸 단박에 알아챌지도 몰랐다. 그렇게 되면 메이에게도 불똥이 튀게 되니, 그것만큼은 기필코 막아야 했다.

"그런데, 네가 나한테 그런 말할 입장은 아니잖아. 다른 애랑 진한 스킨십을 연출한 건 내가 아니라 너야. 그런 너한테 내가 왜 이런 변명까지 해야 하는 건지 모르겠어. 아무튼 네가 생각하는 그런 거 아냐. 난 그냥 너라는 애와 다시는 마주하고 싶지 않을 뿐이야."

최선의 방어는 공격이란 말도 있듯이, 새힘은 갈비뼈를 뚫고 튀어나올 듯한 심장을 애써 달래며 쏘아붙였다. 그러나 은성은 날카로운 시선을 그대로 그녀에게 박은 채 뚫어질 듯 응시할 뿐이었다.

"왜 식은땀을 흘리는지 모르겠네. 눈동자는 왜 그렇게 흔들리고."

"내가 언제."

말은 그렇게 했지만, 이마뿐 아니라 손바닥에도 식은땀이 흥건했다. 은성의 눈매가 싸늘히 식었다.

"역시, 내 예상이 맞았어. 다른 놈이 생긴 거야. 아니라면 이렇게 기를 쓸 리가 없지."

"아, 아니야! 아니야, 그런 거!"

그녀가 필사적으로 억울한 표정을 지으며 외쳤지만, 은성은 더욱 확신하고 있었다. 그의 안광이 더욱 사납게 번뜩였다. 은성에게서 위험스런 기류가 잔뜩 뿜어져 나오고 있었다. 더 이상 여기 있다가는 작은 꽃병이 아니라, 더한 게 날아올 것 같아 새힘은 그만 나가야겠다는 결론을 내렸다. 게다가 은성과의 대화는 이 정도면 충분했다. 지금까지의 대화 속에 요점은 다 들어 있으니까.

그때, 벌컥, 문이 열리더니 두 녀석이 들이닥쳤다. 은성의 옆에 껌딱지처럼 붙어 다니는 꼬붕 놈들이었다. 아까 유정이 담배 사러간 애들 어쩌고저쩌고 하더니, 이놈들인 모양이었다.

"어어? 꽃병이 박살났네?"

"야야, 얼른 치우고 나가자."

새힘을 슬쩍 본 두 녀석들이 이내 대충 사태를 짐작했는지, 꽃병을 치우기 위해 은성의 눈치를 보며 몸을 굽혔다. 그 순간 은성의 입가가 사악한 미소를 담고 미미하게 포물선을 그렸다.

"너희들, 잠깐. 그건 됐고 말이지."

영문을 모른 두 녀석의 동작이 멈추었다.

"넌 나가서 망 좀 봐."

은성의 지시에 한 녀석은 무슨 연유인지 몰라 고개를 갸웃거리면서도 곧 병실 밖으로 향했다. 새힘은 뭔가 이상한 낌새를 느끼고 주춤주춤 뒤로 물러났다. 한 녀석에게 망보기를 시키는 게 꺼림칙하고 두려웠다. 일단 여기서 벗어나는 게 좋을 것 같아, 새힘은 후닥닥 문 쪽으로 내달리기 시작했다.

"저거 잡아!"

은성의 외침과 함께 남은 한 녀석이 막 문고리를 잡으려는 그녀의 뒷덜미를 사납게 낚아챘다.

"이, 이거 놔! 이거 놓으라고!"

새힘은 녀석에게서 벗어나려 발버둥을 치며 비명에 가까운 소리를 질렀다. 그러자 곧바로 뒤에서 녀석의 시커먼 손이 올라와 새힘의 입술을 틀어막더니, 다른 손으로는 팔을 등 뒤로 비틀었다.

"야야. 조용히 좀 해. 누가 잡아먹냐?"

슬쩍 은성의 눈치를 본 녀석은 그가 아무런 말도 하지 않자 소리가 새어 나오지 않게 더욱 단단히 손에 힘을 주었다.

"읍! 읍읍!"

새힘은 팔이 빠질 것 같은 통증과 숨이 막힐 것 같은 답답함에 계속 몸을 바르작거렸다. 하지만, 열여덟의 기운 센 녀석 앞에서는 연약한 몸짓일 뿐이었다. 녀석은 그 상태로 새힘을 질질 끌다시피 은성 앞으로 내밀었다.

은성은 가만히 손을 뻗어 강아지에게 하듯 새힘의 머리를 몇 번이나 슥슥 쓰다듬었다. 새힘은 그 행동에 소름이 돋아 올랐다. 도대체 은성이 왜 이러는지, 뭘 하려고 이러는지 알 수가 없어 몸서리가 쳐질 지경이었다.

"시작을 내가 했으니, 끝내는 것도 나야. 네가 아니라."

음산한 은성의 말투가 고요한 병실 내에 울려 퍼졌다. 무슨 의미인지 알 리 없는 새힘은 계속해서 빠져나오려 몸을 비틀며 미간을 모았다. 은성은 그런 그녀를 물끄러미 바라보며 입가에 쓴 웃음을 지었다.

"빌어먹게도 네가 병실로 들어서는 순간, 너에 대한 괘씸함이 거짓말처럼 사라졌어. 그래서 이제는 좀 부드럽게 대해 줄까 하는 생각도 들던 참이었지. 그런데, 그새 다른 놈을 꿰차다니. 네 목을 졸라 죽여 버리고 싶어."

그리고 다음 순간, 은성의 입에서 믿을 수 없는 말이 흘러나왔다.

"내가 못 가질 바에야 망가뜨려 버리는 게 나아. 그럼, 그놈에게도 못 가겠지."

뭐, 뭐라고? 잔인한 은성의 음성에 새힘의 동공이 크게 확장되었다. 망가뜨린다는 게 어떤 의미인지 어렵지 않게 뇌리에 그려지는 탓에 그녀는 미친 듯이 몸을 흔들었다.

"읍, 읍!"

경악과 두려움이 뒤범벅된 새힘의 눈동자를 빤히 응시하던 은성이 그녀를 뒤에서 옭아매고 있는 녀석에게로 시선을 주었다. 그리고 더없이 조용히 뇌까렸다.

"모든 책임은 내가 진다. 시작해."

악마의 음성이 이것보다 더 잔인할까. 새힘은 은성의 무참한 말을 도무지 믿을 수가 없어 텅 빈 눈동자로 그를 멍하니 바라보았다. 한때는 사귀었고, 대부분이 은성의 일방적인 주도하에 이루진 일이긴 했지만, 그래도 키스 같은 스킨십까지 나누었던 사이다. 한데, 그게 틀어지니 친구란 놈에게 패륜을 시키려 들다니. 그녀를 옭아매고 있는 녀석 역시 얼떨떨한지 쉽사리 행하지 못한 채 엉거주춤하고 있었다.

"에? 지, 진짜 해도 돼?"

어리벙벙한 심정을 감추지 못하고 녀석이 더듬더듬 묻자, 은성은 무겁지만 잔혹하기 그지없는 표정으로 고개를 끄덕여 보였다.

"그, 그래도 얘는 네 깔이었잖냐. 그런데 내가 어떻게……."

"싫으면 네가 망보든지."

밖에 있는 놈과 역할을 바꾸라는 뜻이다. 녀석이 퍼뜩 도리질을 치며 히죽 웃었다.

"오, 노노. 네가 문제 삼지 않는다면야, 나야 좋지. 이렇게 예쁜 애랑……후후."

녀석의 입김이 귀에 와 닿는 바람에 오싹, 소름이 돋은 새힘은 다시 미친 듯이 몸과 고개를 비틀기 시작했다. 이건 말도 안 된다. 짐승이 아니고서야 어떻게 이렇게까지 할 수가 있단 말인가!

 "읍읍, 읍!"

 "아무래도 입에 테이프를 붙여야 할 것 같은데."

 입술을 틀어막고 있어 한 손이 자유롭지 못하니 녀석은 금수만도 못한 말을 지껄이고선 새힘을 질질 끌며 벽 한쪽에 놓인 소파로 향했다. 녀석은 소파 위에 벗어 둔 검은색의 책가방으로 가서야 걸음을 멈추었다.

 녀석이 가방 속에서 테이프를 꺼내려는 것임을 깨닫고 새힘은 충격으로 온몸을 딱딱하게 굳혔다. 지금 일어나려는 일이 진정 현실이 맞는 건지 정신이 아득해졌다.

 녀석이 새힘의 입을 틀어막은 채 한 손으로 테이프를 찾느라 가방 속으로 온 정신을 쏟았다. 그러니, 입술을 막고 있는 손이 조금 느슨해지고, 뒤로 꺾였던 팔도 자유를 되찾았다. 생각하고 말 틈도 없었다. 새힘은 있는 힘껏 입을 막고 있는 손을 깨물어 버렸다.

 "으악!"

 녀석이 곧 죽을 것처럼 비명을 지르며 새힘을 소파로 확 밀쳤다. 사정없이 소파에 처박힌 그녀는 그 틈을 타 재빨리 정신을 차리고 문으로 내달렸다. 하지만, 새힘에게 주어진 자유는 잠시뿐이었다. 곧바로 따라온 녀석이 그녀의 머리채를 확 낚아챘다.

 "아악!"

머리가 뽑힐 것 같은 아픔에 비명을 지른 새힘은 녀석의 손에 의해 획 몸이 돌려졌다. 곧이어 쫙, 하는 소리와 함께 눈알이 빠져나갈 듯한 아픔이 얼굴에 느껴졌다.

"이게 진짜! 어딜 깨물어! 아우, 씨발, 존나 아프네."

그래도 녀석은 분이 풀리지 않는지 다시 한 번, 두 번 손을 휘둘러 그녀의 얼굴을 올려붙였다. 어찌나 거세게 얻어맞았는지 새힘은 녀석에게 맞은 얼굴을 감쌀 생각조차 하지 못하고 그대로 바닥으로 무너져 버렸다.

"쯧. 그러게 얌전히 있으면 좋을 걸, 왜 그렇게 까불어?"

녀석은 혀끝을 쯧쯧 차더니 머리칼을 뽑을 듯 움켜쥔 채로 그녀를 질질 끌어다 소파에 던지듯 내팽개쳤다. 얼굴을 몇 대 얻어맞았을 뿐인데도 새힘은 눈앞이 캄캄해져 왔다. 눈꺼풀을 몇 번 감았다 뜨며 새힘은 정신을 차리려 애썼다. 그녀는 멀찌감치 누워 있는 은성에게로 시선을 주었다. 그는 방관자처럼 무미건조한 얼굴로 이 모든 사태를 구경하고 있었다.

"이, 이러는 거 범죄잖아. 뒷감당은 어떻게 하려고 이래. 나, 날 보내줘! 그렇게 해준다면 지금까지의 일은 없었던 일로 할게. 제발, 부탁이야."

한 치의 거짓도 없는 진심이었다. 그냥 이대로 보내준다면 교복 주머니에 들어 있는 소형 녹음기도 그냥 버릴 수 있을 것 같았다.

"이러지 마, 제……발."

그녀의 간절한 애원에도 은성은 표정 하나 바뀌지 않고 툭 내뱉었다.

"뭐 해? 왜 이렇게 뜸을 들여?"

"어어! 오키오키."

녀석은 조금 전 꺼낸 테이프를 찌익, 떼어내서는 그녀의 입을 단단히 막아 버렸다. 그리고 곧바로 그녀의 양 팔목을 한 손에 그러모아 쥐곤 머리맡에다 단단히 고정시켜 두었다. 녀석의 음흉한 얼굴이 서서히 다가오자, 새힘은 경악한 얼굴로 미친 듯이 도리질을 치고 몸을 비틀었다.

"읍! 읍!"

13.

　지나가는 택시를 잡아타고 병원으로 온 메이는 터져 버릴 것 같은 기분을 억누르며 엘리베이터로 향했다. 마침, 위로 향하는 엘리베이터가 도착해 그는 바로 올랐다. 14층을 누르고 눈이 빠져라 전광판만 들여다보았다.

　비록 운동을 할 때 입는 하얀 면 티셔츠와 트레이닝 바지를 입고 있었지만, 눈에 띄는 그의 외모에 금세 사람들의 시선이 흘끔흘끔 쏟아졌다. 메이는 그마저도 느끼지 못한 채 엘리베이터가 14층에 도착하기만 기다렸다. 새힘이 이곳에 온 자체만으로도 기분이 더러워 돌아버릴 지경인데 사람들이 보일 리 만무했다. 설마 병원에 입원해 있는 상태로 은성이 새힘에게 해코지를 할 수 있을 거라는 생각은 아예 하지도 않았다. 생각만으로도 피가 거꾸로 솟고 온몸에 난 털들이 곤두설 것만 같았기 때문이다.

마침내 엘리베이터가 목적지에 도착하자 메이는 영경이 알려준 호실로 뛰다시피 발걸음을 옮겼다. 조금 전부터 온몸을 감싸는 이 소름 끼치도록 기분 나쁜 음산함은 뭘까. 점점 불안해져 쿵쾅쿵쾅 소리가 날 정도로 쏜살 같이 내달렸다.

문마다 박힌 숫자를 따라 점점 복도 끝으로 가던 메이는 발걸음을 멈칫하며 미간을 찌푸렸다. 복도의 제일 끝 문 앞에, 같은 학교 학생 놈 하나가 문자라도 보내는 듯 열심히 휴대전화를 다다다 누르고 있었기 때문이다. 문으로 시선을 돌리니 역시나, 이은성이란 이름이 똑똑히 적혀 있었다. 더 재고 말고 할 것도 없이 메이는 기다란 다리로 성큼성큼 곧장 다가갔다. 그때까지 문자 보내기 삼매경에 빠져 있던 놈이 심상치 않은 발소리를 듣고 휙 시선을 들었다. 메이를 발견한 놈이 의외라는 듯한 표정을 짓다가 이내 심드렁한 얼굴로 손을 휘휘 내저었다.

"야, 범생이. 네가 여긴 뭔 볼일이냐? 지금 바쁘니까, 절루 꺼져."

척 보기에도 망을 보고 있는 듯한 놈의 행동에 메이의 어금니가 꽉 다물렸다.

"새끼야, 절루 꺼지라니……커, 컥!"

놈은 말을 채 내뱉지도 못하고 사색이 되어선 컥컥 밭은 숨을 내뱉었다. 메이가 휙 손을 뻗어 놈의 목 줄기를 거세게 움켜쥔 탓이다. 반항이란 애초에 할 수 있을 리가 만무했다. 놈은 속수무책으로 바둥거릴 수밖에 없었다.

"으윽……."

부러뜨릴 듯 목을 꽉 틀어쥔 메이는 놈의 얼굴이 하얗다 못해 창백해질 무렵 옆으로 홱 밀쳤다.

"허억……콜록, 콜록!"

바닥으로 나동그라져 기침과 함께 거친 숨을 몰아쉬는 놈을 내버려 둔 채 메이는 다급히 문을 열어젖혔다. 곧이어 병실 안의 상황을 눈에 담은 메이가 저도 모르게 숨을 멈추었다. 비단 호흡뿐이 아니었다.

심장이 멈추고 사고 회로가 멈추고 동작도 멈추었다.

새힘이 시커먼 녀석에게 깔린 채 마구 몸을 비틀고 있는 게 현실이 아닌, 마치 꿈속을 헤매고 있는 것처럼 여겨졌다. 입에 붙여진 테이프와 놈에 의해 단단히 결박된 양손 그리고 단추가 떨어져 나간 교복 블라우스 사이로 보이는 핑크 계열의 브래지어까지, 모든 게 악몽으로 다가왔다.

음흉한 얼굴로 작은 몸을 짓누르고 있는 놈과 그것을 물끄러미 지켜보고 있는 은성은 오로지 새힘에게 집중해 있느라 메이가 들어온 줄도 모르고 있었다. 둘 다 똑같이 짐승의 얼굴을 한 채 한 여자애를 짓밟는데 정신을 팔고 있는 것이다.

"읍읍! 읍!"

시꺼멓고 거친 손이 핑크색의 브래지어를 들추는 순간, 새힘이 발작적으로 몸부림을 쳐댔다. 동시에 메이의 정신이 돌아왔다. 당장이라도 폭렬해 버릴 것 같은 분노가 전신을 감싸고 눈에는 불이 번쩍였다. 이곳이 병원이라는 것 따위는 상기시킬 여력도 없었다. 메이는 미친 황소처럼 한쪽에 놓인 소파로 돌진해 그대로 시커먼 놈의 면상을 발로 걷어찼다.

"크억!"

갑작스레 가격을 당해 저만치 나동그라진 놈은 피와 함께 바닥에 부러진 치아 몇 개를 토해냈다. 뒤이어 놈이 얼굴을 들기도 전에 메이의 발이 복부를 인정사정없이 강타했다. 퍽, 퍽, 거친 발길질과 함께 다시 비명이 울려 퍼졌다. 불시의 상황에 놀란 은성이 뭐라고 하는 게 들려왔지만, 메이는 시선조차 주지 않았다. 은성은 맨 마지막이었다. 우선은 새힘에게 손을 댄 이놈부터 죽여놓고 난 다음이었다.

한참을 주먹으로 내리꽂고 발길질을 가해 놈이 만신창이가 될 무렵, 조금 전 밖을 지키고 있던 녀석이 다급히 안으로 들어와 메이에게 돌진했다. 하지만, 이미 눈에 보이는 게 없을 정도로 화가 머리끝까지 치솟은 메이의 쇳덩어리 같은 주먹에 정통으로 턱을 얻어맞고 연이어 복부를 가격당한 다음 숨도 제대로 쉬지 못한 채 속수무책으로 바닥으로 무너졌다.

두 놈을 더 이상 덤벼들지 못할 만큼 밟아 준 다음 메이는 새힘에게로 시선을 주었다. 그녀는 입에 붙었던 테이프를 떼어내고선 땀범벅이 된 얼굴로 오들오들 떨고 있었다. 맞았는지 한쪽 얼굴은 벌겋게 부어오른 상태였다. 충격을 받아 텅 비어 버린 눈으로 풀어헤쳐진 블라우스를 여미는데 단추가 없으니 추스를 수 있을 리 만무했다. 덜덜 떨리는 작은 손으로 단추를 찾아 더듬거리다 이내 여의치 않음을 깨닫고 블라우스 자락을 두 손으로 꽉 움켜쥐었다.

울음마저도 제대로 토해내지 못하는 채로 새파랗게 질린 새힘을 보고 있자니, 속에 삼키고 있던 묵직한 돌덩이가 산산조각이나 온몸 구석구석 박혀 버린 것처럼 쑤셔왔다. 메이는 어금니를 악다물며 성큼 새힘에게로 다가가 입고 있는 하얀 면 티셔츠를 벗었다. 그리고 새힘의 머리 위로 뒤집어씌운 뒤 블라우스를 꽉 움켜쥐고 있는 손을 떼어 팔도 소매에 끼웠다.

새힘이 시선을 들어 메이를 올려다보았다. 설움이 북받쳐 당장이라도 울음을 터트릴 듯 발갛게 부어오른 얼굴과 젖은 눈망울이 그를 괴롭게 만들었다.

그 어마어마한 사실을 꼭꼭 숨긴 채 이곳에 혼자 올 만큼 내가 못 미더웠니? 나란 존재가 너 하나도 지켜 주지 못할 만큼 나약하게 보였던 모양이구나.

울컥, 목까지 치민 말을 삼키며 메이는 새힘을 품으로 당겨 꽉 끌어안았다. 새힘의 떨림이 고스란히 느껴졌다.

그때까지도 남아 있던 새힘에 대한 괘씸함이 눈 녹듯 사라졌다. 제때 온 덕분에 그녀에게 아무 일도 일어나지 않은 것만으로도 감사할 지경이었다.

"괜찮아……괜찮아, 이젠. 아무것도 묻지 않을게. 뭐라고 하지도 않을게. 무사해 줘서 고마워."

그의 품속에서 새힘이 기어이 울음을 터트리고 말았다. 새힘에게 벗어 준 티셔츠 대신, 속에 입고 있던 스포츠용 언더레이어가 촉촉이 젖어들었다.

잠시 후, 새힘의 울음기가 잦아들 무렵 메이는 몸을 떼어 내며 슥 일어섰다. 그의 매서운 시선이 곧장 침대에 있는 은성에게로 향했다. 은성은 지금의 상황이 믿어지지 않는다는 얼굴로 상체를 일으킨 채 눈을 부릅뜨고 있었다.

이 정도로 난장판이 되었으면 으레 놀라거나 겁을 먹기 일쑤인데, 은성은 독하디독한 표정으로 새힘과 메이를 번갈아 노려보았다. 그저, 의외의 일이 일어나 방해를 받은 듯 분기탱천한 모습이었다.

"너, 뭐냐."

그렇게 입을 뗀 은성은 이내 눈을 가늘게 뜨며 다시 뇌까렸다.

"아. 저 계집애랑 붙어 처먹은 게 너였어. 우리 학교에 더러운 튀기새끼가 있다더니, 너로군?"

몸이 온전치 못함에도 불구하고 은성의 혀는 주저 없이 망발을 내뱉었다. 메이는 대꾸라든지 표정의 변화도 없이 저벅저벅 침대로 향했다. 은성이 그런 메이에게 시선을 고정시킨 채 말을 이었다.

"의외야. 범생이 주제에, 제법 한 가닥 했나 봐. 그런데 말이야."

잠시 말을 끊은 은성이 입술을 비틀며 사납게 송곳니를 드러냈다.

"좆만 한 새끼야. 지금 실수하는 거야. 내가 이러고 있다고 겁 없이 설치는 모양인데, 씨발아. 넌 나한테 확실히 찍혔어. 송새힘이나 너, 둘 다 조져 버린다."

모든 것이 불리한 상황인데도 은성은 전혀 곤란한 기색 없이 잡아먹을 듯 타오르는 눈으로 메이를 노려보았다. 그때까지도 말 없이 뚜벅뚜벅 나아가기만 하던 메이가 마침내 침대 바로 곁에서 우뚝 멈추었다. 그가 싸늘하기 그지없는 비소를 머금으며 한쪽 입가를 슬쩍 올렸다.

"너, 나 몰라?"

뜬금없는 물음에 은성의 미간이 '무슨 개수작이냐.' 하는 듯 모아졌다.

메이는 어금니를 악다물며 은성을 빤히 바라보았다. 비가 오던 그날, 저놈의 주둥이에 자갈까지 물려서 밟아 버렸어야 했다. 그 때는 은성을 병원에 입원시켜서 그저 잠시라도 새힘과 은성을 떼 어 놓고 싶은 마음뿐이었다. 그렇게라도 해놔야 새힘에게 다가가 는 길이 더 가까워질 테니까. 한데, 새힘을 협박하고 이런 작당까 지 할 줄 알았으면 그때 더 조져 놓을 걸 그랬다.

"이럴 줄 알았으면 주둥이에 자갈까지 물릴 걸 그랬어."

그 순간, 거짓말처럼 은성의 얼굴이 경직되었다. 뚫어질 듯 메 이의 머리에서 발끝까지 훑은 그가 눈을 동그랗게 떴다. 그리고 얼굴의 핏기가 삭 가시는가 싶더니, 꽉 다물린 입가에 부르르 경 련이 일었다.

"너, 너……이 개새끼……."

은성은 그답지 않게 말을 더듬으며, 후욱, 숨을 들이켰다. 적잖 이 충격을 받은 얼굴로 말조차 제대로 내뱉지 못한 채 숨만 크게 들이쉬고 내쉬었다. 이곳에 단둘만 있는 게 아니니, 까딱 잘못해 한마디라도 실수를 하게 되면 뒷감당이 안 된다는 걸 은성은 알고 있기 때문이었다.

전교 1등을 놓치지 않는 이 튀기 범생이 새끼에게 변변한 대거리 한 번 못해 보고 죽도록 터져 이렇게 병원 신세를 지고 있다는 사실이 발설되면 안 되니 은성은 극도로 말을 아꼈다. 그러니, 눈에 어린 독기와 광기는 더욱 짙어졌다.

"개새끼야, 애써 널 찾느라 개고생 하지 않아도 되겠어."

은성이 곁에 선 메이에게만 들리게끔 이를 악다문 채 씹어뱉듯 중얼거렸다. 메이는 가만히 은성에게로 고개를 숙여 귓가로 입을 가져갔다.

"앞으로도 개고생 할 필요 없을걸. 소문에 듣자 하니 늑골도 나갔다며? 그래서 거길 조금 더 손봐줄까 하거든. 그럼, 퇴원은 더 늦춰지겠지."

"뭐, 이 새끼야?"

"쉿. 그렇게 열폭 하다 말실수하기 십상일걸? 네 꼬붕 놈들이 듣고 나서 소문내면 어쩌려고 목소리를 높이시나?"

"이 좆만 한 새끼가."

"걱정 마. 이번 건 너도 어쩔 수 없는 상황이라는 걸 저놈들도 알 테니, 크게 쪽팔려하지 않아도 돼. 그리고 비 내리던 날 밤의 일은 죽을 때까지 함구해 줄게. 고맙지?"

"닥쳐!"

대놓고 조롱을 한 메이는 얼굴에 어렸던 비소를 삭 지우며 무시무시할 정도로 매서운 표정으로 돌아왔다. 이미 다친 늑골에 물리적인 힘을 조금만 가해도 은성은 숨도 제대로 쉬지 못할 만큼의 어마어마한 고통을 맛볼 것이다. 생각만으로도 짜릿해져 메이의 눈빛이 광기가 어린 것처럼 번뜩였다.

그 눈을 본 은성이 얼굴을 일그러뜨렸다. 앞의 놈이 얼마나 독종인지, 얼마나 막무가내인지 충분히 겪었기에 본능적으로 알고 있었다. 류메이는 틀림없이 말 그대로 실천할 게 분명했다. 피할 도리가 없다는 걸 알고 은성은 이를 악물었다.

"이 개새끼야, 죽을 때까지 네 면상 안 잊는다. 두고두고 오늘 일 후회하게 될 거야."

메이는 전혀 동요 없이 무표정한 얼굴로 주먹만 말아 쥐었다. 은성이 운신조차 제대로 못하는 환자라는 것 따위는 아무런 장애도 되지 않았다. 동정심이 일기는커녕, 새힘을 저 지경까지 내몬 놈에게 살의마저 치솟았다.

말아 쥔 주먹을 곧장 놈의 갈비뼈에 꽂으려는 순간이었다. 휙 소리가 날 정도로 빠르게 공기를 가로지르던 주먹이 은성의 늑골이 아닌 허공에서 뚝 멈추었다. 어느 틈에 새힘이 바짝 다가와 메이의 등을 껴안았기 때문이다.

"메이야, 그러지 마."

뜻밖의 상황에 메이의 미간이 휘었다. 놀란 것은 은성도 마찬가지였다. 은성 역시 눈썹을 치켜세우며 새힘에게로 시선을 주었다. 그 눈길이 마음에 들지 않아 메이는 다시 주먹을 휘둘렀다. 그러자, 조금 전보다 더욱 꽉 새힘이 등에 밀착해 왔다.

"부탁할게, 그러지 마, 메이야."

이번에도 메이의 주먹은 허공에서 멈추어 버렸다. 하, 제길. 메이는 허리에 둘러진 새힘의 팔을 떼어 내곤 그녀에게로 몸을 돌렸다. 말가니 올려다보는 눈망울을 보고 있으니, 속에서 울컥 치받혀 올라왔다. 너, 설마, 혹시 아직도 이은성에게 미련이 남은 거니.

복잡한 심경이 담긴 메이의 눈을 잠시 동안 응시하던 새힘이 조용히 입을 열었다.

"여기서 나가고 싶어. 그만 가."

"송새힘, 저놈이 너한테 어떻게 했는데 그냥 가재? 제정신이야?"

말가니 메이를 올려다보던 새힘의 눈에 일순 힘이 들어갔다. 그녀의 시선이 느릿하게 은성에게로 옮겨졌다가 다시 메이에게로 향했다.

"그래서, 그러니까, 그냥 가자는 거야. 이은성, 다치게 하지 마."

메이의 인상이 험악하게 굳어졌다. 새힘은 그런 메이의 팔을 껴안다시피 꼭 붙잡았다.

"가자, 응? 집에 가고 싶어. 제발. 이렇게 부탁할게."

메이는 간절한 얼굴의 새힘을 어금니를 악물고 바라보다 겨우 마음을 추슬렀다. 피곤과 아직 가시지 않은 충격에 전 그녀의 모습이 메이의 마음을 움직였다. 메이는 낮게 '쌍' 이라고 내뱉으며 새힘의 팔목을 움켜쥐었다. 그러곤 바닥에 아무렇게나 떨어져 있는 새힘의 가방을 한쪽 어깨에 걸친 뒤 그녀를 끌다시피 해서 문 쪽으로 향했다. 그 순간, 은성의 목소리가 두 사람의 귀를 강타했다.

"너희들, 두고 봐. 씨발, 퇴원하는 대로 갈아 마셔 버린다."

새힘의 발걸음이 멈칫하자, 그녀의 손목을 잡은 채 앞서 걷던 메이도 멈추었다.

"상대하지 말고 가."

메이가 그녀를 끌었지만 새힘은 버티고 서서 은성에게로 고개를 돌렸다. 분노가 담긴 그녀의 까만 눈동자가 곧장 은성에게로 박혔다. 붉은 물이 묻어날 것 같은 그녀의 작은 입술이 슬쩍 비틀려 올라갔다.

"고마워. 만정 다 떨어지게 만들어 줘서. 그리고……제발, 빨리 나아서 퇴원해."

평생 병원 신세를 지라는 악담을 퍼부어도 전혀 이상할 게 없는 상황인데도 새힘은 진심을 담아 은성의 쾌유를 빌고는 휙 몸을 돌렸다. 뚝뚝 끊어지는 목소리긴 했지만, 전혀 비꼬는 기색이 담겨 있지 않아, 되레 듣는 사람이 의아할 정도였다.

그런 새힘이 못마땅해 메이는 다소 아플 정도로 가느다란 손목을 꽉 움켜쥐고 병실을 나섰다. 쾅, 소리가 날 만치 거세게 문을 닫고 나온 세상은 변함없이 똑같이 돌아가고 있었다. 안에서 소란이 있었는지조차도 모른 채 사람들은 제 할 일을 하느라 바쁘게 움직였다.

메이는 말없이 앞장서서 나아갔다. 새힘 역시 입을 봉한 채 묵묵히 뒤따랐다. 병원 안 사람들이 교복 스커트에 전혀 어울리지 않는 큼지막한 티셔츠를 걸치고 있는 새힘과 몸에 착 달라붙는

민소매 언더레이어를 입고 있는 메이를 흘끔흘끔 돌아보곤 했지만, 두 사람은 각자의 생각에 빠져 있느라 전혀 신경 쓸 틈이 없었다.

바깥은 여전히 비가 내리고 있었다. 저만치 보이는 택시 승강장이 꽤나 멀다. 로비의 매점에서 우산이라도 구입해 새힘에게 씌워 주는 게 좋을 것 같아 메이는 잡고 있던 팔목을 놓고 몸을 돌렸다. 새힘이 메이의 소매를 다급히 붙잡았다.

"우산 사러 가는 거면, 관둬. 비 좀 맞는다고 죽는 것도 아니고, 이미 여기로 올 때 맞고 와서 축축하게 젖었어."

그러고 보니 머리칼이 축축했다. 메이는 미간을 구긴 채 두말 않고 빗속으로 걸음을 내디뎠다. 그러지 않으려 해도 은성을 감싸 주던 새힘의 속내를 알 수가 없어, 자꾸만 불쾌감이 상승한다. 어쩔 수 없이 표정은 구겨졌다.

빗속을 몇 발짝 걸으니 금세 비가 후두둑 머리 위로 떨어졌다. 새힘이 곧바로 따라붙으며 그의 손을 붙잡는다. 그러더니, 슬그머니 깍지를 꼈다. 새힘이 먼저 이런 친밀한 행동을 한 적이 없어 메이는 저도 모르게 고개를 돌려 그녀를 바라보았다. 퉁퉁 부은 새힘의 얼굴을 바라본 그의 이마가 절로 찡그려지고 어금니가 꽉 물렸다. 누구에게는 이렇게 보는 것만으로도 아까운 아이인데, 이 지경을 만들어 놓다니. 다시 병원으로 뛰어가 놈들을 밟아 버리고 싶었다.

표정을 굳히고 있는 그와 눈이 마주치자 새힘은 빗물이 뚝뚝 떨어지고 있는 부은 얼굴에 희미하게 미소를 드리웠다. 꼭, '네가 뭐 때문에 화가 났는지 알아.' 라고 하는 것만 같았다. 그게 더 마음에 들지 않아 메이는 홱 시선을 바로 하고 택시 승강장까지 말없이 앞장섰다.

승강장에 세워진 택시의 뒷좌석에 나란히 오르고 차가 출발한 뒤에도 메이는 창밖으로 떨어지는 빗방울들만 응시할 뿐 한마디도 하지 않았다. 짐승 같은 놈들에게 붙들려 험악한 꼴을 당할 뻔한 새힘을 조금 더 다정하게 감싸 주고 싶은데, 아직도 이은성 그놈에게 미련이 남아 미친 짓거리를 하고 있는 게 아닌가 해서 자꾸만 기분은 바닥을 쳐댔다. 조바심이 나는데도 아무렇지 않은 척 무던히도 애쓰려니 자꾸만 인상만 써진다.

동네에 도착할 때까지 택시 기사가 틀어놓은 라디오 소리만 차안에 맴돌았다. 동네의 초입에서 차가 멈추었다. 택시에서 내리니 어느새 비는 많이 잦아들었다. 트레이닝 바지 주머니에 양손을 찔러 넣은 채 앞장서는데, 새힘이 몇 발짝 뒤에서 그를 불렀다.

"메이야."

메이는 멈춰 서서 뒤를 돌아보았다. 새힘이 찬찬히 다가와 바로 코앞에 멈추어 섰다.

"병원에 온 거, 내가 병원에 있다는 건 어떻게 알았니?"

"정영경이 전화했어, 나한테."

영경이 절대로 말하지 않길 원했지만, 새힘도 알아야 할 것 같아 메이는 얘기해 주었다. 이렇게 걱정해 주는 친구에게, 그래서 위험한 순간을 모면하게 해준 친구에게 적어도 감사의 인사는 해야 할 게 아닌가.

역시나, 하는 얼굴로 고개를 주억거린 새힘이 잠시 뜸을 들인 뒤 머뭇머뭇 다시 말을 이었다.

　　"영경이가……다 말했겠지? 이은성이 나한테 뭐라고 했는지."

　　"……."

　　"나한테 화 안 났니?"

　　그때까지도 침묵을 지키던 메이가 눈썹을 휙 치켜세우며 불편한 심기를 고스란히 드러냈다. 그는 싸늘히 식은 얼굴로 짜증스럽게 내뱉었다.

　　"화나. 네 얘기를 정영경을 통해서 들은 것도 화나고, 멋대로 혼자 이은성 병실에 찾아간 것도 화나. 그래서 네가 큰일을 당할 뻔했던 것도 화나. 그 모든 걸 생각하면 화가 나서 돌아 버릴 것 같아. 근데, 화 안 내. 네가 무사한 게 너무 감사해서, 괘씸해 죽겠어도 화 안 내."

　　"근데, 너, 지금 화내고 있잖아. 얼굴에 고스란히 다 드러나 있어."

　　"배우도 아닌데 표정까지 내가 관리해야 돼? 너한테 화 안 내. 그러니, 신경 쓰지 말고 그냥 내버려 둬."

　　"병원에서 내가 이은성을 감쌌기 때문에 더 화가 난 거지?"

　　정곡을 콕 찌르는 새힘의 질문에 메이는 입을 꾹 다물었다. 점점 자신이 졸렬해지는 것 같아 한숨이 절로 나왔다. 그가 대꾸 없이 인상만 쓰고 있자, 새힘이 가만히 교복 주머니에서 무언가를 꺼내 보였다.

　　"이것 때문에 더 이상 은성이 다치지 않길 원한 거야."

새힘이 손에 쥐고 있는 것은 새카만 색상의 볼펜이었다. 메이는 '그게 뭐?' 하는 얼굴로 볼펜을 유심히 살폈다. 그러다 그의 시선이 휙 새힘의 얼굴로 향했다.

"그거, 혹시, 녹음기?"

"맞아. 병실에 들어서면서부터 나올 때까지 전부 다 녹음되어 있어."

메이의 눈이 놀라움을 담고 커졌다. 생각지도 못했기에 놀라움은 배가되었다.

"그래서 널 말렸던 거야. 벌을 받으려면 빨리 몸부터 나아야겠지. 거기서 더 다치면, 점점 더 응징의 시간은 멀어질 테니까. 이번 일, 절대로 그냥 넘어가지 않을 거야."

그렇게 말하는 새힘의 눈매가 더없이 날카롭게 반짝였다. 눈앞의 새힘이 다른 여자처럼 느껴질 정도다. 메이는 예로부터 내려오는 속담에 틀린 게 없음을 실감하고 있었다. 여자가 한을 품으면 오뉴월에도 서리가 내린다는 것을. 그럼에도 메이의 얼굴은 펴질 줄 몰랐다.

"그래도 너무 무모했어. 앞으로 다시는 그러지 마. 진짜, 심장 떨어지는 줄 알았으니까. 정영경 아니었으면 네가 거기 있다는 것도 몰랐을 거다."

새힘이 가만히 한숨을 내쉬었다.

"응, 응. 정말 영경이에게 너무 고마워. 내 생각이 너무 짧았어. 영경이가 네게 알려주지 않고 그래서 네가 안 왔더라면, 정말……."

새힘은 말끝을 채 맺지 못하고 온몸을 부르르 떨었다. 금세 병원에서의 끔찍한 상황이 뇌리에 떠오르는지 얼굴이 하얗게 질린다. 아무도 도와주는 이 없는 병실에서 홀로 얼마나 공포에 떨었을까 생각하니, 메이의 가슴이 둔탁한 아픔으로 물들었다. 안아주고 싶지만, 사람들의 입방아에 오르내릴 수 있는 동네라 메이는 그저 손을 들어 그녀의 머리를 슥슥 쓰다듬으며 진정시킬 수밖에 없었다.

"일단 우리 집으로 가자."

메이의 제안에 새힘이 영문을 몰라 멀뚱거리며 바라보았다.

"얼굴이 부어서 부모님께서 걱정하실 거야."

"어, 어? 정말?"

그제야 자신의 얼굴이 부었다는 걸 자각한 새힘이 걱정이 가득 담긴 눈으로 얼굴을 슥슥 문질렀다.

"얼음찜질이라도 하고 집에 들어가. 조금 나아질 거야."

"으응."

새힘이 순순히 고개를 끄덕이자 메이는 그녀의 작은 손을 잡고 집으로 향했다.

*

기말고사가 끝나고 난 다음 날이었다. 새힘은 영어 선생 해리와 함께 그녀의 승용차로 이동 중이었다. 왜 담임도 아니고 학생주임도 아니고 하다못해 부모님도 아닌, 해리와 동행을 하게 됐는지 새힘은 스스로가 생각해도 의아했다. 딱히 친밀했던 사이도 아니고 해리가 경력이 쌓인 노련한 선생도 아닌데 말이다.

그런데, 그냥 마음이 끌렸다. 남자인 담임이나 학생주임보다는 같은 여자인 해리 쪽이 더 마음이 편해서랄까. 해리라면 은성과의 관계를 구구절절 설명하지 않아도 되니 그래서 그런지도 몰랐다.

점심시간, 병원에서의 일이 담긴 녹음기를 들고 해리를 찾아가 들려주었다. 그리고 동행해 줄 것을 부탁했다. 은성과 관계된 일이니 그녀가 껄끄러워 거절을 한다면 할 수 없이 어머니에게라도 모든 걸 털어놓을 참이었다.

거절당할 각오로 갔었는데, 해리가 의외로 선뜻 '오케이.' 라고 해서 보통 놀란 게 아니었다. 그러곤 곧바로 은성의 집으로 전화를 걸어 그의 어머니와 시간 약속까지 정했다. 작년 은성의 담임이었기에 약속은 순조롭게 이루어졌다. 한편으론 고맙고 또 한편으론 그녀에 대해 안 좋은 편견을 가지고 있었던 것에 참으로 미안해지기도 했다.

한참을 달리던 차가 고급 주택가에 들어서 멈추었다. 해리가 바로 코앞에 보이는 으리으리한 저택을 손으로 가리켰다.

"여기가 이은성 집이야."

조수석에 앉은 새힘은 창밖을 가만히 보았다. 막상 은성의 집까지 오니 사생결단이라도 내러 가는 것처럼 긴장이 되었다.

"아직 약속된 시각까지 20분 정도 남았는데, 잠시 있다 들어갈래?"

"네에."

새힘의 대답에 해리는 고개를 끄덕이고는 손가락으로 운전대를 톡톡 두드렸다. 아무리 자유분방하고 대범한 해리라도 은성의 어머니를 만나는 게 새힘만큼이나 긴장되는 탓이었다.

"그런데, 말이야. 왜 나한테 왔니? 내가 네 담임선생님도 아니고 학생주임 선생님은 더더욱 아니잖니?"

예전, 미술실에서 했던 말을 해리가 고스란히 되돌리자, 새힘은 멋쩍게 씩 웃어 보인 뒤 가만히 대꾸했다.

"쌤이 그나마 제일 편해서요."

"만만하다, 뭐, 그 뜻이니?"

"아, 그렇게는 생각 안 했는데, 쌤 말씀 들으니 또 그런 것 같기도 해요."

"너, 그거 아니?"

"뭘요?"

"너, 은근 재수 없는 거."

표정 하나 변하지 않는 해리의 말에 새힘은 키들키들 웃었다.

"쌤은 그거 아세요?"

"뭐?"

"쌤, 은근 웃기는 거요."

"내가 그럼, 지금 웃기고 앉았단 거니?"

"아, 그게 또 그렇게 되네요."

두 사람은 말장난 비슷하게 해놓고선 서로를 마주 보며 어이가 없어 피식 웃었다. 실없는 말들이었지만, 조금 전보다 긴장이 풀려 마음이 훨씬 안정되었다. 담임이나 학생주임과 함께 이곳에 왔더라면, 꿈도 못 꿨을 상황이었다.

약속된 시각이 다가와 새힘은 해리와 함께 차에서 내렸다. 목조의 커다란 대문 앞에 서서 벨을 누른 뒤 반응을 기다리는 찰나 동안, 새힘은 여기저기 달린 CCTV를 보고 다시 긴장이 되었다. 은성의 부친이 유명한 국회의원이라 보안 하나도 일반 집들과는 달랐다. 초조한 얼굴로 주변을 두리번거리던 새힘은 스피커에 대고 안과 몇 마디 대화를 나눈 해리가 어깨를 툭 쳐서야 그녀를 따라 안으로 들어갔다.

집 안에는 난(蘭)이 굉장히 많았다. 비단 난뿐만 아니라, 곳곳에 화초들이 싱그럽게 늘어져 있었다. 그냥 슬쩍 둘러보기만 해도 눈 가는 곳마다 화분들이 놓여 있었다. 그런데도 조잡스럽거나 지저분해 보이기는커녕, 시원하고 고급스러운 느낌이 강했다.

도우미 아주머니의 안내에 따라 거실 소파에 해리와 나란히 앉아 있길 잠시, 안방에서 은성의 모친 오 여사가 옷매무시를 가다듬으며 나오고 있었다.

"어서 오세요, 선생님. 많이 기다리셨죠?"

만면에 웃음을 띠고 오 여사가 다가오자, 해리가 일어나 고개를 숙였다. 덩달아 새힘마저 일어나 함께 인사를 했다. 도우미 아주머니에게 차를 주문한 여인이 소파 맞은편에 앉으며 여전히 미소를 지었다. 하지만, 새힘의 눈에는 전혀 인자하다거나 사람 좋게 느껴지지 않았다. 눈은 차디찬데, 입매만 웃고 있으니 되레 섬뜩한 느낌마저 든다. 마치 은성의 눈을 보는 듯했다.

"갑자기 연락을 드렸는데도, 흔쾌히 시간을 내주셔서 감사드립니다. 은성이 어머님."

"아니에요. 마침 저녁 모임이 취소되는 바람에 오늘은 모처럼 한가했답니다. 그런데, 이 학생은?"

오 여사의 관심이 새힘에게로 쏠렸다. 마치 '오늘의 이 자리가 너 때문이니?' 하고 묻는 듯 날카로운 눈매로 그녀를 유심히 관찰했다. 새힘은 입가를 혀로 적시며 가까스로 입을 열었다.

"전 같은 반……에 다닙니다."

차마 '친구'라는 말이 나오지 않아 새힘은 그렇게 말했다.

"아, 그렇구나. 우리 은성이랑 친하니?"

"……친했었습니다."

딱딱 끊어지는 새힘의 말투와 과거형에 그녀를 집요하게 살피는 눈매가 슬쩍 가늘어졌다가 원래대로 돌아왔다.

"그래? 이렇게 예쁜 친구와 오래도록 친하면 좋을 텐데, 녀석도 참. 걔가 원래 싫증을 잘 내요."

그렇게 말한 오 여사는 막 차가 나오자, 어서 들라며 새힘과 해리에게 권했다. 뜨끈한 차가 넘어갈 리 없었으나 새힘은 오 여사가 차를 반쯤 마실 때까지 아무런 말도 하지 않고 그저 형식적으로 찻잔을 들었다 놓았다. 조용한 가운데 먼저 말문을 연 것은 해리였다.

"은성이 어머님, 은성이 문제로 꼭 아셔야 할 일이 있어서 이렇게 실례를 무릅쓰고 왔습니다."

오 여사는 찻잔에서 시선을 떼지 않으며 느긋하게 응수했다.

"네. 그래서 기다리고 있답니다. 말씀하세요. 이번엔 무슨 일인가요?"

"저, 그게……."

"그건, 제가 말씀드릴게요."

새힘이 해리의 말을 가로막으며 끼어들었다. 찻잔을 응시하고 있던 오 여사가 한쪽 눈썹을 치켜세우며 새힘에게로 눈동자를 굴렸다. 새힘은 준비해온 녹음기를 꺼내 가만히 테이블 위에 올려놓았다.

"이건 볼펜이잖니?"

오 여사의 물음에 새힘은 대꾸 대신 가만히 재생 버튼을 눌렀다.

〔네가 여기까지 친히 납실 줄은 몰랐는데.〕

〔내가 올 줄 몰랐으니까, 헤어지자는 날 놓아주지도 않으면서, 이렇게 다른 여자애랑 쪽쪽대고 있었던 거겠지.〕

〔별거 아니니, 신경 안 써도 돼.〕

녹음기에서 흘러나오는 소리에 오 여사가 가만히 손을 들어 저지했다. 새힘은 일시정지 버튼을 눌러 잠시 멈추었다.

"이게 뭐니?"

"며칠 전, 은성의 병실로 찾아간 적이 있습니다. 그때 일어난 일을 녹음해 둔 거예요."

오 여사의 이마가 설핏 찡그려졌다.

"너, 참 이상한 아이로구나. 그걸 왜 녹음해서 내게 들려주는 거니?"

"제게 녹음기가 있어서 그때 상황을 녹음할 수밖에 없었습니다. 듣기 거북하시면, 곧바로 경찰서로 가져가겠어요."

당돌한 새힘의 말에 오 여사의 표정이 묘하게 일그러졌다. 요것 봐라, 하는 듯 입매를 살짝 올리더니, 이내 평정심을 되찾으며 차를 한 모금 마셨다.

"계속 틀거라."

"감사합니다."

감사하지 않았지만, 고자세로 나오는 오 여사를 비꼬느라 그렇게 대꾸한 새힘은 다시 재생버튼을 눌렀다. 새힘이 휴대전화를 돌려주는 상황과 거기에 언짢아하는 은성의 말이 흘러나올 때까지 오 여사는 별다른 표정을 짓지 않았다. 그저 이게 뭐하는 짓이야, 하는 얼굴로 차만 홀짝일 뿐이었다.

하지만, 그것도 잠시, 점점 심각한 대화 내용에 그녀는 조금씩 미간을 찡그리고 있었다.

〔이렇게 부탁할게. 나 좀 봐줘. 제발, 응?〕

〔누가 보면 내가 널 죽도록 사랑해서 매달리는 줄 알겠다?〕

〔그래, 그게 아니니까. 아닌 거 아니까, 여기서 그만 하자는 거야.〕

〔내가 말했지, 너 따위는 언제든 봐줄 수 있으니까, 다리만 한 번 벌리라고. 그러면 당장이라도 봐주겠다는데, 왜 이렇게 잔말이 많아?〕

〔그건, 너 혼자만의 일방통행이지 난 그러겠다고 동의한 적 없어. 내 의지와는 상관없이 네가 멋대로 정한 일에 내가 따라야 할

이유는 없잖아. 더더군다나 너와 나는 아무런 사이도 아니고. 부모님도 나한테 강요한 적이 없는데, 생판 남인 네가 왜 날 옭아매려 들고 협박하는……악!〕

〔쨍그랑!〕

새힘의 비명 소리와 함께 유리 제품이 박살이 나는 순간, 숨을 죽인 채 대화를 듣고 있던 오 여사가 들고 있던 찻잔을 탁자에 탁 소리가 날 정도로 내려놓았다. 하지만, 새힘은 정지 버튼을 누르지 않았고 그날 있었던 일은 계속해서 녹음기를 통해 흘러나왔다. 그럴수록 그녀의 얼굴은 딱딱하게 굳어지고 있었다.

녹음기에서 재생되는 모든 것들을 다 듣고 난 뒤 거실은 적막감에 휩싸였다. 오 여사는 처음의 여유로운 미소는 온데간데없고 핏기가 싹 가신 얼굴로 입매까지 파르르 떨고 있었다.

"괜찮으세요?"

해리가 걱정스러운 얼굴로 조심스레 묻자, 오 여사는 한 손을 들어 아무런 말도 말라는 제스처를 해보였다. 아들이 이 정도인 줄은 몰랐는지, 아님 아들의 소행을 증거로 남긴 게 꽤나 충격인 건지, 그녀는 한동안 입을 꾹 봉한 채 가쁜 숨만 몰아쉬었다.

한참만에야 표정을 추스른 그녀가 새힘을 뚫어지게 응시했다.

"이거, 누구누구 알고 있니."

"녹음된 목소리 모두와 여기, 선생님 한 분밖에 모르세요."

그 사실은 그나마 다행인 듯 오 여사는 낮게 한숨을 쉬었다.

"이 녹음기는 내가 가지는 게 좋겠구나."

아직 테이블 위에 놓인 녹음기를 오 여사가 잽싸게 낚아채는 걸 물끄러미 바라보던 새힘은 담담히 말했다.

"가지고 싶으면 가지세요. 컴퓨터에 복사해 둔 게 있으니까요."

"뭐?"

오 여사가 기가 막힌 듯 어이없는 웃음을 내뱉었다. 그녀의 눈매가 더없이 사나워지더니, 새힘의 머릿속을 꿰뚫기라도 할 듯 집요하게 노려보았다.

"아직 어린 게 상당히 영악하구나. 그래, 네 부모님이 이렇게 하라고 시키셨니? 원하는 게 뭐니? 아니, 얼마나 필요하시다니?"

은성의 모친의 말에 새힘은 잠시 할 말을 잃었다. 보통의 부모라면 먼저 사과부터 하는 게 도리가 아니겠는가. 한데, 아무것도 모르는 부모님까지 들먹여지니 속에서 토악질이 나올 것처럼 기분이 급격히 나빠졌다.

그런 새힘이 안됐기도 하고, 분명히 상황이 잘못 돌아가고 있음을 인지한 해리가 퍼뜩 끼어들었다.

"은성 어머님, 일단 진정하시구요. 뭔가 오해를 하고 계시는 것 같습니다. 새힘이는 그런 뜻으로 이렇게 찾아온 게……."

"선생님도 그러시는 거 아닙니다."

"네?"

"이런 게 녹음이 되었다는 걸 아셨으면, 뺏어서라도 제게 먼저 가져오셨어야죠. 어린 학생을 여기까지 데려와서 뭐 하자는 겁니까? 이런 건 어른들이 나서서 해결을 해야 하는 게 아니냐는 말입니다. 내가 지금 어린 학생을 앞에 두고 언성을 높여야겠습니까?"

아랫사람에게 하듯 거침없이 꾸짖은 오 여사는 다시 새힘에게로 시선을 주었다.

"네 부모님도 참 이상한 분들이구나. 어떻게 어린 너를 앞세워서⋯⋯."

"우리 부모님, 이 일 모르세요."

더 이상은 부모님을 욕되게 할 수가 새힘은 오 여사의 말을 잘랐다.

"우리 부모님께서 아시면, 정말 너무너무 슬퍼하실 것 같아 차마 말씀 못 드렸어요. 말씀드리면 곧바로 경찰서로 가서 이은성을 징벌하실 것 같아⋯⋯차마 말씀 못 드렸는데, 어떻게 그런 말씀을 하실 수가 있으세요?"

"새힘아⋯⋯."

해리가 어깨를 다독였지만, 새힘은 멈출 수가 없었다. 너무도 억울하고 분해 눈가에는 눈물마저 그렁그렁 맺혔다.

"다른 사람도 아니고, 저, 아주머니 아들이 시켜서 그 친구한테 강간당할 뻔했어요. 그래도 잠시나마 사귀기도 했었는데, 친구에게 저를 강간하라고 시켰다구요. 그런데도 아주머니는 제게 미안해하시기는커녕 부끄러움 한 점 없으시네요. 아무것도 모르는 제 부모님이 이상한가요, 아주머니가 더 이상한가요? 네?"

절규에 가까운 처절한 새힘의 말에 오 여사는 다소 자신이 과

353

했다 싶은지 더 험한 분위기를 만들지는 않았다. 도대체 이 골치 아픈 일을 어떻게 처리해야 하나, 하는 얼굴로 이마만 찌푸리고 있다가 다시 입을 열었다.

"내가 조금 과민했던 모양이야. 네 부모님을 들먹인 건 사과하마."

다소 형식적인 말투라 진심이 느껴지진 않는다. 새힘이 아무런 대꾸도 하지 않고 고개를 숙인 채 있자, 오 여사는 말을 이었다.

"차라리 네 부모님이 아셨더라면, 내가 덜 곤란할 것 같구나. 어린 너를 데리고 무슨 얘기를 해야 할지 참 답답해."

그러니까 아직 물질의 때가 묻지 않은 새힘보다는 부모 쪽이 훨씬 더 공략하기가 쉬울 거라는 뜻이다. 새힘은 고개를 번쩍 들어 오 여사와 시선을 맞추었다.

"물질로 부모님을 회유할 수 있다고 생각하세요? 저희 집, 가난하지 않아요. 저, 부족함 없는 무남독녀로 자랐어요. 만약, 부모님께서 이 사실을 아시면 당장 이 사건에 대해 끝장을 보려 하실 거예요. 합의 같은 건 절대로 안 하실 거예요."

"그렇다는 건, 넌 이번 일이 알려지질 않길 원한다는 거니?"

"네. 법적 처벌을 원하지도 않구요."

새힘의 무미건조한 대꾸에 오 여사는 더욱 미간을 모았다.

"돈을 원하는 것도 아니다. 그렇다고, 법적인 처벌을 원하는 것도 아니다. 일이 바깥으로 알려지는 것 역시 원하지 않는다. 좋아. 그렇다면 네가 원하는 게 뭐야. 원하는 게 있으니, 복사까지 해 둔 거겠지. 들어는 보자꾸나."

새힘은 가만히 숨을 들이쉰 뒤 천천히 입을 열었다.

"많은 걸 바라지 않아요. 제가 원하는 건 하나예요. 제가 원하는 건……이은성의 추방입니다. 적어도 5년 이상은 우리나라 땅에서 보지 않았으면 좋겠어요."

14.

　여름방학이 되면 새힘의 가족과 메이의 가족은 날짜를 정해 함께 휴가를 즐겼다. 그것은 새힘과 메이가 머리가 굵어지기 전부터 늘 행해왔었기에, 이제는 특별한 말이 오가지 않더라도 휴가 때만 되면 양가의 스케줄을 맞춰 여행을 떠나곤 했다.

　이번 역시 다를 건 없었다. 새힘과 메이의 학교에서 행하는 반강제적인 보충수업 때문에 8월 중순이 지나서 서울의 도심지를 훌훌 벗어났다. 이번 여행은 메이네의 별장이 있는 제주도로 정해졌다.

　해수욕장에서 조금 떨어져 있는 하얀색의 2층 건물로, 제주에 올 때면 메이네가 1층을, 새힘의 식구들은 2층을 사용하곤 했다. 하지만, 잘 때를 제외한 대부분의 시간을 함께 어울리기 때문에 거의 1층에 모여 산다고 해도 과언이 아니었다.

스케줄을 잘 맞춘 메이네 식구들은 아침 일찍 출발을 했고, 새힘의 가족들은 아버지의 일정 때문에 오후에 출발을 했다. 제주 별장에는 늦은 오후 무렵이 되어서야 도착할 수 있었다.

별장에 올 때마다 묵었던 익숙한 2층 방으로 들어간 새힘은 가져온 짐부터 정리했다. 그래봤자, 옷가지들이 전부였지만 가방에 든 것들을 다시 차곡차곡 개켜 장롱 속으로 옮겼다. 막 속옷을 서랍 속으로 밀어 넣는데, 노크 소리가 나더니 이어 문이 벌컥 열렸다.

"가, 갑자기 문을 열면 어떡해."

미처 남은 팬티와 브래지어를 다 정리하지 못한 새힘이 후닥닥 서랍 속으로 그것들을 쑤셔 넣은 뒤 잔뜩 당황한 얼굴로 부스스 일어났다. 편한 차림을 한 메이가 입구에 서서 안을 바라보고 있었다. 두근. 메이의 얼굴을 마주하자 괜스레 심장이 쿵쿵거린다.

푸른 하늘과 넘실거리는 바다가 있는 제주라서 그런지 매일 보는 메이인데도 오늘따라 다르게 느껴진다. 늘 함께해 오던 그 류메이가 아니라 조금은 낯선 소년을 마주하고 있는 것 같다고나 할까. 처음도 아닌데 앞으로 3박 4일간 메이와 한 공간에서 먹고 자고 할 걸 생각하니, 부쩍 마음이 싱숭생숭해진다.

혹시, 메이도 그런 건 아닐까? 메이도 자신처럼 뭐라고 설명할 수 없는 묘한 흥분을 느끼고 있는 건 아닐까?

"밑에서 바비큐 해서 먹을 거래. 내려와."

몽롱한 표정으로 메이를 응시하던 새힘은 입술에 경련이 일지 않도록 애써야 했다.

"벌써?"

"다들 브런치를 먹어서 출출한가 봐. 이미 5시를 넘기기도 했고. 바비큐 먹고 난 다음에는 어른들끼리 낚시 가신대. 그래서 좀 서두시는 것 같아."

"그러고 보니 나도 배고프긴 하네. 알았어, 금방 내려갈게."

새힘이 푸시시 식은 얼굴로 대답하자, 메이는 고개를 끄덕여 보이곤 담백하게 몸을 돌려 가 버렸다. 그저, 할 말만 하고 가 버린 메이에게 서운함이 밀려들어 새힘은 멋쩍게 입술만 삐죽였다.

새힘은 길게 늘어뜨린 머리칼을 묶기 위해 침대 위에 놓인 가방을 뒤적거렸다. 고기를 구워 먹을 때 풀어헤쳐진 머리칼이 휘날리는 건 딱 질색이었다. 머리칼을 돌돌 말아서 틀어 올린 다음 까만 머리끈으로 고정을 시키니 가늘고 하얀 목이 고스란히 드러났다. 그녀는 거울로 얼굴을 점검한 뒤 아래로 향했다.

그림같이 아름다운 하얀 별장 정원에 바비큐 파티가 벌어졌다. 아직 해가 지지 않아 밤이 주는 운치는 없었으나, 두 가족은 지글지글 고기가 익어가는 바비큐그릴 주위에, 혹은 테이블에 둘러앉아 즐겁게 담소를 나누었다.

단 한 명을 제외하면 말이다.

"여자애들은 진짜, 몇 달 못 본 사이에 훌쩍 성숙해지나 봐. 꼬맹이 저 녀석, 불과 몇 달 전만 해도 깡말라서는 애기 같더니, 언제 저렇게 커서 아가씨 티를 풀풀 풍기고 있냐? 그것도 점점 내

스타일이 돼 간단 말씀이야. 머리부터 발끝까지 다 예쁘잖아? 난 저렇게 목이 하얗고 가는 애가 참 예뻐 보이더라."

류씨 집안의 삼남 와이가 구워진 고기를 어른들이 앉아 있는 테이블로 나르느라 바쁜 새힘을 응시하며 묘하게 웃었다. 그러자 고기를 뒤집느라 여념이 없던 둘째 케이가 어이없다는 얼굴로 고개를 절레절레 저었다.

"어릴 때와 비교하면 많이 자라긴 했지. 그렇다고 아직 솜털도 안 가신 애한테 아가씨가 말이 되냐? 송 교수님께서 들으셨으면 저 숯불로 널 지지려 하실 거다. 그러니까, 입 조심해."

와이가 금세 '이크.' 라고 너스레를 떨며 조금 떨어진 테이블에 앉아 있는 새힘의 부친인 송 교수를 흘끔 보았다. 다행히 양가 부모님들은 정치 경제에 대한 심각한 토론을 하는 중이라 그럴 쪽에는 눈길도 주지 않았다.

"류메이, 쟤, 혹시 남자 친구 있냐?"

조금 전보다 목소리를 낮춘 와이의 물음에, 계속해서 말없이 고기에 허브소금만 치고 있던 메이가 휙 눈동자만 움직여 와이와 시선을 맞추었다.

"헉, 뭐냐. 형님께 그 불손한 눈은?"

"없으면 왜. 원조 교제라도 하시게?"

싸늘한 눈동자와 비소를 잔뜩 머금은 말투에 와이가 눈을 동그랗게 떴다.

"이 자식, 그런 무서운 말을. 적어도 스무 살까진 기다려 줘야 도리 아니겠냐."

"형."

"왜, 아우야?"

메이가 소금을 다소 과격하게 뿌리며 한 자씩 느릿하게 내쏘았다.

"눈길 주지 마. 쟤, 내 거야."

순간, 고기를 뒤집던 케이는 고기를 놓쳤으며, 와인을 한 모금 마시려던 와이는 하마터면 그것을 뿜을 뻔했다. 케이와 와이의 시선이 일시에 메이에게로 모아졌다.

"에? 정말? 진짜? 너네 연애하냐?"

와이가 입을 쩌억 벌리며 믿을 수 없는 표정을 짓자 메이는 조금 짜증스럽게 미간을 모았다.

"그러니까, 한 번만 더 이상한 소리하면 아무리 형이라도 계급장 떼고 맞장 떠 버릴 테니 알아서 해."

살벌하기 그지없는 메이의 엄포에 와이가 '워, 워.' 하며 양손을 머리 근처까지 들어 올리는 제스처를 취해 보였다.

"야야, 난 평화주의자야. 살벌하게 맞장이 뭐니? 그리고 인마. 농담이야. 내가 아무럼 저 꼬맹이를 여자로 보겠어? 난 170센티 이하는 여자로 안 본다구."

메이는 물론이고 케이까지 '그건 아닌 것 같은데' 하는 얼굴로 빤히 바라보자 와이가 쿡쿡 웃으며 손을 내저어 보였다.

"하여튼 우리 집 인간들은 농담과 진담도 구분 못한다니까."

그러더니, 은근한 표정으로 메이의 옆구리를 쿡 찔렀다.

"……어디까지 나갔냐? 진도 말이다."

메이는 소금을 치던 손을 잠시 멈칫했다. 아무리 피를 나눈 형제들 앞이지만, 새힘과의 일이 이렇게 우스갯소리처럼 떠벌려지는 게 더없이 불쾌하게 다가왔다. 게다가 조금 전 와이가 새힘의 외모에 대해 이러쿵저러쿵한 게 아직도 목에 가시처럼 걸려 있어 속이 더 부글부글 끓어올랐다.

　"아무리 형제지만 그런 질문은 실례 아냐?"

　"오오. 좀 나간 모양이네? 케이 형, 이 자식 얼굴 빨개진 것 좀 봐. 인마, 내가 너 난쟁이 똥자루만 할 때부터 업어 키운 놈이야. 형 앞에서 뭘 부끄러워하고 그래? 자자, 얼른 불어 봐. 형님이 무료로 상담해 줄게. 설마 키스는 해 봤겠지? 뽀뽀 말고 혀로 하는 키스 말이야, 키스."

　도무지 진중함이라곤 눈 씻고 찾아보려야 볼 수가 없는 와이의 호들갑에 메이는 머리가 지끈거렸다. 지금껏 와이와의 대화는 80퍼센트가 여자에 관한 거였다. 워낙 바람같이 한곳에 정착하지 못하는 스타일이라, 몇 달 만에 한 번 만날까 말까 한데도, 이야기 속에서 늘 여자란 존재는 빠지지 않았다. 이번엔 건수라도 잡은 듯 동생의 연애사에 열을 올리니, 환장할 노릇이었다. 항상 그랬던 것처럼 여행지에서 만난 여자들의 이야기를 떠벌리는 편이 훨씬 듣기에 좋았다.

　"큭큭, 혹시 키스쯤은 우스운 거 아니지? 설마, 니들 갈 데까지 간 건?"

　메이는 입술을 꾹 다문 채 와이를 노려보았다.

　사실 지금 메이는 새힘이 제주에 도착하면서부터 들끓고 있는 속을 겨우겨우 달래고 있는 중이었다. 서울 하늘 아래서 보던 것보다 훨씬 더 새힘이 예쁘고 사랑스러워 보여 끓어오르는 혈기를 주체하기가 힘들었다.

틀어 올린 머리 아래로 드러난 뽀얀 목덜미에 이를 박아 잘근잘근 씹어 버리고 싶었으며, 테이블과 그릴을 오가며 새색시처럼 음식을 나르고 있는 가느다란 팔다리에도 입술 자국을 내고 싶을 정도다. 그래서 새힘과 눈만 마주쳐도 일부러 고개를 돌려 피해 버렸다.

바비큐 파티 전 새힘의 방으로 올라갔을 때 그러고 싶었던 걸 억지로 누르느라 진땀이 날 지경이었다. 자꾸만 새힘에게로 시선이 향하는 걸 겨우 참으며 평정을 가장하고 있는데, 와이가 옆에서 긁어대니 점점 인내심은 한계로 치달았다.

결국 메이는 들고 있던 소금통을 옆으로 내려놓았다. 계속 와이 옆에서 이야기를 듣고 있다간 정말 저도 모르게 주먹이 올라갈지도 몰랐다.

"난 그만 들어가서 좀 쉴게."

"어어, 인마. 벌써 가면 어쩌냐? 장난이야, 장난. 장난도 못 치냐?"

메이는 대꾸 없이 몸을 돌렸다.

"류와이, 그러게 대충할 것이지. 넌 브레이크가 안 걸리냐?"

"하하, 재미있잖아."

"하여튼, 못 말린다."

나무라는 케이와 그래도 좋다고 웃어대는 와이의 목소리가 들려왔지만, 메이는 팔뚝에 힘줄이 불거나올 정도로 주먹을 꽉 쥔 채 뒤도 돌아보지 않고 별장 안으로 향했다. 그리고 곧바로 욕실로 향해 차가운 물줄기 아래서 한참이나 오도카니 서 있었다.

어두운 밤이 하얀색 별장으로 내려앉았다. 바비큐 파티가 끝난 뒤 어른들은 낚시도구를 챙겨 근처의 낚시터로 향했고 뜰에 남은 나머지는 뒷정리를 끝내고 각자 볼일을 보러 흩어졌다.

방으로 들어온 새힘은 부루퉁한 얼굴로 화장대 앞에 앉았다. 간만에 온 제주라 서울에서부터 마음이 들떠 있었지만, 지금은 기분이 바닥을 치고 있었다. 관광의 섬이라는 명성에 걸맞지 않게 올 때마다 더 많은 양의 쓰레기가 눈에 뜨인다던가, 별장에만 처박혀 있어서 그런 건 아니었다.

제주로 와서 몇 시간 동안 메이의 얼굴을 본 건 겨우 몇 십 분이 다였다. 바비큐 파티가 시작되고 얼마 지나지 않아 자취를 감추더니, 지금까지 머리털 한 올도 비추지 않았다.

서울에서는 거의 볼 수 없는 별이 잔뜩 박힌 제주의 아름다운 밤하늘을 보며 함께 별장 근처의 산책로를 걷고 싶었다. 두 손을 꼭 맞잡고 걷다가 사람들이 보지 않는 틈을 타 가벼운 입맞춤도 나누고 싶었다.

한데, 메이는 이상하게도 얼굴을 마주한 내내 시큰둥하니 눈조차 제대로 마주치지 않았고, 시선이 마주치기라도 할 때면 그냥 휙 고개를 돌려 버렸다. 이젠 방에서 뭘 하느라 틀어박혀 있는지 그 시큰둥한 얼굴마저도 구경하기가 힘들었다.

행복한 여행을 기대했는데 하나도 행복하지가 않다.

새힘은 틀어 올렸던 머리를 풀어 내리며 욕실로 향했다. 차가운 물에 씻고 나면 기분이 좀 나아지려나…….

한참 만에 욕실에서 나온 새힘은 머리칼에서 떨어지는 물기를 수건으로 털어내고 대충 빗으로 빗은 다음 방을 나섰다. 아무래도 메이가 뭘 하는지 방으로 한 번 가보는 게 좋을 것 같았다. 1층으로 내려간 그녀는 메이의 방 앞에 서서 노크를 했다.

한 번, 두 번, 세 번.

아무런 기척이 없다. 벌써 잠이 든 건가? 새힘은 가만히 문고리를 돌려보았다. 한데, 깔끔하게 정돈된 안은 텅 비어 있었다. 허탈하고 실망스러운 마음에 새힘은 망연자실 빈 방만 쳐다보고 섰다.

뭐야, 나만 두고 혼자 어딜 간 거야? 오늘 정말 마음에 안 든다, 류메이.

어깨를 축 늘어뜨린 채 새힘은 힘없이 발걸음을 돌렸다. 어른들은 낚시터에서 밤을 새울 거라고 했고, 케이와 와이는 시내에 볼일을 보러 나간다고 했다. 메이는 어디 있는지 알 수가 없으니, 지금은 완벽히 그녀 혼자가 돼 버렸다.

메이에게 전화라도 해 봐야 하나 생각하며 2층으로 향하던 새힘은 문득 뇌리를 스치는 생각에 정신이 번쩍 나는 듯했다. 2년 전쯤, 막내 형 와이가 이곳 별장 다락방에 천체망원경을 설치해 두었다는 소리를 메이에게서 얼핏 들었던 기억이 났다. 그리고 정작 별장에 오게 되면 몇 시간씩 망원경과 씨름을 하다 다락방에서 그대로 잠이 들곤 하는 사람이 와이가 아닌 메이라고 했었던 것도 떠올랐다.

혹시?

새힘은 빠르게 층계를 오르며 다락방으로 향했다. 다락으로 향하는 좁은 목재 계단을 오를수록 심장이 쿵쿵 뛰어댄다. 꼭 어릴 적에 많이 했던 숨바꼭질을 하는 것처럼.

이윽고 아늑한 다락방이 눈에 들어올 만큼 계단을 오른 새힘은 우뚝 걸음을 멈추었다. 후우. 그녀는 안도감이 어린 낮은 한숨을 내쉬었다. 마치, 술래가 숨은 아이들 중 한 명을 찾아낸 것 같은 만족스런 미소가 그녀의 입가에 걸렸다. 역시나 메이는 창가에 설치된 천체망원경에 신경을 쏟고 있었다. 새힘이 지켜보고 있다는 사실은 꿈에도 모른 채.

새힘은 발소리를 죽이며 조용히 계단을 마저 올랐다. 그러곤 천천히 메이의 옆으로 다가가 앉았다.

"뭘 보고 있어?"

움찔.

갑작스런 새힘의 목소리에 어깨를 흠칫거린 메이가 그녀에게로 고개를 돌렸다. 정말 놀란 듯 그의 다색 눈동자가 확장되었다.

"언제 온 거야. 깜짝 놀랐잖아."

"방금. 뭐가 보여?"

메이가 고개를 슬며시 흔들며 망원경을 손가락으로 툭 튕겼다.

"고장 났어. 작년에 막내 형이 친구들이랑 여길 왔었다던데, 그때 그런 건가 봐. 망가뜨려 놓고 귀찮아서 이대로 둔 모양이야."

"아아."

천체를 관찰할 수 있지 않을까 해서 조금 기대하고 있던 새힘은 아쉬운 표정을 짓다가 이내 휙 눈썹을 치켜세웠다.

"근데, 넌 언제부터 여기 있었어? 바비큐 먹는 중간에 사라져서는 코빼기도 안 보이더라."

새힘은 내심 섭섭해서인지 말투가 부루퉁하게 흘러나갔다.

"조금 전."

짤막하게 대답한 메이가 바닥에 대고 있던 엉덩이를 슥 떼어냈다. 메이의 행동에 새힘은 이마를 슬쩍 찡그려 보였다.

"뭐야, 내려가려고?"

"어."

역시나 단답형으로 대꾸한 그가 금세 몸을 일으키자 새힘은 다급히 팔을 뻗어 소매 깃을 움켜쥐었다.

"왜 그렇게 급하게 내려가는데? 너, 오늘 좀 이상해. 계속 날 피하는 것 같아. 나한테 뭐 화났니?"

"그런 거 없어."

"그럼 여기서 얘기나 좀 하다가 내려가. 올 때마다 느낀 거지만 여긴 참 아늑하고 좋아."

메이의 얼굴이 곤란한 듯 약간 굳어졌다. 입매는 꽉 다물렸으며, 미간은 미미하게 모아졌다. 몇 초 동안 굳은 채로 서 있던 메이는 새힘이 붙잡고 있는 소매를 흔들며 빨리 앉길 종용해서야 마지못해 털썩 바닥에 앉았다.

새힘은 만족한 얼굴로 창밖으로 보이는 별이 총총 박힌 까만 하늘을 바라보았다.

"진짜, 제주는 밤하늘이 너무 예쁜 것 같아. 도대체 몇 년 만에 보는 별이야? 어어? 메이야, 저거 봐봐. 저거 별똥별 아냐?"

감탄에 젖어 하늘을 올려다보던 새힘이 반짝이는 불빛 하나가 아래로 떨어지는 걸 보곤 눈을 동그랗게 뜨며 옆에 앉은 메이의 옷자락을 끌어당겼다.

"맞지, 맞지? 저거, 별똥별 맞지? 와아. 대박이다, 정말."

호들갑을 떨며 하늘에서 눈을 떼지 못하던 새힘은 문득 메이가 너무 조용히 있자 그에게로 고개를 돌렸다. 그 순간, 새힘은 자신에게로 쏟아지고 있는 메이의 시선에 가슴이 싸하게 내려앉는 듯했다. 피부를 태워 버릴 듯 열기 가득한 눈이 떨어질 줄 모르고 그녀에게 박혀 있었다. 지금 메이가 남자의 눈을 하고서 자신을 바라보고 있다는 것을 새힘은 어렵지 않게 알 수 있었다.

아, 어떻게 해. 온몸이 화끈거려 죽을 것 같아.

무슨 말이든 하지 않으면 이 작은 공간 안의 뜨거운 열기로 인해 숨 쉬기마저 힘들 것 같아 새힘은 아무 말이나 생각나는 대로 쏟아냈다.

"아, 마, 맞아. 있잖아. 부모님들은 낚시터 가셨고 오빠들은 시내에 다녀온댔어."

악, 미쳐. 할 말이 그렇게 없니?

새힘은 터져 나오는 비명을 꾹꾹 눌러 참았다. 말해 놓고 나니 더더욱 어색해져 버렸다. 이 별장에 단 둘만 있다는 걸 강조한 게 돼 버렸다. 원래부터 양가의 바쁜 부모님들 때문에 텅 빈 집에서

메이와 단둘이 공부를 하고 영화도 보고 해왔으니 전혀 어색할
게 없는데도, 이상하게 겸연쩍어서 표정 관리가 되질 않았다.

"그, 근데, 오빠들은 시내 어딜 갔을까? 둘이서만?"

괜스레 헛기침을 하며 화제를 돌려보았지만, 새힘은 식은땀이
나는 듯했다. 짙어진 메이의 눈동자가 옭아맬 듯 그녀를 빤히 응시
하고 있었기 때문이다. 꿰뚫을 듯 강렬한 시선이 그녀의 눈에서 코
로, 코에서 입술로, 그리고 하얗게 드러난 목덜미까지 옮겨갔다.

두근두근.

새힘의 심장박동수가 급격히 올라가기 시작했다. 얼굴은 열기
를 띤 채 점점 붉어지고 입술 사이로 뜨거운 숨결이 내뱉어졌다.
그때까지도 미동 없이 앉아 있기만 하던 메이가 가만히 손을 들
어 올렸다. 느릿하게 움직인 그의 기다란 손이 그녀의 하얀 목을
쓸어내렸다. 그리고 그 다음 순간 그가 고개를 숙여 가는 목덜미
에 입술을 내렸다. 조금의 망설임도 없는 메이의 행동에 새힘은
헉, 숨을 들이켰다.

"메, 메이야."

목에 와 닿는 뜨끈한 숨결과 부드러운 입술 그리고 촉촉한 혀
의 느낌에 새힘은 몸을 바르르 떨며 그의 가슴을 밀어내려 했다.
하지만 메이는 그녀의 허리로 팔을 둘러 바짝 끌어당기고는 치아
를 세워 목덜미에 자잘하게 박았다.

"아."

오싹, 소름이 끼치는 느낌에 그를 밀어내려던 새힘의 손아귀에
서 스르르 힘이 빠져나갔다. 분명히 아픈 건 아니었다. 그럼, 이

느낌은 뭘까. 발가락에 힘이 들어가고 아찔한 이 기분을 무엇으로 설명해야 할까.

목덜미에서 혀와 입술을 움직이고 계속해서 자잘하게 이를 세우는 메이로 인해 새힘은 이번엔 그의 옷깃을 꽉 붙잡았다. 그 상태로 인형처럼 굳은 채 가쁜 숨만 내뱉을 뿐, 그녀는 그 어떤 행동도 할 수가 없었다.

"네가 여기에 도착했을 때부터 이러고 싶었어. 네 머리에서부터 발끝까지 다 삼키고 싶어서 미칠 것 같았어."

한껏 가라앉은 메이의 말에 새힘은 옷깃을 쥐었던 손아귀에서 힘을 풀며, 그의 가슴을 밀어내려 애썼다.

"자, 잠깐. 잠깐만 메이야."

목덜미에서 점점 위로 입술을 옮기던 메이가 움직임을 멈추었다.

"나 미치기 일보 직전이야. 그러니까, 제발 이대로 있어 줘."

조금 거칠어진 목소리로 애원을 한 메이는 그녀의 대답을 기다리지 않고 입술을 위로 올려 이번엔 귀를 잘근거렸다. 새힘은 형언할 수 없는 간지러움에 어깨를 크게 움츠렸다. 뜨거운 혀가 귓바퀴를 따라 움직이고 이가 물렁한 뼈를 잘근거리길 반복할수록 새힘은 이러면 안 된다고 외치는 이성과 메이가 주는 아찔함을 즐기고 싶어 하는 감성 사이에서 어찌할 줄 몰라 울고 싶은 심정이었다.

마침내, 그녀를 물고 빨던 메이가 입술을 떼어 냈다. 그제야 새힘은 커다랗게 숨을 내쉬며 그와 시선을 마주했다.

"무섭니?"

새힘은 가만히 고개를 저었다.

"너와 함께라면……아무것도 무섭지 않아."

그녀의 대답에 안도한 듯 메이는 입가에 옅은 미소를 그렸다. 그 미소가 너무 예뻐 새힘은 손을 뻗어 그의 입술을 어루만졌다. 조심스럽고 부드럽게.

잠시 동안 그녀를 그냥 내버려 두던 메이가 어느 순간 작은 손을 떼어 내며 새힘의 입술을 머금었다. 그리고 곧장 입 안으로 뜨거운 혀가 찔러 들어오자 새힘은 눈을 질끈 감았다. 그는 그녀의 뒷머리를 감싸 더욱 바짝 입술을 밀착시키곤 작은 입술을 탐하고 또 탐했다. 달큰한 타액을 빨아들이고 보드라운 혀를 낚아채 감아올렸다. 저릿한 전율이 빠르게 그녀의 전신을 감쌌다.

"흐음."

누구의 것인지 모를 한숨 소리가 서로의 입 안을 유영했다. 새힘은 메이의 목에 팔을 두르곤 키스를 되돌렸다. 타액이 섞이고 혀가 얼얼해질수록 아랫배는 점점 팽팽해졌다. 몇 번이나 입술의 각도를 바꿔가며 진한 키스를 나누는데도 뭔지 모를 갈증이 일었다.

그녀에게서 입술을 떼지 않으며 메이는 얇은 셔츠 속으로 손을 넣어 봉긋한 가슴을 움켜쥐었다. 눈을 감은 채 무아지경으로 빠져들던 새힘은 눈을 반짝 떴다. 그녀는 계속해서 메이의 입술을 받아들이며 가슴을 움켜쥐고 있는 단단한 손을 붙잡았다. 거부감이 아니었다. 이래도 될까 하는 도덕적 관념이 본능적으로 그의

370 송송
년녀1

손을 붙잡게 만들었다. 하지만 메이의 손은 떨어질 줄 모른 채 약간의 악력을 가해 젖가슴을 부드럽게 움켜쥐었다 놓길 반복했다.

"하아……."

메이의 손을 붙잡고 있는 그녀의 손에서 점점 힘이 빠져나갔다. 불가항력의 힘에 이끌리기라도 한 듯 새힘은 속절없이 메이의 움직임에 녹아들고 있었다. 다른 사람이 아닌 메이이기에 가능한 것이다. 그녀에게 키스를 하고 어루만지는 게 메이이기에 이렇게 찌릿한 전율을 느끼고 있는 것이다.

메이가 셔츠 속에 머무르던 손을 빼내며 입술을 떼어냈다. 가쁜 숨결이 두 사람의 입에서 동시에 흘러나왔다. 메이는 그녀의 셔츠 끝을 잡고 위로 끌어올렸다. 그녀의 양쪽 팔을 소매에서 빼내고 셔츠를 머리 위로 끌어올릴 때까지 새힘은 미동 없이 눈을 감고 있었다.

메이의 팔이 새힘의 허리를 감싸며 조심스레 그녀를 바닥에 눕혔다. 브래지어를 착용하고 있는 상태지만, 차가운 바닥이 맨살에 와 닿자 오소소 소름이 끼쳤다. 숨이 턱까지 차오르고 긴장으로 온몸이 바르르 떨려왔다.

누운 그녀의 위로 메이가 천천히 몸을 겹쳐왔다. 팔꿈치를 그녀의 얼굴 양옆으로 두었기에 무겁진 않았지만 단단한 그의 몸이 내리누르는 느낌에 새힘은 파르르 어깨를 떨었다. 그녀는 감았던 눈꺼풀을 열며 메이를 마주 보았다.

"우리……우, 우리 이래도 되는 걸까?"

메이는 대답 대신 다시 고개를 숙여 긴장으로 굳어진 그녀의 입술을 삼켰다. 이번엔 간질거릴 정도로 부드럽고 부드럽게. 새힘의 입술이 풀어져 열리자 메이는 혀를 밀어 넣고 예민하고 보드라운 입술 안쪽 살을 맛보았다. 다시금 점차로 달아오른 새힘이 메이의 등으로 팔을 두르며 깊숙이 입술을 받아들였다.

호흡이 가빠질 만큼 깊은 키스를 선사한 메이의 입술이 점차로 내려갔다. 하얀 목선을 따라 촉촉한 궤적을 남기고선 천천히 아래로 내려가 목적지인 가슴으로 향했다.

그가 바닥과 그녀의 등 사이로 손을 넣어 조심스레 브래지어의 훅을 풀었다. 어깨에 걸쳐진 얇은 끈을 벗겨내 그녀의 몸에서 완전히 분리시켜 놓았다. 새힘이 다급히 숨을 들이켜며 가슴을 가렸다.

"나, 나 너무 민망해서……."

새힘이 입술을 바르르 떨며 말끝을 흐렸다. 메이는 등과 바닥 사이로 다시 팔을 넣어 그 상태로 작은 몸을 꽉 끌어안았다. 메이가 입고 있는 얇은 옷을 통해 뜨거운 열기가 고스란히 전해졌다. 더불어 그가 지금 얼마나 흥분해 있는지도 충분히 느껴졌다.

"괜찮아. 괜찮으니까, 보여줘. 소중하게 대할게."

다정하게 속삭인 메이는 힘을 주어 그녀를 껴안은 다음 이내 상체를 세웠다. 그는 마른침을 삼키며 그 역시 걸치고 있던 상의를 머리 위로 벗어던졌다. 예전 새힘이 만져 보고 싶어 했던, 운동으로 다져진 단단한 복근이 드러나자 그녀는 눈을 동그랗게 떴다.

"만져 봐."

메이 역시 긴장으로 굳어진 얼굴에 미소를 지으며 아직 가슴을 가리고 있는 그녀의 양 팔목을 움켜쥐었다. 그리고 천천히 떼어 내 자신의 복근으로 이끌었다. 새힘의 양손이 메이의 배에 와 닿으며 동시에 뽀얀 가슴이 드러났다.

적당한 크기의, 소녀다운 예쁜 가슴과 핑크빛 유두에 메이의 눈동자가 더없이 짙어졌다. 복부를 더듬고 있는 간질간질한 손의 느낌까지 더해져 온몸이 터져 버릴 듯 팽팽해졌다. 더 인내할 수가 없어 그는 상체를 숙여 곧장 가슴을 머금었다.

새힘이 본능적으로 몸을 뒤틀며 숨을 몰아쉬었다. 그 작은 움직임에 메이의 흥분은 배가되었다. 벌써부터 부푼 아랫도리가 바지를 뚫을 듯 더욱 딱딱해졌다. 당장 새힘의 속으로 들어가고 싶은 마음이 굴뚝같았지만, 그는 그 욕망을 그녀의 가슴에다 풀어 놓았다.

다소 강하게 가슴을 빨아들이자, 새힘은 아픔을 동반한 저릿한 감각에 한숨을 토해냈다.

"아……."

적셔진 유두가 조금씩 딱딱하게 뭉치고 오싹오싹 달아오를수록 전신을 감싸는 쾌감은 짙어져만 갔고 아랫도리는 촉촉이 젖어들었다. 처음으로 경험하는 미지의 감각에 휩쓸려 정신마저 아찔해졌다.

한참 동안 양쪽 가슴을 번갈아가며 머금던 메이가 입술을 떼어냈다. 얼굴을 붉힌 채 크게 숨을 들이쉬었다 내쉬는 새힘이 너무 예뻐 메이는 살짝 벌어진 입술에 쪽 소리가 나게 입맞춤을 한 뒤

상체를 세웠다.

메이의 기다란 손이 매끄러운 배를 타고 내려가 가느다란 하체를 감싸고 있는 반바지의 허리밴드에 손가락을 걸었다. 움찔 놀란 그녀가 본능적으로 미약하게 몸을 뒤틀었지만, 메이는 망설임 없이 짧은 바지를 아래로 끌어내려 한쪽으로 치워 놓았다. 이제 그녀의 몸에 걸쳐진 건 비밀스런 샘을 숨기고 있는 자그마한 팬티가 다였다.

부끄러움을 느낀 새힘이 눈을 감은 채 입술을 깨물며 어쩔 줄 몰라 쩔쩔매고 있자 메이 역시 걸치고 있던 바지를 벗어던졌다. 그러곤 그녀가 안심할 수 있도록 얼굴에 물결치는 머리칼을 귀 뒤로 넘겨주며 몇 번이나 쓰다듬었다.

"눈 떠. 날 봐. 나도 너와 똑같아졌어. 그러니 진정해."

부드럽고 다정한 말투와 머리칼을 쓰다듬는 손길이 눈물 날 정도로 좋아 새힘은 굳게 감고 있던 눈꺼풀을 들었다. 흐릿한 시선을 천천히 내리는 순간, 새힘은 다시 눈을 감아 버렸다.

"모, 몰라. 그, 그냥 눈 감고 있을 거야."

그녀를 진정시키려 메이도 똑같이 팬티만 남기고 옷을 벗은 것 같은데 그것을 보니 진정은커녕 조금씩 피어오르던 두려움이 배가되어 버렸다. 팬티를 뚫고 나올 듯 거대하게 발기한 메이의 남성이 너무도 충격적으로 다가왔기 때문이다.

하지만 일렁이는 흥분은 조금도 가라앉지 않았다. 어느새 쓰다듬던 손을 거둬들인 메이가 그녀의 발목을 들어 올려 발끝에서부터 차근차근 위로 입술을 눌러대고 있었기 때문이다.

새하얀 피부에 입술이 지나갈 때마다 붉은 낙인이 찍힌다. 그 아픔에 새힘이 몸을 뒤틀며 신음을 토해냈지만, 이미 터질듯 팽배해진 흥분과 원초적 감각에 사로잡힌 메이에게는 그마저도 자극제가 되었다. 미친 듯이 입술과 혀 그리고 치아를 이용해 그녀의 온몸을 쓸고 지나갔다.

더 자국을 남길 수가 없을 정도로 꼼꼼하게 새힘의 몸을 탐한 메이가 마침내 마지막으로 남아 있던 작은 팬티에 손을 걸었다. 브래지어를 벗길 때와 마찬가지로 새힘이 근육이 불거진 메이의 팔을 꽉 잡았다. 그녀는 파르르 떨리는 속눈썹을 들어 시선을 맞춰 왔다.

"메이야……."

"응, 말해."

"나, 나 사실은 무서워. 너와 함께라면 안 무서울 것 같았는데, 무섭긴 해. 우리……후회하면 어쩌지?"

새힘은 곧 있을 몸의 고통이 아닌, 사랑을 나눈 그 후를 두려워하고 있는 것이다. 아직은 서로를 책임지고 돌볼 만한 능력조차 없는 미성년자이므로. 서로를 아무리 애틋하게 여겨 육체적인 사랑을 나누었다 해도 현실은 똑같은 교복을 입고 입시지옥에 시달려야 하는 고등학생 신분이므로.

금세 서글퍼진 새힘의 눈에 부연 눈물이 그렁그렁 맺혀 흐르자, 메이는 고개를 숙여 흘러내리는 눈물을 혀로 핥았다. 그리고 바로 위에서 눈을 맞추며 입술을 열었다.

"어릴 적부터 지금까지, 그리고 앞으로도 쭉 내게 있어서 여자는 너 하나야. 난 네게 미쳐 있어. 너를 보면 볼수록 더욱더 네게 미쳐가. 네가 날 남자로서 좋아하고 있다는 건 알아. 느낄 수 있어. 하지만, 내게 미치지 않았다는 것도 알아."

잠시 말을 끊고 낮게 숨을 내쉰 메이는 씁쓰레한 미소를 입에 걸며 말을 이어 나갔다.

"죽을 때까지 오늘 일을 후회하지 않을 거야. 죽을 때까지 난 네게 미쳐 있을 거거든. 죽어서까지 난 너란 애가 목마를 것 같아. ……너도 내게 미쳐 봐. 지금 이 순간만큼은."

툭, 하고 이성의 끈이 끊어지는 듯했다. 머릿속을 잠식하고 있는 불안감과 후에 불어닥칠 폭풍들이 일시에 잠잠해졌다. 죽을 때까지 그녀에게 미쳐 있을 거라는 메이의 말이 그 어떤 사랑 고백보다 훨씬 더 강렬하고도 애절하게 다가왔다. 그녀 역시……메이에게 미쳐 버리고 싶었다. 새힘은 메이의 팔을 움켜쥐고 있는 손에서 힘을 풀며 수줍게 말했다.

"같이 미쳐 봐."

메이의 입가에 진한 미소가 감돌았다. 하지만, 그 웃음은 오래 가지 않았다. 새힘과 하나가 되고 싶은 욕구가 점점 그의 인내심을 사라지게 만들고 있었다. 너무도 거대해진 욕망으로 인해 얼굴은 딱딱하게 굳어 버렸다.

메이는 조심스레 작은 팬티를 끌어당겼다. 아래로 내려올수록 드러나는 연하고 고슬고슬한 거웃에 그의 흥분은 급속도로 상승되었다. 무릎을 거쳐 발목까지 팬티를 내리는 동안 새힘은 양손으로 얼굴을 가린 채 밭은 숨만 내쉬었다.

얼굴을 가리고 있는 손을 떼어내고 싶은 마음이 굴뚝같았으나 메이는 부끄러워하는 그녀의 심경을 헤아려 그냥 내버려 두었다. 그의 눈동자가 머리에서 발끝까지 하얀 나신을 훑으며 지나갔다. 조금 전 그가 낸 알록달록한 자국과 흰 피부가 선명히 대조되어 하나의 예술 작품을 보는 듯한 감탄에 젖게 만들었다.

"너, 정말 예뻐."

좀처럼 없었던 메이의 찬사에도 새힘은 그저 부끄러워 얼굴을 가리고 있을 뿐이었다. 메이는 가만히 손을 뻗어 고슬고슬한 거웃을 쓸었다. 그녀가 흠칫하며 무릎을 꽉 모았지만, 메이는 형언할 수 없는 부드러운 감각에 도취되어 새힘에 대한 갈증만 더욱 심해졌다.

거웃에 머물고 있던 손이 조금씩 아래로 미끄러져 내려가자 새힘은 비명이 새어 나오려는 것을 간신히 억눌렀다. 심장이 터져버릴 듯한 긴장감으로 인해 눈물이 쏟아져 나올 것 같았다. 아래로 내려간 손이 긴장으로 붙어 버린 허벅지를 비집고 들어가 예민한 살점 끝을 건드리자 새힘은 발가락에 꽉 힘을 주었다.

"새힘아, 긴장 풀어."

좀처럼 열어 주지 않는 그녀를 달래려 애쓰며 메이는 가슴을 입으로 머금었다. 혀끝에 감기는 뾰족한 유실을 핥고 빨아들이기를 반복하자, 굳었던 그녀의 몸이 조금씩 풀어지기 시작했다. 꽉 모으고 있던 무릎에서도 힘이 풀린다.

누가 가르쳐 준 것도 아닌데, 새힘이 다시 무릎을 오므려 버릴까 염려되어 메이는 그녀의 다리 사이에 자리를 잡고 앉았다. 그 바람에 힘이 풀린 그녀의 무릎이 옆으로 활짝 벌어졌다.

메이는 가슴에 머물고 있던 입술을 아래로 내렸다. 뜨거운 입술이 배를 거쳐 더욱 아래로 향하자 꿈틀꿈틀 몸을 비틀던 새힘이 얼굴을 가리고 있던 손을 치우며 다급히 그의 머리를 붙잡았다.

"그, 그러지 마. 메이야."

하지만 메이는 그녀의 손을 떼어 내어 옆으로 치우며 다시 밑으로 향했다. 거웃을 거쳐 내려간 입술은 곧장 꽃잎을 삼켰다.

"앗, 미, 미, 미쳤어!"

책에서는 수도 없이 보고, 상상도 많이 해보았지만, 실제로 메이가 이렇게까지 할 줄은 몰랐기에 새힘은 미친 듯이 몸을 뒤틀며 그를 밀어내려 애썼다. 하지만 메이는 그녀의 다리를 어깨에 걸친 뒤 양팔로 꽉 껴안고는 촉촉이 젖은 꽃잎을 혀로 헤집었다.

"아, 아."

메이의 입술이 서툰 것인지, 혹은 능숙한 것인지 두 사람 다 알지 못했다. 다만 메이는 본능이 이끄는 대로 행할 뿐이었다. 어설픈 어른 흉내를 내기 위해서가 아니라 그저, 머리에서부터 발끝까지 맛보고 싶은 새힘을 갈증이 가실 때까지 맛볼 뿐이었다.

꽃잎을 입 안에 머금었다가 무작정 혀를 내밀어 아래에서 위로 핥기도 했다. 젖어들고 있는 샘 속으로 혀를 밀어 넣고 속살을 맛보기도 했으며 점차로 도도록해지는 정점을 빨아들이기도 했다. 그럴 때마다 새힘은 허리를 뒤틀며 몸을 들썩였다.

한참이나 허벅지 안쪽을 탐하던 메이는 더 이상 인내할 수가 없어 고개를 들었다. 입술을 반쯤 벌린 채 거친 숨을 토해내고 있는 새힘이 더없이 예뻐 보였다. 진한 키스를 선사하고 싶었지만, 극도로 흥분한 탓에 그건 조금 뒤로 미루어야 했다. 더 참다간 새힘과 하나가 되기도 전에 터져 버릴지도 몰랐다.

아직 벗지 않은 나머지 속옷을 벗어 던진 메이는 그녀의 다리 사이에 무릎을 꿇고 앉았다. 불기둥처럼 빳빳하게 솟은 자신의 분신을 잡고 촉촉하게 젖은 그녀의 입구에 갖다 댔다. 찌릿한 감각이 온몸으로 퍼진다. 좁은 샘 속으로 그것을 천천히 밀어 넣기 시작하자, 새힘이 본능적인 두려움에 다급히 허리를 뒤틀었다.

하지만 이미 이성의 끈이 거의 끊어져 버려 반 짐승 상태가 돼 버린 메이는 멈출 수가 없었다. 거대한 자신의 것이 좁은 새힘의 속으로 들어가기나 할까 하는 의문 따위도 머릿속에서 지워 버렸다. 메이는 그녀의 가는 허리를 꽉 붙잡은 채 단번에 안으로 돌진했다.

"으흡!"

새힘의 억눌린 비명이 다락방을 가득 메웠다. 반듯한 이마는 아픔으로 인해 한껏 찡그려졌고 입술은 작게 경련마저 일어나고 있었다. 미칠 듯한 죄책감이 밀려왔지만, 그보다 더한 짐승 같은 쾌감이 전신을 감싸고 있어 그는 자기혐오마저 느끼고 있었다.

"미안. 정말 미안해. 달리 어떻게 해야 할지 모르겠어서."

메이는 급히 새힘의 온 얼굴에 키스를 하며 그녀에게 사죄했다. 첫 경험을 치르는 여자에게 고통이 동반된다는 것쯤은 알고 있었다. 그래서 충분히 배려를 해주어야 한다는 것도 알고 있었다. 하지만, 그 역시 처음이니 그 배려의 방법을 알 리가 없었다.

너무나 아파하는 새힘 때문에 미친 듯이 들끓어대는 욕망을 억제하며 메이는 움직임을 멈춘 채 계속해서 그녀를 달랬다. 사랑한다는 말을 속삭이고, 입술에는 자잘한 키스를 뿌렸다. 그러는 사이에도 허리에 자꾸만 힘이 들어가고 온몸에는 땀이 비 오듯 흘렀다.

더 이상 멈춰 있지 못할 정도로 인내심에 한계가 올 즈음이었다. 한껏 굳었던 얼굴을 가까스로 편 새힘이 이마에 송골송골 땀을 단 채 입가에 미소를 지어 보였다.

"난……괜찮아. 같이 미치기로 했잖아. 참아 볼게."

그렇게 말한 새힘이 팔을 들어 허리를 껴안자 그간 참고 또 참아왔던 메이의 인내심이 뻥 터져 버렸다. 그는 '미안.'이라는 한마디를 뱉은 채 어금니를 악다물고는 미친 듯이 허리를 흔들기 시작했다.

"흐윽, 아, 앗, 아!"

다시 새힘의 입에서 비명이 터져 나왔다. 쾌감이 아닌 오로지 아픔으로 인한 것이었지만, 메이는 그것을 살필 여력이 없었다. 극도의 희열이 그를 감싸고 있었다. 정말 죽을 만큼의 황홀함이 직면해 있어 메이는 멈추지 않고 새힘의 속으로 파고들고 또 파고들었다. 그토록 오랫동안 상상해오던 새힘과의 결합이니 거기에 따른 감격 또한 쾌락에 일조를 했다.

메이는 한동안 거친 숨을 내쉬며 죽을 듯한 쾌락 속을 전력 질주했다.

메이가 눈을 뜬 건 시간이 조금 지나서였다. 창밖을 보니 언제부터 내렸는지 모를 비가 쏟아지고 있었다. 메이는 고개를 돌려, 자신의 팔을 베고 잠들어 있는 새힘을 바라보았다. 등을 돌린 채 옆으로 누워 있는 그 모습이 안쓰러워 머리칼을 쓸어주었다.

미친 듯한 욕정을 여린 몸으로 받아내느라 힘겨웠는지, 사랑을 나눈 후 메이가 온몸을 닦아 주는데도 기절한 것처럼 새힘은 잠으로 빠져들었다. 온몸에 새겨진 울긋불긋한 흔적과 눈가에 마른 눈물자국을 본 메이는 가슴이 미어지는 듯했다. 한편으론 이제 새힘과 하나가 됐다는 뿌듯함에 온 세상이 꼭 제 것처럼 느껴졌다.

쌔근쌔근 잠들어 있는 새힘이 예쁘고 사랑스러워 메이는 그녀의 얼굴에 입을 맞추었다. 새힘이 가볍게 미간을 찡그리곤 다시 평온한 얼굴로 잠의 삼매경에 빠졌다. 그 모습에 또다시 아랫도리가 솟구치기 시작했다.

"미치겠다, 진짜."

새힘과 하나가 되기 전보다 훨씬 더 증상이 심각했다. 그는 자기 제어가 상당히 강한 편이었다. 한데, 새힘을 괴롭힌 지 얼마나 되었다고 또 아랫도리에 힘이 들어가다니. 억제하고 말고 할 것도 없었다. 그냥 불쑥 솟아 버렸다.

제길.

메이는 돌아누워 있는 새힘을 가만히 똑바로 돌려놓았다. 얼마나 피곤한지 그녀는 굳게 감은 눈을 뜨지 않았다. 메이는 유혹하듯 살짝 벌어진 채 고른 숨을 토해 내는 입술을 다급히 머금었다.

"으응."

새힘이 살짝 뒤척였지만, 메이는 입 안을 탐하며 한 손으로 가슴을 움켜쥐었다. 정점을 문지르자 금세 뾰쪽하니 일어나며 반응을 보였다. 양쪽 가슴을 번갈아가며 손으로 일깨우던 그가 이내 입술로 대체했다. 쪽 소리가 날 정도로 유실을 빨아들이고, 혀로 감아 채며 한껏 욕심을 채우는데 어느새 잠에서 깬 새힘이 부스스 눈을 떴다.

"지금……뭐해."

약간 가라앉은 목소리마저도 사랑스럽다. 메이는 가슴에서 얼굴을 들어 그녀의 이마에 쪽 소리가 나게 입술을 맞추었다. 그러곤 다시 입술을 머금으려는데, 메이가 무엇을 할지 눈치를 챈 새힘이 퍼뜩 이불을 들추며 시선을 내렸다. 이미 거대하게 일어선 메이의 남성을 본 새힘이 입을 떠억 벌렸다.

"뭐, 뭐, 뭐야. 더, 더 이상은 무리야."

그녀가 말을 심하게 더듬으며 고개를 저었지만 메이는 계속해서 손으로 가슴을 지분거렸다.

"아프게 하지 않을게. 빨리 끝낼 테니까, 넌 가만히만 있으면 돼."

"하지만, 나 정말 죽을 것 같아."

"그러니까, 빨리 끝낼게."

거의 애원을 하다시피 말하며 메이는 새힘의 입술을 삼켰다. 가슴의 정점을 어루만지는 손길과 정신이 몽롱할 정도의 키스에 새힘의 거부는 점차로 약해졌다. 온몸이 떨어져 나갈 정도로 아픈 와중에도 애절한 메이의 신음이 너무나 듣기 좋았다. 사랑한다는 속삭임도 눈물 날 만큼 좋았다.

메이의 격렬한 키스를 받아들며 새힘은 점점 달아올랐다. 그의 등을 껴안으며 무아지경으로 키스를 되돌리는 순간이었다. 반쯤 감은 시야로 사람의 형상이 포착된 것은.

……사람, 사람!

새힘은 눈을 번쩍 떠 다락방 입구를 눈에 담았다. 그 순간, 그녀는 벼락에라도 맞은 사람처럼 발작적으로 메이를 밀어내며 비명을 내질렀다.

"아, 아악!"

갑작스런 새힘의 행동에 뭔가 불길함을 감지한 메이가 반사적으로 그녀의 시선이 향한 곳으로 고개를 돌렸다. 순식간에 그의 눈도 경악으로 물들었다. 두 사람의 시선이 향한 곳에 생각지도 못한 사람이 하얗게 질린 얼굴로 부들부들 떨고 있었다.

바로 메이의 어머니, 김희영이었다.

〈2권에서 계속〉

GOOD WORLD ROMANCE NOVEL

Propose 프러포즈

GOOD WORLD ROMANCE NOVEL

수니 장편소설

그 여자, 송혜준.
세상은 그녀를 두고
전부를 다 가졌다고 말한다.
그러나 그녀의 것은 아무것도 없다.
그런 그녀의 텅 빈 가슴을
첫눈에 알아차린 남자가 있었다.

그 남자, 윤정우.
하고 싶은 일은 목숨을 걸고서 하지만
싫은 일은 목에 칼이 들어와도 하지 않는 남자.
그런 그에게 전부를 걸고 싶은 일이 생겼다.
그 여자, 송혜준의 얼어버린 심장을 녹이는 일.

다 가진 것처럼 보이지만
아무것도 못 가진 여자와
가진 게 적어보이지만
넘칠 만큼 많은 것을 가진 남자의
사랑 이야기.

(주)조은세상